수필이 맨발로 걸어 들어오네

수필이 맨발로 걸어 들어오네

김길웅 지음

정출판

수필성隨筆城의 축조를 축하하며

윤 재 천
(한국수필학회 회장, 전 중앙대 교수)

수필은 길의 문학이라 할 수 있다.

길이 형성되기 전에는 길이 그 자리에 있지 않아 애초의 세계는 임의적이고 순간적인 존재에 불과했다.

그때는 누구든지 개척자이고 마음속 깊이 존재해 그 결정에 따라 걸음을 떼어 놓곤 했다. 그것이 길임을 모르고 발길 닿는 대로 휘돌곤 하다가 오갈 데 없이 감금된 마음은 새처럼 비상하려는 자유를 꿈꿔 어디론가 갈 수 있는 자유가 선망의 대상이 되었다.

김길웅 작가의 「수필이 맨발로 걸어 들어오네」는 이런 사람들의 염원을 풀어 주기 위해 열매를 맺었으니 길다운 길을 발견한 셈이다.

길을 개척케 한 근원적 원천과 원동력은 경험이다.

길에서 만난 일과 사람의 삶을 조명해 의미와 가치를 부여함으로써 이들이 얼마나 살가운 존재인가를 증명하는 것이 수필의 책무라고 할 수 있다.

수필은 이 살가움의 여부에 따라 승부와 각축의 판세를 달리하게 된다.

이번 출간되는 김길웅 작가의 수필작법의 제명은 「수필이 맨발로 걸어 들어오네」다.

맨발로 걸어 들어오는 글 ─ 그 어떤 것에도 구애 받지 않고 형식적인 모든 것을 초월해 사방으로 밀치며 흙이나 모래사장을 횡단, 휘달릴 수 있는 사람이 우리 주변에 과연 몇이나 될까.

천착하는 문패 — 그 제명 속에는 가능성이 숨어 있다.

이 저서에는 그 길을 간 사람의 뒤를 밟고 가서 우연처럼 만나는 해후 그리고 그 길에 들어서서 어디로 가야할지 몰라 방황하는 이들에게 좋은 벗이 되어 줄 것이라 확신한다.

김길웅 작가는 언제나 도전하는 작가로서 문학을 향한 열정이 마그마처럼 도사리고 있는 사람이다. 「수필이 맨발로 걸어 들어오네」는 우리 가슴 한쪽에 둥지를 틀어 쫓기며 질주하는 현대인에게 크고 작은 부담을 꺼내놓고 해소시킬 수 있는 저서가 되고 있어, 기대하는 바가 크다.

새로움을 추구하려고 발돋움하는 수필계隨筆界에도 적지 않은 활력소가 되었으면 한다.

수필은 나름의 수순을 거쳐 자아와 만나 부동의 존재로 결속하게 하는 신비의 향유와 같다. 다른 장르에 비해 규격이나 규칙에 얽매이지 않고 사유를 따라 걷는 동안 일체一體가 될 수 있는 장르로서 너나없이 맨발로 만날 때, 그 독특한 향기로움이 이 시대를 고민하는 수필가들에게 나침반이 된다.

술이 그렇듯, 충분히 우려질 때까지 기다리는 지혜를 터득케 하는 역할을 이번 출간되는 저서가 말해 주고 있어서다.

수필성隨筆城의 축조를 다시 한 번 축하한다.

2014년 1월

우애로운 도반

　수필은 인간을 탐구하는 '작가의 진실한 이야기'입니다. 내 몸에 있는 것을 다 벗어 발가벗고 말을 합니다. 자신의 나상裸像을 드러내는 개성적인 글인 만큼 품격을 매우 소중히 여깁니다.

　그러나 이제 달라져야 합니다. 자신의 체험을 쓴다고 편협하게 움치고 앉아 있어서는 안됩니다. 작가의 상상력에 의해 수필의 본령을 확산하고 외연을 넓히면서 시대정신에 따라 변화해야만 합니다.

　이를 확대 해석할 필요는 없습니다. 가령 신변잡사라 해도 그 속에서 진실을 찾아내면 수필이 될 수 있습니다. 서정에 철학을 얹으면 중후합니다. 전문성 확보를 위해 반드시 심오해야만 하는 것은 또 아닙니다. 인생에 대한 새로운 시각 혹은 발견의 눈이 반짝이고 있으면 됩니다. 그게 수필의 메시지이고 주제이고 핵심입니다.

　수필에는 진실이 살아 숨 쉽니다. 사람의 얘기를, 수채화에 암록暗綠의 물감을 풀어 놓듯 하는 싱그러운 문학입니다. 그에 그치지 않습니다. 수필은 내 삶만이 아니고 남의 삶까지도 발효시킵니다.

　작가는 작품으로 존재합니다. 세상을 향해 끊임없이 말을 걸어야 합니다. 진실한 말, 꿈과 비전이 담긴 희망의 말을. 진실의 추구는 곧 구도求道의 길이기 때문입니다. 수필은 고단한 삶을 어루만져 주고, 잃었던 꿈을 되찾아주는 구도자에 다름 아닙니다.

　문제는 수필을 어떻게 쓰느냐 하는 것인데, 이 책은 그 '어떻게'에 대한 답이 될 수 있을 것입니다. 고등학교 국어 교사로, 학원 강사로, 또 글방 강의에서 40여 년을 통해 얻은 경험이 이 책을 엮게 했습니다. 말하듯 시종 구어체로, 부드럽고 맛깔스럽게 풀어 놓았습니다.

책 이름을 '수필이 맨발로 걸어 들어오네'라 한 연유가 바로 여기 있습니다. 강의하며 메모해 둔 것들이 거지반이라 현장감이 넘칠 것입니다. 독자들에게 수필이 더없이 친숙하게 다가가리라 믿습니다.

수필이 변해야 한다는 생각에서 '변화'의 의지가 더러 녹아들어 가기는 했으나, 그것은 평안評眼에서 시대의 공기를 함께 호흡하자 한 것이라 외려 좋은 자양이 될 것입니다.

딱딱한 이론에 치우치지 않았음을 밝힙니다. 소통과 공감과 설득에 초점을 맞춤으로써 독자와의 거리를 좁히려 한 것입니다.

군데군데 문을 열고 있는 '수필카페'는 저자가 오랜 「메모수첩」에서 고른 것으로, 변용變容하면 그대로 글감으로 활용되거나 새로운 작품에 동기를 부여해 줄 것입니다.

지금은 수필의 시대입니다. 이 책을 한두 차례 읽으면 수필의 실체가 성큼 눈앞에 다가올 것입니다.

수필에 첫 발을 놓는 분들, 글쓰기의 바탕을 탄탄히 다지려는 분들에게 다습고 정겹고 의리 있는 벗이 돼 줄 것이라 믿습니다. 여러분과 우애로운 도반이 되기를 바랍니다.

한국 수필계의 원로 윤재천 교수님의 서문에 값할 수 있을지 가슴 두근거립니다. 아울러 이 책이 정은출판 노용제 사장님의 출판 제의에 대한 보답이 됐으면 좋겠습니다.

2014년 1월
읍내 집에서 바다를 굽어보며
東甫 김길웅

Contents

수필의 민얼굴

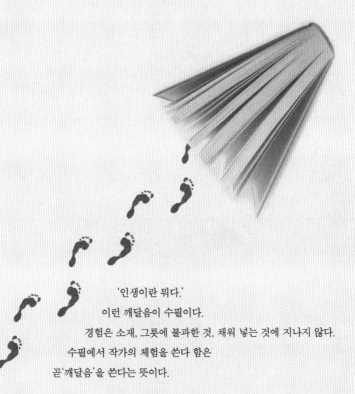

'인생이란 뭐다.'
이런 깨달음이 수필이다.
경험은 소재, 그릇에 불과한 것, 채워 넣는 것에 지나지 않다.
수필에서 작가의 체험을 쓴다 함은
곧 '깨달음'을 쓴다는 뜻이다.

제1장 수필의 민얼굴

1. 수필이란 무엇인가

수필 작법을 말하면서 '수필이란 무엇인가'라는 질문을 에둘러 갈 수는 없다. 문학에 뜻을 둔 사람이 아니더라도 수필이란 말은 일상적으로 귀에 매우 익숙하다.

하지만 막상 수필을 정의하려면 쉽지 않다. 가볍게 한마디로 말할 수 있을 것 같은데, 실체가 쉽게 잡히지 않으니 시종 난감한 담론이 될 수밖에 없다.

'붓 가는 대로 쓴 글', '1인칭 고백의 문학', '다른 어떤 글보다 개성이 강한 글', '체험을 진술하게 표현하는 글', '비전문적인 글', '심미적이고 철학적인 문학', '우리가 아닌 나라는 화자의 이야기' 등등 쏟아 놓은 목소리들이 다양하다.

수필은 사전적 의미로 '붓 가는 대로', '어떤 주의가 없이 생각나는 대로 쓴 글', '그때그때 본 대로 들은 대로 붓 가는 대로 적어낸 글'이다. 수필에 대한 동서東西의 정의 가운데 그 본질에 접근하고 있는 몇몇 예를 들어 보기로 한다. 수필의 문학적 실체를 이해하는 데 도움이 될 것이다.

존슨 : 수필은 한 자유로운 마음의 산책, 즉 불규칙하고 소화되지 않은

작품이며 규칙적이고 질서 잡힌 작문은 아니다.

리드 : 수필은 마음속에 표현되지 않은 채 숨어 있는 관념, 기분, 정서를 표현하는 하나의 시도이다. 그것은 관념이라든가 정서 등에 상응하는 유형을 말로 창조하려고 하는 무형식의 시도라 할 수 있다. 또한 그것은 음악에 있어서의 '즉흥곡'과 좀 비슷한 점이 있다. 시에 있어서 서정시가 차지하는 위치를 산문에 있어서 차지하는 것이 수필이다.

백 철 : 수필은 산문으로 씌어진 문학이며 그것이 아무리 무형식이고 개인적이라 하지만 기본적으로 대우성對偶性의 문학이다.

김광섭 : 수필은 글자 그대로 붓 가는 대로 써지는 글일 것이다. 그러므로 다른 문학보다 더 개성적이며 심경적이며, 경험적이다. 우리는 오늘까지의 위대한 수필문학이 그 어느 것이 비록 객관적인 사실들을 취급한 것이라 하더라도 심경에 부딪치지 않은 것을 보지 못했다. 강력히 짜내는 심경적이 아니라 자연히 유로되는 심경적인 점에 그 특징이 있다. 이점에서 수필은 시에 가깝다. 그러나 시 그것은 아니다.

박종화 : 수필은 흥에 따라 글을 쓰는 것이 아니다. 우주를 관조해서 나와 우주 사이에 숙명적으로 매어져 있는 오묘한 유대를 발견해서 해명해야 하는 것이다. 자연과 인간의 단층을 심변하면서 사색하고 비판하여 자기의 독자적인 철학을 사람에게 제시하여야만 하는 것이다. 여기에 비로소 수필의 무게가 있는 것이요, 수필이 한 사람의 문인이나 시의 여기餘技나 부제로 되는 것이 아님을 알 수 있다.

피천득 : 수필은 청자연적이요, 난蘭이요, 학鶴이요, 청초하고 몸맵시 날렵한 여인이요, 그 여인이 걸어가는 길이다. (……) 수필의 빛깔은 황홀 찬란하거나 진하지 아니하며, 검거나 희지 않고 퇴락하여 추하지 않고, 언제나 온아 우미溫雅優美하다. 수필의 빛은 비둘기 빛이거나 진주 빛이다. 수필이 비단이라면 번쩍거리지 않는 바탕에 약간의 무늬가 있는 것이다. - 〈수

필 〉중

조연현 : 수필은 작가 자신이 주체가 되어 자신의 삶과 체험을 자유롭고 진솔하게 나타낸 현시적顯示的, 고백적, 인격적인 글로 자기의 생각과 느낌을 간명하게 문예적으로 쓴 산문이다. 서정적인 정서나 감흥을 가지면서도 서정시가 아니고, 소설적 구성을 갖되 소설이 아니며, 희곡적 비평적 요소를 가지면서도 희곡도 비평도 아닌 독자적 양식이다. 수필은 서정시적 정서나 감흥은 물론 서사시(소설)적 구성이나 희곡적인 대화 그리고 비판적인 판단 작용까지도 자유로이 이용할 수 있는 양식이다.

한상렬 : 수필이 문학임에 틀림이 없다면 그것이 어찌 붓 가는 대로 씌어질 수 있을 것인가? 또 실제로 붓 가는 대로 씌어진 글을 문학작품이라 할 수 있을 것인가? 아무리 천래의 영감을 지닌 작가라 하더라도 그저 붓 가는 대로 쓴 것이 한 편의 완벽한 문학적 가치를 지닌 작품이 될 수 있을 것인가? 이는 어불성설이다.

수필문학은 그 이론이 정립되지도 않은 채 발전을 거듭해 오면서 독자성이나 문학성에 문제를 노출시켜 왔다. 이들 이론 중에는 자칫 수필문학에 대해 바른 이해를 해칠 염려가 있는 이론들이 적지 않다. 이른바, '붓 가는 대로 쓰는 글'이니, '무형식의 글'이라는 이론이 있는가 하면, '허구의 도입'을 허용해야 한다는 주장도 있다.

딱 다잡아 말하자. 문제가 있다. 어느 하나도 코뚜레처럼 수필의 실체를 적확하게 꿰뚫어내지 못하고 있다는 점이다.

현대 한국수필의 1세대 작가인 피천득이 '붓 가는 대로 쓴 글'이라 한 수필 정의도 이전엔 전범 예우를 했지만 이젠 아니다. 시대 변화에 자리를 내놓지 않으면 안된다. 한마디로 빛바랬다. 실제 붓 가는 대로 글을 쓴다는 말처럼 글에 대해 무책임한 말도 없지 않은가. 그런다면 신파조로 '바람 부는 대로 물결치는 대로'라 함이 외려 좋지 않겠는가. '붓 가는 대로'는 목적도 의도도 없는 글이란 말과 조금도 다르지 않다. 작가의 글에는 어떻게든 왜 썼는지 하는 의도가 담겨 있게 마련이므로 붓 가는 대로란 가당치 않다.

작품을 쓴 의도가 없는 글은 창작이 될 수 없다. 더욱이 수필은 그냥 허드레 글이 아닌, 문학의 한 장르가 아닌가. 글 치고 개성 없는 글이 어디 있으며, 인간 탐구에서 벗어나지 않는 한 심미적이고 철학적인 내용을 외면한 글이 어디 있겠는가. 시와 소설, 희곡에 이르기까지 문학인 이상 어느 장르도 예외일 수 없다. 수필 하면 '체험을 쓴다.'고 하는데, 이도 이제 후진 말이다.

말라르메가 '시는 감성이 아니라 체험이다.'라 한 것이라든지, I.A 리차드가 '시인은 왜 언어의 지배자인가, 그는 체험의 지배자이기 때문이다.'라 한 것만 봐도 체험이 수필의 전유물이라 함은 옛말이다.

수필을 정의하자면, '산문문학의 기본이 되는 문학으로 인생과 사물의 정취를 작가 자신의 체험 속에 변용變容시켜 의미화 하는 독자적인 문학 양식' 정도가 될 것이다.

보충할 필요가 있어 좀 더 부연해야겠다. 수필은 제재가 광범위하고 주관적 · 주정적主情的이며, 개성이 짙게 표출되는 문학이다. 길이가 짧은 산문이며 비전문적이면서도 해학, 기지, 풍자와 비평 정신이 번득이는 것이 또한 수필이다. 수필의 범위는 매우 넓으나, 현대 수필은 교술성敎述性을 털어낸 예술성과 개성이 특히 강조하게 되면서 그 어조語調, Tone가 낮다.

한 가지 짚고 넘어가야 할 것이 또 있다. 우리에게 수필은 있어도 에세이는 없다고 한다. 이는 편협한 생각이다. 서구 수필만 에세이고 우리 것은 수필인가. 그렇지 않다. 문화의 상대주의라는 관점에서 보면 크게 다를 수 없는 것이다. 수필은 하잘것없는 신변잡기에 불과하다고 비하하는 잘못된 인식은 청산되어 마땅하다. 우리 수필에 사색적이고 서정적 · 문학적인 작품이 얼마나 많은가. 찰스 램이나 베이컨이 쓴 것은 에세이고 피천득이나 윤오영의 것은 수필이라는 식의 신사대주의적 종속논리야말로 위험천만한 발상이 아닐 수 없다. 하루 속히 지양되어야 할 한낱 고정관념일 뿐이다.

실은 이름을 수필이라 하면 어떻고 에세이라 하면 어떤가. 크게 개의치 않아도 될 문제다. 다만, 이왕이면 수필을 바라보는 우리 것에 대한 긍정적인 시선이 소중한 게 아닐까 한다.

법정 스님의 말을 재음미할 필요가 있겠다.

"수필은 도道를 닦는 작업이에요."

소설은 주인공을 내세워 여러 가지 역할의 말을 하지만 수필은 자기 목소리다. 언어구조가 다른 것이다. 그러므로 속된 말을 쓸 수 없고 품격도 갖춰야 한다. 격이 없는 수필은 수필이 아니다. 따라서 수필가는 먼저 사람이 돼야 한다. 수필은 아름다운 옷을 걸치는 게 아니라 내 몸에 있는 것을 다 벗고 발가벗는 것이다. 그래서 수필을 쓰는 게 어렵다.

'인생이란 뭐다.' 이런 깨달음이 수필이다. 경험은 소재, 그릇에 불과한 것, 채워 넣는 것에 지나지 않다. 수필에서 작가의 체험을 쓴다 함은 곧 '깨달음'을 쓴다는 뜻이다.

❧ 수필카페1

수필은'우리가 미처 깨닫지 못한 것, 우리가 잊어버리고 살아가는 것들을 다시 일깨워 주는 것이다. 아무리 대중이 디지털 시대의 주인이 되고, 고급문화와 대중문화의 경계가 허물어졌다 해도 우리가 지향해야 할 고지는 고급 쪽 - 그래야만 수필이 살 수 있다. 본격·고급을 지향하지 않으면 수필이 정당하게 평가 받을 수 없다. 즐기는 정도에서 수필을 써선 안되는 이유다. 모름지기 수필가는 〈文樂人〉이기 전에 〈文學人〉이라야 한다.

＊＊＊……산문이 직선이라면, 시는 곡선이다.

진심으로 '당신을 사랑합니다.'라는 고백이 산문이라면, '말 한마디 못하고 연인이 탄 버스가 길모퉁이를 돌아 보이지 않을 때까지 물끄러미 바라보는 그 안타까운 눈길'이 바로 시다.

 - '장대같이 쏟아지는 비속에 서 있는 연인에게 다가가 우산을 받쳐주는 것이 산문이라면, 나란히 서서 함께 비를 맞는 것'이 시라는 뜻이다.

 그래서 시는 직선보다 곡선의 완전한 길로 통하는 입구라고 말할 수 있지 않을까.

2. 수필을 보는 눈

우리 문학에 수필에 대한 경시 풍토가 있다. 전문적 수련 과정 없이도 약간의 글재주만 있으면 쓸 수 있는 글이라는 생각이 그런 인식의 저변에 깔려 있다는 말이다. 수필이 쉽게 쓰이고 쉽게 읽힌다고 생각하는 것 같다.

천만의 말씀이다. 가볍게 생각하는 것은 자유겠으나, 그런 이들에게 하고 싶은 말이 있다. 입으로만 쓰지 말고 육필肉筆로 직접 써 보고 말하라는 것이다. 직접 써 보아야 안다. 쓰고 싶은 대로 쓴다고 써지는 글이 아니고, 말하고자 하는 것을 쓴다고 해서 말처럼 되지 않는 글이 수필임을 비로소 알게 될 것이다. 아무나 쓸 수 있는 것, 누구든 마음만 먹으면 들어갈 수 있는 문학이라는 잘못된 인식 때문에 자칫 파장을 몰고 오는 게 있다. 수필도 문학이냐는 논란이다.

삶의 비의를 읽어내는, 현실과 언어 사이의 간극을 감당하는, 나아가 보다 나은 공동체의 삶에 대한 의지를 발현시키기 위한 수필가의 심도 깊은 고민이 있는가를 물어야 한다.

그런 고민이 부재하다면 타자와의 '우애로운 마주침'을 가능케 하는 수필이란 불가능하다. 수필이 엄존하려면, 부단한 고민 속에 이런 질문에 답할 수 있어야 한다. 프로이트는 "모든 예술 창작은 신경증의 소산"이라 했고, 어느 심리학자는 "문학 창작도 일종의 자학"이라 했다. 이들 말의 행간을 먼저 읽을 필요가 있다. 쓰는 것은 즐거움보다 고통이 앞선다. 다가가는 데도 쉽게 곁을 내주지 않으니 무진 애를 태울 수밖에 없지 않은가.

문학의 5대 장르 중 시, 소설 다음 수필이라는 교과서의 서열을 카드로 꺼내들 필요는 하등 없다. 그럼에도 불구하고 수필이 문학일 수밖에 없는 이유는 시, 소설 등이 담당하지 못하는 그 장르적 독자성에 있다. 수필은 허구가 아니다. 화자인 개인적인 '나'가 들어가야 하는 1인칭 문학으로 고백적인 특성을 띤다. 수필가 자신을 드러내는 문학이라는 말이다. 일단 허구가 아니므로 자연스럽게 작가의 인생관, 자연관, 취미 등에 걸쳐 인격적인 품성이 드러나게 마련이다.

그런데도 수필은 장르를 초월해서 누구나 쓰고 있는 게 현실이다. 손쉽게 쓸 수 있다고 여기고 그렇게 다가간다. 실제 인식이 그렇다. 시인이나 소설가가 수필을 쓰고 있고, 문학 안에서도 수필가가 아닌 이들이 쓴 산문을 수필로 인정하고 있음을 우리는 잘 알고 있다. 이러한 사실 인식에 대해 수필가가 침묵하고 있으면 이 또한 문제다. 수필을 잡문 보듯 하는 장르 이기주의적인 발상에 대해 간과할 수는 없는 일 아닌가.

시인, 소설가들이 수필가를 바라보는 시선에서 우월감이 묻어나는 것은 아닌지 모른다. 우리는 수필을 쓸 수 있으되 수필가는 시, 소설을 쓸 수 없다는 오만함이 도사리고 있는 것은 아니냐 하는 것이다.

남만 탓할 일이 아니다. 한국 현대문학 100년에 이렇다 할 역작力作을 내놓지 못한 수필 내부에도 문제가 있다는 것을 뼈저리게 느껴야 하지 않을까. 수필이 주변문학의 위치에서 한 발짝 나아가지 못하고 그 자리에서 맴돌고 있다면 이런 안타까운 일이 없다. 수필을 21세기 문학의 총아라 말은 하면서도, 중앙 일간지 신춘문예에서 열외로 밀려난 지 오랜 것만 봐도 수필이 온당한 대우를 받지 못하고 있는 것이 틀림없다. 현실 직시와 더불어 혹독한 자기성찰이 따라야 할 대목이다.

수필을 몇 년 쓰다 보면 느끼게 되는 일이다. 다 그런 것은 아니나 시인, 소설가가 쓰는 수필은 수필가의 안목에는 차지 않는다고 단언해도 좋을 듯하다. 사실, 수필은 어려운 문학이다. 모든 문학이 감당해야 할 무게가 있겠지만 타 장르에 비해 쉬울 것 같으면서도 결코 쉽지 않은 게 수필이다. 착상에서 소재 선택, 주제 설정, 전개, 결말, 퇴고에 이르는 창작 과정을 일관해 어느 하나 만만한 것이 없다. 걸음걸음 휘적거리면서 우여곡절 끝에 완성되는 지난한 창작이 수필이다.

수필이 한낱 파적거리의 글이 아님을 알아야 한다. 그러려면 수필에 대한 인식의 전환을 위해 수필가들이 각고면려하는 치열한 창작 의욕으로 문학성이 있는 수필, 완성도가 높은 작품을 쓰는 일이 급선무가 아닐까 한다.

다시 말해, 수필가의 개성적 시각이 없이, 무미건조한 지식의 축적이나 라면 먹고 이빨 쑤시기 식의 흔해 빠진 일상사를 기록적으로 나열한 것은 수필이 아니다. 의미의 재구성이다. 작가의 인식이 녹아 있는 메시지의 미적美的 조형성이 수필의 격을 결정짓는 것임을 알아야 한다. 고민이 따라야 한다.

⚜ 수필카페2

‘소유할 것인가, 존재할 것인가’ :

“인간의 목표는 풍부하게 소유하는 것이 아니고 풍부하게 존재하는 것이다.” (법정의 「살아 있는 것은 다 행복하다」 중)

- 작은 꽃밭 하나 가꾸며 살았던 적이 있습니다. 씨를 뿌리고 물을 주어 싹이 돋고 꽃이 피어 날 때 그 기쁨은 말로 다할 수 없을 만큼 컸습니다. 꽃밭에 꽃들을 완성하는 재미가 쏠쏠했습니다.

어느 날, 동네 개들이 꽃밭에 들어와 뒹구는 바람에 꽃밭은 한순간에 엉망이 돼 버렸습니다. 상처 난 꽃들을 일으켜 세우고 서둘러 꽃밭 주위로 울타리를 했습니다.

하지만 울타리를 친 뒤로는 혹시 꽃밭으로 뛰어들지도 모르는 개들을 살피느라 아름다운 꽃들을 즐길 마음의 여유가 사라지고 말았습니다. 요즈음은 꽃이 보고프면 들로 나가 마음 놓고 바라봅니다.

소유하지 않으니 마음 넉넉히 바라볼 수 있어 좋습니다. 온 들판이 나의 꽃밭입니다.

3. 진실-수필의 고갱이

1) 진실을 바탕으로 하는 문학

"사람은 문명이 진보하면 진보할수록 점점 더 배우가 돼간다. 그러나 아무도 그런 가면에는 속아 넘어가지 않는다."고 한 칸트의 말은 무엇을 경계함일까.

수필은 사물을 보고 듣고 행동한 일에 자신의 느낌과 생각을 진솔하게 담아내는 질그릇 같은 것이다. 그 느낌과 생각을 작가의 사상이나 철학이라 해도 좋을 것이다. 그 느낌, 그 생각은 개인적이고 고백적이다. 개인적인 얘기를 허구로 말하는 것이 아니고, 진실을 바탕으로 쓰는 글이 수필이다. 이야말로 변할 수 없는 수필의 본질이다.

수필에서 허구가 허용되어야 한다는 견해가 나온다. 수필도 문학인 이상 허구일 수 있어야 한다는 입장이다. 그것은 독자에게 보다 큰 울림을 주기 위한 기본 장치로 사용돼야 하는 것으로 전혀 납득할 수 없는 주장은 아니다. 하지만 수필의 경우, 허구가 들어서면 어디서 어디까지가 진실인지 믿을 수 없게 되면서, 결국 작품 전체가 거짓이라는 인상에서 벗어나기 어려운 지경에 처하고 말 것이므로 이 같은 주장을 액면 그대로 수용하기는 난감한 일이다. 신중해야 할 대목이다. 경우에 따라서 이것은 수필이 갖는 자기함정이 아닐 수 없다.

■ 예문 ■

동네 잔칫집에 갔다 오면서 헌 책 종이에 싸들고 온 허연 비곗살 돼지고기 몇 점 어서 먹어라 할 때, 침부터 돌아 당신과 눈 맞추지도 못하고 입으로 가져가기 바빴지만 으레 그러는 줄로만 알았습니다.

아침, 집 어귀에 나와 긴 골목을 꺾어 학교에 가는 내 등 뒤로 하시던 말씀, 학교 파하거든 시장통 큰 기와집 알지 않으냐. 그 집에 와 날 찾아라. "집에 가기 전에 들렀다 가거라." 그 집 큰 어르신이 동네잔치를 벌인다 했습니다. 뒤란에서 김이 모락모락 나는 우동다발을 큰 다라이 찬물에 넣어 활활 헹궈가며 식히다 나를 보자, 우동 그릇 그득 국물 붓고 고춧가루를 뿌리며 먹어라 했습니다. 아. 목구멍을 타고 술술 내리던 부잣집 우동의 맛. 그러는 줄로만 알았습니다. 지금도 국숫집에 앉으면 되살아나곤 합니다. 그러는 줄로만 알고 받아먹던 그 멸치우동의 맛.(……)

어느 날, 그날도 김을 매고 있었습니다. '어서 커서 아들아, 너는 농사짓지 않아도 되게 훌륭한 사람이 돼야 한다. 시골을 떠나 살아라.' 하셨습니다. 농사는 고통이었습니다. 비천한 사람이나 하는 일로 알았습니다. 바로 동의했습니다. 크게 공감했기 때문입니다. 그 뒤, 나는 커서 밭에 나가지 않는 사람이 돼야 한다고 마음 단단히 먹었고 시골로부터의 탈출을 꿈꾸기 시작했습니다. 사범학교에 입학하면서 그 꿈이 실현될 거라는 기대에 부풀었습니다. 교원이 됐으니 일단 꿈이 이루어진 것입니다. 당신의 말씀을 따르는 것, 그때도 그러는 줄로만 알았습니다.

이제 일흔의 나이를 먹고 나니 '그러는 줄로만 알았습니다.'가 한없이 그립습니다. 어머니의 말씀, 그 말씀을 누가 내게 하겠습니까.

나는 '그러는 줄로만 알아' 자란 것 같습니다. 행동도 사리분별도 그러는 줄로만 알아 해온 것 같습니다. 행동은 또 다른 행동을 낳고 사리분별들은 또 다른 이치의 터득으로 이어지는 것이었습니다. 알게 모르게 그 말씀은 내 삶을 어른에게 의지하는 나약한 처신으로 기울게도 했지만, 한편으로는 강한 의지를 심어준 삶의 지침이기도 했습니다.

- 졸작「그러는 줄로만 알았습니다」 중

어린 시절을 회상하고 있는 글이다. 이 글에서 화자는 자신이 겪었던 유년의 기억 속에서 사실을 퍼 오되, 겪었던 사실 그대로를 술회하고 있다. 한 치의 허구도 들어설 여지가 보이지 않는다. 그만큼 진실을 바탕으로 하고 있는 글이다. 진실은 정서적인 공감의 온도를 높인다. 울림이 크다는 의미다. 울림이 크다 함은 진실을 드러냄으로 수필 장르의 특성상 설득력이 강하다는 얘기다. 작가가 자신의 의도를 적극적으로 어필하면 독자는 공감하게 마련이다.

2) 허구에 관한 논의

수필이 진실을 바탕으로 하는 문학이라는 데 이견을 달 사람은 없다. 그러면서도 아이러니하게도 허구 수용 여부가 논의되고 있음 또한 사실이다. 수필도 문학이므로 현실을 그대로 재현하거나 복사하는 것이 아니라는 데서, 허구 수용의 의지를 드러낸다. 소설처럼 현실과는 전혀 다른 세계를 만들어내는 것이 아니라 하더라도 수필 또한 보다 더 이상적인 세계를 창조하는 문학이라는 입장이다.

먼저 수필가 정진권 교수의 허구론에 귀를 기울여 보자.

결론적으로 말하여 본인은, 수필 문학이 허구성을 거부해야 할 아무런 이유가 없으며, 오히려 과감하게 그것을 도입해야 한다고 믿고 있다.

이러한 본인의 견해를 밝히기 위하여 우선 문학의 허구성을 살펴보고 우리나라 수필들에 나타나는 허구성의 증거를 한두 가지 제시해 보고자 한다.

문학 작품을 읽어 보면 여러 가지 다양한 인생이 반영된 것을 볼 수 있다. 그러나 실제의 인생에서 취재는 하지만, 그것들을 수정하고 변형하고 보충하고 하여 새로이 조직하기 때문이다. 이렇게 새로이 조직하는 일, 또는 그 결과(작품)를 허구라고 부른다. 작가가 이렇게 하는 것은, 가령 역사나 전기의 경우와 같이 실제의 인생을 그대로 보여 주려는 것이 아니라, 새로운 인생(세계)을 창조하기 위한 것이다. 따라서 허구는 창조적 활동 내지 창조적 소산이라고 할 수 있다.(……)

수필은 일기나 자서전이 아니다. 이 역시 새로운 세계를 창조하는 문학의 한 갈래이다. 그렇다면 수필 문학이 허구성을 도입함으로써 그 창조적 지평을 확장해 가야 한다고 믿는다. 다만, 수필 문학이 추구해야 할 허구성이 다른 장르의 그것과 같은가, 다른가. 다르다면 어떻게 다른가와 같은 것은 별도의 연구가 있어야 할 것으로 본다.

- 정진권의 「수필의 허구성」 중

이렇게 되면 다소 간 혼란스러워진다. 수필은 진실을 본질로 삼되 그 토대 위에 허구를 수용함으로써 문학으로서의 본령을 더욱 넓힐 수 있으리라는 것이다. 조금 유연하게 말한다면, 수필 문학을 허구와 완전히 선을 긋는다는 것은 그만큼 그 영역을 좁히는 일에 다름 아닌 것이 된다. 이를테면 문학이 허구의 세계를 창조한다는 근본을 망각한 얘기라는 입장이다. 다시 말해서 진실을 바탕으로 문학적 허구는 플러스알파라 함이다.

흔히 허구와 상상을 혼동하는 경우가 있다. 사전적 의미를 따르면, '허구'란 없는 사실을 실제로 있는 것처럼 꾸미는 것이고, '상상'이란 어떤 사물이나 현상에 관하여 마음속으로 그려 보는 일, 또는 어떤 일이나 남의 마음을 미루어 생각하는 것을 뜻한다. 태풍이 한 마을을 삽시간에 휩쓸었다고 해 사실과 다르게 표현했다면 '허구'이고, 태풍 같은 재난을 당하게 됐을 경우 인간의 생존이 위태로울 것이고 또 그 위에 어떻게 위태롭게 위협을 받게 될 것이라고 한다면 '상상'이다.

정리할 차례다. 수필의 고갱이는 진실이지만 허구를 배척할 것은 아니라 하면 어떨까. 문학에서 허구란 말은 거짓말이라기보다 문학적 장치로 해석하면 좋지 않을까 싶다. 아무리 진실이 수필에게 없어서는 안될 속살이라 해도 수필도 문학인 이상 창조요 창작이 아닌가. 허구란 말은 수필이 창작의 세계에 들어서게 되는 보다 상위적인 질서 혹은 미학적인 또 하나의 세계를 세우기 위한 기본 설계라 하면 될 것이다. 그랬을 때, 수필도 문학으로서의 돌파구가 넓게 열리면서 진실 하나만을 붙들어 온 구속에서 해방될 수 있지 않을까 생각한다. 수필이 진실의 문학이로되, 사실이 수필의 진화를 가로막는 굴레가 되어서는 안될 것이다. 모든 문학은 사실을 형상화하고 변용하는 것이라는 점에서 수필도 예외일 수 없지 않은가.

이 문제를 일단락 짓기 위해 작품 두 편을 예로 든다.

■ **예문1** ■

냇물을 따라 걸으면 달이 둘이다. 동그랗던 물속의 달은 길쭉하게 흔들리다가 부서진 유리의 파편처럼 물속에 가득 찬다. 그런가 하면 다시 수정같이 고요한 수면을 비친다. 달이 도랑물 위에 비춰지라고 나는 왼쪽을 오른쪽으로 몸을 옮기면서 걷는다.

하늘의 달이 검은 수양버들 뒤에 숨었다. 그런데 보니 거꾸로 드리운 물속의 나뭇가지가 시나브로 흔들리는 그 끝 위에 달이 환하게 빛나고 있다. 그러다가는 또 쫄랑거리는 물 위에서 사정없이 깨어지고 흩어지며 사랑이 부서진 가슴같이 호화롭다.

가로 흐르던 내가 달과 나 사이에 길이로 뻗으면 사람 하나 없는 먼 문턱 사이로 붉은 강물이 한없는 띠를 펼친다.

들판 여기저기 물이 고인 논이 달빛을 받으면 검은 땅 사이에서 가슴이 저리도록 아름답게 빛난다. 밑바닥의 흙탕은 하나 없고 물만 체념처럼 아름답다.

- 윤오영의 「달빛」

■ 예문2 ■

푸른 수의 내던지고 녹색으로 성장(盛裝)했지만 갇혀 있습니다.

넘지 못하는 견고한 검은 벽 안 영어(囹圄)의 몸입니다.

그렇다고 질곡이라거나 정체라고는 생각지 않습니다.

거세(去勢)는 더더욱 아니고요.

작고 만만한 변방이 아닌, 현란한 핵심입니다.

오금 못 추지만 내 영토에 엄연하게 앉아 확장의 야욕 일찍 버리고, 세상 유람하는 허접스러운 꿈같은 것은 접은 지 오래입니다.

긍정하는 것, 수용하는 것이 넓히는 자유가 진정한 것임을 터득한 지금입니다.

쫄깃쫄깃 씹히는 달디 단 제한적인 이 자유를 누가 재단했건 그야 무슨 상관이겠습니까.

나이 먹어 온 시간만큼 꼬이고 뒤틀리긴 했지만 어디까지나 창조적인 연마입니다.

날이 갈수록 어루만져주는 애무의 눈길에 매달려 나는 행복합니다.

뻗고 치솟지 않는 내게도 하늘이 와 있고 밤엔 별이 쏟아지고 새벽에 내리던 이슬이 언제부터인가 무서리를 불러 영그는 꿈 한 자락 밟고 앉았습니다.

이런 세상에 생을 누리고 있는 걸 축복이라 여겨 울울해 하거나 구시렁거리지 않기로 했습니다.

많은 말을 갖되 말하지 않는, 이웃 지은 돌에게서 배운 침묵이야말로 무거운 내 존재의 무게입니다.

말을 적게 하는 것이 아닌, 말하지 않을 것을 말하지 않는 미덕은 수식하지 않은 문장처럼 깔끔합니다.

초조해 하거나 미적거리지 않고 오달져 꼿꼿합니다.

몸은 겹겹 남루를 감았지만 손끝은 옴짝거리며 날의 실과 씨의 실을 잣아 새로운 생명의 잉태에 늘 분주합니다.

태어나는 순간순간, 손끝에 이는 떨림이 속살 깊숙이 줄 하나 새겨 넣고 반 뼘의 키를 키움으로써 당장의 이 왜소함도 어깨 떡 벌어져 거목 앞에 크고 딴딴합니다.

세파에 얽히고설키면 야무지고 당차야 풀리는 게 갈등임을 알아 일찌감치 몸을 사렸지만 정신까지 구부정한 건 아닙니다.

나만의 노래가 있어 새가 노상 오지 않아도 슬프지 않습니다.

바람이 머물다 가는 날이면 그 옛날 인욕의 기억을 훌훌 털고 일어나 아침 해를 향해 마음을 여미고 또 여밉니다.

요즘 들어 노루 꼬리만큼 짧아 가는 여름밤에도 잠을 물리고 마당에 나앉아 별을 헤어 봅니다.

언제쯤 꿈 한 번 꿔 보려는 소망인들 왜 없겠습니까.

- 졸작 「분재」 전문

〈예문〉1·2 모두 상상력의 소산이다. 냉정히 말해 사실이기보다 거짓이고 가식이다. 달이 둘이라 한 것이라든지, 유리 파편이 되어 물속에 가득 찼다는 표현만 보아도 분명해진다.「분재」의 경우를 보면 더욱 상상력이 차지하는 비중이 절대적인 것이 한눈에 읽힌다. 분재라는 대상의 사실적 묘사가 아니라, 작자의 감정 이입으로 물아일체의 경지로 나아가고 있지 않은가. 수필이 허구임을 보여주는 바로 그 증거가 아닐까 한다.

결론을 말하자. '진실'을 구실 삼아 '사실'의 테두리를 벗어나지 못하는 수필은 결코 좋은 수필이 될 수 없다. 수필에 허구가 용납되지 않는다면 수필가는 사실만을 쓰고 있다는 것인데, 그렇지 않다. 아무리 자신을 진솔하게 드러낸다 해도 어느 일정 수준을 넘지 못하는 것임을 작품을 쓰면서 매번 경험하는 일임은 누구나 느끼는 일이다. 진실을 무너뜨리지 않은 사실까지 외면할 수는 없다.

수필은 태생적으로 작가의 경험에서 글감을 선택해 그것에 의미를 부여하는 작업이라고 한정하다 보면 미래라는 영역을 도려내야 하는 아픔을 감수해야 한다. 미래만큼 허구도 없겠기 때문이다.

수필이 과거형에 머물면 주제가 모호할 수 있다. 수필이 단순한 과거 소개에 머물러선 안된다. 현재에서 미래로 외연을 넓히면서 글감에 대한 해석을 통해 메시지를 담아내야 한다. 아무리 체험 속의 진실을 드러내는 문학이라 하나 이제는 수필도 문학인 이상 융합이라는 측면에서 허구에 대해 관대해야 할 것 같다.

새로움을 추구하려면 '낯설게 하기'가 동원돼야 한다. 기존의 것과 유사한 글감의 해석이나 안이한 형상화로는 독자에게서 외면당할 수밖에 없다. 수필이 그만큼 긴장도가 떨어지고 말기 때문이다. 사실, 수백 년 동안 수많은 작가들이 같은 대상소재을 가지고 셀 수도 없는 많은 작품을 써 왔지 않은가. 까딱하면 늘 써 온 얘기, 그만그만한 내용을 담아내는 데 그치기 십상이다. 다른 작가가 이미 기술했거나 유사한, 누구나 쓰는 내용을 가지고 안이하게 임하면 아류작이 되고 말아 독자가 식상해 버린다.

본질 이전의 현상에 머문 수필이 가치명제로서의 본연의 자리를 찾으려면 수필가의 끊임없는 노력이 있어야만 한다. 원래 문학작품은 작가가 체험한 것을 그대로 기술한 현상의 기록물이 아니다. 작가에게 주어진 임무는 그 글감에서 새로운 의미를 찾아내는 일이다. 실제 있었던 일의 현상만을 적어 내는 것이 아니라, 그 글감이 함유하고 있는 본질을 찾아 삶에 대한 해석을 내리는 일을 요구하는 것이다. 따라서 이러한 새로운 해석은 기존의 틀에서 과감하게 이탈하거나 부정을 시도할 때라야 가능해진다.

미래를 향한 활발한 논의 속에 수필이 큰 산을 향해 올연히 솟아오를 수 있어야 한다.

❧ 수필카페3

'상선약수上善若水' :

최상의 선善은 물과 같다.

- 물은 만물을 이롭게 하고도 그 공을 다툼이 없다. 어떤 그릇에 담느냐에 따라 그 모양이 달라진다. 항상 위에서 아래로만 낮은 자세로 흐른다.

억지로 흐름을 거스르려 않는다.

바위가 막아서면 비껴서 흐르고, 흐름을 막으면 멈췄다 차고 넘치면 다시 흐른다.

그게 물의 속성이다. (노자의 「도덕경」)

---

4. 의연한 품격, 그 타고난 성정性情

문장 곧 작가다. 수필은 작가가 그대로 드러나는 글이다. 문장 한 구절, 선택된 어휘만 보아도 어렵잖게 그 글을 쓴 작가의 인품이 읽힌다. 작가의 품격과는 무관하게 무절제하게 쓰이는 다른 문학 장르하고 판이한 수필의 특성이다.

일상생활에서 말을 함부로 하면 상대방의 기분을 상하게 할 뿐 아니라 심하면 인간관계를 금 가게 해 손상시킬 수 있다. 부메랑이 돼 돌아온다는 얘기다. 결국 말한 사람 자신의 인격에 치명타를 입힐 수 있다. 마찬가지로 여과되지 않은 용어 선택이 수필의 품위를 저급한 수준으로 떨어뜨리는 요인이 될 수 있음은 말할 것도 없는 일이다. 수필은 작가의 인격을 드러내는 글이므로 품위가 따르지 않으면 안된다.

예를 들어 보자.

■ **예문** ■

결혼한 지 그럭저럭 10년이 됐다. 맞선을 보았을 때와는 달리, 어느 사이 아내는 늑대가 되어 버렸다. 말하지 않아도 나의 일거일동을 환히 꿰뚫어 본다. 자연히 매력이라고는 느낄 데가 없다. 그렇다고 딴 여자에 이끌려서 그런 것은 아니다. 허리통이 굵어진 것에서부터 매력이 없지만, 한 가지에만은 이끌리지 않을 수 없다. 그것은 공개할 수 없는 매력이다. (……) 아무튼 결혼이란 것은 남자가 아내에게 얽매이는 일이다. 10년을 살아오면서 반은 애정이었지만 반은 의무적이라는 느낌이다. 그러나 때때로 아내 이외의 여성의 미를 생각해 볼 때가 없지는 않다. 이것은 남녀 간이 서로 같은 생각일지도 모른다. 이런 굴레를 벗어 보려는 생각이 결국은 파탄을 몰고 온다. 간혹 보도되는 사례는 그런 이유에서일 것이다. 사회 질서 유지를 위해 법으로 규제

하는 것일 뿐, 불륜의 속성은 누구에게나 있다고 봐야 하지 않을까.

　지난달이었다. 당일로 돌아올 출장길에서, 일을 못다 마치고 할 수 없이 하루를 묵고 돌아왔다. 집에 들어서자 아내의 표정이 심상치 않았다. 그리고 거침없이 말이 나왔다. 혼자서 재미 보며 다닌다는 얘기다. 놀라운 것은 자기인들 못 볼 줄 아느냐며 사뭇 공갈조로 윽박지른다. 버선목이라 뒤집어 보일 수도 없어 그저 지껄일 테면 지껄여 보라 하였다.

– 어느 회사원의 「외박」

'늑대가 되어 버렸다.', '허리통이 굵어진 것', 또 말미의 '혼자서 재미 보며 다닌다는', '놀라운 것은 자기인들 못 볼 줄 아느냐며 사뭇 공갈조로 윽박지른다.', '지껄일 테면 지껄여 보라' 등에서 보듯, 이 글은 저급한 표현을 여러 곳에 드러냈다. 그뿐 아니다. 작품 전체의 분위기가 속된데다 작자의 인격적 품위가 저속하게 노출됐다. 비속한 용어를 남발함으로써 문장에 대한 기본적 소양이 갖춰 있지 않음도 드러내 보이고 있다.

　'늑대'에 빗댄 것은 지나치게 자극적이고, '허리통이 굵어진 것'은 오히려 그 안정감과 무게가 가정을 떠받치는 중년부인의 관록임을 암시했더라면 풍자와 해학으로 승화되면서 격조 있는 표현으로 바뀔 수도 있었을 것이다.

■ 예문 ■

"바깥양반은 뭘 하십니까?"

　그런 질문을 받을 때마다 소태 씹은 맛이 되어 떨떠름한 표정을 짓게 상대방의 저의가 무엇인가를 알 듯해서이다.(……)

　졸지에 남편 잘못 만나 고생하는 여자쯤으로 전락하여, 동정을 받게 되는 수모를 당한다. 만만찮은 직업을 가졌다고 판단되면, "흥! 그러면 그렇지, 여자인 너 따위가 남편 덕에 한 가지 얻어 걸친 게로구나." 하는 의심을 받기 십상이다. 참으로 뿌리 깊은 편견이 아닐 수 없다.

초면의 남자보고, "부인이 뭘 하는 사람입니까?"라는 실례의 질문을 하지 않아야 한다. 으레껏 집안에 구겨 박혀 구정물에 손 담그고 일 속에 파묻히거나, 팔자가 좋은 편이면 손톱에 매니큐어 칠하고, 파출부에게 집안 일 맡기고 빈둥빈둥 소일할 거라도 지레 짐작하고 안 묻는 것인지는 몰라도 아무튼 그렇다.

- 어느 주부의 「치사한 이유」 중

제목부터 품격을 떨어뜨리고 있고, 대화체가 거칠어 세련되지 못하다. "소태 씹은 맛이 되어 떨떠름한 표정을 짓게 된다."라 한 것은 감정 처리가 적절치 않아 보인다. 그런 질문을 받을 때마다 "기분이 썩 좋지 않다."든지, "얼른 대답할 말을 못 찾아 망설이게 되곤 한다."라 하면 어떨까. 너무 육감적인 대답에 비해 감정이 많이 걸러졌다는 느낌이 들 것이다.

위의 두 〈예문〉과는 다른 다음 작품을 좀 더 미시적으로 세심히 들여다보기로 하자.

■ 예문 ■

여자는 책과 같은 것이어서 시간만 지나면 아무리 못났어도 다 제 임자 생긴다고 하지만 딸 시집보내 본 경험자로서는 텔레비전에서 여학생 단체만 보아도 "아이구, 저 애들을 누가 다 데리고 가냐." 하는 걱정부터 앞선다.

서로 연애해서 좋은 상대 생긴다면 그 이상 더 좋은 일 없겠지만 연애결혼이란 끝내 잘 되기 힘든 일이고 아직은 중매결혼이 더 바람직한 것으로 되어 있다. 여자도 연애하려면 잘 입혀서 밖에 내보내야 한다지만 밖에 나가면 연애할 자격이 없는 자들이 먼저 덤벼드니까 걱정이고, 여자가 순진

할수록 그런 무자격자에게 더 잘 걸려드니 큰일인 것이다.

어느 택시 운전사가 "아가씨고 아주머니고 여자는 밖에 내놓지 말아야 합니다."라고 자기의 인생철학을 강조하는데, 그것은 택시 안 체험에서 얻은 철칙이라니 경청하고 감명할 수밖에 없다.

서양인의 성(性)에 대한 관념이 개방적인 것은 사실이지만 그래도 제대로 된 처녀이면 남자가 데이트 청했을 때 "당신 기혼자 아니냐.' 물어서 무자격자이면 당초에 거절해서 깊은 관계의 시작을 스스로 막고 있다.

그런데 우리나라에서는 그래서는 안되고 또 그럴 것 같지도 않은 아가씨들이 "저녁 먹자."고 하면 자기 좋아하는 것만 고마워서 기혼이건 늙은이건 따라 나선다. 그래서 우리나라의 연애란 몹시 어려운 것이다.

얘기가 옆으로 흐른 것 같지만 그러면 맞선보기란 쉬운 일일까.

맞선을 보고서 서로가 꼭 맘에 든다면 그 이상 좋은 일이 없을 것이다. 만일 둘이 다 서로를 싫어한다면 그런대로 그것은 괜찮은 편이다.

그러나 한쪽이 싫어하고 그것도 여자가 불합격이 되면 일은 심상치가 않다. 자기가 입은 옷이 나쁘다고 해도 기분이 상할 일인데 자기가 타고 난 그 하나밖에 없는 자기 알맹이가 낙제라고 하니 여자로서는 큰 타격이 아닐 수 없다.

남자가 생각해도 기가 막힐 일인데 여자의 마음은 어떠할까. 더구나 퇴짜 맞았다는 딱지가 붙어서는 또 안된다. 그래서 맞선볼 때는 상대방 눈치를 잘 보았다가 위태롭다 생각하면 먼저 퇴짜 놓을 줄도 알아야 한다.

그런데 일이란 첫 번에 잘 돼야지 한번 실패하면 실패가 거듭되기 쉽다. 그래서 맞선도 그리 쉬운 일이 아니고 맞선 결과 기다리는 것은 입시 결과만큼이나 조마조마한 것이다.

결혼이란 이런 것이어서 하는 수 없이 노처녀가 생긴다. 글쎄, 몇 살쯤부터가 노처녀일까.

남자는 30을 넘으면 노총각이 되지만 여자는 27세가 되면 노처녀 소리를 듣기 시작할 것이다. 이마에서 솜털이 없어지고 마지막 애티가 얼굴에서, 동작에서 없어지는 무렵이다.

30이 되면 명실 공히 노처녀이다. 본인도 본인이지만 부모의 가슴이 더 아파지는 때이다. 그러나 이때 "나는 노처녀" 하며 스스로 자기 값을 떨어뜨리고 함부로 굴어서는 절대로 안된다.

성실하고 깨끗하고 의연하게 살고 있으면 노처녀는 노처녀대로 그 격이 있고 40을 넘어도 상대방이 나타나게 마련이다.

나는 그런 예를 많이 보고 있다. 자기를 존대하는 사람만이 남의 존대를 받는 것이다. 처녀고 노처녀고 가기를 존경하는 사람만이 숙녀로 불리는 것이다.

- 김원룡의 「노처녀」

어휘 선택에서부터 차분하고 신중하다. 작자의 어른다운 인품과 풍모가 문장 전체에 깔려 있다. 까딱해서 품위를 잃기 쉬운 '노처녀'를 소재로 다루면서도 속된 표현을 절제했다. 저속한 격을 드러낸 곳이라고는 한 군데도 찾아볼 수 없다. 한 구절만 속돼도 작품 전체가 손상을 입을 수 있는데 끝까지 작가의 품위 유지에 한 치의 흔들림도 없다. 특히 끝 부분의 '자기를 존대하는 사람만이 존대를 받는다.'라든지, '자기를 존경하는 사람만이 숙녀로 불리는 것'이라 한 데서 작가의 달인의 경계에 이른 경륜의 한 단면을 엿볼 수 있다. 톡톡 튀지는 않으나 인생을 살며 온갖 풍상을 겪은 데다 학자다운 식견과 안목에서 사물을 바라보는 작가의 인간적 원숙미를 음미하게 되는 것이다. 이같이 감정을 섣불리 드러내지 않고 함축할 때 글이 향기로운 것은 말할 것이 없다.

문학은 아름다운 인생, 아름다운 세상을 찾아나가는 기능을 지닌다. 창작 행위는 이런 세상을 만들기에 참여하는 것이며 이 아름다움은 어떤 화가, 조각가, 음악가, 배우들도 해낼 수 없는 고귀한 경지에 도달하는 것이므로 문인은 미술가들보다 더 '미술적'일 수 있다고 한 문학평론가 김우종의 말이 그 정곡을 짚고 있다 하겠다.

수필은 삶의 리얼리티를 추구한다. 언어라는 측면에서 수필을 해석하면, 자유로운 표현으로 나아가려는 욕망의 표현이기도 하다.

들뢰즈는 "예술작품은 작동한다."고 했다. 그렇다면 작가는 탈주선을 탄 언어의 항해자들이다. 그것을 실천하는 자만이 수필을 문학답게 만들어 간다. 글을 쓰는 것은 그리움을 만나는 일이고, 그 그리움의 대상은 혈과 육 그리고 삶을 거쳐 언어라는 절대적 가치를 지향하는 일이다. 그러나 그 것을 삶의 좌표에 얹는 이는 그리 흔치 않다.

❀ 수필카페4

'떠나간 벗을 그리워함' :

나무줄기를 손등으로 간질이면 간지럼 타듯 가지를 바르르 떠는 예민함 때문에 '간지럼나무'라고도 불리는 배롱나무 그늘에 들면, 무더위에 지친 마음에도 화사한 꽃물이 들 것만 같습니다.

백일홍나무라 불리게 된 것은, 사육신의 한 사람인 성삼문이 '지난 저녁 꽃 한 송이 떨어지고 오늘 아침 한 송이 피어 서로 백일을 바라보니 너와 더불어 한 잔 하리라.' 노래한 것처럼 한 번 피어 백일 붉은 게 아니라 피고 지고를 수없이 되풀이하여 석 달 열흘을 꽃등을 켜는 때문입니다.

- 쉽게 만나고 쉽게 헤어지는 요즘의 사랑 풍경을 두고 쿨cool한 사랑이라 얘기하지만, 사랑이 쉽게 끝나는 것은 배롱나무 꽃처럼 끊임없이 새로운 꽃을 피워 사랑의 꽃등을 밝히고자 하는 열정이 모자란 때문은 아닌지 반성하게 됩니다.

석 달 열흘 꽃등을 밝히고도, '떠나간 벗을 그리워함'이란 배롱나무의 꽃말을 곱씹으면서…….

---

5. 수필과 에세이

수필을 영어로 '에세이essay'라 하고, 동양에서는 '隨筆'이라 해 왔다. 에세이는 프랑스의 몽테뉴에서 비롯된 시론試論, 시도試圖라는 뜻이고, 이것이 영국으로 건너가 발전돼 온 것이라고 약술할 수 있다.

윤오영은 수필은 동양적인 에세이요, 에세이는 서구적인 수필이라 말하면서 "작품상으로 일치될 때가 많으며, 말의 출전이나 기원을 따져서 실체를 파악한다는 것은 많은 경우에 정확한 개념이 되지 못한다."고 했다. 또한 수필이라는 명칭에 대해서, 알베레스의 말을 인용해 "에세이는 그 자체가 원래 지성을 기반으로 한 정서적 · 신비적 이미지로 된 문학"이라 했다. 에세이도 감성을 바탕으로 하는 정감적인 글이라는 것이 된다. 따라서 수필과 에세이는 개념상 차이가 없다고 보아서 큰 문제가 없을 것이다.

구체적으로 서구의 에세이와 동양의 수필을 예로 들어 비교해 보자.

■ 예문1 ■

여기 이 책은 아주 성실 정직한 책이다. 독자여, 책머리에서 당신에게 그 사실을 말해 두지만, 나는 이 책 속에 내 가족적인 사사로운 일밖에는 아무런 다른 목적을 두지 않았다. 나는 이 책에서 당신에게 어떤 보탬이나 또는 내 영광을 위한 아무런 생각도 하지 않았다. 그와 같은 마련은 내 힘에 넘치는 일이다.

나는 이 책을 내 친척들과 친구들의 쓸모의 보탬으로 드린다. 즉 그들이 나를 잃고 나서(머잖아 그렇게 될 테니까) 이 책에서 나의 타고난 기질의 그 어떤 특징을 생각해 낼 수 있게 하고, 또 이 책에 의하여 그들이 나에 관해서 지니고 있는 지식을 더욱 완전하고 더욱 생생한 것으로 할 수 있게 하기 위함이다. 만약 이 책이 세상 사람들의 호평을 사기 위한 것이었다면, 나는 좀 더 자신을 분칠했을 것이고 조심스러운 발자취로 스스로를 드러냈을 것이다.

나는 여러분들이 이 책에서 나를 자연스럽고 예사로운, 긴장도 기교도 없는 담백한 모습으로 보아 주었으면 하고 바란다. 왜냐하면 내가 그려내고 있는 것이 바로 나이기 때문이다. 이 책에선 내 결심이 생생하게 읽혀질 것이고, 또 내 타고난 외모도 독자들에게 용서 받을 수 있는 예절의 한도 안에서는 있는 그대로 보여질 것이다.

만약 내가 아직껏 자유 관대한 자연의 최초의 법칙 밑에서 산다는 그런 민족들 속에서 생활한다면, 틀림없이 나는 당신들에게 모든 것을 다 털어 놓고 아주 기꺼이 완전하게 벗어 부친 나를 드러냈을 것이다. 그러니까 독자여, 내 자신이 바로 내 책의 내용이다. 이렇게도 가볍고 이렇게도 별 볼 일 없는 내용이니 당신이 당신의 한가한 시간을 사용할 만한 구실도 못된다. 그러면 안녕. 1580년 3월 1일. 드 몽테뉴.

- 몽테뉴의 「독자에게」 정봉구 옮김

■ 예문2 ■

……나는 스코틀랜드 사람을 좋아하려고 해보았지만, 마침내 실망하고 그런 시도를 그만둘 수밖에 없었다. 그들은 나를 좋아할 수가 없는 것이다. 그들 중 어느 한 사람도 나 같은 시도를 해보았다는 말을 들은 바가 없다. 그런 감정의 추이에는 보다 단순하고 본질적인 데가 있다. 우리는 첫눈에 서로를 안다. 미숙하나마 지각 훈령積穀訓令이 내려지고, 그 훈령이 즉 본질적으로 반反 스코틀랜드인이 되며, 나의 지각은 그 훈령을 따라야만 만족하게 되어 있다.

내가 말하는 이런 종류의 지각 기능 소유자는 이해력이라기보다 암시적인 정신 기능을 지녔다. 그런 사람들은 자기의 사상이나 그 표현 방법이 명료하고 정확하다고 내세우진 않는다. 장롱 안에 간직된 그들의 지식이란 (정확하게 말해서) 완성품은 없고, '진실'의 한 부분이거나 흩어진 조각일 뿐이다.(……)

– 찰스 램의 「불완전한 감정」, 양병석 옮김 〈수필공원〉

〈예문〉 1 · 2 를 보자.

몽테뉴나 찰스 램의 글이 에세이라 해서 수필과 특별히 다르다는 느낌이 오지 않는다. 자기고백적인 성격과 작자의 체험적 사실이 가볍게 드러나고 있지 않은가. 자신의 의견을 내놓고 주장하거나 상대를 설득하려 하지 않고 있어서 오히려 생활 속에서 가까운 사람 사이에 주고받는 정담 또는 혼자 중얼거리는 독백이라는 느낌 쪽이 훨씬 강하다.

경우에 따라서는 상대방의 마음을 움직여 자신의 뜻에 따르도록 하는 호전적이고 설득적인 글, 다시 말해서 논설적인 글을 서구적 에세이의 원형으로 인식해 온 통념과는 사뭇 다르다. 특히 서구 에세이의 전형이라 할 찰스 램의 글에서 동양적 수필의 부드럽고 온화한 정감이 깃들어 있는 것을 어떻게 볼 것인가. 수필과 에세이는 그 용어의 해석이나 개념 정의에 별다른 차이가 없다고 보아도 무방할 것이 아닌가 한다.

이번에는 한국 수필에 나타나는 에세이적인 것, 말하자면 딱딱하고 무거운 중수필重隨筆과 부드럽고 가벼운 경수필輕隨筆의 예를 만나 보기로 한다.

■ 예문1 ■

사랑방에 앉아서 해가 지는 것도 모르고 바둑판에 정신을 쏟고 있는 사람을 보고 신선놀음이라고 했다. 산중턱 높은 곳에 지어 놓은 정자에 흰 수염의 할아버지들이 앉아서 시를 논하고 학문을 이야기하면 신선놀음이라 했다.

현대에도 신선놀음은 있다. 화가가 경치 좋은 강기슭에 그림틀을 놓고, 산 한 번, 그림 한 번씩 보면서 붓대를 움직이고 있으면 그것이 곧 신선놀음이다. 음악가가 악기를 어깨에 메고 버스에 타고 있기만 해도 그것이 신선놀음으로 보인다. 그러니까 자기 뜻에 맞는 일을 하는 사람, 멋있게 생활을 엮어 나가는 사람이 모두 신선놀음을 즐기는 사람이다.

　이렇게 말하면 멋이 무엇인데? 하는 의문 부호가 온다. 틀이 잡히고 여유가 있는 행동, 아름다움을 열심히 추구하는 마음, 대상에게 정신없이 열중하는 정열, 그래서 무아경에 빠질 수 있는 도취가 있으면 그것들이 모두 멋이 된다. 멋은 조화와 균형과 여유에서 얻어진다. (……)

　단학丹學 공부를 하는 도장에 가 본 일이 있다. 사찰에서 도를 닦는 스님 모양 단정하게 앉아 손을 모으고 눈을 지그시 감고, 굳어 있는 사람이 많았다. 그들은 첫째가 마음을 비우는 연습이고, 다음은 빈 마음에 천지의 기운을 빨아들이는 연습이다. 몸 안에 막히는 데가 없게 하기 위해서 상당히 격렬한 운동을 한다. 다리, 팔, 가슴, 손마디까지 흔들어서 기운이 들어가기에 지장이 없도록 통로를 만든다. 그런 뒤에 마음을 모두고 천지에 미만 되어 있는 기운을 체내로 흡수한다. 그렇게 되면 나와 천지가 하나가 된다는 것이다. 그 연습이 숙달되고 어느 경지에 이르면 황홀경을 체험한다고 말한다. 곧 물아일체物我一體가 된다는 것이다. (……)

　건전한 즐거움을 얻기 위해서 건전한 도취를 찾을 필요가 있다. 예술에 취할 수도 있고, 종교에 취할 수도 있고, 학문에 취할 수도 있다. 요즘은 문화센터라는 기관에서 취미반 교육이 성행되고 있다. 동양화반, 서예반, 외국어반, 꽃꽂이반, 문예창작반, 독서반 등 많다. 어떤 대상에 나를 몰입시킬 것인가? 그 몰입이 멋으로 연결되고 도취의 경지에 간다면 그곳에 곧 인생의 의미가 있다고 생각해 본다.

- 김시헌의 「인생의 의미」 중

■ 예문2 ■

찰밥을 싸서 손에 들고 새벽에 문을 나선다. 오늘 친구들과 소풍을 가기로 약속을 하고 점심 준비로 찰밥을 마련한 것이다.

내가 소학교 때 원족을 가게 되면 여러 아이들은 과자, 과실, 사이다 등 여러 가지 먹을 것을 견대에 뿌듯이 넣어서 어깨에 둘러메고 모여들었지만, 나는 항상 그렇지가 못했다. 견대조차 만들지 못하고 찰밥을 책보에 싸서 어깨에 둘러메고 따라가야 했다. 어머니는 새벽같이 숯불을 피워 가며 찰밥을 지어 싸 주시고 과자나 사과 하나 못 사주는 것을 몹시 안타까워하셨다.

어머니는 가난한 살림에 다른 여축은 못해도, 내 원족 때를 생각하고 고사 쌀에서 찹쌀을 떠두시는 것을 잊지 아니하셨다. 나는 어머니의 애틋한 심정을 아는 까닭에 과자나 사과 같은 것은 아예 넘겨다보지도 아니했고, 오직 어머니의 정성 어린 찰밥이 소중했었다. 이것을 메고 문을 나설 때 장래에 대한 자부와 남다른 야망에 부풀어, 새벽하늘을 우러러보며 씩씩하게 걸었다.

말하자면 이 어머니의 애정과 선물이 어린 나에게 커다란 격려와 힘이 되었던 것이다. 이것이 인연이 되어, 소풍 혹은 등산을 하려면 으레 찰밥을 마련하는 것이 한 전례가 되고 습성이 된 셈이다.

오늘도 친구들과 야유를 약속한 까닭에 예와 같이 이 찰밥을 싸서 손에 들고 나선 것이다. 밥을 들고 퇴를 내려서며 문득 부엌문 쪽을 둘러봤다. 새벽에 숯불을 피우시던 어머니의 모습이 눈앞에 떠오르다가는 안개처럼 사라져 버린다. 슬픈 일이다. 손에 밥은 들려 있건만 그 어머니가 없다……

– 윤오영의 「찰밥」 중

〈예문 1〉 김시헌의 '인생의 의미'는 제목부터 무겁고 딱딱한 느낌을 주는 중수필이다. 작가가 말하고자 하는 바를 명료하게 나타내고 있다. 정감적인 경수필에 비해 보면 밑바닥에 명쾌한 논리를 깔고 있음을 알게 된다. 전후 혹은 좌우의 이치를 가리고 따지는 성격이 뚜렷하다. 단적으로 말해 논리적 사고를 펼치고 있는 것이다. 서정적이라기보다 건조 담박하고 평명平明하다.

이에 비해 〈예문 2〉 윤오영의 '찰밥'은 무겁고 딱딱하지 않고 가볍고 부드럽다. 상대를 설득하거나 자신의 견해를 내세워 적극적으로 주장하려 하지 않는다. 표현이 주관적이고 서정적인 성격이 두드러지다.

정리해야겠다. 앞의 예문들을 통해 볼 때, 서구 작가의 에세이와 우리 수필가의 작품에서 별다른 차이를 느끼지 못한다. 에세이가 수필이고, 수필 곧 에세이가 아니냐 하는 것이다. 요즘 에세이스트라는 명칭을 흔히 쓰는데, 상관없는 일이다. 수필가라는 말과 같다고 보면 된다. 작품집을 봐도 '○○○ 수필집'이라거나 '○○○ 에세이집'이라 하고 있다. 내용을 훑어보면 양자의 확연한 경계를 보이고 있는 경우는 만나 보기 힘들다. 거의 전부 거기서 거기란 생각이 든다.

수필과 에세이를 굳이 구분하지 않아도 될 것 같다. 두 말이 실제 그렇게 혼용되고 있다.

🌸 **수필카페5**

사하라사막과 마라톤 당시,
내가 가장 많이 한 말은 '행복하다'였다. 나는 내 능력에 맞춰 즐기면서 꿈을 향해 걸었다.
몸은 말할 수 없는 고통에 쩔쩔맸지만 내 머리, 내 가슴은 사람과 세상과 우주를 향해 활짝 열리는 느낌이었다. 사하라에서 맛본 희열은 영원히 내 가슴에 남을 것이다. 아직 그에 견줄 기쁨은 없었다.

　－ 사하라 사막! 메마름과 고통의 상징입니다. 게다가 그곳에서의 마라톤은 극한의 고통입니다.

　그러나 그 극한의 고통 속에 행복과 희열이 묻어 있습니다. '행복은 고통이 만들어 내는 부산물입니다.' 고통의 깊이만큼 내 앞에 다가옵니다. 고통을 모르면 행복이 행복인 줄도 모릅니다. (김효정의 「나는 오늘도 시작을 꿈꾼다」)

6. 수필의 독자성, 그 통합적 흡인력

1) 수필은 소설이 아니다

수필은 운문이 아닌 산문이라는 점에서 소설에 가깝다. 그렇다고 수필은 수필일 뿐 소설이 아니다. 소설이 실재하지 아니한 허구적인 사건 속에 가공의 인물을 통해 이야기를 만들어가는 형식인데 비해, 수필은 어디까지나 작가 개인의 인격적인 표현의 글이기 때문이다. 부연하면 수필이 개인의 고백적인 서술이 바탕이 되는 1인칭 문장인데, 소설은 작가 자신의 이야기가 아닌 가공의 인물, 허구의 사건을 전개시켜 나가는 보다 서사적敍事的인 글이라는 점이다.

소설이 작가가 이야기의 주체가 아니므로 감정 노출에 구애 받지 않는 반면, 수필은 작가 자신이 주체가 되므로 감정을 최대한 걸러냄으로써 인격적인 품격을 시종 유지하지 않으면 안된다.

표현에 제약이 없는 소설과 달리 수필은 표현에 제약을 받을 수밖에 없다. 소설에도 1인칭 서술자 시점의 소설이 없지 않으나 그것은 허구적 구조 속의 인물로 존재할 뿐, 수필 속의 '나'와는 전혀 다르다. 이를테면 알퐁스 도데의 「별」의 모두, '내가 뤼브롱산에서 양을 치고 있을 때의 이야기입니다.'에서 '나'는 1인칭 서술자 시점임을 나타내는데, 화자인 '나'는 허구 속의 인물일 뿐 알퐁스도데가 아니라는 얘기다.

다만, 수필에서도 서사적 문체는 엄연히 큰 힘을 발휘한다. 작자 자신의 체험이든 삽화揷話나 화소話素가 되었든 사건을 풀어나가는 서술 형식, 곧 서사적인 기능은 수필에서 빼놓을 수 없는 요소다.

서사란 인간의 경험을 '의미 있는 사건으로 구성한 것'이다. 경험을 해석해 재구성한 것이라 하겠는데, 어떻게 구성하느냐에 따라 작품의 질에 지대한 영향을 미치게 한다. 이를테면 이야기가 개연성 있는 것들로 이뤄져 신뢰감을 준다든지, 재미를 느끼게 한다든지, 전개에 늦출 수 없는 관심을 끌어들임으로써 독자들에게 유인수단이 된다든지 하는 것인데 수필에서도 구성적으로 발단 · 전개 · 결말의 통일성이 유지돼야 함은 물론이다.

정리하고 넘어가자.

결국 소설은 작중인물을 빌려 말하는 형식인데, 수필은 처음부터 끝까지 작자 자신의 말이다. 설령 '나'의 이야기가 아닌 3인칭 형식의 수필이라 해도 작품 속의 '그'는 종국에 '나'일 수밖에 없는 것이 수필이다.

수필은 남의 입에서 나온 말도 자신의 말이 된다는 뜻이다. 그런다고 수필이 대화체를 부정하거나 배제하지는 않는다. 다만 수필에서 소설 문장 같은 대사가 얼마만큼 필요한지는 별개의 문제다.

■ 예문1 ■

다음은 집안 청소다. 주인집 손자는 있으나 마나고, 지하방에 세 들었던 총각에 대한 분풀이로 비질과 걸레질을 마구잡이로 휘둘러댄다. 주인 남자의 방과 손자의 방을 제외한 2층까지 청소를 마치고 나니 몸이 천근만근으로 무겁다. 몇 시나 됐을까. 2층의 벽시계를 보자 그동안 숨죽이고 있던 허기가 요동을 치면서 밥그릇이 눈앞에서 알짱댄다.

배고프다는 생각에 청소도구를 챙겨들고 계단을 내려서려는데 문 열리는 소리와 함께 내 뒷덜미가 여지없이 낚아채진다. 급작스런 상황에 내 손에서 떨어져 나간 청소도구들이 아래층으로 요란스럽게 굴러 떨어지고, 질질 끌려들어간 나는 거대한 힘에 의해 침대 위로 그대로 패대기쳐지고 만다. 비로소 나는 나를 패대기친 사내를 노려본다. 덩치만 컸지 20대 애송이 사내다. 노파의 손자가 맞을 거라는 생각이 든다.

순간 안되겠다 싶어 몸을 벌떡 일으킨다. 그러자 사내가 내 가슴을 발로 눌러버린다.

"이게 뭐하는 짓이야?"

겁은 덜컥 났지만 짐짓 호통을 쳐 본다. 노인과 주인 남자의 대화에서 어미가 그리 되었다니 안쓰러운 생각에 연민이 느껴지던 사내다. 그런 사내가

"당신도 여자니까."

아직 어린 눈빛에 느물느물 비웃음이 배어들어 있고, 착 가라앉은 음성에선 독설이 쏟아져 나온다.

"나는 너희 집 일하러 온 아줌마야!"

이번엔 눈에는 눈, 이에는 이다 싶어 아줌마라고 호통을 쳐 본다.

"난 그런 거 몰라."

"그럼 뭐야?"

"여자잖아."

"난 너희 엄마 같은 아줌마일 뿐이야!"

"알아, 우리 엄마하고 똑같은 여자."

그제야 나는 사내의 의도를 알아챘다.

"너네 엄마하고 나하고가 무슨 상관인데?"

"상관?"

"내 나이가 몇인 줄 알아?"

"닥쳐!"

닥치라니. 남편한테도 들어 보지 않던 말을 애송이로부터 듣고 보니 어이가 없다. 한 번 우습게 되면 두 번이 우스워지고, 두 번이 우스워지면 세 번이 우스워지는가.

- 형경숙의 〈하얀 민들레〉,「월간문학」2013년 3월호

■ 예문2 ■

……어느 달밤에 밤이 훨씬 깊어서 올라갔더니 내가 늘 앉았던 바위에 한 여인이 앉아 있었다. 월하미인月下美人이라더니 달밤이라 그런지 매우 아름다웠다. 그 단아하게 앉은 자태며 한복 차림의 청초한 모습이 그림 같았다. 한참 바라보다가 미안한 생각에 앞을 지나 등성 너머로 자리를 옮겼다. 한 시경이나 훨씬 넘어서 돌아와 보니 그 여인은 여전히 그 자리에 그대로 앉아 있었다. 나를 보자 가만히 고개를 들어 약간 미소를 띠며,

"선생님 댁이 이 근처세요?" 묻는다. 나는 의아했다

"더러 뵈온 걸요." 나는 더욱 의아해서,

"어디서?" 물었으나 그는 대답이 없었다. 나는 더 묻지 않고 천천히 내려왔다. 그 후 나는 늘 오르내렸으나 그 여인은 나타나지 아니했다. 아직 그 여인이 누구인지 모른다. 때때로 바위 위에 앉은 모습이 떠오르기는 한다. 그러나 나는 더 묻지 않아 좋았다고 생각한다.

- 윤오영의 「하정소화夏情小話」중

〈예문 1〉에는 '나'와 '사내'가 등장한다. 지문과 대사가 사건을 끌고 간다. 두 작중인물이 어떤 사람인지, 또 어떤 상황이 벌어지고 있는지를 알수 있다. 소설의 보편적인 전개 방식인데, 이 문장을 수필이 되게 하려면 1인칭으로 풀어 써야 함은 물론 대사를 대부분 서술 형식으로 바꿔야 한다. 소설 속의 '나'와 '사내'는 허구 속의 가공인물일 뿐이므로 용어나 표현에 제약을 받지 않고 있음을 알 수 있다. 수필이 되려면 '사내'의 말이나 행동이 이렇게 거칠어서는 안된다. 수필은 작자의 인격이 고스란히 드러나므로 표현 자체에 감정의 여과장치가 장착돼 있어야 한다. 그렇지 않고는 작자의 품위가 근본적으로 손상되거나 말살되고 만다. 작자의 품위가 손상되면 수필로서의 위상 또한 흔들려 버린다. 좋은 수필은 작자의 품위 유지가 소중한 가치임을 염두에 두어야 한다.

또 지문에 비해 대사의 비중이 지나치게 큰 것은 수필 문장의 본질에서 벗어난다. 문장력과 무관하지 않는 게 대사로, 엮기는 쉬워도 1인칭 문장으로 풀어나가기는 쉽지 않다.

〈예문 2〉는 다분히 소설적인 요소를 띠고 있으나 수필이다. 허구가 아닌 '나'라는 화자의 대화 몇 마디가 들어갔으면서도 작자 자신의 글로 만들면서 문장을 생동하게 하고 있다. 수필이라고 대사를 반드시 배제할 것은 아니나 가급적 삼갈 필요가 있다. '나'를 드러내는 1인칭 문장이기 때문이다.

그럼에도 수필의 소설적 접근으로 두 장르 통합의 가능성을 시도하는 움직임이 포착되고 있는 것은 무엇인가. 특히 수필을 콩트와 같은 형태로 쓰는 경향이 두드러지게 나타나고 있음에 주목하게 된다. 이는 수필과 소설이 갖는 산문이라는 공분모가 은연중 작용하는 것이라는 관점이 설득력을 얻으리라 본다.

융합을 말하나 화학적으로 가능한 것은 결코 아니다. 그만큼 수필은 독자성이 강한 장르다. 거듭 말하거니와 수필은 수필일 뿐 소설이 아니다.

다만, 거시적인 관점에서 수필이 소설적인 요소를 흡인함으로써 두 장르의 경계를 허물려는 실험적 경향까지 부정할 이유는 없지 않을까 한다.

2) 수필은 시가 아니다

문학은 시대의 산물이다. 따라서 수필과 소설이 산문 양식인데서 두 장르의 접목 가능성을 탐색하는 것은 다양성 속의 융합이라는 시대정신의 반영이라 해도 좋을 듯하다. 어쩌면 매우 자연스러운 접근이라 해야 할지 모른다.

한데 시는 경우가 다르다. 시는 엄연히 운문 형식으로 산문인 수필과는 근본적으로 다른 문학양식이기 때문이다. 그럼에도 수필과 시, 두 장르의 접목이 활발히 시도되고 있음을 부인할 수 없다. 수필에 시적 감성과 낭만 그리고 시적 운율과 시 고유의 호흡을 도입해 수필의 시화詩化를 부단히 추구하는 흐름이 감지된 지 오래다.

얻어내는 효과는 산문인 수필에 서정성이 가미됨으로써 독자에게 울림으로 다가갈 수 있다는 것, 시적 감동이 수필의 문학적 완성도를 높이는 데 실질적으로 기여하게 된다는 것이다. 사실 본래, 시의 언어는 메타포이고 수필의 언어는 서술적 기능을 갖는 것으로 두 장르의 연계 내지 교류는 그리 쉽지 않을 것처럼 보이나 그렇지만도 않다는 얘기다.

예를 들어 보자. 시의 산문화가 가속화하고 있다. 물론 시에도 산문시가 없는 것은 아니지만, 시 본연의 함축성·압축성이 근본에서 해체되어 산문화하는 일탈 현상이 두드러지다. 뒤집어 놓고 보면, 수필도 마찬가지다. 느슨하게 풀어가던 서술이 시적 호흡을 끌어들임으로써 팽팽하게 당겨져 언어가 긴장되면서 보다 감성적인 효과를 낳는다. 흡사 잘 당겨진 악기의 현처럼, 톡 건드리면 딩딩 울어 버리게 수필의 언어가 매우 민감해지면서 훨씬 정감적이 되는 것이다.

수필과 시, 두 양식이 접점에서 만난 것이 '시 수필'이다. 명칭 그대로 두 양식이 심도 있는 상호작용에서 혼합 쪽으로 가려는 것인데, 정서에 메마른 오늘의 독자들에게 는개 같은 촉촉한 서정적 공명을 선사하게 될 것이 아닌가 한다.

시 수필은 수필이 산문으로 시적 서정의 양식이 아니라는 입장에 작은 간극을 만들어 가면서 두 장르가 양식적 차이를 충분히 완충할 수 있는 가능성을 제시하고 있는 데 공감하게 된다.

그러면 시 수필의 예를 들어 보기로 하자.

■ 예문1 ■

나는 간혹 천재들이 죽어 가는 것을 더러 본다. 그 천재들은 대개 어린 나이로 아니면 젊은 나이로 죽어 간다. 하지만 천재들 중에는 나이가 많아서 죽는 사람도 있었다. 그럴 경우 천재이지만 나이가 많아 죽는 사람은 왜 그런지 천재 같지 않다. 그저 범재같이 생각된다. 천재는 기발한 빛을 번갯불처럼 보이다가 그 빛이 사라지듯 그렇게 사라져야 된다. 그래야 천재 같다.

가령 슈베르트나 쇼팽이 80이나 90세를 살다가 죽었다고 생각해 보자. 얼마나 기분이 나쁠까. 그들은 젊은 나이로 쉽게 죽었기 때문에 천재란 말을 듣고 있고 앞으로도 계속 그 말을 듣게 될 것이다. 저 카잘스나 베토벤이 30대의 젊은 나이로 요절했다고 생각해 보자, 얼마나 사람들은 천재 중의 천재라고 떠들어댔을까. 저 셸리나 키츠나 그리고 딜런 노머스 같은 시인들이 30대에 요절하지 않고 90세를 살았다고 생각해 보자. 얼마나 기분이 나쁠까. 하지만 천재는 못 돼도 좋으니 요사夭死는 말아야지. 하나 또 생각해 보면 시든 밤송이처럼 오래 붙어 있지 않고, 장미꽃처럼 활짝 피었다가 어느 아침 빛 속에 꽃잎 지고 마는 그 장미가 부러울 때도 많다. (……)

허난설헌도 김소월도 천재다. 젊은 나이로 죽었기 때문만이 아니고, 그들은 자신의 작품 안에 자기가 쉽게 죽을 것을 미리 예언하고 있는 것이다.

- 황금찬의 「천재의 죽음」 중

■ 예문2 ■

8월 초순 어느 하오

낙하했다

늙은 느티나무에서 매미 한 마리가 몸을 던졌다

불안한 착지에 허공이 한 번 휘청하더니 이내 잠잠해졌다

땅에 닿자마자 날개를 접는다

지금 느릿느릿 기고 있다

길을 감지하는가

천당인가 지옥인가

좌우는 보지 않고 앞만 보고 간다

말이 없다

퇴장을 위한 침묵의 행진이다

낡아빠진 날개 등에 업고 몸통에 눌린 다리 휘주근하다

목청으로 여름을 휘어잡던 기백 없고, 넋 나간 육신이 흐느적거린다

일고여드레를 잘도 울었다

높고 깊고 싱싱한 열창이었다

맹렬하게 울던 추억을 담아내느라 두 눈이 툭 불거졌다

나뭇잎 수만 개를 한 소리에 울리던 소리꾼의 생애가 잠겨 가는데 앞뒤 어디에도 바라보는 촉촉한 눈길이 없다

오열 끊으며 가라앉은 고요, 그 위로 매미의 행진은 이어지고 여름이 화염덩어리 잉걸로 타오르고 있다

어디로 가는가

몸 보전할 자리는 보아두었는가

울음을 끝낸 행로인 걸 어디면 어떻겠는가

발 닿는 어드메쯤 한 몸 놓으면 되리

걸음걸음 앞발로 시간의 끝자락을 물어 당기다 화들짝 마지막 울음을 토
해낸다

이내 툭 끊긴다

지상에 남은 것은 소리, 여름을 장악하던 소리의 화려한 기억뿐

매미는 토정吐情하며 꿈꾼 만큼 울었다

소리꾼으로 울었다. 나무와 풀과 새를 위해, 여름을 위해, 가을을 위해 울
었다

완창完唱이었다.

— 졸작 「퇴장 행진」 전문

〈예문 1〉은 시인 특유의 가볍고 정감적인 표현이 눈길을 끌면서도 산
문적 논리는 아닌데 비해, 〈예문 2〉는 수필에 서정적인 시적 표현을 도입
함으로써 시 수필을 실험한 구체적 예에 해당한다. 수필에 서정의 의상
을 입히면 맵시가 한결 단아해진다. 문제는 작품성에서는 보다 온아 우
미溫雅優美한 수필의 특성을 극대화해 외연을 넓힐 수는 있겠으나, 대신 수
필 본래의 차분한 어조나 메시지 전달의 명확성이 흔들릴 개연성을 부인
하지 못할 것이다.

수필이 시적 요소와의 접목을 반대할 이유는 없으나, 시 수필이 무언가 공
허하다면 그 원인이 어디에서 오는 것인지 숙고해야 할 것이 아닌가 한다.

어쨌든 수필은 수필일 뿐 시가 아니다. 다만 두 장르의 융합으로 수필
이 태깔을 바꿔 새로운 모습으로 독자에게 다가갈 수 있다면 이를 배척

할 것은 아니라는 생각이다.

1인칭 고백의 문학이다, 개인적이고 인격적인 표현의 문학이다 하는 종래의 완고한 입장에서 벗어나 수용하고 융합하면서 수필의 영역을 넓혀갈 때다. 감성이 없으면 울림이 없고 울림이 없는 글은 읽지 않는다.

결국 시는 괴팍하고, 소설은 허구이고, 수필은 인간탐구이므로 진실하다.

7. 수필과 칼럼의 접목 가능성

1) 수필과 칼럼이 만나는 지점

디지털 시대를 사는 현대인들은 아날로그 때하고는 아주 달라졌다. 컴퓨터의 보급도 거들었을까. 그 특성을 한마디로 말하면 조급하고, 빠르고, 생략적이라는 것이다. 의식구조도 분에서 초 단위로 또 시공時空을 초월하는 세계로 하나의 가상공간을 만들어 간다.

수필의 분량이 짧아가는 경향이다. 이는 속도를 가치화하는 시대적 추세 속에서 문학 전반에 걸쳐 나타나는 경향이다. 시·공간적 제약에서 벗어나려는 독자의 경제적 논리가 끼어든 결과다.

원래 교과서적 수필의 분량은 10매 내외였는데, 분량이 15~20 내외로까지 불어나더니 요즘에 와서는 길어서 12~14매 내외가 일반적이다. 물론 40~50매의 중편 혹은 장편 수필이 없지 않으나 수필이 그렇게 길어야 할 이유가 없다. 분량이 결정 짓는 것은 아니라 하나 수필이 턱없이 길면 이미 수필이 아니란 생각이다.

어쨌든 우리 식으로 10~15매는 이미 낡은 것이 돼 버렸다는 얘기다. 5, 6매의 호흡이 적당하다는 주장이 힘을 얻고 있다. 예를 들면, 피천득의〈수필〉〈조춘〉〈신춘〉〈오월〉 등 모두 10매 이내의 '짧은 호흡의 글'로 압축의 묘미를 획득하고 있는 게 두드러지다. 시대정신이 긴 것, 어려운 것에서 도망가고 어려운 것을 외면하는 단순화의 정서로 돌아가고 있음을 실증함이라 하겠다.

이러한 시대의 물결 속에 등장한 수필의 새로운 형태가 장편掌篇수필이다. 장편수필은 기존의 수필 개념에서 벗어나 새로운 영상시대에 적합한 문학으로 급부상하고 있다. 바쁘고 복잡한 일상 속의 현대인, 특히 컴퓨터와 인터넷이 생활화된 젊은이들을 중심으로 한 현대인들에게는 이러한 짧은 양식이 부담 없고 친숙할 수밖에 없다. 수필 문학의 미래에 청신호로 받아들여지고 있다.

이러한 수필의 변신, 그 중심에서 장편수필의 확산은 이제까지 별개의 것으로만 여겨지던 칼럼과의 문학적 교류로까지 확대되고 있는 흐름이다. 즉 수필의 길이가 보다 짧아져 칼럼과 비슷해지면서 칼럼 같은 수필이 출현하고 있다. 수필의 칼럼화, 칼럼의 수필화 현상이 나타나고 있는 것이다.

칼럼은 논설이 지닌 명료한 비판정신과 수필의 감성적 호소력을 결합해 독자들에게 생활 정보와 사회문제 들을 다룬다. 느슨한 수필이나 촌철살인의 논설보다 유머와 위트가 가미된 칼럼의 신선함을 선호한다. 이런 흐름을 타면서 수필인지 칼럼인지 구분이 안되는 모호한 글들도 많이 보인다. 그야말로 수필과 칼럼의 경계가 허물어지고 있는 현상이라 하겠다.

다음과 같은 지적에 주목할 필요가 있을 것이다.

"최근 수필이 칼럼화 하는 추세를 보이고 있다. 그러면서 이제까지보다도 더욱 해학적인 양상으로 바뀌어 가고 있다.

수필 작품의 주제나 소재 선택에 있어서도 일상적인 것, 개인적인 것보다는 참신하고도 많은 사람들이 함께 공유할 수 있는 것, 사회적인 것, 각 계각층의 다층적多層的인 것으로 흐르는 추세다. 현실 비판이나 현실 참여

적인 것 등을 다룬 글들에 더 큰 관심과 흥미를 갖게 될 것이 예측되는 현
상으로 보인다.

　또 이런 풍토 속에서는 사회성과 대중성이 높고 현실 비판이나 사회 참
여적인 내용이 많이 담길 뿐만 아니라 논픽션에 속해 그 길이도 짧은 칼럼
이나 단평短評 같은 글들을 선호하게 되는데, 이처럼 칼럼이나 단평 등도
넓은 의미에서 본다면 수필의 범주에 속한다."

　물론 엄밀한 의미에서 수필과 칼럼은 엄연히 다르다. 흔히 말하는 칼럼
은 논설, 단평 등으로 자기 의견이나 주장의 체계적인 기술과 논리성, 논리
적 통일성과 객관성, 직선적 표현 들을 꼽는다. 이에 비해 수필문학의 특징
으로는 이러한 것들보다는 내용 자체의 문학성과 예술성, 감성적 호소, 정
감적 · 은유적 · 인간적인 호소력과 설득, 잔잔한 감동과 여운 들을 꼽는다.

　또 곁들여 말하면, 머리로 쓰는 글이 칼럼이라면 가슴으로 쓰는 글이
수필이다. 칼럼에서는 지명, 인명 등 객관적인 내용이 들어가지만 수필에
서는 구체적인 용어가 경우에 따라서 제한될 수 있다.

　그러나 이러한 것들이 서로 혼합 절충돼 있는 수필이나 칼럼도 적지
않다. 황필호 교수가 그의 '가벼운 수필과 무거운 수필'이란 글에서 "표현
방법에서 볼 때, 가벼운 수필은 감정적 · 정감적 · 은유적인데 반하여 무
거운 수필은 논리적 · 지성적 · 직선적이라는 말이 있다."고 지적하고 있
듯이 같은 수필이라도 그 분류에 따라 수필의 본래적 특성보다는 칼럼이
나 논설 등의 본래적 특성을 더 많이 갖고 있는 수필도 있다.

　이제는 수필과 칼럼 등을 구태여 분류하려고 애쓰기보다 서로 잘 융합
하고 조화시켜 보다 좋은 글, 보다 설득력을 가지고 감동적으로 독자들
의 마음을 사로잡을 수 있는 글을 쓰는 것이 중요한 일이 아닐까 한다.

　마당에 꽃밭을 만들어 꽃을 가꾸는데 오일장에 갔다가 야생화가 탐스

러워 몇 그루 사다 곁들여 심었더니 한층 분위기가 아기자기해졌다. 왜 여태 그런 생각을 못했던 것일까. 야생화가 의외로 더 향기롭게 유별한 존재감으로 다가오지 않는가.

칼럼의 특성에다 수필의 문학성과 예술성, 인간적 호소력을 가미한다면 작품 전체의 완성도 또한 높아질 것이고 덩달아 보다 큰 문학적 성과도 거둘 수 있으리라 생각한다. 앞으로는 수필과 칼럼이 더욱 밀접하게 접목된 글들이 우리 사회의 문학적 주류로 자리 잡아나가리란 전망이 어렵지 않다.

칼럼은 수필과 다르다. 그러나 두 형식이 통합할 가능성은 얼마든지 있다. 다만, 분량이 장편수필과 비슷하다 해서 칼럼을 수필에 접목하려는 안이한 태도는 용납될 수 없는 일이다. 요즘은 고학력 시대라 독자들의 안목이 작가를 능가하는 수가 얼마든지 있다. 칼럼의 수필화의 수용 여부보다 중요한 것은 작가 정신이 얼마나 치열하냐 하는 것이다.

2) 이규태 칼럼의 경우

이규태는 조선일보 '이규태 코너'에 6,702회라는 미증유의 기록을 남긴 한국 최초의 본격 칼럼니스트다. 그의 칼럼에는 빨려 들어갈 듯 시대정신이 살아 숨 쉰다. 거창한 이데올로기를 내세우지 않는 대신 자기비하에 빠진 한국인에게 민족적 자긍심을 일깨워 주었다. '이규태 코너'를 좋아하는 독자 계층이 조선일보를 좋아하는 부류보다 더 다양했다 할 정도로 그는 남다른 충격과 감동으로 이규태 마니아를 확보해 끌고 다녔다. 폭발적인 필력이었다.

그러나 그는 그런 빼어난 업적과 명성에도 불구하고 칼럼만을 고집하지 않는 데 문필가로서의 참 모습이 있음을 간과해서는 안된다. 칼럼으로 시대와 사회 문제는 꿰찼어도 자신의 삶과 철학을 얘기하려면 수필에 의존할 수밖에 없다.

이규태의 에세이집 「된장 속의 고깃덩이」(1988.12.출간)에는 칼럼니스트로서의 지성적 혜안과 날카로운 위트가 넘쳐난다. 그러면서도 노령산맥 산촌에서 자란 성장 배경에서 따뜻하고 솔직한 내용들이 담겨 있다. 그만큼 자신을 그대로 드러내면서 궁핍했던 소년 시절을 발가벗긴 것이다. 「출구 없는 방」에서는 서울 수복 직후, 폐허화된 서울에서 까뮈의 이방인처럼 좌절과 실의에 빠져 있던 고단한 청춘 시절을 재현해 놓았다.

■ 예문 ■

학생들 간에는 르네상스가 출구 없는 방으로 속칭되었던 것이다. 좁은 입구만 있고 창문 하나도 없다는 창고란 점에서도 그 별칭이 들어맞다. 당시 젊은이들의 상황에도 그 명칭이 들어맞았기에 그렇게 불렀던 것이다. 나의 별명은 이 출구 없는 방의 마왕이고 신발만 벗으면 갑자기 불쑥불쑥 나오고 양담배 꽁초만 주워 피우는 가난하디 가난한 마왕이었던 것이다. 이 마왕은 학교 다니는 시절에 점심을 먹어 본 기억이 별로 나지 않는다. 점심 시작이 임박한 강의시간에는 강의가 끝나기 수 분 전쯤 강의실을 빠져나온다. 왜냐하면 친구들로부터 도시락을 같이 먹자고 하는 그런 동정을 받기 싫어서였다. 학교 뒷등성이를 넘어서면 학교 설립자인 선교사 언더우드의 폐가가 나온다. 집은 6 · 25때 폭격을 맞은 채로 무너져 있고 정원의 화초들은 그동안 가꾸질 않아 야생화한 채 제멋대로 피어 있었다. 이 인적이 없는 폐가가 바로 학생 시절의 대부분의 시간을 보낸 마왕의 궁전이었다.

– 이규태의 「출구 없는 방」 중

칼럼니스트의 글이 이미 수필화한 모습을 대하게 된다. 이규태는 자신의 칼럼과 수필에 동일한 주제를 동시에 다루기도 했다. 수필의 소재가 된 '홍의 미학, 연분, 회색 거짓말, 변명, 평등, 반발현상, 된장살이, 놀부의 집념 사과닦이' 등은 그의 칼럼 '한국인의 의식구조'에서 재현됐다.

그렇다면 이규태의 수필은 칼럼과 궤적을 함께 한다고 할 수밖에 없을 것이다. 단적으로 말해, 그는 칼럼적 수필가이고 수필적 칼럼니스트다.

오늘날의 한국 수필이 지나치게 서정화하고 신변화하고 있다는 측면에서 이규태의 칼럼은 더더욱 한국 수필이 나아가야 할 지평을 제시해 주고 있다고 하겠다. 그는 감성으로 느끼고 지성으로 분석하고 문헌으로 쓰면서 한국 산문의 영역을 넓혀나가는 데 큰 몫을 한 사람이었다.

그의 수필 한 편에서 칼럼과 수필, 수필과 에세이가 한데 융합된 절충과 통합의 양식을 한 번 더 살펴보는 것이 좋겠다. 칼럼니스트가 쓴 글이라는 것일 뿐, 영락없는 수필이다.

■ 예문 ■

이같이 먹지 말라는 금기 식품의 지정을 받지 않았던 어느 날에 있었던 일이다. 할아버지와 겸상을 하고 저녁밥을 먹는데 뚝배기에 숟가락으로 된장찌개를 떴다. 그런데 그 숟가락에 돼지고기의 비곗덩어리가 건져지는 것이 아닌가. 마치 물건을 훔치고 들킨 것처럼 반사적으로 숟가락을 움츠렸다. 그리고 나서는 고민하기 시작했다. 된장찌개를 먹어야 하느냐, 먹지 말아야 하는가의 고민인 것이다.

- 이규태의 「된장 속의 고깃덩어리」 중

끝으로 이규태가 저술가이자 문필가로서 지탱해 온 그의 삶을 한마디로 함축 요약한 그의 말을 다시 한 번 상기하면 어떨까 한다.

"신문기자는 죽을 때까지 글을 써야 한다."

'자득自得의 눈'은 사람들이 두 눈을 멀쩡히 뜨고 있으면서도 보지 못하는 것을 저만이 알아보는 눈이다. 나아가서 보이는 곳 너머에 있는 것까지 찾아 내어 그 가치를 깨닫는 눈이다.

수필이 무엇인가.

사람들에 의해 철저히 버려졌거나 잊힌 것들을 찾아내어 본래의 자리에 데려다 놓는 작업이 수필 쓰기가 아닌가.

- 그것이 체험이든 사물이든, 아니면 홀연히 나타났다가 사라지는 신기루 현상이든 우리 곁에 존재하고 있음에도 불구하고 찾아주는 이 없을 때, 그 가치를 거두어 주는 눈-바로 수필가의 눈이다.

제2장

전제돼야 할 것들

수필은 인간에 대한 작가의 해석이요,
의미를 부여하는 인간학이다.
그냥 지나쳤던 사실의 이면을 들여다보고,
대상에 자신을 투사해 별개로 보이는 현상들 사이에서
연관성·상반성을 탐색할 수 있어야 한다.

제2장 전제돼야 할 것들

1. 간결해야 한다

"산은 높고 바다는 푸르다." "비행기가 떴다."에서 보듯 사물의 존재나 동작, 그에 대한 느낌이나 생각을 나타내는 것이 문장인데 그 골격이 되는 요소는 단순하다. 주어와 서술어다.

한데 "①천년을 침묵으로 앉아 있는 산은 오늘도 변함없이 높고, ②너울 이는 바다는 한겨울에도 푸르다."라 하면 주성분主成分과 부속성분으로 부사어, 관형어 등의 수식어가 붙으면서 문장이 갑자기 복잡한 형태로 변해 버린다. 따라서 관형사와 부사, 관형구와 부사구 같은 부속성분을 어떻게 조절하느냐 하는 것이 문제가 된다.

사물의 본질은 원래 하나이고 그것을 언어로 드러내는 표현도 하나일 뿐이다. 좋은 문장이란 하나뿐인 사물의 본질을 어떻게, 얼마나 있는 그대로 잘 드러내느냐에 달려 있다. 위의 예문에서 ①과 ②는 다소 수식을 많이 한 편에 속한다. "천년 침묵 속에 산은 높고, 한겨울 바다는 너울에도 푸르다." 정도로 다듬으면 비교적 간결한 문장으로 탈바꿈할 수 있을 것이다.

수식이 지나치면 본질이 흐려져 독자에게 전달되는 효과가 크게 떨어지고 만다. 또 자칫 미문美文에 떨어질 우려가 있으므로 유의해야 한다. 문장은 간결할수록 전달 효과가 명쾌하다는 기본을 지킬 수 있으면 좋다.

때로는 침묵할 수 있어야 한다. 사무엘 베케트는 "침묵의 언어란, 끊어질 줄 모르는 말과 눈물의 강물과 같다."고 했다. 행복과 고뇌에 대한 최고의 표현은 침묵이다.

문제는 골격만 살리고는 문학적 표현이 될 수 없다는 데 있다. 과도한 수식은 내용을 공허하게 하지만, 문학성을 높이기 위해서는 적당한 수식이 불가피한 것 또한 사실이다. 그래서 문장을 씀에 기교가 필요한 것이다.

수식하되 지나침이 없어야 하는 이유는 수필 문장의 본질이 간결성에 있기 때문이다. 왜 수필이 간결한 글이라야 하는가 하는 것은 간단하다. 쉽게 읽히는 글이어야 하기 때문이다. 쉽게 읽힌다는 것은 꾸미지 않는 것을 가리키며, 꾸미지 않는다는 것은 곧 간결함을 의미한다.

중문학자 故 허세욱 교수는 수필 문장이 간결해야 함을 힘주어 말한다.

윤오영의 「달밤」은 200자 원고지 겨우 넉 장 남짓의 길이다. 이야기라야 몹시 단조롭다. 어느 달밤 친구를 찾으러 갔다가 친구는 못 만나고 맞은편 집 사랑 마루에 앉아 있던 노인과 몇 마디 한담을 나누곤 농주 한잔을 마시고 내려왔다는 줄거리, 더 길 것도 없다.

그런데 이 수필이 우리에게 주는 여운은 대단히 크다. 심지어 훈훈한 감동을 준다.

윤오영이 가장 좋아했던 중국 명나라 때 수필가 장대張垈의 「湖心亭의 눈」을 방불케 하는 이 짧은 수필이 왜 우리에게 여운을 주는가?

「달밤」 속엔 우선 기발한 어휘, 관념적인 어휘가 보이지 않는다. 더구나 속된 용어, 사무적인 용어를 찾아볼 수 없는 게 그 하나이고, 「달밤」 속엔 미문美文적인 수식이 보이지 않는 담백한 문체라는 게 그 하나다.

꾸미지 않은 간결한 문장에 진실성이 담기게 됨을 예문을 통해 만나 보자.

■ 예문1 ■

날이 더워지는 데 따라 냉면의 풍미도 한층 더해간다. 학인學人이 식도 락食道樂을 논하는 것은 약간 체통에 어울리지 않는 것같이 보이겠으나, 또 먹지 못하면 연구도 제대로 해내지 못한다는 사실을 생각한다면 그것을 그리 타박할 것도 못 된다. 그것이야 어찌 되었건 간에 어쩌다 외식을 하 게 되면 대개 냉면을 먹고, 또 그럴 적마다 흔쾌한 기분을 맛보게 되는 것 이 보통이므로, 이 냉면 맛이 더 나는 계절에 냉면을 얘기해 보고 싶어진 것이다.

여러 해 전에 들은 이야기지만, 미국 대통령까지 지낸 아이젠하워 장군 은 취미가 요리하는 것이라고 한다. 우리나라에서 취미를 물으면 실상은 별로 읽는 것도 아니지만, 흔히 독서라고 대답하는 데 비하면 좀 궁상스럽 게 여겨지기 쉽다. 그가 군인이기 때문에 자기 취미를 솔직하게 공개한 것 일 게다.

– 차주환의 「냉면기」 중

■ 예문2 ■

노모의 위급하다는 소식에 수의壽衣를 살피던 아내가 급히 전화를 받는 다. 손자를 막 출산했다는 기별이다. "무엇!" 아내는 수의를 놓고 손수 융으 로 지어놓은 배냇저고리를 꺼낸다. 인생의 시작과 끝을 대신하는 옷 두 벌 이 동시에 교차한다.

옷은 부끄러움을 가리는 무화과 잎으로부터 시작되었다. 그러다가 춘하 추동 번갈아 얇고 두꺼운 옷으로 한서寒暑를 가리어 바꿔 입던 옷이다. 그러면서 교복과 군복을 입은 아들처럼 사람의 신분을 나타내는 복장으로까지 변천하였다. 옷은 타고난 자기 생김보다 품격을 돋보이도록 가꾸기 위한 변신의 장식으로 삼는다. 그러다 보니 원래의 옷에 대한 본래의 뜻은 자기들이 만들어 놓은 예술이라는 호주머니 속에 깊숙이 넣어둔 채 오히려 멋을 붙여 디자인이라는 레이스를 달고, 지금은 입으려 벗는지 벗으려고 입는지 배꼽을 내놓고 춤을 추어대는 옷을 패션이라 한다.

- 윤주홍의 「두 벌의 옷」 전문

■ 예문3 ■

평이하되 속되지 않은, 난해하되 쉬이 해득되는, 아름답되 치졸하지 않은, 발라 찍되 분탕질이 아닌, 당겨 긴장을 놓지 않되 방임이나 이완이 아닌, 척척 이가 맞는 담박한 품격의 언어를 조갈 나게 나는 바란다.

이왕이면 생략과 암시가 우리어 내는 여운, 화선지 위의 묵훈墨暈처럼 번지는 그런 소리 없는 파장을 원한다. 이 겨울, 바람의 아우성과 냉기가 몰고 오는 길 위에서 어휘들을 주섬주섬 주워 모으며 정녕 내 정신과 영혼의 주재자가 되고 싶다.

수필의 길을 가는 사람들은 모국어의 지킴이를 자처해야 할 작가 군群이다. 우리말을, 목전에서 자행되고 있는 낯설고 음울하고 파괴적인 지경에서 해방시켜야 한다. 이미 고삐 풀린 시 소설과는 다르다. 체험적 사실에서 진실을 재단해야 하는 수필이야말로 나랏말에 대한 무한 책무를 지닌 장르다.

- 졸작 「길 위의 길」 중

■ 예문4 ■

선물을 건네는 마음보다 선물의 크기나 질을 먼저 따지는 세태 탓인지,

누구에게 손수건을 준 지도 받아 본 지도 꽤 오래된 것 같다. 나는 교직에 몸담고 있을 때 아이들한테서 자주 손수건을 선물로 받곤 하였다.

어느 해였던가. 내 생일을 어떻게 알아낸 아이들이 제각기 하나씩의 자그마한 선물을 준비해서 조회시간에 생일 축하 노래를 불러 준 적이 있었다. 그날 아침에 나는 어린 까까머리 중학생들의 소행이 괘씸하도록 예뻐서 적잖이 감동을 받으며 아이들 앞에서 포장지를 하나씩 벗겼는데 선물의 태반이 손수건이었다.

포장지 안에는 평소에 나에게 못 다한 말을 적은 쪽지 편지도 한 장씩 들어 있었다. 그 편지에 적힌 사연들과 손수건의 무늬를 번갈아 보면서 나는 가르치는 일의 행복이란 이런 것인가 싶어 가슴이 찌릿찌릿거리는 것을 느낄 수 있었다.

그때의 아이들이 벌써 성큼 성장해서 이따금 "선생님 시간 나시면 소주나 한잔하시지요." 하고 전화를 걸어온다. 그러면 나는 또 그날 아침의 수십 장의 손수건을 생각하곤 한다. 손수건은 그저 한 장의 헝겊 조각에 지나지 않는다. 하지만 그 얇고 가벼운 것이 사람과 사람 사이에서 오래도록 잊혀지지 않는 사랑과 맹세와 믿음의 증표가 되기고 한다.(……)

그리하여 손수건의 의미마저 점점 빛을 잃어 가고 있다는 생각이 든다. 손수건을 사랑의 증표로보다 이별의 표시로 대하는 이들이 더 많은 것도 그런 까닭인 것 같다. 손수건을 건네주면서 사랑을 고백할 일도, 또 다짐할 일도 없이 우리는 하루하루를 보내고 있지는 않은가. 헤어질 때 헤어지더라도 눈물을 아는 사람, 눈물을 닦아도 일회용 화장지가 아닌 손수건에 닦을 줄 아는 사람, 그리하여 그 눈물의 흔적을 두고두고 추억으로 간직할 수 있는 사람, 그런 우직하고 순박한 사람들이 더욱 그립고 귀하게 느껴지는 때이다.

- 안도현의 「손수건 한 장의 감동」 중

■ 예문5 ■

나의 어머님은 위대하시다. 어쨌거나 위대하시다. 나에게는 위대하시다. 나만이 느껴 보는 어머님의 모습, 어머님의 인자하신 그 모습. 나의 어머님은 위대하시다. 어쨌거나 위대하시다. 가만히 보기만 하여도 위대하시다. 주름진 이마, 사랑이 가득 담기신 눈동자. 나의 어머님은 위대하시다. 어쨌거나 위대하시다.

– 글방 회원 L의 「위대하시다」 중

〈예문〉 1 · 2는 우선 편안하게 읽히면서 살가운 느낌을 준다. 억지로 꾸미려 한 흔적이 눈에 띄지 않아 한눈에 세련된 문장이라는 인상을 받는다. 가까이 귓전에서 낮은 목소리로 구술하듯 설렁설렁 얘기하되 군말이 들어가지 않으면서 문장이 간결하고 소박하다. 진실을 담아내는 데는 간결 소박한 문장이라는 것을 실증이라도 하듯 너더분하지 않다. 필요하지 않은 수식어, 관형사나 부사가 최대한 절제되고 있는 게 특색이다. 그러면서도 수식 이상의 정감을 주고 있으니, 느낌이나 생각을 전달한다는 문장 본래의 역할을 다하고 남는다.

〈예문 3〉은 감성수필로 문학성을 높인다는 의도에서 비교적 수식어를 동원하려 한 것이 엿보이는 글이다. 이런 부류의 글이 여성 감각적인지 여류 쪽에 호감을 갖는 이들이 더러 있었다. 지적한다면, 앞의 첫 문장은 비슷한 수식구가 반복적으로 사용되면서 문장의 간결성을 크게 해치고 있다는 느낌이 든다. 수식구가 다섯이 쓰였는데 그중 둘 혹은 셋만 나열해도 표현 의도에 닿을 수 있지 않을까 한다. 수식의 남발이 문장을 번잡스럽게 하면 독자에게 의외의 부담을 주게 되므로 각별히 유의할 일이다.

〈예문 4〉는 작자가 교단에서 생일날 담임한 학생들로부터 받았던 손수건 선물을 회상의 장면으로 도입한다. 감동적인 예화 한 토막이다. 바로 그 손수건을 매개로 헤어지더라도 손수건으로 상대의 눈물을 닦아 줄 줄 아는 사람, 그 눈물의 흔적을 추억으로 간직할 수 있는 그런 우직하고 순박한 사람이 더욱 그립고 귀하게 느껴지는 때라는 감회를 토로하고 있다. 감동적인 회상이라 해서 길게 써야 독자의 공감을 얻어내는 것이 결코 아니다. 예화를 더 끌어들이면 썩 길어질 수도 있는 글인데, 호흡을 조절하고 감정을 억제하면서 길지 않게 마무리한 것은 간결한 문장이 주는 효과를 염두에 두었을 것이다.

〈예문 5〉는 '위대하시다'가 여덟 차례나 중복돼 있다. 어머님 사랑의 위대함을 표현함에 반드시 동어반복이라야 하는 것이 아니다. 문장 수련을 통해 기량을 쌓는다면 몇 마디로 함축할 수 있게 된다. 중복보다는 오히려 생략이나 암시의 기법이 큰 여운을 불러온다. 여운은 감동에서 얻어내는 탐스러운 열매 같은 것이다.

여러 예문을 통해 보아 왔듯이 소박한 글, 할 말만 하고 있는 글, 꾸밈이 없는 간결한 글이 진실성을 가지고 독자의 가슴에 가 닿게 된다. 수필의 문장은 간결해야 한다.

❧ 수필카페7

'존중 본능' :

금지된 장소에 상습적으로 쓰레기를 버리는 사람들 때문에 분란이 끊이지 않는 동네가 있었다. 강력한 경고 팻말도, 부드러운 회유의 대자보도, 심지어 감시 카메라도 아무 소용이 없었다.

문제의 해결은 의외로 간단했다. 불법 투기 장소에 화단을 만들었더니, 아무도 쓰레기를 버리지 않았다. 심리학자들 연구에 의하면, 그 근원은 다른 사람의 선의善意에 대한 존중이라는 것이다.

 - '이런 꽃밭을 만들었다면, 누군가 정성을 기울였을 것이다. 그렇다면 내가 그것을 존중해 마땅하다.'

2. 감정의 과잉은 절대 안된다

예전 낭만주의 시절에는 영감이 떠오르기를 기다렸고, 20세기 모더니즘에 이르러 인위적으로 소재를 찾고 글에 매달렸다. 자연발생적이든 인위적이든, 어쨌든 간에 글은 감정을 담아내는 그릇인 건 변함없다.

감정이 꿈틀해야 글을 쓴다. 더군다나 수필, 특히 정감적 수필일 때는 사물에 대한 순간적인 강렬한 느낌 없이는 단 한 구절도 쓸 수 없다. 아예 착상에 닿지 못하므로 글을 쓴다는 동기부터 부여 받지 못한다는 얘기다. 일상적인 소소한 애환의 일, 혹은 생명에 대한 외경이거나 사회나 시대에 대한 충격이거나 아무튼 '이것은 수필 감이다, 그냥 지나쳐선 안된다. 바로 써야겠다.'는 충동과 부딪칠 때, 작가는 비로소 한 편의 수필 창작을 위해 붓을 꺼내고 종이를 받아 앉게 된다.

그런다고 격렬한 감정을 그대로 문장에 쏟아 넣어서 되지 않는 게 수필이다. 그러니까 수필은 나타내고자 한 감정을 고스란히 담아낸다고 해서 되는 문학이 아니다. 순간적으로 출렁이는 감정을 글로 써서 될 것이면 수필을 쓰지 못할 사람은 한 사람도 없을 것 아닌가. 그렇게 쓴 글은 독자를 현혹시키거나, 혼란스럽게 만들거나, 문학 이전 소재의 단계를 벗어나지 못한 작문 수준에 불과할 뿐이다.

주관적 감정의 과잉으로 말미암아 세계의 자아화 혹은 현실 대상의 가상화로 극단적으로 몰고 가면 자칫 나르시즘에 빠질 위험성이 크다. 이것은 자기 함정이다. 자아 중심의 수필이 서정성과 나르시즘이라는 각자 개인의 협소한 울타리에 갇혀서는 독자와의 문학적 소통을 이루어내기 어렵다.

수필에서 서정성이 미덕인 것은 사실이나 그 서정성이 두터워졌을 때 걷잡을 수 없는 합병증이 나타날 수 있다. 감상의 노출은 현실적인 존재의 발판을 잃어버린다. 독자에게 외면당하면 수필이 자칫 그 존재기반이

밑둥에서 흔들릴 수밖에 없는 것이다.

수필 문장에서 느닷없이 "아!", "꽃이여!", "사랑하는 사람아!" 등 영탄조나 돈호법頓呼法의 수사와 만나는 것처럼 독자를 당혹하게 하는 일도 없다. 여과되지 못한 감정의 지저깨비 앞에 황당해지고 마는 것이다. 수필은 어느 장르보다 가라앉은 어조와 응시의 차분한 시선을 요구하는 문학이다. 사물과 인생에 대한 따뜻한 긍정의 손길, 관조적·철학적인 사유의 깊이만 가지고 봐도 이에 더할 문학이 없다.

한때의 흥분에 그냥 들떠 있거나 외부의 자극에서 오는 심리적 격앙 상태를 조율 하지 않고 고스란히 문장에 옮겨 놓아서는 안된다. 감정을 걸러내야 한다. 여과장치, 그 종말처리장이 바로 수필 문장이라고 생각하면 좋다. 피폐해지기 쉬운 현대인의 거칠고 메마른 감정을 어루만져 줄 문학적 치유에 몫을 해야 할 수필이다. 감정의 과잉은 절대 금물이다. 자신의 감정을 글의 내면에다 깊숙이 감출 수 있어야 한다.

더욱이 요즘에는 감탄부를 별로 사용하지 않는다. 의문부도 마찬가지다. 현대인의 감정, 의식, 심리 상태 등을 언어로 매개함에 있어 감탄이나 의문 어느 하나에 한정하지 않고 복합적으로 표현하려는 것. 특정의 문장부호를 넣지 않음으로써 감탄으로든, 의문으로든 아니면 두 감정의 복합이든 독자의 몫으로 돌릴 수 있어야 한다.

■ 예문 ■

그때다. 허우대 큰 사람이 식당 문을 밀치고 들어온다. 인적이 뜸한 시간이라 무심코 눈이 간다. 뜻밖에도 탁발승이었다. 허우대가 커 보인 것은 몸집도 컸지만 등에 바랑을 지고 있어서였다. 승복에 덧옷을 입고 중절모 비슷한 모자를 머리에 눌러 얹고 있었다.

주인은 스님에게 냉정한 것 같다. 푼 전 한 닢 내주지 않는다. 그 스님이 선뜻 난롯가로 다가온다. 가까이 온 스님 얼굴이 어째 불쾌해 보인다. 유심히 들여다보던 내가 불쑥 말을 건넸다. "스님, 곡차 한 잔 하셨군요? 심드렁하게 답하는 스님. "예, 한 잔 했어요." 술 한 잔 한 기분에 말은 걸면서도 실은 욕지기나게 거슬렸다. 어떻게 스님이 거리에서 술을 마시고 다니느냐는 역한 감정이 잘 다스려지지 않았다.

술이 한순간에 깨는 것 같다. 앞의 두 분도 눈을 크게 떠 스님의 언동에 집중한다. 이번 시상식에서 신인상을 받은 연치 많이 되신 K수필가가 호주머니에서 천 원 지폐 한 장을 꺼내 스님에게 들이민다. 선뜻 받아 넣는 스님. 빌려 줬던 돈을 받기라도 하듯 손에 넣고는 수인사로 합장은커녕 목탁 한 번 두드리지 않는다. (……)

홧김에 무엇 한다고 대뜸 술 한 잔을 권했다. "자요. 스님, 곡차 한잔 하시려오?" "좋지요. 한 잔 주세요." 내가 곡차라 한 데는 이유가 있었다. 불가의 그 말을 쓰면서 술을 권하면 야유에 가까운 내 의중을 알아차릴 줄 알았다. '아무리 사람 뜸한 시간이지만 무슨 스님이 술을 마시고 종로 거리를 돌아다니느냐.'는 항변인 것을. 한데 아니었다. 지나가는 행인에게 술 한 잔 주면서 뭘 그러느냐 하는 식이다.

술을 따랐더니 단숨에 입으로 가져가 털어 넣는다. 반반함이 도를 넘는다. 술 한잔 한 깐에 뭐라 한 소리 더 뜰까 하다 불자 체면에 꿀꺽 삼켰다. 스님이 수저통에서 젓가락을 꺼내더니 앞 접시에 있는 선지 도막을 뚝 끊어 입으로 가져간다. 더 이상 눈을 줄 수가 없다. 금계禁戒 따위는 안중에도 없어 보였다. 눈을 떼는 게 울화를 추스르는 방편이라고 생각하기에 이르렀다.

좌중의 냉랭한 낌새를 눈치 챘던지 스님이 목탁 한 번 치고는 자리를 뜨셨다. 목탁엔 경문이 따라야 하는데, 경문 한 구절 외지 않고 횡하게 사라지고 만 것이다.

– 글방 회원의 「곡차」 중

겨울밤 문우 둘과 종로의 선술집에서 소주 몇 순배 돌리는데 뜻밖에 탁발승이 등장한다. 술자리에 끼어 앉는 스님에게 역겨운 감정을 주체하지 못한 채 그대로 담아내고 있다. 화자가 불자여서 더욱 그런 감정이 끓었던 것일까. 하지만 설한 속을 헤매다 식당 난롯가를 찾은 스님인데 곡차 한잔 얻어 마신다고 큰 허물이겠느냐 하는 문제에 좀 관대하면 좋을 듯하다. 스님도 사람이 아닌가. 술 한잔에 파계라도 한 것처럼 흥분하는 것은 온당치 않다는 생각이다.

심안心眼으로 목전의 스님을 들여다보는 너그러움이 있고 또 그런 따뜻한 시선이 있었다면 외려 스님이 정신이 번쩍 깨어났을지도 모르는 일인데 하는 아쉬움이 남는다. 수필은 감정을 내세워 쓰면 독자로부터 공명을 얻어내지 못한다. 어떤 경우에도 수필 문장에서는 감정이 밖으로 넘쳐선 안된다. 절제해야 한다.

■ 예문 ■

멀리 프랑스 유학길에서 돌아와 달포를 묵은 막내가 기한이 되어 오늘 떠났다. 공항 출구를 나가는 순간, 슬퍼서 눈물이 흐르고 가슴이 찡했다. 남아가 20이 넘어 제 갈 길을 향해 가는 것이 대견스럽기는 했으나, 처음 보낼 때도 그러해서 눈물을 흘렸는데, 그러지 말자고 하면서도 슬픔을 참지 못해 또 흘렸다.

— 어느 주부의 「아들의 유학길」 중

"슬퍼서 눈물이 흐르고 가슴이 찡했다."라고 다시 유학길에 오르는 아들과 헤어지면서 자신의 슬픔을 삭이지 못한 채 눈물을 주체하지 못하고 있다. 슬픔의 감정을 그대로 표현하고 있는 것이다. 슬픔을 표현하는 데 그런 감정을 '눈물'로 매개하려 하지 말고 우회적으로 표현할 수 있어야 한다. 문장 경험의 미숙이기도 하지만 슬픔 따위의 감정은 문장에서 직접적인 표현보다는 암시적인 방법을 사용하는 게 낫다.

'애이불비哀而不悲'라 하지 않는가. 슬퍼도 겉으로 드러내지 않을 때라야 그 슬픔이 진정 슬픔이다. 옛날 우리 여인들이 이별의 슬픔을 가슴에 안아 그렇게 한을 삭히며 인고했다. 겉으로 드러낸들 어찌할 것인가. 감출 수 있으면 더욱 아름다운 것인데.

윗글을 다음같이 다시 써 보면 어떨까 한다.

프랑스 유학길에 돌아와 달포를 쉰 막내가 때가 돼 그곳으로 오늘 떠났다. 외려 걱정 마시라며 출구를 빠져나가는 아들의 뒷모습을 보고 있자니 가슴이 휑했다. 처음 보낼 때도 그랬고, 오늘도 눈물을 보이지 말자고 다짐했는데 그예 무너지는 게 아닌가. 아이가 떠나면서 마음 상하지 않았는지 마음 쓰인다.

아무리 절박한 감정이라도 그대로 퍼 올려서는 안된다. 슬프다, 눈물이 난다고 직접적으로 말하지 않고 에둘러 우회적으로 표현해야 한다. 특히 수필의 경우 감정 처리가 문장의 격조를 좌우하기 때문이다.

문학이 궁극적으로 추구하려는 것은 진선미다. 감정이 문면에 흘러넘쳐야 하는 것이 아니다. 그중에도 미는 절제된 것이며 형상의 정확성, 표현의 정확성이라고 보면 좋을 것이다.

> ❋ 수필카페8
> '이별'이라고 하면, 그 옛날 학창시절에 즐겨 보았던 서부영화 생각이 난다. 대부분의 서부영화는 그 주인공이 악당들을 물리친 후, 석양에 말을 타고 홀로 떠나는 장면으로 끝난다. 멀어져가는 주인공을 배경으로 주제음악

이 흐르는 가운데 'The End' 자막이 서서히 떠오를 때, 그 얼마나 감동을 받았는지요.

그러나 이제 말을 타고 떠나는 사람은 없다. 말 대신 차가 등장했다.

키츠는 뉴턴이 "무지개를 프리즘으로 환원시키는 바람에 시상詩想이 파괴되었다."고 한탄했다.

 - 그나마 차 중에서도 기차가 이별엔 적격이다. 서부영화의 주인공처럼 점점 멀어져가는 사람에게 손을 흔들어 줄 수 있으니까. 그래서 이별하기 좋은 곳마다 역이 생기는가.

3. 함축적 표현

수필 문장의 함축적 표현은 작품의 질을 결정하는 잣대라 해도 좋을 것이다. 엄밀히 말한다면 간결 소박해야 한다는 것과도 조금 다르다.

길게 반복하거나 열거하지 않고 짧게 명료한 표현에 이르는 것이 간결이라면, 할 말을 하지 않으면서 또 감정을 문장의 표면에 드러내지 않고서도 자신의 생각과 감정을 독자에게 전달하는 것이 함축이다. 말로 하듯이 모두 털어 놓아 버리면 감동은 오히려 사라져 버린다. 더구나 작자가 할 말을 혼자 다해 버리는 것은 독자에 대한 예의가 아니다. 독자의 몫을 빼앗아 버리는 것이 된다. 안에 안고 있다 극적으로 풀어 놓을 때 감동이 오고, 감동 뒤에라야 여운이 따르는 것이 수필 문장이다.

함축은 내면화의 기법이다. 의미를 내포시키므로 문장의 밀도가 높아진다. 그런 면에서 겉으로 표출하기 위해 온갖 수식을 동원하는 미문美文과 대립한다. 의식이 사물에 닿아 일어나는 미적 충격을 내면에 흡수함으로써 독자에게 지적 쾌감을 줌과 아울러 미묘한 감성을 확대 생산하게 하는 것이 함축이다. 함축이 시적 기법인 것은 시의 특성이 압축을 요구하는 형식이므로 어쩔 수 없다 하겠거니와, 수필에서도 함축이 문장의 격조를 한 단계 높여 주는 것임은 더 말할 것이 없다.

"연인들이 침묵을 지킬 때, 서로를 가장 이해하고, 무덤가에서 고함을 지르며 말을 하는 것은 국외자인 조문객들에게 영향을 줄지 모르지만, 미망인과 어린이들에게는 차갑고 사소한 일로 들릴 뿐이다." 안톤 체홉의 이 말이 시사하는 바는 '불필요한 말을 하지 않음', 결국 함축이 아닐까.

흔히 운위되는 문학성은 함축성과 같은 맥락이다. 문학성이란, 문학이 언어예술이므로 그 근원인 언어를 부리는 방법에서 찾아야 한다. 곧 언어의 애매성, 그게 함축성과 상통한다는 의미이기도 하다. 다의적인 해석을 통해 기능하도록 하는 언어 사용이 바로 그것이다.

한 작품에서 인간 존재와 삶의 다양한 의미가 함축적으로 내포돼 있을 때 '문학적'이라 한다. 함축적 언어 사용은 가능한 한 언어의 양을 줄이면서 내포적 의미를 극대화하는 방식이다. 최소의 언어를 통해서 최대의 의미를 담는 것, 문학에 있어 언어 절제는 미덕일 수밖에 없다. 수필이 문학인 이상 이런 요구에서 자유로울 수가 없다는 것이다.

하긴 완벽한 언어란 존재하지 않는다. 인간의 삶을 온전히 재현할 수 있는 언어란 관념 속에서만 존재할 따름이다. 그러니 정작 위대한 것은 문학이 아니라 인간이 영위하는 삶이 아닐까. 그럼에도 어쨌든 우리는 쓴다. 언어의 유한성을 인식하고 있으면서도 여전히 문학은 쓰이고 또 읽힌다.

작품이 완성되는 것은, 작가의 영역이 아니라 독자의 성실한 독해를 통해서 그 의미가 확장될 때 비로소 가능하다.

■ 예문 ■

먼 거리 여행을 할 일이 없는 내가 지난해에는 울산 길을 네 번이나 하였다. 울주군 범서면으로 낙향을 한 소설가 B씨가 소풍 겸 내려오라서였다. 소설을 쓰는 다른 몇 친구와 한 달에 한 번씩 만나던 터였으나, 혈압으로 투병을 하던 그가 내려간 후여서, 서로의 만나던 정을 잇고자 해서다.(……)

두 번째 내려간 것은 60중반을 넘긴 B씨가 처음으로 소설집 출판기념회를 가졌을 때다. 여름이 한풀 꺾인 9월 초순, 잔서殘暑의 열기에 들녘의 나락이 익기 시작할 무렵이었다. 제자와 후배 문인들이 베푼 조촐한 모임에, 주인공의 건강이 좋아 보여 우리는 두 번째로 만난 것이 즐거웠다. 몸밖에 있을 것이 또 무엇이냐는 말을 피차에 듣게 되는 나이들이어서, 시골에 정착한 B씨가 다행하다고 여겼다.(……)

네 번째로 내려간 것은 동지가 지난 하루 뒤, 세 번째로부터 한 달 반 만이다. B씨로 해서 시작된 길이, 그에 의해 마지막이 된 길이었다. 세 번째로 내려가 헤어지는 길목에서, 그는 부산 병원으로 향하고, 나는 고속 터미널로 갈렸다. 건강에 유의해서 봄에 다시 보자고 했으나, 그는 네 번째로 우리를 자신의 관 앞으로 불러 세운 것이다.

그를 산에 두고 내려오는 자리에서 나는 연거푸 소주잔을 기울였다. 가을이 가기 전에……하고 보채듯 한 그의 말을 뇌면서, 흐르는 구름을 쳐다보았다. 울산 범서면으로 이어지던 여정, 그는 우리의 여정에 종지부를 찍어 놓고, 만날 수 없는 길을 혼자 떠났다.

- 윤모촌의 「울산 여정蔚山旅情」 중

이 글을 세 부분으로 나눠 보면, 첫째 B씨의 건강이 좋지 않다는 것과, 두 번째는 서로가 건강에 유의하면서 출판기념회로 다시 만난 기쁨을 말하고 있다.

그러나 세 번째 부분은, 다시 만나자던 우정이 죽음으로 급변한 상황 앞에서 인생이 무상하다는 감회로 나타난다. 여기서, 친구를 잃은 느낌을 어떻게 함축하고 있는가를 엿보게 된다. 무덤을 만들어 놓고 산을 내려올 때, 허무감을 느끼게 되는 것은 누구나 겪는 일로 죽음의 충격을 받게 된다.

그러므로 이런 상황을 표현할 때는 자신도 모르게 넋두리가 되어 나타나는 것이 상례다. 하지만 그런 감정은 상식화된 것이어서, 그것을 함축하지 않는다면 진부한 글이 될 뿐이고 아무런 감동도 주지 못한다.

그런 점에서 예문이 보이는 것은 죽음에 대한 느낌, 허무하다든가 비통하다든가 따위의 말이 한마디도 들어가 있지 않으면서도 무리 없이 감정을 드러냈다. "그를 산에 두고 내려오는 자리에서 나는 연거푸 소주잔을 기울였다. 가을이 가기 전에……하고 보채듯 한 그의 말을 뇌면서, 흐르는 구름을 쳐다보았다……"로, 친구와 사별한 감정을 많은 말을 하지 않으면서 드러낸 것이다. 여기서 죽음에 대한 말이 구구한 영탄조로 드러났다면, 독자는 하나 마나 한 소리를 한 것으로 받아들일 것이 틀림없으리라.

■ 예문 ■

어머니에게 건축술이 있었을 리 없다.

아니었다. 어머니는 집을 지으셨다. 설계도 않고 연장 하나 없이 집을 지으셨다. 집 짓는 어머니의 손매는 억세고 야무졌다.

어머니에게선 톱질 소리가 났다. 대패질 소리, 못 박는 소리가 났다. 오색딱따구리로 늙은 나무에 부리를 박던 당신, 나이 들면서 우리도 잔못 하나씩 박게 됐다. 작아도 견고한 못이었다. 못질 소리는 일제히 작은 숲을 흔들었다. 허름하게 완성된 당신의 초가는 그러나 무지갯빛이었다. 바람소리였다. 어둠이었다. 새벽이었다.

껌 씹으며 딱딱거리는 불만 덩어리, 문명에 대한 저항의 슬픈 퍼포먼스.

어머니의 집은 얼마간 둥글었다. 식구들이 받아 앉던 원만한 곡선의 두레상 같은 집. 텅 빈 쌀 항아리를 한숨이 채워도, 말똥과 보리 까끄라기로 지핀 구들이 후끈거렸다. 눈 오는 날, 등보다 가슴을 먼저 데워 오던 시골집 아랫목.

　주춧돌 고여 기둥 세우고 서까래 얹고 지붕에 띠를 덮으셨다. 집에선 사시장철 풀 냄새 나무 냄새가 났다. 티수 없이도 넉넉하던 집엔 웃음이 죽치고 살았다. 한 이불에 발막아 길게 누운 식솔들의 평안. 그걸 바라보는 어머니의 눈빛은 맑았고 무언가를 향해 타올랐다. 힘이 느껴졌다. 될 거라 믿으면 조금씩 돼갔다. 암시였다. 운이었다. 최면이었다. 종교였다.

　알 수 없는 조그만 성취가 하나둘 쌓여 길사로 집이 충만해 갔다. 가난도 슬프지 않고 없어도 부럽지 않았다. 하늘이 무겁게 내려앉아도 앞마당엔 노상 강물로 흐르는 빛.

　어느 집하곤 달랐다. 평수 없는 집, 등기되지 않은 집이었다. 보일 듯 안 보이는, 집 아닌 정녕 집이었다. 사람이 살고 바람이 살고 새가 살고 빛이 살던 집. 사람을 품는 능률적인 구조물, 기능성 사람의 집이었다.

　어머니가 집을 지은 것은 용한 일이었다. 나는 그 집에서 나고 자라 어른이 됐고, 이젠 어언 노년으로 늙어 간다.

　당신은 오로지 집 한 채를 올리기 위해 이 세상에 왔다 가신 분이다.

　이제야 중얼거린다.

　'우리 어머니는 훌륭한 건축가였다고, 아직도 나는 어머니의 집에 살고 있다고.'

– 졸작 「어머니의 집」 전문

'어머니의 집' 자체가 실제의 건축 구조물이 아니다. 어머니 자신이 화자인 '나'와 식솔들을 거느리고 보듬던 집이라는 건물로 은유됐다. '어머니의 손매는 억세고 야무졌다.'에서 어머니로서의 강인한 면모가 드러나고 있다. 어머니라는 집 속에서 나와 누이와 동생이 무지갯빛 꿈을 꾸며 성장했고, 그런 '등보다 가슴을 먼저 데워 오던' 집 속에서 사랑을 배우고 인생을 터득할 수 있었는지 모른다. 그래서 어머니의 집은 길사로 충만했고 그런 가운데 나이를 먹어 어른이 됐지만 화자인 '나'는 아직도 그 어머니의 집에 살고 있다고 말한다.

은연중 독자는 화자의 감정 속으로 들어가 상상의 날갯짓을 하게 된다. 필자로서는 하고 싶은 말을 내면에 숨어서 다하고 있는 셈이다.

어머니의 집 속에서, 얇은 베일에 싸여 있어 쉽게 그 실체를 드러내 놓지 않았지만 그게 어머니가 끌어안고 있는 '가정이란 집'이요, '사랑의 울타리'라는 것이 한 꺼풀씩 벗겨지면서 드러나고 있다. 함축이 은유에 잇닿아 수필 문장에 시적 서정성을 부여함으로써 독자의 정서적 욕구를 충족시키는 데도 기여하고 있는 예다.

■ 예문 ■

징검다리는 무뚝뚝하지만 늘 좋은 일만 한다. 징검다리가 사람들의 발길에 짓밟히면서도 즐거워하는 것은 살아가는 이유가 분명하기 때문이다. 물의 흐름을 막지 않으면서도 제 할 일을 다하는 게 징검다리 아닌가. 징검다리야말로 인간의 스승이다.

도토리는 어떻게 새로운 삶을 시작하는가. 갈참나무 가지에서 땅으로 떨어지는 순간, 그것으로 도토리는 새로운 삶을 시작할 수 있다는 것은 얼마나 경이로운가.

자작나무는 러시아에서 보아야 참 멋을 느낄 수 있다. 대평원을 기차로 달리면서 그 끝없는 숲을 바라볼 때의 느낌, 그게 제격이다. 「닥터 지바고」에서처럼 눈이라도 내린다면 더 말할 것도 없고 말이다. 바로 장엄, 그 자체가 자작나무 숲이다.

- 안도현의 「경이롭다」 전문

가장 짧은 형식으로 시도되고 있는 아포리즘 수필의 예다. 징검다리는 '물의 흐름을 막지 않으면서도 제 할 일을 다한다.' 면서 '인간의 스승'이라 하고 있다. '도토리는 갈참나무의 새로운 삶의 시작', '끝없이 이어지는 대평원의 자작나무 숲'이 경이롭다고 했다. 할 말마저 다 풀어 놓지 않을 만큼 언어가 극도로 절제되었음에도 울림이 작지 않다. 함축했기 때문이다.

시적 은유 혹은 상징을 통해 수필의 예술적 심도를 더해줌으로써 문학 작품으로서의 완성도를 더한층 높여 주는 것이 바로 함축의 기법이다.

우리는 종종 '문학성'을 운위한다. 문학이 언어예술이므로 문학성은 그 근원인 언어를 부리는 방법에서 찾게 된다. 종국에 문학성은 애매성 혹은 함축성에서 찾을 수밖에 없다. 대상에 대한 다양한, 다의적인 해석을 가능하도록 하는 언어 사용이 그것이다. 한 작품에서 인간존재와 삶의 의미가 함축적으로 내포돼 있을 때, 문학적이라 말한다.

함축적 언어 사용은 가능한 한 언어의 양을 줄이면서 내포적 의미를 극대화하는 방식이다. 다시 말하면 최소의 언어를 동원해서 최대의 의미를 담는 것, 그러니까 언어 절제를 최고의 미덕으로 하는 경우다.

❧ 수필카페9

'생애 단 한 번':
　한 번 지나가 버린 것은 다시 되돌아오지 않습니다.
　그때그때 감사하게 누릴 수 있어야 합니다. 모든 것이 일기일회一期一回입니다. 생애 단 한 번의 시간이며, 모든 만남은 생애 단 한 번의 인연입니다. (법정의 「一期一回」 중)
　- 지금 마시는 한잔의 차, 다시는 마실 수 없는 단 한 번의 차입니다. 지금 주어진 조건과 인연을 지극한 마음으로 감사하고 진정으로 소중히 여길 때, 삶은 더욱 풍요로워집니다. 건강하게 진화합니다.

---

4. 부사는 절제해야

부사또는 부사구나 부사절는 문법적 기능상 서술어나 다른 부사를 수식한다. 더러는 서술의 범위를 한정하는 구실을 하기도 한다. 좋은 문장일수록 부사 사용을 절제하는 쪽이다. 이유는 부사가 감정의 확대를 제한적으로 막아 함축에 의한 여운의 효과를 위축시켜 버리기 때문이다. 달리 말해, 문장의 향기를 없애 버려서 그렇다.

특히 부사 가운데서도 의성어와 의태어의 사용은 더욱 신중할 필요가 있다. 묘사의 한 기법으로 생각하기 쉬운데, 사물의 소리나 짓을 시늉하는 이들 부사는 문장의 차분한 분위기를 해쳐 표현의 본질을 흐려 놓는다. 가급적 사용을 삼가는 게 좋다. 동시나 동화 같은 특정 층의 독자들에게 사실감을 돋워 주기 위한 의도라면 몰라도 수필 문장의 경우, 바람직한 방법이 아니라는 얘기다.

또 하나 덧붙여야 할 것은, 접속부사의 사용 문제다. 우리 국어에는 말과 말, 어구와 어구, 문장과 문장, 문단과 문단을 잇는 접속어가 매우 발달돼 있다. '그리고, 그래서, 그러나, 그러니까, 그리하여, 그런데, 한데, 하지만, 하나, 더욱이, 더구나, 뿐만 아니라….' 셀 수 없을 정도로 많다.

문단과 문단 사이에 접속부사를 넣는 것이 습관이 돼 버리면 고치기 쉽지 않으니 수필 공부를 시작할 때 진즉부터 엄격히 할 필요가 있다. 막상 써놓고 보면 군더더기인 것임을 문장에 어느 정도 익숙하게 되는 어느 단계에 이르면 저절로 터득하게 될 것이다. 접속부사를 쓰지 않으면 문장이 깔끔해서 좋다. 전후 연결을 염려할 필요는 없다. 필자가 어느 수준까지 끌고 가면서, 그 다음의 문맥상 전후 연결은 독자의 몫으로 넘겨주는 것도 글 쓰는 이의 아량에 속할 것이다.

그렇다고 부사를 쓰면 안된다는 것은 아니다. 필요하지 않았다면 말이 아예 만들어지지 않았을 것 아닌가. 예를 들어 보자.

"진즉 알고 있어야 했다." "나는 그 일에 대해 일절 아는 바가 없다."에서 부사 '진즉'과 '일절'은 필요한 경우다. 서술어를 한정함으로써 문장의 내용을 보다 명확하게 해주고 있음을 알 수 있다. 다른 장르하고 달라 정확한 문장은 수필의 기초 기본이다.

그러나 "시장 바닥이 들끓는 사람들의 악다구니로 너무 시끌벅적하다."에 쓰인 '너무'는 절제돼야 하는 경우에 해당한다. 앞에 '들끓는'이라는 수식관형어이 나와 있어 '너무'의 몫까지 맡고 있기 때문이다.

■ 예문 ■

"…엄연한 것은 쓰는 것일 뿐. 쓰던 것을 중단할 수는 없다. 시건 수필이 건 탈고하지 않으면 완성에 이를 수 없다.

(그런데) 나는 완성되는가. 내 문학은 완성에 이를 것인가. 그건 가능할 것이며 어떻게 가능할 것인가. 많이 쓴다고 되는 것인가."

위 문장에서 접속부사 '(그런데)'는 보기에 따라선 군더더기에 다름 아니다. 안 써도 상관없다. 문맥상 전후 연결에 아무런 막힘이 없음을 알게 된다.

부사를 써서는 절대 안된다는 것이 아니다. 쓰지 않아야 할 자리에 부사를 넣는 것은 문장을 어지럽게 할 뿐이므로, 가려 써야 한다는 것이다. '부사는 절제해야 한다', 머릿속에 각인시켜 두었다가 글을 쓸 때마다 확인할 일이다.

예문을 들어 보자.

■ 예문 ■

가시덩굴 속을 헤치며 아버지가 잘라 놓은 장작을 나르고 삭정이를 부러뜨리면서 모으는 일은 고역이었다. ①더구나 그 시절엔 장갑도 없었으니 손등은 긁히고 할퀴어서 말이 아니다. ②그렇지 않아도 손등이 피부 결 따라 쩍쩍 갈라지고 피도 찔끔거리는데 건조한 손은 움직일 때마다 따끔거리고 아렸다.

③다행히도 그렇게 힘들고 아픈 시간들 속에서도 즐겁고 신나는 일도 있었다. 땔감을 하다가 덤불 속에서 산새들도 몰라서 지나쳐 버린 산머루덩굴의 흑진주 같은 열매나 ④쩍쩍 벌어져서 올챙이 알 같은 열매를 보듬어 안은 으름열매를 발견하면 ⑤그야말로 횡재한 기분이 된다. 덜컹거리는 마차를 타고 한 시간 남게 가다 보면 땔감 모으는 작업을 하기도 전에 배가 고파 오는데 달콤하고 향기로운 먹을거리가 산중에 오롯이 숨어 있다가 나를 반기니 내 입이 벌어질 수밖에. 덩글덩글 달려 있는 열매를 발견하는 순간을 어찌 ⑥다 말로 표현할 수 있으랴.

밑줄 친 ①~⑥의 부사 또는 부사구를 빼 놓고 보면 문장이 깔끔해진다. 문장에서 없어서는 안될 꼭 필요한 말인가를 생각해 보아야만 한다. 있어도 그만 없어도 그만인 경우가 허다하다. 부사가 꼭 있어야 할 자리가 아니라는 사실을 어렵잖게 파악하게 될 것이다. ④는 앞 문장에도 쓰이고 있어 중복됐기도 하지만, 빼다고 흔들리기는커녕 문장이 더 담백해진다. ⑥은 '어찌 다'로 부사 둘이 중첩돼 있는 꼴이니 이야말로 군더더기다.

부사가 들어감으로 해서 문장을 가볍게 해 격을 떨어뜨리는 경우를 보기로 하자.

■ 예문1 ■

식물에서는 우성이 존속을 위해 피우는 바람이, 사람들의 삶에 끼어들면 희비애락과 ①더불어 폭풍이 휘몰아치는 경우가 허다하다. 결혼한 부부 중, 어느 한 사람이 난봉이 나거나 마음이 들떠서 다른 이성을 사귀는 것을 통속적인 속어이긴 하지만 '바람났다'라고 ②흔히 말하는데 식물이 피우는 바람과 견주어 볼 때, 행동하는 가치가 다르기에 비난 받고 불화를 일으키는 게 아닐까. ③그러니 아무리 뭇 여성이, ④그리고 뭇 남성이 감미롭고 꿀떡 같아도 바람도 처지 나름이니 함부로 피우려 들지 말 일이다.

■ 예문2 ■

서울에서 ①어쩌다 살게 된 이후부터 ②진짜 참외다운 참외를 먹어 본 일이 ③정말 없다. 밭에서 설익은 것을 따내지 않으면, 입에까지 오는 동안 ④후물후물 곯아터질 것이니 그럴 수밖에 없다.

■ 예문3 ■

고서화古書畵에 ①무척 관심이 있는 줄 안 장모님이 ②낡고 헐고 찌들은 서화 몇 점을 가지고 오셨다. 여러 사람들 것인데 모두가 당대에 이름을 날린 ③쟁쟁한 명인들의 것이다. 그런데 손질을 안 하고 간수를 잘못해서 ④모두 흠이 가고 ⑤더러워져서 낡았다.

■ 예문4 ■

사슴의 긴 목처럼 꽃가지를 길게 드리우고 ①지금 막 피어나기 시작한 꽃잎은 도드라지지 않으면서도 여인네의 잘 다듬어 놓은 갸름한 손가락을 닮았다. 활짝 핀 꽃봉오리는 농염한 여인의 입술을 연상시킨다. 꽃송이를 보면 볼수록 그 자태에 화려한 끼가 묻어난다.

칸나의 꽃말이 '정열'이라는데, ②불같이 열띤 열정을 느끼기에 충분하다. 꽃잎이 삼바 춤을 추는 관능적 여인의 히프에 걸친 치마 자락 너울처럼 매혹적이다. 입으로 후우욱 하고 불면 정염 덩어리 한 움큼 툭 떨어질 것 같다.

악마 데와더르라 영혼이 스미어 고혹적인가. 사랑이란 이름이 빨강으로 물들었나. 불타는 붉디붉은 언약으로 사랑을 꽃잎에 새긴 걸까. 노란 칸나는 곱게 피어도 성에 안 찬다. ③어쨌든 짙붉어야 칸나다.

칸나 꽃그늘에 함초롬히 피어나 아침밥 달라고 보채는 것 같은 구절초 한 무더기가 철없는 어린애처럼 보여 앙증맞다. 눈 시리게 찬 이슬도 한몫을 하려는지 꽃잎 위에 진주를 뿌려 놓은 듯하다. ④어쩌면 가을의 초입이라서 더욱 영롱하고 신선하게 다가오는 걸까.

예문의 밑줄 친 부분들은 부사나 부사구다. 모두 감정의 정도를 나타낸 것이어서 문장을 달떠 가볍게 하고 있다. 이것들을 걸어내야 문장이 차분해지고 무게를 지니면서 가라앉아 격을 높이게 된다. 그리고 걸어낸 만큼 상상의 폭과 깊이를 넓히고 깊게 한다. 부사에 감정이 담긴다 하나 말 자체가 제한적인 것이다.

〈예문 4〉의 밑줄 친 ①은 뒤의 '막'에 포함시키면 되고, ②도 뒤의 '열띤'에 스며 있는 감정이다. ③ ④는 빼버려도 전혀 문제가 없을뿐더러 빼버리는 게 오히려 문장을 산뜻하게 할 것이다.

'지금은 조금 아파도':

"범서야, 삶은 마치 조각 퍼즐 같아. 지금 네가 들고 있는 실망과 슬픔의 조각이 네 삶의 그림 어디에 속하는지는 많은 세월이 지난 다음에라야 알 수 있단다. 지금은 조금 아파도, 남보다 조금 뒤떨어지는 것 같아도, 지금 네가 느끼는 배고픔, 어리석음이야말로 결국 네 삶을 더욱 풍부하게, 더욱 의미 있게 만들 힘이 된다는 것. 네게 꼭 말해 주고 싶단다." (장영희의 「이 아침의 축복처럼 꽃비가」 중)

– 의사는 아이가 울어도 주사바늘을 꽂습니다. 환자가 비명을 질러도 몸속 깊숙한 곳에 칼을 댑니다.

살을 에는 고통 너머 치유의 기쁨을 내다보기 때문입니다.

지금의 비명과 고통, 실망과 슬픔, 목마름, 배고픔, 어리석어 보이는 조각들, 그 모두가 내 인생을 풍요롭게 하는 꼭 필요한 퍼즐들입니다.

사람은 아프면서 자랍니다. 시련 속에 깊어집니다.

5. 인용은 내 목소리가 아니다

명구名句나 명언名言을 자신의 문장에 따다 쓰는 경우가 적지 않다. 때로는 고전 속의 이야기 한 토막이나 성경이나 불경 속에서 한 구절을 끌어오는 것을 보게 된다. 꼭 필요할 때는 어쩔 수 없다. 문장 내용의 신뢰를 높인다든지 말하고 있는 바의 진실성을 보다 강조하기 위한 방편에서 그럴 것이다.

하지만 한 작품 안에 인용을 여러 번 한다든지 혹여 종교적 편향성을 내보이는 일은 독자를 식상하고 거부감이 들게 하거나 부담스럽게 할 수 있으므로 신중을 기하는 것이 좋다. 내용의 공신력을 높이려 한 의도가 수위를 벗어나면 인용 자체의 의미를 상실하고 만다. 자칫 많이 알고 있다는 현학衒學 취미로 내비칠 수가 있으므로 주의할 일이다. 독자 편에 서서 문장의 내용을 이해하는 데 도움을 준다는 본래의 의도를 저버리지 말아야 한다는 얘기다.

신인상 응모작 등에서 보게 되는 것이지만, 작품에 대중가요의 가사를 2절까지, 유명한 시 전문을 잔뜩 늘어놓는 경우가 있다. 인용은 문장에 능률이라는 기능을 불러들이는 것으로 남의 말을 따오되 문장 속에 녹아들어가도록 재구성함으로써 자신의 목소리로 체질화할 때 본래의 의미를 살릴 수 있는 것이다. 내면화된 얘기로 한 살을 이뤄야 한다는 뜻이다.

■ 예문1 ■

어느 작가의 얘기가 생각난다.

"젊음을 유지한다는 것은 보톡스를 맞아가며 주름을 펴는 것이 아니라 기억 저편에 구겨 넣었던 청춘의 기억을 다시 꺼내 다림질하는 것인지도 모른다."

젊음의 기억을 환기장치로 꺼내자는 데는 공감하나, 주름을 외과적 시술에 의존하지 않되 묵혀뒀던 젊은 날의 기억을 다림질하는 것이라 한 그의 말에는 전적으로 동의할 수 없다. 주름을 '구겨 넣었던 청춘의 기억'이라 한 비유가 가당치 않다는 의미이기도 하다. 주름은 엄연한 늙음의 가시적 현상이다. 다림질로 펼 수 있는 것이 아닌, 쭈글쭈글해진 노화의 징후인데 살 속에 의술의 바람을 채워 팽팽하게 한들 무슨 소용이며 다림질한들 무슨 소용인가. 다 부질없는 일, 임시변통이거나 방편에 불과할 뿐이다.

서두에 인용문을 빌려 온 글인데, 전개부가 어떤 내용으로 흐르게 될 것인지를 예견케 한다. 길지 않아 거추장스럽지 않다는 생각이다.

■ 예문2 ■

"모란이 피기까지는 나는 아직 기다리고 있을 테요, 찬란한 슬픔의 봄을."

이처럼 과민한 시구가 있을까. 글 쓴답시고 언제부턴가 나이 듦을 감지하면서 문득 기죽고 어깨 축 처졌다가도, 가령 영랑 시 속의 이 언어를 만나면 가슴 두근거리며 숨 받아 온다. 무엇에 끌림인가. 알 수 없는 일이다. 이전 같지 않아 무뎌진 걸 알겠는데도 감성이란 게 잠들어 있었을 뿐, 의식 너머 매장되지는 않았던 모양. 이 시 앞에 나는 옷매무시를 고쳐가며 자신을 가다듬곤 한다.

김영랑의 '모란이 피기까지는'의 끝 행을 인용하고 있다. 작자의 취향에 따라서는 (짧지 않은)시 전문을 자신의 문장 속으로 끌어들일 수도 있을 것이다. 특별한 의도가 아니면 부분만, 그것도 예문처럼 한 행만 빌려와서 좋다. 문학에 대한 기본 소양이 갖춰 있는 독자라면 모를 사람이 없을 것이다. 한 행만으로도 친숙감을 주면서 독자를 자신의 문장 속으로 끌어들이는 데 부족함이 없다.

■ 예문3 ■

미국의 한 연구 결과라며 가이드가 하는 말에 다들 고개를 끄덕이고 있다. "지중해 연안 사람들은 낙천적이고 긍정적인 기질을 갖고 있지요. 그게 다 기후의 영향이랍니다. 거기에 빼놓을 수 없는 게 올리브나무입니다. 물론 포도주도 마시고 삶은 토마토도 즐깁니다. 그런 음식 문화도 몫을 할 거란 얘기에요. 하지만 특히 올리브의 그 기름…."

건강의 비결을 결국 올리브에 귀결시키더니, 또 잇는다. "유럽인들, 참 건강합니다. 70의 나이에 경로당에 가면, '얘야, 물 떠오너라.' 그런다는군요. 호호호." 이분 오늘 아침 한 스푼 하고 온 건 아닌가. 웃음에 올리브기름 냄새가 나는 것 같다.

기행문 속에서 일행들과 함께 가이드의 말에 귀 기울이고 있는 필자의 모습이 떠오른다. 이 경우, 기행문이라는 특수성에서 가이드의 말에 상당한 신뢰감을 얻게 될 것이다. 문장에 현장감과 생동감을 아울러 불어 넣는 경우라 할 수 있겠다.

■ 예문4 ■

세상은 한 권의 책, 여행을 하지 않는 자는 그 책의 한 페이지만을 읽을 뿐이다. 이 말은 전부터 내게 적잖이 충격이었다.

인용부(" ")를 사용하지 않아도 독자가 간접인용임을 쉬이 알 수 있을 것이라 생략하고 있다. 길지 않게 한 문장을 인용하고 있는데 몇 개의 문장으로 설명할 것을 함축하는 재치가 돋보인다. 함축은 공감의 폭을 넓힌다. '그렇구나!'하고 고개가 절로 끄덕여진다면 분명 효과적으로 사용한 인용이 된다.

■ 예문5 ■

'소통의 통로를 만들기 위하여' 그 책의 머리말, 제목의 표방에 가슴이 뛴다. 머리말 속에서 이런 말을 하고 있다. "장르를 초월하여 만들어내는 융합은 관념의 벽을 허물어 지평을 넓힘으로써 쾌적함을 경험케 하다. 수필처럼 공간이 비좁은 문학도 없을 것이고, 수필처럼 공간이 넓은 문학도 없을 것이다. 수필은 체험이라는 군색한 울안에 갇혀 있으면서도 무한한 경계에 발을 놓고 있는 문학이다.

수필가 윤재천 교수의 말을 인용했다. 수필 관련 저술의 머리말에서 따옴으로써 필자의 의도가 뚜렷이 읽힌다. 한국 수필이 나아갈 길을 제시하고 있는 원로 작가의 육성이 쩌렁쩌렁 울려나오는 것 같은 느낌이 가슴에 와 닿는다. 인용이 작품 속에 이만한 터수를 할애할 수 있다면 모름지기 대성공이라고 할 수 있을 것이다. 효과적인 인용이다.

■ 예문6 ■

하늘 저 한 귀퉁이에 미인의 요염한 실눈 같은 초승달이 휜 허리를 가누지 못하여 괴로워한다.

초승달 저 달님 허리 앓아서
앞산 낭귀 위에서 쉬고 있어요.
계수나무 지팡이 어디다 두고서
빈손으로 그처럼 고생하나요.

문득 동요 한 구절이 떠올라 되새김 소리로 중얼거릴 때, "다음 역은 익산역! 익산역! 여기서는 5분 간 정차합니다. 내리실 손님은 잊은 물건 없이 안녕히 가십시오." 목적지에 도착했다.

작품 속에 대중가요의 노랫말을 인용한 경우는 저급해 문학성을 손상시키지만, 그것과는 다른 느낌을 받는다. 기차 여행을 하며 차창 밖 하늘에 떠 있는 초승달에 눈을 주다가 '초승달 저 달님 허리 앓아서'라는 동요가 떠올라 곧이곧대로 인용한 것으로 보인다. 초승달을 보다 연상 작용이 초승달이 나오는 동요로 이행하고 있음을 생각할 때, 나쁘지는 않지만 전문을 인용한 것은 좀 그렇다. 아예 동시를 그대로 베껴 쓰지 말고 '문득 초승달 저 달님 허리 앓아서라던 동요가 떠오른다.'라 하면 어떨는지.

정리해야겠다.

명구나 명언은 예사로운 말이 아니다. 글을 쓰는 사람이나 읽는 사람 모두에게 무딘 감각을 일깨우는 경구가 되기도 한다. 인용 자체가 자극이고, 계몽적 · 계도적 · 교훈적인 가치로 그만큼 효용이 있다.

문제는 인용이 자신의 문장에 녹아들어 한 살이 될 수 있어야 한다는 것이다. 구태의연한 인용은 문장을 더욱 진부하게 만들어 버릴 수도 있으며, 지나친 인용은 자신을 드러내놓고 자랑하려는 의도로 오해될 소지마저 있기 때문이다. 마치 물이 흐르듯 자연스러워야 한다는 것인데, 특히 남의 말을 그것도 전체를 자기 글 속에 인용하는 것은 좋지 않다. 자신의 영토 안으로 외인을 아무렇게나 유입할 수는 없는 노릇이다.

> ✤ 수필카페11
>
> '나는 지금 어디로 가야 하는가.' '나의 꿈은 무엇인가.' '내가 다시 도전하고 싶은 대상은 어떤 것인가.' 나는 지금 대자연 속에서 나와 사람 속으로 걸어 들어가는 중이다. 히말라야 8000m를 38번 오르고도 그곳을 향하는 나는 산에서 사람과 희망을 보았기 때문이다. (엄홍길의 「오직 희망만을 말하다」 중)
>
> ─ 38번의 히말라야 등정, 아무나 할 수 있는 일이 아닙니다. 엄청난 도전의식에 목숨을 걸어야만 합니다. 그러나 히말라야를 38번이나 올랐기 때문에 만난 사람들이 있습니다. 목숨 걸고 오르지 않았더라면 결코 만나지 못했을 소중한 사람들입니다. 희망도 그와 같아서 목숨이 달린 역경의 계곡에서, 죽음과도 같은 절망의 골짜기에서 만난 것입니다.
>
> 히말라야는 희망과 사람을 만나는 성소聖所입니다.

6. 해학과 풍자

1) 해학諧謔

해학은 고유어로 익살이고, 한자어로 골계滑稽라고도 한다. 해학의 사전적 의미를 보면, '익살스럽게 품위가 섞인 말이나 짓'이라 했다. 익살은 '남을 웃기기 위해 일부러 하는 재미있고 우스운 말이나 짓'이라 하고 있으며, 골계는 '익살'이라 토를 달았다. 따라서 '해학, 익살, 골계'는 묶어서 하나로 쓸 수 있는 유사어라 해도 무방하다.

요즘은 글로벌 시대라 서구어계의 외래어외국어가 국어로 귀화해서 국어가 된 말를 선호하므로 유머humor란 말을 빼놓을 수 없겠다. 사전에 '익살스러운 농담', '해학'이라 풀이하고 있다. '해학, 골계, 익살, 유머'가 조금씩 뉘앙스는 다르나 결국 같은 말이다.

영문학의 특색을 유머라 할 때, 버나드 쇼를 떠나 말할 수 없다. 극작가로 1925년 노벨문학상을 수상한 그는 독설가로도 유명하다. 몸매를 뽐내는 발레리나 이사도라 던컨이 버나드 쇼에게 구혼했다. "당신과 결혼하면 나와 같은 몸매와 당신 같은 명석한 머리를 가진 아이가 태어날 것이오."라 하자, "당신과 결혼하면, 보잘것없는 나의 육체와 당신 같은 머리를 닮은 아이가 태어날 것이오."라 했다 한다. 상대를 웃기면서 의중을 찌르는 해학과 풍자, 거기에다 기지機智, wit까지 한데 어우러져 있다. 영국적 유머의 진수를 보여주는 일화다. 버나드 쇼는 유머가 녹아든 많은 명언들을 남겼다. 그중 몇 가지만 소개한다.

"살아 있는 실패작은 죽은 걸작보다 낫다."

"너무나 자유로운 것은 스스로를 결박하는 것이다."

"나는 젊었을 때 10번 시도하면 9번 실패했다. 그래서 10번 시도했다."

"세상에서 가장 어리석은 자는 자신의 직업을 의무로 생각하는 사람이다."

"지나치게 과장하는 사람은 거짓말 없이 진리를 말할 수 없다."

오늘의 한국문학, 특히 수필 문장에 해학이 빈곤하다는 지적들을 많이 한다. 실제 그렇다. 하지만 고전에선 해학미가 철철 흘러 넘쳤음을 고대소설, 판소리 등에서 익히 접하는 사실이다. 특히 서민들의 삶과 현실이 그대로 숨 쉬던 판소리에서 해학이 절정을 이루었다. 어둡고 고통스러운 현실을 꼬집어 희화화戱畵化하면서 '서민적 웃음의 미학'을 스스럼없이 창출해 놓았던 것이다.

일례로 고대소설「흥부전」의 한 대목으로 들어가 보자.

■ 예문 ■

놀부 심사 볼작시면 초상난 데 춤추기, 불붙는 데 부채질하기, 해산한 데 개 닭잡기, 장에 가면 억매抑買 흥정하기, 집에서 몹쓸 노릇하기, 우는 아해 볼기치기, 갓난아해 똥 먹이기, 무죄한 놈 뺨치기, 빚값에 계집 빼앗기, 늙은 영감 덜미잡기, 아해 밴 계집 배 차기, 우물 밑에 똥 누기, 오려논에 물 터 놓기, 잦힌 밥에 돌 퍼붓기, 패는 곡식 이삭 자르기, 논두렁에 구멍 뚫기, 호박에 말뚝 박기, 곱사장이 엎어놓고 발꿈치로 탕탕 차기, 심사가 모과나무의 아들이라.

「춘향전」을 빼놓을 수 없다.

■ 예문 ■

"이 궁 저 궁 다 버린 너의 두 다리 사이 수룡궁에 내 힘줄 방망이로 길을 내자꾸나."

춘향이 만만 웃고

"그런 잡담은 말으시오."

"그게 잡담이 아니로다. 춘향아, 우리 둘이 업음질이나 하여 보자."

"애고, 나는 부끄러워 못 벗겠소."

"예라, 이 계집아이야, 안될 말이로다. 내가 먼저 벗으마."

버선, 대님, 허리띠, 바지, 저고리 훨씬 벗어 한편 구석에 밀쳐놓고 우뚝 서니 춘향이 그 거동을 보고 방긋 웃고 돌아서다 하는 말이,

"영락없는 낮도깨비 같소."

"오냐, 네 말이 좋다. 천지 만물이 짝 없는 것이 없느니라. 두 도깨비 놀아 보자."

"그러면 불이나 끄고 놉시다."

"불이 없으면 무슨 재미있겠느냐."

"어서 벗어라, 어서 벗어라."

"애고, 나는 싫어요."

도련님 춘향 옷을 벗기려 할 제 넘놀면서 어룬다.

만첩청산 늙은 범이 살찐 암캐를 물어다 놓고 이 없어 먹지는 못하고 흐르릉 흐르릉 아웅 어루는 듯, 북해 흑룡이 여의주를 입에다 물고 채운 간에 넘노는 듯, 단산 봉황이 죽실을 물고 오동나무 속으로 넘노는 듯, 아홉 골짜기 청학이 난초를 물고서 오래된 소나무 사이로 넘노는 듯, 춘향의 가는 허리를 후리쳐 담쑥 안고 기지개를 아드득 떨며, 귓밥도 쪽쪽 빨며, 입술도 쪽쪽 빨면서, 주홍 같은 혀를 물고 오색단청 순금장 안에 쌍거쌍래 비둘기같이 꿍꿍꿍꿍 으흥거려 뒤로 돌려 담쑥 안고 젖을 쥐고 발발 떨며 저고리, 침, 바지, 속옷까지 활씬 벗겨놓으니 춘향이 부끄러워 한 편으로 잡치고 앉았을 때, 도련님이 답답하여 가만히 살펴보니 얼굴이 빨개져서 구슬땀이 송실송실 앉았구나.

춘향이 부끄러워 하니,

"부끄럽기는 무엇이 부끄러워. 이왕에 다 아는 바니 어서 와 업히거라."

"좋으냐?"

"좋아요."

"나도 좋다."

"무엇을 먹으려느냐. 돼지 잡아 주랴, 개 잡아 주랴. 내 몸통채 먹으려느냐."

"여보 도련님, 내가 사람 잡아먹는 것 보았소."

"예라 요것, 안될 말이로다. 어화둥둥 내 사랑, 이제 이애 그만 내리려무나. 백사 만사가 다 품앗이가 있느니라. 내가 너를 업었으니, 너도 나를 업어야지."

"애고, 도련님은 기운이 세어서 나를 업었거니와 나는 기운이 없어 못 업겠소."

"업는 방법이 있느니라. 나를 돋우어 업으려 말고 발이 땅에 자운자운하게 뒤로 쳐진 듯하게 업어다오. 춘향아, 우리 말놀음이나 좀 하여 보자."

"애고 참 우스워라. 말놀음이 무엇이오?"

말놀음을 많이 하여 본 듯

"천하 쉽지야, 너와 나와 벗은 김에 너는 온 바닥을 기어다녀라. 나는 네 궁둥이에 딱 붙어서 네 허리를 잔뜩 끼고 볼기짝 퇴금질로 물러서며 뛰어라.

–「춘향전」 원본 '사랑' 중

저속하고 조악한데다 말초적 표현이 적지 않으나, 가난 속에서도 웃음을 잃지 않는 서민들의 낙천적 생활의 한 단면이 익살스럽게 표현돼 다른 어느 나라의 골계미에 견주어 손색이 없다. 고대소설또는 판소리 중에서도 위의 두 작품은 오랜 세월을 두고 구전되면서 개작과 윤색을 거듭해 온 것들이다. 삶의 고통 속에서도 웃음을 놓지 않던 선인들의 낙천성을 대하면서 한국문학에 나타난 해학의 원형과 만나는 느낌이다.

그럼에도 수필에서 소설 같은 남의 이야기는 쉬워도 그것을 수필가 자신의 것으로 표현하기는 어려운 것으로 돼 있다. 고대소설처럼 허구일 때는 쉽게 풀어 놓던 '웃기는 이야기'가 '작가 자신의 이야기'로 되고 보면 그만 웃음의 샘이 말라 버리고 만다.

자신의 이야기를 해학으로 풀어 놓는 데는 우선 소재가 빈곤할 것이고, 그 소재를 익살스럽게 표현한다는 것이 여간 어렵지 않은 것이다. 남을 웃기려면 자신의 치부도 드러내야 할 것을 감안하면 속사정을 짚어낼 수 있지 않을까 한다. 더욱이 작가 자신의 품격과 체통을 유지해야 하는 수필이고 보면 더욱 그러하다. 수필은 진실을 말하되, 자신을 다 열어 보이는 코미디나 개그가 아니기 때문이다.

그래도 수필에서 해학은 핵심적 요소의 하나다. 해학은 정신적 건강과 여유의 산물일 것인데, 경박하지 않게 품위를 지키면서 독자에게 신선한 웃음을 통한 해학적 쾌락을 선사할 수 있는 작품이 탄생돼야 할 것만은 분명한 과제로 남아 있다. 한국 현대문학 100년사에서 다른 장르에 비견할 역작이 수필에 없다는 지적에 대해 깊은 성찰이 이뤄져야 할 계제가 아닌가 한다. 이른바 역작이 해학의 빈곤에 덜미 잡힌 것인지도 모른다.

문화적 토양을 생각해 보면 쉬 이해되는 일이다. 한국인들은 오랜 동안 고난의 역사 속에서 면면히 역사와 전통을 유지해 왔을 뿐 아니라, 근엄한 유교적 기풍에 젖어 온 선비정신 탓인지 자신을 활짝 터놓는 해학에 대한 감각에 세련되지 못한 편이라 한다. 하지만 서양인들은 우리에 비해 상대적으로 해학적인 감각이 뛰어나다. 그들은 수필에서 해학성을 필수로 꼽는 정도다.

풍토성 혹은 문화적 차이를 뛰어넘는 과제를 우리가 안고 있다 해야 할 것이다. 어쨌든 우리 수필에서 이 해학에 대한 관심이 늘 강조되고 있

으면서도, 그것이 담긴 작품을 만나기 어려운 것은 안타까운 일이 아닐
수 없다.

■ 예문1 ■

이만한 경지에 가려면 보신탕집을 꽤 열심히 개근해야 한다. 그리고 이
른바 만년필은 바로 구狗 씨의 그것이라 그걸 구해 먹겠다고 덤비는 친구
가 많다.

아닌 게 아니라 여남은 마리 그것을 구해서 푹 고아 먹으면 '핵심核心'이
굳어진다고 한다.

– 김용호의 「보신탕 강의」 중

어휘 선택부터 기지를 보인다. '개근, 만년필, 구狗 씨, 핵심' 등이 그것
인데 이런 계절 음식을 즐기는 사람들에게 상식으로 통하는 말들이지만
모르는 새 입가에 은근한 미소를 머금지 않을 수 없다. 이런 어휘를 깨놓
고 쓰면 지나치게 노골화되고 말 뿐 아니라 덩달아 글의 품격을 떨어뜨
릴 것은 불 보듯 한 일이다.

■ 예문2 ■

내가 성 씨에 대해서 관심을 갖게 된 것은, 내 성이 희성이기 때문만은
아니었다.

중학 시절에 유학자 소석小石 선생님고인의 서재엘 드나들 때 받은 감회가
나로 하여금 현대 청년답지 않은 노 청년을 만들어 놓고 말았다.

결혼할 적에도 상대편의 성의 본관을 캐묻고, 반상까지 따져서 주위 사
람들의 핀잔을 무수히 받았다.

내 성이 희성 중에도 고기 어魚 자라. 옛날 보통학교 적부터 '시까나'니,

'물고기'니 하는 별명을 들어 왔다.

해방 후 동창회 명부를 뒤적이다가 문득 성 씨를 수집해 볼 생각이 들어, 무슨 명단이나 직원록 같은 것을 유심히 보고 일일이 가나다순으로 기록을 했었다.

막상 모아 보니 이·김·최·안·정·박의 6성이 순 조선 성이라는데. 이 밖에는 웬 게 그리 많은지 한 200종 가깝게 되었다. 그러자 어느 날 고서점엘 들렀다가 〈조선성씨고〉라는 4·6배판의 두툼한 책을 발견하여, 얼른 뽑아 훑어보니 그야말로 만성이라. 글자마다 성인데 놀라지 않을 수 없었다. 한일 자 일一 씨에 뼈골 자 골骨 씨까지 있음에랴!

그런데 이 씨나 김 씨는 너무 흔하다 하여 귀히 여기지 않을 양이면, 이런 희성은 적어도 천대하지 말아야 할 것이어늘, 사공司空)는 '뱃사공', 호湖 씨는 '쌍꼴래'란 별명을 들으니 딱한 노릇이다.

예전에 상인은 성도 없었다는데, 요즘 다방이나 주석에서 자기 명함을 마치 광고지 돌리듯 하는 사람을 가끔 본다. 처음 만나는 사람과는 으레 명함을 교환하고 통성명을 하는 게 첫인사요 예의임에 틀림없으나, 나는 고기 어 자인 내 성을 내기가 싫어 영 친구를 새로 사귀려 하지 않았다.

지금 생각하면 참 어리석은 일이다. 논어에 "익자삼우 손자삼우益者三友 損者三友라 했지만 사람은 사람을 많이 아는 게 큰 재산임을 여러 모로 느끼곤 한다.

1·4후퇴 전까지는 입에도 못 대던 술을 좋이 마시게 되고, 만나는 사람마다 반갑고 대견하여 나도 통성명을 하게 되었으나, 이는 오로지 피난의 소득이요, 전쟁이 준 선물이다.

"난 이 아무개입니다."

"네, 전 어효선이올시다."

"앞으로 많이……."

"네, 저 역시……."

"그런데 참 희성이시군요?"

"네, 좀 드문 성입니다." (……)

그런데 그리 숙친하지 않은 분이 내게 편지를 보내오는 날이면 으레 노魯 씨로 변성을 해놓는 데는 딱 질색이다. 만나면 분명히 어魚 씨라고 부르면서 편지엔 왜 노魯 씨라고 쓰는지 도무지 그 심사를 모르겠다.

나는 편지 봉투를 든 채 고소를 금치 못하다가 나중에는 은근히 불쾌하기까지 하여진다. 그러나 한문 투에 어로지오魚魯之誤라는 말이 있는 걸 보면, 어 자를 노 자로 잘못 쓰는 일은 예사인 성싶어 자위하고 만다. 편지 얘기가 났으니 말이지 막역한 사이에는 어 자를 쓰는 대신 숫제 물고기 한 마리를 그려 놓으니, 사람을 이렇게 놀릴 수 있단 말인가? 참 요절할 노릇이다.

언젠가 어느 주석에서 유머를 잘하는 Y선생님이 별안간 깔깔 웃으시며 "어유! 어유!" 하고 감탄사를 연발하셨다. 왜 그러시느냐고 재우쳐 물으니 "네 옆에 유兪 선생이 계시지 않느냐"고 하여 워낙 웃기 잘하는 유 선생님도, 나도 한바탕 웃었다. 이렇게 어 자는 뜻도 그러려니와 음도 말썽이라 '어물어물 한다'느니, '어처구니없다'느니, '어수선하다'느니 하여 종시 웃음거리가 된다.

Y선생님은 희성이 빚어낸 난센스 하나를 소개하셨다. 어느 주석에 5, 6인 동지가 빙 둘러앉았는데 좌석 배치가 공교롭게 돼 조曹 씨 · 지池 씨 · 노盧 씨 · 구具 씨 · 나羅 씨의 차례로 자리를 잡은지라, 좌중 1인이 이들을 둘러보며, "조지로구나曹池盧具羅!"하여 웃겼다는 이야기다.

우리는 허리를 못 펴고 웃다가 나는 사레까지 들려서 쩔쩔맸다.

뜻과 음이 말썽인 내 성은 또 글자까지 고약하다. 해방 직후 모 신문에다 이름을 한글로 써서 투고했더니, 덜컥 '이효선'으로 발표가 되었다. 이러고 보니 나는 노 씨로, 또 이 씨로, 두 번 변성한 셈이 아닌가. 한참 들여다보다가 홧김에 점 하나를 모조리 빼고 보니 '이호신'이 되었다. 마침 좋은 펜네임을 얻었다고 그냥 쓰기로 했다. 지금 생각하면 한글 간소화를 미리 단행한 셈이니 이것도 선견지명이랄까? 어쨌든 다행한 일이다.

Y선생님은 내 서재를 '어항'이라고 명명하셨다. 딴은 물고기가 기거하는 방이니 그럴 듯한 이름이기도 하여 즐겨 당호로 쓰고 있다.(……)

– 어효선의 「어씨지탄魚氏之嘆」 중

필자 자신의 신상 이야기를 남김없이 털어놓고 있는 글인데, 극적인 대목에 이르러서는 웃음의 폭발로 요절절도하게 한다. 그렇게 익살스럽다. 또 그 익살이 앞뒤가 죽이 척척 맞아떨어진 것이 눈 맛을 돋워낸다. '어魚' 씨라는 희성에서 나온 화소들이 드라마틱하게 전개되고 있어 글을 읽으며 시종 웃음기가 지워지지 않을 지경이다.

익살맞은 Y선생의 등장으로 더욱 해학의 분위기를 절정으로 끌고 가는데 다소 필자의 감정이 개입됐다는 느낌도 없지 않으나, 해학이 넘치는 이만한 수필이 우리 문학에 또 있을까. 지면을 많이 할애하는 것 같아 말미 부분을 생략한 것이 아쉽다. 아마 이 작품은 우리 수필 문학에서 해학미를 발현한 명작이 아닌가 한다.

2) 풍자諷刺

'무엇에 빗대어 재치 있게 깨우치거나 비판함', 풍자의 사전 풀이다. '풍자만화, 풍자극, 풍자시, 풍자소설, 풍자문학' 등 사회의 부조리를 빗대어 그 정곡을 콕 찔러 표현한다는 뜻이 들어 있기도 하다. 직선적으로 말하지 않고 우회적으로 둘러 표현하는 것을 말한다. 본뜻은 뒤에 숨기고 비유하는 말만 드러내어 그 숨은 뜻을 넌지시 나타내는 풍유법諷諭法, 비

^{유법의 하나}이 이에 속한다.

콕 찔러 말하는 강도에 차이는 있으나, 슬며시 돌려서 나무라거나 깨우쳐 타이르는 기법이라고 생각하면 좋다. 수필에서는 '냉소冷笑, 조소嘲笑, 조롱嘲弄, 독설毒舌, 자학自虐, 야유揶揄' 같은 뉘앙스를 담지만, 다른 영역처럼 직설적 표현이 되지 못한다. 소설 등은 허구 형식을 빌리게 되므로 작중인물의 입을 통해 죄다 털어놓을 수 있으나, 수필은 화자가 바로 작자 자신인데서 상당한 제약을 받을 수밖에 없다.

풍자의 기법에 대해 몇 가지로 정리하면,

첫째, 유연함 속에 강도를 높여야 한다.

둘째, 촌철살인寸鐵殺人의 묘를 얻어 낼 수 있어야 한다.

셋째, 빗대어 말해야 하므로 비유가 적절해야 한다.

넷째, 수필의 사회적 기능이라는 소명감을 저버리지 말아야 한다.

다섯째, 문장 전체를 상징적으로 하거나, 몇 구절로 나타낼 수도 있다.

여섯째, 감정에 치우쳐 문장의 격을 놓쳐서는 안된다.

■ 예문 ■

"큰 부자가 돼 보고 싶은데 어찌하면 되겠습니까?"

학자는 쉬운 일이라고 대답했다.

"한 다리를 들고 오줌을 누시오."

사람이 그런 자세로 오줌을 눌 수는 없다.

"한 다리를 들고 오줌을 누라니요. 그건 개가 아닙니까?"

"그렇소. 개가 되는 거요. 사람다우면 큰 부자는 될 수 없소."

학자의 대답이 옳은가의 여부는 고사하고, 돈을 벌자면 남다른 데가 있어야 한다는 것만은 부인할 수 없다.

고종 때 박朴 떠돌이라는 사람이 있었다. 무식했으나 하루아침에 부자가 되었다. 박 모라는 대신大臣 눈에 들어 궁내부宮內府 주사가 된 그는 돈 벌 연구를 하였다. 낚시 거루만한 헌 짚신 한 켤레를 유리병 알코올에 넣어, 사무실 구석에 모셔 놓고 날마다 그것에 절을 했다. 모리스라는 영국인이 그것을 보고, 그토록 위해 바치는 까닭이 무엇이냐고 물었다.

박 떠돌이는 아무 소리 말라며, 조상 대대로 전해 오는 가보家寶 – 박혁거세가 신던 짚신이라 했다. 모리스는 귀가 번쩍 띄었다. 옳지! 대영大英 박물관의 소장所藏감이다. 본국으로 가져가면 한몫 볼 것이 틀림없다. – 몸이 단 모리스가 1만 달러까지 주마고 했다. 박 떠돌이는 못 이기는 체하고 내주어 벼락부자가 됐다.(……)

나는 반생을 가난뱅이로 살아가고 있으면서도, 부자가 돼 보려는 생각은 해본 일이 없다.

가난을 핑계 삼는 말이 되지만, 내게 당해선 허황되고 부질없는 생각이기 때문이다. 지금까지의 얘기대로 부자는 아무나 되는 것이 아니다.

돈 없이는 살아갈 수 없다는 것을 모르는 것도 아니지만, 한 다리를 들고 오줌을 누면서 돈 벌 생각은 할 수가 없었다.

– 윤모촌의 「돈」 중

축재란 아무나 하는 게 아닌, 남다른 데가 있어야 한다는 것을 말하고, 축재 과정에서 저지르는 부도덕한 작태를 '개'로 비유해서 단도직입적으로 의표를 찔렀다. 외국인 모리스가 등장하는 화소話素가 적절한 장치로 설정되고 있어 눈길을 끈다.

■ 예문 ■

내가 청맹과니여설까. 요즘 탤런트들을 보면 본래의 얼굴을 가진 사람이 별반 없어 보인다. 내 눈길은 착시가 아닌, 아마 정시일 것이다. 많은 시선을 끌어 오던 고혹적인 미인도 예외가 아니다.

그런 변모의 이유는 간단하다. 더 예뻐 보이려는 것, 그것도 칼을 들이대 깎고 다듬는 것이다. 하물며 주름 제거 시술은 기본, 얼굴도, 목덜미도 다림질을 한다. 유심히 보면 볼수록 생판 딴 사람이 돼 있다. 얼굴이 아주 바뀐 수준이다. 어디까지가 사실이고 어느 구석에 진실 한 쪼가리 남아 있기는 한 것인지 헷갈려 뭐가 뭔지 모르겠다. 아무리 미에 집착한다 해도 이건 아니다 싶다. 성형한 여인에게서 느끼는 건 미의 창출이 아니라 가면을 보는 비애다. 그렇게 얻어 낸 미모를 얼마나 오랫동안 지닐 수 있는 것인지 답은 보나마나 한 일이다.

문제가 있다. 나중에 염라대왕 앞에 가면 원본을 대조할 것이란 얘기가 실감 난다. 거기가 어떤 데인가. 그곳일수록 진짜를 확인하려 들 터라 반드시 원본대조 필 서류를 요구할 게 아닌가. 그 먼 길 갔다 천근같이 팍팍한 다리품 파느라 터벅거리며 허둥대지 않으려면 길을 뜰 때 미리 준비하고 가야 할 판이다. 하긴 이도 뜯어 고친 사람이 해결할 일이지 내 소관이 아니다.

— 졸작 「주름」 중

성형으로 주름을 제거하는 것을 '다림질'이라 하면서, 너도나도 예뻐 보이고 젊어 보이기 위해 성형외과의원에 줄 서는 세태를 아프게 찌르고 있다. 얼굴 어느 구석 뜯어 고치지 않은 데가 없으니 원래 얼굴이 아니라고 혀를 차는 세상이다.

어디까지가 원형이고 실체이고 진실인지 알 수 없는 지경에 와 있으니, 무슨 일이 또 어디까지가 사실인지 우려하게 된다. 다들 위장하고 호도할 것이 아닌가 하는 게 기우였으면 좋겠다.

폭력이다 횡령이다 불법이다 비리다 해 사회가 어수선한 게 모두 사람들이 진실하지 못한 데 기인한 것인데, 우리 아이들이 살아가야 할 미래의 이 사회가 어찌 될 것인가. 답이 군색하니 암담하기만 하다.

■ 예문 ■

으리으리한 부자 동네에서다. 모임이 있는 친구네 집 앞에서 초인종을 눌렀다. 기척이 없다. 조금 기다리다가 다시 눌렀다.'우체부는 초인종을…' 하던 영화 제목을 떠올리며 여유 있게 기다렸다. 반응이 없다. 그제서야 대문에서 몇 발짝 물러서서 살펴보았다. 대문이 아니라 절벽이다. 육중한 절벽 앞에서 소리 지르고 두들겨 보아야 헛거다. 절벽을 두르고 있는 담 위에는 쇠스랑 같은 꼬챙이가 사방을 향해 곤두서 있고 유리 조각이 날카롭게 빛나고 있다. 지나가는 바람마저 찢길까 비켜 가는 듯 기분이 스산하다.

두리번거려야 사람 하나 얼씬하지 않는 동네, 대낮인데도 놀러 나온 강아지도 없는 부자 동네가 유령의 집들 같은 것은 어째서인가.

터벅터벅 오백 미터나 걸어 나와서 공중전화로 통화가 되어 정전으로 초인종이 불능인 것을 알게 되었지만 그날 모임은 진수성찬도 아랑곳없이 씁쓰레했던 것은 사실이다.

나는 그날 밤 오줌 싸고 키를 뒤집어쓴 채 이웃집으로 소금 얻으러 갔던 어렸을 적 꿈을 꾸었다. 식전이었는데도 삽짝은 열린 채였고 마당에 선 나에게 장독에서 소금을 움켜다가 뿌리면서 오줌싸개, 오줌싸개 곯려대던 문순이 엄마를 보았다

내가 아이였을 때는 담이 거의 없었다. 있대야 야트막한 돌담이거나 흙담이어서 호박 덩굴이 기어올랐고, 대문은 없다시피 싸리로 엮은 삽짝이 노상 열려 있었다. 어른들이 밤마실을 오며 삽짝 앞에서 큰 기침 두어 번 하면 되었지 별것이 아니었다. 가을 떡 대접이 오가고 인정의 동치미국이 드나들며 서로 간에 감출 것이 없었다.

세 끼 먹는 삶 고만고만하여 크게 욕심낼 게 없을뿐더러 이웃의 아픔이 내 아픔이 되고 이웃의 기쁨이 온 동네의 것이었다. 동고동락이라는 삶을 우리 조상들은 살아왔다.

나는 요즘 역행이라는 말을 자주 생각해 본다. 논리대로라면 옛날보다 훨씬 더 잘살게 되어 더 푼푼해지고 더 인정스럽게 살아야 되는데 현실은 그렇지가 못하다. 가진 사람은 더 갖기 위하여 혈안이 되고, 없는 사람은 그나마 있는 것 빼앗길까 봐 몸부림치고, 그러자니 자기의 소유를 지키기 위해 더욱 무시하고, 그 방편으로 온갖 수단과 방법을 동원하게 되고, 사회는 흉흉해지고 있다.

지금도 시민들이 사는 곳에는 그런 대로 온기를 느낀다. 우선 서로 아는 체하고 도와주고 도움 받고 산다.

몇 억짜리의 집들이라는 골목 사람들은 집에만 쇠창살과 철대문을 달고 사는 것이 아니라, 가슴 속에도 철대문을 달고 빗장을 지르고 사는 것을 느꼈다.

밀폐된 공간에서 나와 내 가족만 편안히 살면 그만이지 이웃이 뭐 필요하겠는가.(……)

– 반숙자의 「철대문」 중

일득일실一得一失이란 말을 떠올리게 된다. 현대인들은 과학 문명의 급진적인 발달로 일상적 생활 속에서 풍요와 편리를 얻은 대신 인간을 잃고 인정과 여유와 사람다운 삶을 잃었지 않은가. 이기주의로 벽을 높게 쌓아 자기만을 생각하고 남을 배려하려 하지 않는 오늘의 세태 인심, 생각만 해도 음울한 일이다. 위의 수필은 바로 인간성 상실의 세태를 꼬집고 있다. 단순한 철대문 얘기가 아니다. 사람들이 물신의 노예가 되어 스스로가 철대문이라는 비인간적인 틀 속에 갇혀 있는 현대사회의 병리를 고발하고 있는 것이다. 칼끝을 들이대는 것보다 더 무섭다.

이것이 풍자의 위력이다.

7. 좋은 수필

타 장르의 작가들이 뭐라 하든, 작가의 내면에서 먼저 정신적인 치열한 고민이 이뤄져야 한다. 얼마나 정열을 쏟았는가 하는 차별성에서 글의 성패가 갈린다. 수필은 느낌이고 여과이고 생성이다. 수필 한 편 한 편에 제 영혼이 녹아 흐른다 함은 사람과 사람 사이에 잘 섞인다, 잘 엮인다는 뜻이다. 따라서 인간의 실체와 만나는 일, 그 속에서 혹은 대립, 유대, 마찰, 진실을 보고자 하는 것이다.

좋은 수필의 요건은 평면적인 것을 입체적인 것으로 구성해야 함은 물론, 감동의 근원이 '작은 발견'에 있음을 간과해서도 안된다. 곧 신선한 충격, 새로움에 대한 열정이며 치열성이다.

수필은 인간에 대한 작가의 해석이요, 의미를 부여하는 인간학이다. 그냥 지나쳤던 사실의 이면을 들여다보고, 대상에 자신을 투사해 별개로 보이는 현상들 사이에서 연관성·상반성을 탐색할 수 있어야 한다. "각각의 사물은 모든 다른 사물들의 거울"이라 한 퐁티의 말을 음미해 볼 필요가 있다. 대상을 온몸으로 끌어안음으로써 그 의미망을 만들어야 하는 것이다. 좋은 수필이란 사실의 전사轉寫가 아니다. 그러므로 대상과의 단순한 해후에 머물러서는 안된다.

윤재천 원로 수필가는 「윤재천 수필론」에서 다음과 같이 '좋은 수필'에 대한 견해를 편다.

"수필은 인간학이다.

인간 내면의 심적 나상을 자신만의 감성으로 그려내는 한 폭의 수채화다. 한 편의 수필에는 자신의 철학과 사유, 현재와 과거의 행적, 미래를 예시하기 위해 독자와의 공감대를 형성할 수 있는 메시지가 담겨 있어야 한다.

지금까지 수필 작법에 대한 논의는 계속 이어져 왔다. 항상 갑론을박이 끊이지 않았지만, 한마디로 정의할 수 없는 것이 수필 작법이며 좋은 수필의 요건이다.

수필은 드러내는 것이 아니라, 다듬는 글이다.

함축과 묘사를 통해 자신의 생각을 효과적으로 전달하고, 적절한 예시를 들어 독자와의 거리를 좁히는 것이다. 수필은 홀로서기가 아니라, 함께 나누는 것이다. 사회 속에 속한 사회인으로서, 시대의 허리를 받치는 중추로, 작가적 소명감이 있어야 한다.

시대를 외면한 글은 천상의 음풍농월이며 궤도를 잃어버린 놀이공원의 유희 기구로 전락한다.

수필은 글 속에 저절로 녹아드는 자신의 분명한 철학 – 글에 일관성 있게 흐르는 주제의식이 담겨 있어야 한다. 주제의식은 논설이나 훈계조의 직설 화법이 아니라, 정서가 흥건하게 배어 있는 음유여야 한다. 그러기 위해 작가는 항상 시대를 꿰뚫는 혜안과 통찰력이 필요하다.

시대를 외면한 글은 더 이상 설 자리가 없다.

작가는 항상 세상을 향해 눈과 귀를 열어놓는 자세를 견지해야 한다. 예전에는 옳다고 생각한 가치가 더 이상 진실이 되지 못하고, 그 반대일 수 있는 것이 시대의 흐름이다. 그 흐름을 간파하며 독창적인 시각으로 사물을 바라보는 가운데, 나만의 신선한 것을 찾아내는 것이 중요하다.

세상을 읽는 눈은 열린 사고에서 나온다."

수필은 궁극적으로 독자에게 감동을 줄 수 있을 때, 비로소 문학으로서의 존재감을 나타내게 된다. 그런데 문학은 언어예술이다. 따라서 수필 또한 언어예술이므로 좋은 수필을 문학적 작품성 곧 그 예술성에서 찾는 것이 마땅하다.

평론가 김우종은 「수필의 예술성」이란 논문에서 수필의 예술성을 다음과 같은 요지로 정의하고 있다.

"문학은 빠르고 정확한 의미 전달만이 아니라 그 전달의 효용성을 따진다. 얼마만큼 감동적이냐가 성패를 가르며, 그래서 기술적 표현 수단이 필요하다. 만일 감흥이 없다면 문학이 아니다.

그런데 설명적인 글은 때때로 지겹고 짜증이 날 때가 많다. 수동적으로 받아들이기만 한다면 아무런 흥미 유발이 안되기 때문이다. 독자에게도 역할이 주어져야 한다. 독자도 작자와 함께 작품을 완성시켜 나간다면 더욱 좋다. 독자가 스스로의 상상력에 의해서 작품세계를 그려 나가고 의미를 발견해 나갈 때의 감동은 작자가 직접 설명으로 전해 준 경우의 것에 비할 바가 아니다.

수필은 실제적 자기고백이 많을 수밖에 없고, 그것은 자신의 미화나 동정 구하기가 되어서 자칫 품위를 잃기 쉽다. 피천득이 「장미」에서 돈 주고

산 소중한 장미를 만나는 사람에게 세 차례에 걸쳐서 다 주어 버려 자신에게 남은 것은 한 송이도 없었다는 얘기는 아름답고 재미는 있지만, 자기 미화의 결과가 되기 때문에 글의 품위를 잃기 쉽다.

문학의 예술성은 물론 다양한 복합적인 조건에 의해서 형성되어야 한다. 수필도 마찬가지다. 그렇지만 그중에서도 가장 효율적으로 예술성을 나타내는 표현 기법은 상징에 의한 유추 현상으로 만들어지는 상상력의 기법이다. (……) 그 기법은 수필이 다른 문학에서는 볼 수 없는 독자적인 장르의 우월성을 확보해 나가게 할 것이다."

거의 모든 작품이 '상상력을 통한 독자의 역할 부여' 또는 '감동적인 표현'보다 설명에 의한 의미 전달에 급급하거나, 더러는 의미 전달조차 되지 않는 작품도 있다. '자신의 미화'나 '동정 구하기'로 볼 수밖에 없는 작품은 많아도 '상징에 의한 유추 현상으로 만들어지는 상상력의 기법' 같은 고급스러운 쪽은 만나기 어렵다.

하지만 모든 수필이 그런 요건을 다 갖추어야만 하는 것은 아니다. 자연이나 인생사의 관찰 기록, 부조리한 세태의 풍자나 비판, 특별한 지식이나 정보를 전달하는 글도 수필이 되지 않는 것은 아니다. 그러나 거기에는 작자만의 독특한 시각, 새로운 발견, 참신한 해석이나 유려한 문체 등 독자의 공감을 이끌어 낼만한 창의성이 있어야 한다는 얘기다.

공덕룡은 수필을 읽는 즐거움으로 다음 여섯 가지를 열거했다.
① 정서적 즐거움, ② 심미적 즐거움, ③ 지적 즐거움, ④ 깨달음의 즐거움, ⑤ 수사학적 즐거움, ⑥ 유머와 위트의 즐거움.

이들 중 두세 가지, 적어도 한두 가지 요건은 갖춰야 읽는 즐거움을 줄수 있다는 것이다. 물론 엄밀히 따지면 아무리 완성도가 떨어지는 작품이라도 그런 요건을 하나도 갖추지 못했다고 할 수는 없다. 다만, 그것이 참신성, 예술성, 감동 등 '전달의 효율성'을 얼마나 이끌어냈느냐가 문제가 될 뿐이다.

수필을 쓸 때는 '설명하지 말고 보여주라'고 한 말을 늘 염두에 두어야 한다. 설명은 자체가 메마른 데다 때로 지겹고 지루해 짜증나기 십상이기 때문이다.

수필은 '인생은 뭐다.' 하고 깨달은 바를 말하는 것이다. 화자의 주관과 감정의 노출을 극도로 자제하면서 오직 보여주기에 주력함으로써 독자로 하여금 인생을 되돌아보고 뭔가 생각할 여백을 줄 수 있어야 비로소 성공한 작품이라 할 수 있을 것이다. 작품은 독자가 완성한다고 한다. 작품의 완성에 독자도 제 몫으로 기여할 수 있게 해야 좋은 수필이 아닐까 한다.

좋은 수필에 대한 이론들 가운데 몇 가지를 간추려 보는 게 좋겠다.

1) 함축과 묘사로 주제를 효과적으로 선명하게 전달해야 한다. 독자와의 거리를 좁히는 것이다.

2) 자기 색깔을 개성적으로 나타내야 한다. 자기만의 수필론의 확립으로 독특한 문체의 수필이 되게 해야 한다.

3) 난삽難澁하지 않은 언어의 선택, 자연스러운 흐름, 인상적인 결말로 여운을 불러일으킬 수 있어야 한다. 용어의 선택 그리고 전개와 결부結部 처리에 작가적 기량이 요구된다.

4) 현학적 · 관념적인 글에서 탈피해 간결 소박하게 다듬어 평이하게 읽힐 수 있어야 한다. 자신도 모르는 관념에 치우친 글이어서는 안된다.

5) 화려한 수사의 미문에서 벗어나 진실을 드러내는 깔끔한 글이어야 한다. 수식으로 분탕질하다 보면 진실이 호도되고 만다.

6) 도입, 전개, 결말에 의한 구성이 탄탄하고 무엇을 썼는지 전달하고

자 하는 메시지가 분명해야 한다. 작품의 의도가 분명하면서 구성의 치밀성을 요구한다.

수필가 박재식이 「잘 쓴 수필과 좋은 수필」이란 글에서 구분한 수필의 두 가지 유형을 요약 제시해 덧붙이고자 한다.

■ 잘 쓴 수필의 조건 :
첫째, 문체 : 문학적인 감각에 의해 정교하게 조탁彫琢된 문장
둘째, 비유와 전고 : 신선한 비유와 유머의 구사, 적절한 전고典故의 인용
셋째, 구성 : 낱 가지의 꽃을 골라 꽃의 모양새와 색상을 볼품 있게 조화시켜 하 의 꽃꽂이 작품을 만들듯이.

■ 좋은 수필의 조건 :
첫째, 내용이 비범성을 지니되, 작가적 에스프리와 주제의식이 있는 글
둘째, 잔잔한 흐름 속에 감동의 너울이 실려 있는 글
셋째, 유행가 가사가 아니라 시처럼 읽고 난 뒤에 무언가를 생각하게 하는 글
넷째, 전편에 필자의 인간성이 배어 있는 글

수필가라면 오래 전에 읽었지만, 두고두고 생각나는 인생의 페이소스에서 오는 잔잔한 감동, 유쾌한 해학이 선사하는 웃음, 지적인 포만감이 되살아나는 수필 한두 편이 있을 것이다. 그것이 바로 좋은 수필이라 생각하면 틀림이 없겠다.
문제는 잘 쓴 수필이면서 좋은 수필이면 더욱 좋겠다는 것이다. 직접 써 보면 막막할 뿐, 좋은 수필은커녕 잘 썼다 할 수필 한 편 쓰기도 쉽지

않다. 수필가 개개인에게 부과된 짐이면서 우리 수필 문단이 안고 있는 공통의 과제가 아닌가 한다.

좋은 수필의 예를 들어 보자. 위에 언급했던 '잘 쓴 수필과 좋은 수필'의 조건을 두루 갖춘 글이라 생각돼 여기에 선뜻 내놓는다.

■ **예문** ■

나에겐 오랜 꿈이 있다.

여행 중에 어느 서방西方의 골목길에서 본 적이 있거나, 추억 어린 영화나 책 속에서 언뜻 스치고 지나간 것 같은 카페를 하나 갖는 일이다.

그곳에는 구름을 좇는 몽상가들이 모여들어도 좋고, 구름을 따라 떠도는 역마살 낀 사람들이 잠시 머물다 떠나도 좋다. 구름 낀 가슴으로 찾아들어 차 한잔으로 마음을 씻고, 먹구름뿐인 현실에서 잠시 비켜 앉아 머리를 식혀도 좋다.

꿈에 부푼 사람은 옆자리의 모르는 이에게 희망을 넣어주기도 하고, 꿈을 잃어버린 사람은 그런 사람을 바라보며 꿈을 되찾을 수 있는 곳-'구름 카페'는 상상 속에서 늘 나에게 따뜻한 풍경으로 다가오곤 한다.

넓은 창과 촛불, 길게 드리운 커튼, 고갱의 그림이 원시의 향수를 부르고, 무딘 첼로의 음률이 영혼 깊숙이 파고드는 곳에서 나는 인간의 짙은 향기에 취하고 싶다.

눈만 뜨면 서둘러 달려와 책장을 뒤적이고, 사람을 만나는 조그만 연구실이 있는 곳은 서초동 꽃마을이다. 2, 30년 전부터 그렇게 불렸으니 기억하는 사람이 많다.

변화의 물결에 휩쓸려 지금은 정치 1번지니, 강남의 요지니 하는 요란한 수식어가 붙어 있지만, 나이 든 사슴의 뿔처럼 실속도 없이 교통만 혼잡하고 하늘을 향해 치솟는 고층건물로 숨이 막힐 지경이다. 꽃마을은 꽃을 가꾸어 생계를 유지하던 사람들이 풀더미 같은 땅을 거름삼아 하루하루를 살던 곳인데, 지금은 문화와 진리의 요람, 예술과 학문의 메카다. '예술의 전당'과 '국악연구원', '국립중앙도서관'과 '학술원', '예술원'이 이곳에 자리 잡고 있기 때문이다.

꽃과 문화는 생존이 해결되고 난 후에 생활의 질적 향상을 위한 요소이고 보면 서초동과 문화적 여건은 필연인 것도 같다.

집을 떠나 '문화의 거리'라 일컫는 서초대로를 지나 연구실에 이르는 동안, '구름카페'에 대한 동경심은 가로수가 늘어선 길목에 눈길을 머물게 한다. 플라타너스가 손에 잡힐 듯한 길목 찻집을 지나면서, 은은한 조명에 깊은 의자가 편히 놓여 있는 찻집 앞을 지나면서, '구름카페'가 현실로 이루어질 것 같은 기분 좋은 착각에 빠진다.

프랑스의 '되마고 카페문학상'은 상장과 메달만 수여한다. 작가들은 그상을 받기 위해 창작에 열중한다.

이 상의 권위는 주최 측이 작품과 작가 선정에 엄격하여, 오해의 소지를 제거함으로써 객관성을 대외에 과시한다.

'되마고 카페'에서 수여되는 문학상과 같이 프랑스에는 누구나 인정하는 작가와 작품을 선별하고 조촐한 자리를 마련하여 정情을 나눌 수 있는 카페가 많다.

만약 내가 한 묶음의 장미꽃을 상품으로 수여하는 상을 만들 수 있다면 시상식 장소는 '구름카페'가 제격일 것이다. 이 자리에 참석하는 사람은 장미꽃 한 송이씩 들고 와 수상자에게 마음을 함께 전함으로써 상금을 대신하는 '구름카페문학상'을 만들어 상을 받는 사람과, 시상하는 주최 측이 자랑스러움에 벅찰 수 있는 문학상을 뿌리내리고 싶다. (……)

- 윤재천의 「구름카페」 전문

위의 '좋은 수필의 조건'을 고루 충족시키고 있는 작품이다. 무엇보다
비범성을 지니고 있는 것이 눈 맛을 돋워 낸다. 속됨을 벗어나 隱逸은일한
것도 아니면서, 현실 저편 인간이 지향해야 할 구원의 길을 향한 끊임없
는 갈구가 정신의 허기를 채워 주는 알 수 없는 힘이 있다. '구름카페'라
는 문인의 이상향을 꿈꾸듯 동경하고 있는 것, 그것이 생전에 존재할 수
없는 것이어도 괜찮다고 한 데서 작가의 꿈의 진정성을 엿보게 된다. 그
것은 아마도 작가의 지적 갈증의 실체일 것이다. 이 곧 문인 모두가 날갯
짓해 날아오르려는 영원한 에스프리인지도 모른다. 읽고 난 뒤 무언가를
생각게 하는 수필이다.

■ 예문 ■

떨어진 나뭇잎이 제 밑동으로 돌아가 듯, 귀근歸根을 생각하게 되는 계절
이다. 생사生死와 음양은 상호 의존한다. 그리고 전화轉化작용에 의해 발전,
변화한다. 밝음이 있는 것도 어둠의 작용이 있기 때문일 것이다. 절대적 가
치가 상대계에 나타날 때에는 마이너스 가치의 양상을 드러낸다. 도는 다
만 말없이 작용함으로써 그 변해가는 현상을 보여줄 따름이다. 춘하추동
사시의 변화와, 생로병사의 순환, 여기에도 보이지 않는 도의 질서가 있다.
원형이정元亨利貞이라는 내재적 작용으로 11월은 이정利貞의 때다. 때를 따
라 차례에 순응하는 것이 도道이니 어찌 귀근을 마다하겠는가.

어릿어릿 초점이 흔들리는 물체처럼 때론 중심을 잃고 기웃둥대는 나를
보게 된다. 손끝이 어둔해 바늘을 쥐기도 어렵고 잔글씨의 숫자는 엎드린
개미처럼 보인다. 자연으로 돌아가려는 내 몸의 변화를 속일 수 없다. 나도
고정된 실체가 아니라서 연기緣起를 따라 흐름을 계속한다. 흐르는 물처럼.
하긴 물처럼 흘러가는去 것을 법法이라 이른다. 도법자연道法自然이다. 도는
자연을 본받는다. 누구라서 자연의 변화에 예외일 수 있겠는가.

"모든 사람이 명석한데 나만이 흐리멍텅하구나."라고 탄식하던 융의 만년 모습이 떠오른다. "속인은 소소昭昭한데 나 홀로 흐린듯하구나."라던 노자老子를 그는 많이 생각했다고 한다. 나는 또 그들을 생각한다. 변하지 않는 존재란 없다.

먼저 자신의 나이를 인정해야 하리. 사물이 흐릿하다던 노인보다 나는 더한 멍텅구리가 되어 이제 이목구비를 닫고 어둠에 편히 있고자 한다. 향에 대한 분별과 말을 쉬는 것, 그것은 사람을 자유롭게 한다. 눈과 귀도 때가 되니 저절로 멀어진다. 어둠은 눈을 감는 것, 근원으로 나를 안내하는 것도 어둠이 아닌가 하고 눈 뚜껑을 무겁게 닫는다. 공적空寂한 운해雲海에 몸을 맡긴 듯, 심신이 공중으로 떠오른다. 묘한 해방감을 느낀다.

어느 날 편지에서 마더 테레사는 천국과 신의 존재를 회의한다며 '내 안에 끔찍한 어둠이 있었다.'고 토로했다. 나는 그 충격적인 어둠에 대해 잠시 의아했었다.

"내 영혼은 너무 많은 모순으로 가득합니다. 신앙도 사랑도 열정도 없습니다. 영혼도 저를 끌어당기지 못하고 천국도 아무 의미가 없습니다. 저에게는 텅 빈 곳으로만 보입니다. 그러나 이 모두에도 불구하고 제가 하느님께 계속 미소 지을 수 있도록 저를 위해 기도해 주십시오."라던 그의 편지들은 〈나의 빛이 되어 달라〉는 책으로 묶여져 나왔다. 너무나도 솔직하고, 처절한 신앙고백에 무엇으로 한 방 얻어맞은 느낌이었다. 그러나 하느님의 존재를 느끼지 못한 채 살았음을 절규로써 고백하는 동안 그 어둠은 이미 극복된 것이 아니었을까 싶다. 왜냐하면 어둠[無明]의 뿌리는 빛智慧과 닿아 있기 때문이다. 빛과 어둠은 태극太極에 뿌리를 둔 한 가지 작용의 두 가지 현상이 아닌가 한다.

불교에서는 다른 이에게 '나의 빛이 되어 달라'고 말하지 않는다. 내가 빛[自性光明]이기 때문이다. 무명업식業識의 어둠을 타파하기만 하면 자신의 광명불이 안에서 발현한다는 것이다. 빛은 어둠을 떠나지 않았기에 어둠 그 속에서 전식득지轉識得智[1]할 것을 권한다. 물과 파도처럼 번뇌와 보리[覺]는 둘이 아니기 때문이다.

요즘은 마음보다 먼저 몸이 어둠에 눕는다. 어둠이 점점 편해진다. 그만 거대한 천지의 합벽闔闢[2] 속으로 들어가고 싶다.

- 맹난자의「어둠에 눕다」전문

사유의 심해, 그 저변처럼 깊고 광활해 인생에 대해 많은 것을 생각하게 하는 수필이다. 인생을 오래 살아온 자의 경륜이 독자의 정신을 압도해 어느새 작가의 뒤를 졸졸 따라다니게 하지 않는가. 다소 난해한 것 같아도 곱씹을수록 잔잔한 흐름 속에 마침내 감동의 너울에 실려 있음을 발견하게 될 것이다.

작가의 독서량을 가늠해 보게 하는 글이다. 좋은 수필을 쓰는 비결을 다독에서 찾아야 할 것임을 새삼 느끼게 한다.

❁ 수필카페13

아름다운 신념 : '신념을 위해 살다 간 사람은 아름답다.'는 말이 있다. 인생의 가치는 무엇을 먹고, 무슨 벼슬을 했고, 어떤 집에서 호사스럽게 살았느냐 하는 것이 아니다. 신념 즉 정의를 위해, 이웃을 위해 얼마나 자신의 한평생을 불살랐느냐 하는 것에 있다.

- 세상에 태어나면, 나만의 존재 이유가 있습니다.

자기가 있어야 할 이유, 살아야 할 이유입니다. 그 존재 이유가 자기 혼자만을 위한 것에 머물지 않고 다른 사람들까지를 위한 이타적利他的인 것으로 확장될 때 아름다운 신념, 아름다운 삶이 됩니다.

---

1. 전식득지轉識得智 : 번뇌로 오염된 망식妄識을 전환하여 지혜를 증득證得함.
2. 천지의 합벽闔闢 : 하늘과 땅의 열고 닫음.

8. 군더더기 지우기

문장에 군더더기가 들어 있으면 안된다. 웃자라거나 실하지 못한 잔가지를 곱게 손질한 정원처럼 깔끔해야 한다. 가지치기를 멋대로 하는 게 아니듯이 문장에도 줄이는 데 기술이 필요하다.

특히 수필 문장은 다른 장르와 달리 문장의 기본이 돼 있지 않으면 독자가 외면한다. 고학력 시대의 독자들이 문장도 제대로 돼 있지 않은 작품을 붙들고 앉아 있을 턱이 있겠는가. 아무리 참신한 소재를 가지고 철학적인 메시지를 담았다 해도 별 볼 일 없는 문장을 대하면 한순간에 책을 덮어버린다. 따라서 수필가의 품위가 문장 자체에서 나온다고 해도 지나친 말이 아니다.

문장에 왜 군더더기가 너덜거리는 것일까. 그 원인이 문장 훈련이 제대로 안된 데서 그럴 수도 있지만, 습관적인 경우도 적지 않다. 수필을 간결체라 함은 문장에 불필요한 요소들을 말끔히 쳐 낸다는 뜻이기도 하다.

첫 작품집을 낸 어느 수필가의 글을 읽다 아쉬워했던 몇 문장에서 예를 들어 보기로 한다.

■ **예문1** ■ 봄비 치고는 꽤나 거칠게 이틀째 비가 내린다.

길지 않은 문장에 앞뒤로 '비'가 중복되고 있고, 한정어인 '이틀째'를 앞으로 재배열하면 어절 간 밀착도가 높아 더 좋을 것이다.

☞ 봄비 치고는 이틀째 꽤나 거칠게 이어지고 있다.

■ **예문2** ■ 지금 책 속에서 벌어지고 있는 사건들이 현실인 양 눈앞에 다가온다.

부사어 '지금'은 문장의 현재시제가 이미 나타내고 있으며, '사건' 자체가

'벌어지고 있는'의 개념을 포함하므로 거품을 조금 **뺄** 필요가 있을 것이다.

☞ 책 속의 사건들이 마치 현실인 양 눈앞에 다가온다.

■ **예문3** ■ DDT 하면 나도 어릴 때 친숙하게 다가왔던 농약이다.

'다가왔던' 곧 '친숙하게'와 겹친다고 볼 수 있겠고, '나도'는 뒤의 '~던'에 호응하게 고치면 더욱 깔끔해질 것이다.

☞ DDT하면 어릴 때 내게도 친숙했던 농약이다.

문장을 쓰면서 지저깨비 허섭스레기들을 왜 시종 달고 다니는지, 아마 쓰는 사람의 눈에는 띄지 않아서일 것이다. 퇴고에는 왕도가 없다는 말이 맞다. 그러나 읽는 사람에게 눈이 가는 족족 잡히는데, 너무 많으면 금세 문장에 싫증을 느끼게 되고 만다.

예를 들고 일일이 수정해 보았다. 두 문장의 수정 전후를 비교해 보자.

■ **예문4** ■

어머니는 ①15살 때 외할머니를 여의고 세 명의 여동생②들과 ③함께 외할아버지를 ④모셨다⑤고 한다. ⑥따라서 ⑦어머니께서는 어린 나이부터 가정주부의 역할을 ⑧하면서 ⑨여동생들을 키워야 ⑩했고 외할아버지께서 재가하시어 이를 뒷감당해야 하셨다. 출가하셔서는 ⑪30살이 ⑫될 때까지 ⑬큰며느리이면서도 아이를 낳지 ⑭못하였다고 하니, 얼마나 할머니로부터 구박을 받았을지 ⑮자식으로서 짐작이 가고도 ⑯남음이 있다. ⑰그래서 아버지께서 장자임에도 불구하고 순성면에서 우강면으로 분가한 것도 이와 무관하지 않다⑱고 할 수 있다.

① '15살'을 '15세'로 바꿨다. '열다섯 살'이라고 많이 쓰지만 '15살'은

사용하지 않는다.

② '들'은 불필요한 복수형이다. 앞에 '세 명'이 있으므로 쓰지 않아도 복수임을 알 수 있 다.

③ '함께' 여기 의미가 없다. 지워도 읽는 데 아무런 문제가 없다.

④ '모셨다'는 '여동생'과 '할아버지'가 같이 걸린다. '여동생'을 모시는 꼴이 된다. '돌보며'란 동사를 추가했다.

⑤ '고 한다'는 지워도 상관없다. 당연히 들은 이야기겠지만 100퍼센트 사실일 경우, 굳이 간접화법을 사용해 문장이 괜히 늘어지게 할 필요가 없기 때문이다.

⑥ ⑦ '따라서'와 주어인 '어머니께서는'을 지웠다. '따라서'는 그렇다 치고 주어의 생략은 조심스럽게 이뤄져야 한다. 여기서는 주어를 완전히 없앴다기보다 문장을 나누면서 뒤쪽으로 옮겼다고 보는 게 맞다.

⑧ '하면서'는 '하며'로 줄였다.

⑨ '여동생'의 '여'도 생략했다. 이미 앞에 '여동생'이 나왔기 때문에 반복하지 않아도 충분히 알 수 있다.

⑩ '했고'를 '했다'로 바꾸면서 문장을 끊었다. 뒤쪽 문장을 끊으면서 다소 어색해져 다듬었다.

⑪ '30살'은 '서른 살'로 바꿨다.

⑫ '될 때까지'를 '되도록'으로 바꿨다.

⑬ '큰며느리이면서도'는 줄였다. 다음 문장에서 '장자임에도'라는 말이 나오기 때문이다.

⑭ '못하였다고 하니'는 '못했다'로 바꾸면 문장을 끊었다.

⑮ '자식으로서'도 생략했다. 굳이 들어갈 이유나 필요가 없다.

⑯ '남음이 있다'는 '남는다'로 줄였다.

⑰ 접속부사 '그래서'를 지워도 문장이 이어지는 데 문제가 되지 않는다.

⑱ '고 할 수 있다'는 불필요하게 문장을 늘어지게 하므로 생략했다.

☞ 어머니는 15세에 외할머니를 여의고 세 명의 여동생을 돌보며 외할아버지를 모셨다. 어린 나이에 가정주부의 역할을 한 것이다. 외할아버지께서 재가하시면서 어머니는 이에 대한 뒷감당까지 했다. 출가하신 뒤엔 서른 살이 되도록 아이를 낳지 못했다. 얼마나 할머니로부터 구박을 받았을지 짐작이 가고도 남는다. 아버지께서 장자임에도 불구하고 순성면에서 우강면으로 분가한 것도 이와 무관하지 않다.

■ 예문5 ■

고교 시절은 감수성이 예민한 때①인가 보다. 내가 팝송에 ②대해 관심을 갖게 된 것은 흥사단 활동을 하면서 ③클럽 선배님들을 따라서 종로3가의 단성사에서 영화를 보고 어느 제과점에 들렀을 때 처음으로 접한 것이 카펜터스의 〈Yesterday Once More〉라는 팝송이었다. ④제과점에 들어서면서 감미로운 카펜터스의 목소리에 매료가 되어 한참이나 멍하니 듣고 있었고 지금까지도 잊혀지지 않는 순간이었다. 외국문화가 무엇이며 도시 생활이 ⑤무엇인지 하는 커다란 충격이 나를 사로잡았던 ⑥것 같다. 그 후 공부에 치여 팝송을 많이 듣지는 못하였지만 세계문화라는 것이 무엇인지 하는 호기심과 서양문화에 대한 막연한 갈망이 나의 가슴속 깊이 간직되어 있다.

① '인가 보다' : 불필요하게 늘어진 서술부이므로 줄였다.
② '대해' : 의미 없이 삽입됐다.
③ '클럽 선배님들을 따라' : 그냥 '클럽 선배들을 따라' 라고 써도 상관없다. 독자가 여러 사람일 경우 존칭은 생략한다.

④ '제과점에 들어서면서 감미로운 카펜터스의' : 중복이다. 생략해도 상관없다.

⑤ '무엇인지' : 두 차례나 반복되고 있다. 하나를 줄여도 된다.

⑥ '것 같다' : 의미 없이 늘어진 서술부다.

＊ 첫 문장이 너무 길어 '때'와 '처음으로' 사이를 끊어 두 문장이 되게 했다.

＊ 이에 앞서 '활동을 하면서'와 '클럽 선배들을 따라서' 사이도 끊었다.

＊ '매료가 되어 한참이나 멍하니 듣고 있었고 지금까지도 잊혀지지 않는 순간이었다'는 짧게 줄일 수 있다.

☞ 고교 시절은 감수성이 예민한 때다. 내가 팝송에 관심을 갖게 된 것은 흥사단 활동을 하면서다. 클럽 선배들을 따라 종로3가 단성사에서 영화를 보고 어느 제과점에 들렀을 때였다 처음으로 카펜터스의 〈Yesterday Once More〉라는 팝송을 들었다. 감미로운 목소리에 매료되어 한참을 멍하게 들었다. 지금도 잊지 못할 순간이다. 외국문화와 도시 생활에 대한 커다란 충격이 나를 사로잡은 것이다. 그 후 공부에 치여 팝송을 많이 듣지는 못했다. 하지만 세계문화에 대한 호기심과 서양문화에 대한 막연한 갈망이 가슴속 깊이 자리 잡았다.

■ 예문6 ■

일과 휴식은 구분되어 있어야 할 창조주의 선물임에 틀림없다. 태초에 창조된 모든 생물들은 이러한 자연의 섭리에 순응해야 한다. 모든 사물은 ①이러한 원칙을 위해 존재한다. ②이 원칙을 벗어나 존재하는 사물은 하나도 없는 것 같다. 그것이 인간이든, ③동물이든, 식물이든 하물며 곰팡이, 세균들도 마찬가지다.

① 앞 문장에 '이러한'이 나왔으므로 '이'로 고쳐야 한다.

② 앞의 ①②가 중복되므로 '그것에서', 또는 '그것으로부터'로 고쳐야 한다.

③ 여러 번 열거하고 있으므로 '동식물이든'으로 하는 것이 좋다.

🌸 수필카페14

'그대와의 인연' :

'옷깃만 스쳐도 인연은 인연입니다. 윤회 환생을 믿지 않더라도 소중하지 않은 인연은 없지요.

처음엔 사소하여 잘 알아보지 못할 뿐, 이 사소함이야말로 '존재의 자궁 같은 것, 블랙홀이나 미로'일 수도 있지만 바로 이곳에서 꽃이 피고 새가 웁니다. 그렇다면 최소한 65억분의 1의 확률로 만난 그대와의 인연, 그 얼마나 섬뜩할 정도로 소중한지요.

- 65억분의 1의 확률……

정말 섬뜩할 정도의 기적적인 확률입니다. 세상을 살다 보면, 그때는 우연이라 여겼는데 지나고 보니 우연이 아닌, 필연이었음을 알게 되는 경우가 있습니다.

중요한 것은 그 다음입니다. 그 기적 같은 인연을 끝까지 소중하게 지키는 일입니다.

제3장

물레로 실 잣듯

수필에도 시적 메타포가 있어야 한다.
언어로 그림을 그리 듯이
형상화를 필수 요건으로 하는 문학이다.
수필에 시적 서정성을 가미함으로써 메마른 수필을
풀이 질펀하게 무성한 초원으로 만들어야 한다.

제3장 물레로 실 잣듯

1. 무엇을 썼나, 왜 썼나

수필에는 왜 이 글을 썼는지 글 속에서 나타내고자 하는 작품 의도가 분명히 들어 있어야 한다. '왜 썼느냐?'에 대한 답이 나와 있어야 한다는 얘기다. 목적 없는 글은 없다. 글을 쓰고 있는 목적, 작품에 담기 위해 설정된 뜻이 주제主題다.

산행하는 이에게 왜 산의 정상을 정복하려느냐고 물었을 때, '정상에 가야 만나게 되는 사람과 희망'이라고 답했다면 그게 수필의 주제가 된다. 그 대답에는 답하는 사람의 생각, 곧 사상이 담겨 있다. 그 핵심이 바로 문장의 주제다. 글 속에 담겨 있는 내용의 핵심이 되는 '의도, 생각, 사상, 이념'이라 요약할 수 있을 것이다.

주제는 소재를 바라보는 시각에 따라, 또 사람마다 다르다. 대상에서 어떤 의미를 발견하느냐 하는 문제에 닿게 되기 때문이다. 작자의 인생관, 사상, 철학, 종교, 취향이 다르듯 주제도 다양하게 나타날 수밖에 없다. 비록 개인사적인 이야기나 신변잡사라 하더라도 그런 잡다한 소재 속에서 인간탐구의 메시지를 탐색해낼 수도 있다. 말하자면 작자 개인의 목소리이면서도 독자에게 공감을 줄 수 있는 보편적 가치를 발굴해 낼 수 있다면 이는 수필의 주제로서 손색이 없겠다는 뜻이다. 보편성이 없으면, 그 글은 한낱 개인의 편견에 불과하다. 따라서 독자에게 공감을 줄 수가 없다.

수필에서 주제는 어느 특정 문장, 곧 주제문 하나에 함축되는가 하면, 문장 전체에 녹아들 수도 있다. 주제문에 구체적으로 집약될 수 있지만, 반대로 암시적으로 나타날 수도 있다. 처음부터 독자에게 전달되지 않고 암시와 복선을 통해 문장 전체에 이슬처럼 스며들기도 한다. 암시성이 높은 글일수록 좋은 글이라 한다면, 주제가 한눈에 들어올 것을 기대하지 않는 게 수준 높은 독자일지도 모른다. 베일에 가린 듯 모호성을 지니면서 독자를 시종 끌고 다니는 마력을 지닌 것이 문학이다. 수필 또한 예외일 수 없다.

'나'로부터 '우리'의 이야기로 치환돼 보편성을 지녀야만 독자의 공감을 이끌어 낼 수 있으며, 더 나아가 감동을 줄 수가 있다. 일상에서 만나는 상황이나 사건에 개성적인 시각과 철학적인 의미를 부여함으로써 그것을 수필의 소재로 부상하게 해야 한다. 그것은 문장에서 방점을 찍어 주는 것과 같은 맥락이다. 수필은 결국, 개인적 체험을 일반화해 공감의 장을 확대시키는 의미화 작업으로 삶의 보편적 진리인 철학을 이끌어 냄으로써 작품성을 얻게 된다. 수필은 개인적 일상에서 출발하지만 그 도달점은 '나'가 아닌 '우리'라는 보편성임을 염두에 두어야 한다.

어쨌든 주제가 선명해야 한다. 수필만이 아니다. 단편소설의 경우도 작품의 문학성을 평가하는 척도가 주제의 선명도다.

■ 예문 ■

나는 하루에 담배를 두 갑씩 피웠다. 다른 사람에게 몇 개비 빼어 주었다 하더라도 삼십 개비 이상을 피운 셈이다. 그러자니 목이 따갑고 기침이 났다. 그래서 가족과 동료들에게 앞으로 한 주일 동안 담배를 끊겠다고 선언을 했다. 한 주일 끊어서 자신이 생기면 아주 끊고 도저히 못 참을 지경이면 다시 피울 심산이었다.

담배를 끊은 첫 날 밤이었다. 책상에 앉아서 무얼 좀 쓰는데 글이 영 풀리지 않았다. 생각나는 것은 오직 담배뿐, 담배 한 대만 피우면 글이 장강처럼 흘러나올 것만 같았다. 담배를 두 갑 피우면서도 실개천 같은 글밖에 못 썼던 것은 생각하지 않고…. 그러나 금연을 선언한 지 하루도 못 되어 아이들 앞에서 다시 담배를 피울 수는 없었다. 나는 하는 수 없이 소주 한 모금 김치 한 조각씩으로 입을 달래면서 글을 썼다. 그러다 보니 글도 다 마치기 전에 취하고 말았다. 내가 글 쓰는 일을 포기한다면 모르지만, 실개천 같은 글이나마 계속 쓰려면 담배는 역시 피워야겠다는 생각을 했다. (……)

나는 가슴이 점점 답답해 왔다. 천근 쇳덩이가 누르는 것 같았다. 퇴근 때 동료들과 대포 한 잔 하는 것은 온종일 속 썩인 가슴이나 한 번 후련히 씻자는 것인데, 그런 자리에 가서 오히려 가슴이 더 답답해진다면 이건 차라리 가지 않은 것만 못한 일 아닌가? 나는 역시 담배를 피워야 할 것 같았다.

그 며칠 후였다. 참 오랜만에 만나는 고향 친구 한 사람과 술 한 잔을 하게 되었다. 그는 나에게 담배를 권했다. 나는 조금 있다 피우겠다고 하고 연방 시계를 들여다보았다. 무슨 약속이 있느냐고 물었다. 하는 수 없이 사정을 말하고, 두 시간에 한 대씩 피우니까 기침도 안 나고 밥맛도 좋더라는 말도 했다. 그러자 그는 웃으면서 말했다. "야, 어리석은 사람아, 사람의 몸은 기계가 아니라 유기체야. 갑자기 평형이 깨지면 어떻게 되는지 아나? 기침 안 나고 밥맛이 좋아지는 대신, 자네 몸의 어느 안 보이는 한쪽 구석이 무너지고 있다는 사실을 알아야 해. 담배를 줄여도 서서히 줄이게." 나는 이 말을 듣자 정말 그럴 것 같았다. 어째 심장이 전보다 더 뛰는 것 같고 얼굴이 붓는 것도 같고, 잠도 깊이 들지 않는 것 같고…….

그래서 하루에 한 갑 정도는 피워야겠다고 고쳐 생각했다. 그리고 또 일주일이 지났다. 내가 위에 적은 이야기를 내 친구 한 형에게 했더니, 그는 웃으면서 이렇게 말했다.

"의지가 약하면 무슨 변명인들 못하겠나?"

- 정진권

금연 혹은 절연을 시도해 본 경험이 있는 사람이라면 누구나 실감하게 되는 글이다. 그런데도 신선감이 드는 것은 웬일일까. 끊었던 담배에 연연하면서 작자가 하루 이틀 새에 겪은 생각이나 만남이 자신의 의지를 흔들고 있지 않은가. 금단현상에서 전전긍긍하는 모습을 눈앞에 대한 듯 여실해 여느 글과 차별화돼 다가오는 때문일 것이다. 무엇을 썼나, 왜 썼나에 대한 답이 선명하다. 누가 읽어도 작품의 주제가 분명히 전달된다. 주제 설정에 성공했다.

■ 예문 ■

밤늦게 돌아오는 동네 어귀에 군밤을 파는 아주머니가 있다. 어디에 사는지는 모르나 어머니와 비슷한 나이다. 많은 사람들이 지나다니지만 좀처럼 사 드는 사람이 눈에 띄지 않는다. 어쩌다 사는 사람을 보면 내가 군밤장수가 되기라도 한 듯 마음이 밝아진다.

아주머니는 오래전부터 철 따라 리어카 장사를 한다. 여름이면 참외, 수박을 팔고 가을이면 밤을 굽기 시작한다. 가을이 가고 찬바람이 일기 시작하면 카바이드 등불을 깜빡이며 밤늦게까지 행인을 기다리고 있다. 초등학생 아니면 중학생쯤의 딸아이가 번갈아 나와 어머니를 돕는 모습이 보인다. 아버지는 무엇을 하는 사람일까, 혹시 없는 것은 아닐까 하면서 지나다녔다.

　나는 무심할 수가 없어 팔리지 않는 모습을 볼 땐 가끔 군밤 봉지를 사들곤 했다. 고향에서 군밤을 만들어 먹던 일을 회상하면서 하루에 팔리는 양을 묻기도 했다. 그럴 때마다 밝게 웃으면서 팔릴 때도 있지만 별로 없을 때도 있다고 한다. 그러면서 내가 군밤을 사면 두서너 개를 언제나 덤으로 집어 주곤 했다. 어렵게 살아도 마음씨 착한 사람들이 그렇듯 보이지 않는 곳에 있어서, 우리들이 살아가는 길은 어두운 것만은 아니라는 생각을 하게 한다.

　집에 돌아와 식구들에게 나누어 주고, 자리 속에서 동생과 먹으면서 군밤 장수 아주머니 얘기를 했다. 동생도 나와 같은 생각을 한다. 어머니를 따라 나와 있는 딸아이를, 동생은 자신에게 비교하면서 말한다. 살아가는 길이 제각기 다른 것이라고는 하지만, 고난을 딛고 살아가는 아주머니 가족들의 얼굴엔 어둠의 그림자가 보이지 않는다.

　창문을 흔드는 바람소리를 들으니 날씨가 또 추워지려는 모양이다. 늦은 밤 귀가를 서두르는 발걸음 소리와 찻소리가 소란스럽다. 자주는 못 팔아 줘도 정직하고 착하게 살아가는 군밤 장수 아주머니의 희망을 돋우기 위해서도, 이따금 나는 군밤 봉지를 사 들곤 한다.

- 회사원

비록 무명의 글이나, 인생을 어떻게 살아갈 것인가를 자신에게 물어보게 하는 글이다.

　권력, 돈, 지위 따위가 삶을 결정하는 것은 아니라는 생각을 하게 되고, 세상에는 어려운 이들에게 동정의 따뜻한 마음을 보내는 사람이 있다는 사실에 감동하게 된다. 인생과 사물에 대한 애정이 글 전체에 연못의 잔잔한 파문처럼 번지는 듯하다. 삶의 진실과 인간에 대한 애정과 연민 그리고 자기성찰이 깔려 있는 수필이다.

주제가 반드시 독자에게 어떤 강한 충격을 주는 것이 아니어도, 이와 같은 글처럼 문장 내면에 녹아 있는 주제의식이 오래 잊히지 않고 머릿속에 남아 있게 된다면 그 수필은 성공한 작품이라 할 것이다.

■ 예문 ■

대부분 그럴 것이다. 사람들은 자신의 회상 공간 속에 잊히지 않는 추억 몇 도막 안고 살아간다. 마모하는 많은 것들 속에서 시간의 강을 뛰어넘어 기억의 한 편린으로 반짝이는 사연들, 살짝 상상력에 불을 붙이면 서러운, 그러나 달착지근하게 감미로운 회상으로 이어지곤 하는 그것들. 회고 속의 추억이란 그래서 우연만한 것이 아니다.

오래된 일이다. 셋방을 전전하다 집 한 칸 마련해 들어갔을 적, 그 집이란 게 이젠 사람들의 기억에도 없는 옛 문화주택으로 슬레이트 지붕에 창고처럼 단순하고 빛깔 없고 무뚝뚝하고 툽툽한 건물이었다. 거기다 문짝 몇 개 달아놓은 보잘것없는 것. 그것도 지주가 반분하는 선에서 터를 분할해 주는 바람에 반쪽짜리 집. 그래도 명색 집이다. 내 집을 갖게 된 기쁨은 말로 다할 수 없었다. 큰아들이 유치원 때던가. 이삿짐을 부려놓자, 어린 두 아들이 좋아서 들락거리던 게 어제의 일 같다.

시골에서 아버지가 올라오셨다. 그때, 내가 서른서너 살이었으니, 아버지는 회갑에 미치지 않은 연세였을 것이다. 못 살던 때다. 아들이 시내에 집을 가졌다 하니 꿈만 같았으리라. 아들네 집이 오죽 보고 싶었을까. 제주시에서 서귀포를 돌아 오가던 섬의 동·서회선 버스가 하루 몇 차례밖에 없던 시절. 버스 타고 집에 오신 아버지. 며느리가 술상을 내왔다. 새 집에 들어와 시아버지를 처음 모시는 터라 소찬이지만 온갖 정성을 쏟았을 것이다. 아버지는 호주豪酒로 소주를 워낙 좋아하시던 어른이다. 나는 당신 곁에 공손히 앉아 연신 잔을 채워 드렸다. 거나한 기분에 한마디 하신다.

"나는 우리 며느리가 있어 앞으로 집안 운이 활짝 펴리라 믿는다. 손 귀한 집에 들어와 아들 손 둘을 낳았지 않으냐. 그리고 지금도 그렇지. 비록 작은 집이지만 터가 있으니 앞으로 좋게 지으면 되는 것이다. 이 기쁨을 뭐라 말로 할 수가 없다. 며느리야, 다 네 덕이다. 참 고맙구나."

그 말씀 한마디에 아내가 몹시 들떠 하던 기억이 난다. 새색시처럼 발갛게 상기됐던 얼굴이 눈앞에 어른거린다. 며느리 사랑은 시아버지라 한다. 아내가 고비마다 회상 속에 그 얘기를 꺼내는 걸 보면, 그 날의 칭찬이 지금도 잊히지 않는 모양이다.

소주를 꽤 드셨던 것 같다. 해질 녘, 이제 간다며 일어서시는데 휘청거리신다.

"집을 샀으니, 집안에 이보다 더한 경사가 어디 있겠느냐. 며느리야, 기분 좋은 김에 술 잘 마시고 간다. 아무쪼록 탁수, 승수 잘 키워야 한다."

유복자로 태어나신 분. 당신의 손자 사랑은 자별하셨다. 아이들을 안아 한바탕 들추더니 문간을 나서신다. (……)

버스가 한길로 머리를 돌리더니 천천히 나아가기 시작이다. 빛바랜 중절모를 쓴 아버지. 버스의 동요에 맡겨진 당신의 뒷모습이 몹시 흔들린다. 이내 버스가 시야에서 지워지고 없다.

슬픈 뒷모습이었다. 몸에 맞지 않은 옷, 더욱이 혈기가 빠져나가 예전 같지 않은 노쇠함의 기운. 집으로 돌아오는 걸음이 무거웠다. (……)

나는 지금, 칠순으로 추억 속의 아버지보다 훨씬 나이를 먹었다. 불현듯 머잖아 다가올 미래를 그려 보게 된다. 아들 집에 들렀다 나오면서 나는 어떤 뒷모습을 하게 될까. 아무리 깔끔히 한다 해도 이전 같지 않을 것 아닌가. 등도 구부정해지고 정신도 흐리마리하고 말도 어눌할 것인데.

가끔 생전의 아버지가 생각나 가슴 철렁하곤 한다. 그때의 나처럼, 내 아들들에게 슬픈 뒷모습은 하지 말아야 할 것인데. 걱정이다. 혹여 속절없이 오래 살아 집에 있지 못하고 무슨 시설에라도 가 있게 된다면 어찌할 것인가. 돌아서는 내 뒷모습을 우리 아들들은 어떤 눈으로 바라볼까. (……)

- 졸작 「뒷모습」 중

생전의 아버지가 보여 줬던 슬픈 뒷모습을 노후의 내가 내 아들들에게 보여주지 말아야겠다고 주제문이 구체적으로 제시됐다. 과거를 담담하게 회상해 오다 현재의 '나'에 옛날의 '아버지'를 병치倂置시켜 주제를 강조하는 형식이다.

인간의 문제를 심도 있게 천착한 작품일수록 '무엇을, 왜 썼는지'를 파악하기가 쉽지 않을 수도 있다.

"저 큰 악기가 콘트라베이스다. 그 소리가 좋은 줄을 오늘 알았다." 평생 자신의 불완전성에 집중했으면서도 자신의 작품 수준에 대한 자부심을 잃지 않았다는 균형 잡힌 예술가 미켈란젤로가 어느 날 조각 한 점을 밤새워 완성하고 집 밖으로 나오다가 심히 좌절했다 한다. 그를 무릎 꿇게 한 것은, 햇빛을 머금고 바람에 흔들리는 나뭇잎이었다는 게 아닌가. 자신이 아무리 노력해도 자연의 그 황홀한 창작물을 능가할 수 없다는 사실을 문득 깨달았다는 것이다.

위의 예문과 격은 다르나, 무엇에 대한 깨달음이 쉬운 것만은 아니다.

❀ 수필카페15

'5년, 10년 뒤에나 빛 볼 일' :

벅찬 꿈을 안고 고향 제주에 내려왔지만, 사람들은 만날수록 소금에 절인 배추처럼 풀이 죽어 가던 시절이 있었다. '5년 뒤, 10년 뒤에나 빛을 볼 일'이라는 전문가의 조언은 그나마 나은 축이었다. '비싼 비행기 타고 제주까지 오겠어?'라는 반응이 대부분이었다. 내가 진짜 미친 짓을 벌이는 건 아닐까. 회의와 함께 지독한 외로움에 시달렸다. (서명숙의 「꼬닥꼬닥 걸어가는 이 길처럼」 중)

 - 오죽했겠습니까.

 '제주 올레길'을 처음 낸 그 심정을 알 것 같습니다. 지독한 외로움에 시달 렸다는 말이 가슴을 후빕니다. 그러나 누군가는 올레처럼 첫 길을 내야만 합 니다. '미친 짓'이라는 비난도 회의도 썩 물리치고 5년, 10년은 물론 50년, 100년 뒤에 빛을 낼 새 길을 내야 합니다. 아무리 외롭고 추워도.

2. 수필도 구성이다

 구성이란 내용상의 여러 요소들을 체계화하는 것이다. 효과적인 배열 과 조직을 통해 작품을 하나의 유기체로 통일해 나가는 것을 의미한다.

 종전에 '무기교'다 '무형식'이다 해서 수필이 마치 비구성적 양식인 것 처럼 얘기해 왔으나 이제는 아니다. 아무렇게나 마구잡이로 짜 엮어서 되는 글이 결코 아니다. 서사적 전개를 전제로 하는 문학이 아니라 하더 라도 그런 만큼 구성적이지 않으면 안된다. 선후 없이, 위아래 없이 되는 대로 풀어 놓아서는 문맥에 난맥상을 빚고 만다. 작품에서 형상화하고자 하는 하나의 주제를 향해 구심적으로 작용할 수 있을 때, 치밀한 구성이 가능하다. 그래야 독자의 주목을 받게 되고 주목을 받고나서야 공감을 얻어낼 수 있다.

 도입[起]·전개[敍]·결말[結]의 3단계 혹은 기승전결의 4단계 구성 형식 이 일반적이나 내용을 절정에 올려놓은 뒤 하강곡선을 그리기 직전, 한 번 굽이치는 반전反轉이 있어야 한다. 수필에 긴장감이 떨어지면 작품 속으로 독자를 끌어들이지 못한다. 독자를 붙들고 가려면 구성에 극적인 요소로 처방할 필요가 있다. 수필에 소설적 요소, 서사적인 문체의 힘을 빌려 오는 이유가 바로 여기에 있는 것이다.

결국 구성에 소설적 요소를 차용하자는 것인데, 그런다고 수필이 허구가 되는 것은 아니다. 체험적 진실을 대지로 그 위에 소설적 건축을 올리는 기법을 구사하자는 얘기다. 썩 걸맞다고 보는 경향으로 콩트 형식을 빌려 오는 예가 보편적인 흐름을 이룬다.

■ 예문 ■

① '모란이 피기까지는 나는 아직 기다리고 있을 테요, 찬란한 슬픔의 봄을.'

이처럼 과민한 시구가 있을까. 글 쓴답시고 언제부턴가 나이 듦을 감지하면서 문득 기죽고 어깨 축 처졌다가도, 가령 영랑 시 속의 이 언어를 만나면 가슴 두근거리며 숨 받아 온다. 무엇에 끌림인가. 알 수 없는 일이다. 이전 같지 않아 무뎌진 걸 알겠는데도 감성이란 게 잠들어 있었을 뿐 의식 너머 매장되지는 않았던 모양. 이 시 앞에 나는 옷매무시를 고쳐가며 자신을 가다듬곤 한다.

② 충격이 일단 물리고 나면 눈이 단박 국어사전으로 간다. 이내 국어사전 위에 두 손을 얹는다. 수많은 우리말 어휘들을 무덕무덕 쌓아놓은 빛 안 드는 거슴츠레한 곳간. 문득 오래전 고유어에 쏠려 '사전'이란 한자어 대신으로 즐겨 쓰던 '말광'이란 말이 생각난다. '광'인 게 맞다. 바람 한 솔기 드나들 틈도 없이 빼곡한 말, 말, 말들의 집적. 우리말 보존의 안온한 장소. 박물관 수장고보다 더 서늘하고 그윽한 그곳.

③ 나는 글을 쓴답시고 지금까지 국어사전 속의 얼마나 많은 어휘들과 대면했나. 반면식으로, 설령 정을 섞지 않았어도 바람처럼 스쳐 지나기라

도 했나. 대면한 터에 깊은 만남을 이뤄 냈으며. 그랬다면 얼마나 임의로이 통섭했나. 초등학교 시절 전과지도서에 나오던 낱말의 뜻이나 비슷한 말과 반대말, 짧은 글 짓기를 익힘으로 어휘 학습을 끝냈다고 단언하지는 않았는지. 사전적 의미에서 보다 낮게 깊게 파고들어, 더러는 외연을 넓혀 가며 들풀의 높이에서 냇물의 소리를 만지작거리며 그들과 담소를 나눈 적은 있었던가. 정겹고 살갑게 만나 키득거리는 소리 너머 어휘가 담고 있는 뉘앙스와 메타포와 알레고리, 그것이 열어 보이는 상상의 세계에 발 들여놓은 적이 있기는 한 건지….

④ 청산도 문학기행 길에 제주문인협회 회원 일행과 함께 반도의 땅 끝자리 해남에 있는 영랑생가에 들렀다. 돌에 새긴 시편들이 걸음걸음 나그네의 발길을 붙잡는다. 〈모란이 피기까지는〉, 〈돌담에 속삭이는 햇발같이〉. 여러 편 시비 가운데 두 편에 눈길을 모은다. 익숙한 시다. 교과서에 올라 있어 교단에서 가르쳤던 시라 친숙한데도 시비 앞에 서니 행 하나하나 빠뜨리지 않고 다시 읽게 되는 건 왜일까.

⑤ 거기 영랑이 앉아 빛나는 금실 햇살 아래 웃음 짓고 있었다. 내게 그의 시가 어떤 무게로 오는 걸까. 정서법의 적잖은 오류로 맞춤법통일안 이전의 표기들인데도 눈에 전혀 거슬리지 않다. 은쟁반에 구슬로 구르는 미성의 운율과 순수시의 이슬같이 투명한 정서에 한동안 자리에 말뚝처럼 서 버렸다.

⑥ 천오백 평 대지에 네다섯 채의 고가가 온전히 보존돼 있어 영랑 시인의 숨결이 몇 마장 저편 바다의 물결소리로 들려온다. 어둔 쪽빛 개량 한복이 썩 어울리는 나이 중씰한 해설사가 다섯 칸 높직한 툇마루 왼쪽 방을 가리킨다. 영랑 시인이 첫날밤을 치른 곳이라며 슬며시 입가에 웃음기를 흘린다. 피로를 덜어줄 양 숨이라도 고르라 곁을 내주는 남도 인심에 나도 웃음한 모금 머금는다.

⑦ 앞뜰 모퉁이에 피었다 진 모란의 자국들이 듬성듬성 무성한 잎 그늘에 덮인 채 남아 있다. 시의 모델이 됐던 그때의 모란일까. 궁금해 하는 참인데, 지레 알아차린 해설사의 뒤를 좇아 행랑채 밖 꽃동산으로 발을 떼어 놓는다. 발자국마다 남국의 햇살이 살포시 내려앉아 있다.

⑧ 자동센서처럼 내게로 육감이 왔다. 몇 걸음 앞에서 나는 '저거다.' 하고 중얼거리고 있었다. 아, 거기 여든 살 모란이 여직 노구를 틀고 앉아 있지 않은가. '모란이 피기까지는'의 소재가 됐던 그 모란이라는 팻말을 보는 순간, 나는 감전이라도 된 듯 자리에 무심히 서 버렸다. 감정의 포만감에 정신이 멍하다. 젊은 영랑이 저 모란 곁에 쭈그리고 앉아 봄을 노래했구나. '오월 어느 날 그 하루 무덥던 날 뻗쳐오르던 내 보람 서운케 무너졌느니 모란이 지고 말면 그뿐 내 한 해는 다 가고 말아 삼백 예순 날 하냥 섭섭해 우옵내다.' 하고. 암울한 시대의 울분을 가녀리게도 토해냈구나.

⑨ 때마침 나도 오월의 하늘을 이었다. 오월도 무더운 날 오후, 우연찮은 일치에서일까. 우당탕우당탕 가슴이 방망이질한다. 일행들은 '팔십 살 모란'을 다퉈 폰에 담는데, 기계치인 나는 눈 한 번 깜빡 않고 눈 속에 깊숙이 담고 왔다.

⑩ 어떻게 그런 시가 빚어 나왔을까. '찬란한 슬픔의 봄'만 가지고 보더라도 낯선 말이라곤 하나도 없지 않나. '찬란하다, 슬픔, 봄.' 그럼에도 영랑은 한국어를 시 속에 전매특허처럼 자신의 시어로 사유화했다. 꼭 있어야 할 자리에, 없어선 안될 가장 빛나는 언어로. 누가 그에게 우리말 검속檢束의 권한이라도 주었건 걸까. 그가 우리말을 주무른 게 백 년 전의 일. 내 문학은 아직도 다가서지 못한 채 면발치에서 주변만 맴돈다. 가슴 칠 일이 아닌가.

⑪ 내게 언어는 있는가. 영랑 생가 이후, 시는 내게 절망을 말한다. 정말 시를 쓴다고 버둥대 온 몸부림이 삽시간에 단 한 톨 보람도 없이 무너져 내리는 것 같은 허망함에 몸을 떨었다.

그러나 나는 무너지되 도산하지는 않았다. 이렇다 할 문학적 성취를 이루지 못했으되 아직 실패하지도 않았다. 외려 실패 속에 내밀한 성공의 비법을 터득하려 한다. 기억 속에서 졌다 다시 피어나는 모란을 급기야 찾아냈다. 그러고서 감았던 눈을 크게 뜨고 몸을 일으켜 세운다.

⑫ 반작용인가. 이 세상의 풀, 나무, 꽃, 하늘, 바다, 돌 들이 모두 시로 보인다. 사람, 꿈, 새, 사랑, 인연, 도시, 나라, 깃발, 계단 들이 시로 다가오기 시작한다. 환상과 유희로 가득한 예술세계는 바로 내 눈앞에 온존해 있었다.

⑬ 누구도 쓰지 않은 시를 쓰고 싶다. 에메랄드빛 하늘에 눈을 던지며 목청껏 소리 내어지른다. '내게도 찬란한 슬픔의 봄은 온다.'

- 졸작 「여든 살 모란」 전문

여로에 영랑 생각에 들른 감회를 쓰고 있는 글이다. 대체로 진행 순서에 의한 순차적 구성으로 이뤄지고 있으나, 작자에 따라 구성을 달리 할 수 있다. 문제는 평면성에서 탈피해 탄탄하면서도 독자의 눈길을 붙들수 있는 구성이 돼야 한다. 치밀한 구성이란 글 전후의 맥락이 느슨하지 않게 꽉 조여졌음을 의미한다.

* ⑤서두에 갖다 놓는 경우를 생각해 볼 수 있다. 영랑 생가에 들러 시비를 대하며 그 앞에 말뚝처럼 서 있는 필자의 모습으로 도입을 한다면 현장감과 더불어 독자를 작품 속으로 끌어들일 수 있을 것이다. 뒤에 '청산도 문학 기행 길'의 여로에 서 있음을 말하고 있는 ④를 역순으로 배열하면 밋밋한 구성에서 벗어날 수 있지 않을까 한다.

* ⑥영랑 생가의 현장의 구조와 분위기를 서두로 하면 또 어떨까. 그 다음, 거기서부터 청산도 기행길이며, 모란 이야기로 풀어나가는 것. 영

랑 시비를 보고 느낀 바를 말하는 것을 뒤로 배치하면서 단박 현장을 눈앞에 펼쳐 놓음으로써, 독자를 작품 속의 현재로 직행하도록 하면 효과가 배가될 것이다.

  ＊ 청산도 기행 길임을 말하고 있는 ④를 서두로 하지 않은 것은, 처음부터 기행수필이라는 것을 감춰 두는 효과가 있으리라 본다. 기행수필이라 하더라도 늘 해오는 투식套式에서 벗어날 필요가 있다.

  ＊ 서두는 전체 내용을 암시하고, 결말에서는 서두를 환기함으로써 양괄식兩括式으로 수미상관首尾相關이 되게 한 것은 매우 일반화된 구성법이다.

  구성에서 빼놓을 수 없는 단락段落에 관해 한 가지만 얘기하자. 문장 하나하나가 모여 이뤄지는 단락은 전체 문장을 이루는 하나의 통일된 작은 단위다. 그 길이는 주제에 따라 길어지기도 하고 짧기도 한다. 너무 짧으면 주제를 충분히 다룰 수 없고, 너무 길면 혼란스러울 수 있다.

  요즘 한 문장이 곧 한 단락이 되는 글을 많이 접하게 되는데, 단락으로서 제 기능을 다하려면 일정 수준의 길이를 유지해야 할 것이다. 짧게 한 문장 한 문장으로 행을 바꾸면 소주제에 의해 통일된 글의 단위로서의 단락의 기능이 무색해지고 만다. 문장의 조직체계가 밑동에서 무너지는 것이다.

  문단은 전체의 구성에서 일관성과 지속성, 통일성을 지녀야 함은 물론이다. 중요한 것은 어떤 경우이건 문맥이 통하고, 글 전체의 흐름에 무리가 없어야 한다.

'절차탁마切磋琢磨': 영웅을 만나기 위해선 '시간'과 '정성'을 다 바치면서 당신의 '자존심'까지 버리고 배움 앞에 인내할 수 있는 '절차탁마'의 자세가 필요하다.

병아리는 달걀에서 나온다.

하지만 단순히 달걀이 깨진다고 병아리가 되는 건 아니다. 달걀을 품에 안고 인내했을 때, 병아리는 스스로 껍질을 깨고 세상 밖으로 나온다. (「영웅의 꿈을 스캔하라」)

– 무슨 일이든 시간이 필요합니다.

단순한 물리적 시간이 아니라 절차탁마의 시간, 곧 자르고, 쓸고, 쪼고, 닦는 인고忍苦의 시간이 필요합니다. 그리고 때가 되었을 때 껍질 밖에서 쪼아 주는 손이 필요합니다.

인고의 시간을 함께 보내며 때가 되어 껍질을 쪼아 주는 사람, 그 사람 모두가 우리 삶의 진정한 영웅입니다.

3. 서두가 매력적이라야 하는 이유

수필에서 서두처럼 민감한 부분도 없다. 습기 제거를 위해 방이나 거실 곳곳에 놓는 '물 먹는 하마' 같은 구실을 하는 것이 서두다. 물을 빨아들이듯이 작품 속으로 독자를 빨아들이려면 서두가 맛깔스럽거나 그렇지 못하면 하다못해 초가을 바람결 같은 산산한 기운이라도 있어야 한다. 서두가 신선하고 신기新奇한 발상으로 이뤄진다면 일단 절반의 성공을 거뒀다 봐도 된다 할 정도다.

요즘엔 작품집을 앞에 받아 앉으면 본문으로 들어가기 전에 머리글부터 읽는다고 한다. 작품 수준을 한눈에 가늠할 수 있기 때문이다. 상투적인 언사나 늘어놓았다면 더 이상 책장을 넘기지 않고 덮어 버린다. 거기서 거기, 그만그만한 걸 누가 읽으려 할 것인가. 애태워가며 심혈을 기울여 낸 책이 한순간에 독자에게서 버림을 받는 순간이다. 세상에 이런 비극은 없다.

그만큼 수필에 있어 서두는 가독성의 교두보 구실을 한다. 작품을 읽히게 하려면 서두를 잘 써야 한다는 얘기다. 서두가 독자를 끌어넣는 작용을 하기 때문이다. 단거리 경주에서 선수를 트랙에 세워놓고 출발한다고 생각하면 실감이 날 것이다. 까딱하면 실격할 수 있다. 그 순간의 숨 막힐 것 같은 긴장감을 수필의 서두에 포개 보면 어떨까.

서두의 득실에 관해 말하고 있는 글 하나를 소개한다.

시작이 중요하다. 첫 머리 한마디가 전편을 밀고 나가기 때문이다. 자기가 그 글을 써 보려고 느낀 동기가 있을 것이다. 그 정서情緖에서부터 출발하면 가장 좋다. 예를 들면, 어제 북한산성으로 소풍을 나가서 본 단풍의 아름다운 것이 생각나서 아침에 일어나자마자 글을 쓴다고 하자. 그러면 '단풍이 눈앞에 벌겋게 비친다.'는 데서부터 시작하면 그 출발이 청신하고 어제 하루의 단풍놀이가 즐거운 회상으로 나타나 전편의 정서가 살지만, 어제 아침에 출발하던 데서부터 시작해서 도중의 풍경을 그려 가면서 단풍의 아름다움으로 들어가면, 비정서적인 기록이 되고 말 것이다. 글을 쓰게 된 느낌의 현재에서부터 붓을 든다. 이것이 가장 쉬운 듯하면서 실제로는 어렵다.

글은 솔직한 정서의 표현을 요구한다. 그러나 붓은 비정서적인 기록으로 향한다. 쓰는 사람의 머리에는 정서가 차 있기 때문에 이지적인 무미건조한 기록을 하고 있으면서도 자기는 자기대로 정서를 느끼고 있다. 그래서 이것을 깨닫지 못하기가 쉬운 것이다. 문장의 대가라도 가끔 그런 실수를 범한다. 남의 글을 지적하기는 쉬워도 제 글은 깨닫기가 어려운 것도 자기 정서에 스스로 사로잡혀 있기 때문이다. 그러기에 자기의 글도 훨씬 묻어 두었다가 다시 읽어 봐야 알게 된다.

서두에 설명이나 서론을 늘어놓지 말 일이다. 그것은 극히 문장의 정서를 죽이고 청신한 기분을 해친다. 문학이란 정서가 가장 소중한데, 설명이나 서론은 비정서적이기 때문이다. (……)

고사나 명구名句의 인용문으로 기구起句를 삼는 예를 많이 본다. 이것은 가장 쓰기 쉬운 방법이다, 그러나 전편이 그 영향을 받아 개선적인 내용을 살리기가 어렵고 청신한 방법이 못 되는 경구가 많다. 피하는 게 좋다.

＊ 안개같이 시작해서 안개같이 사라지는 글은 가장 높은 글이요, 기발한 서두로 시작해서 거침없이 나가는 글은 재치 있는 글이요, 간명하게 쓰되 정서의 함축이 있으면 좋은 글이다. 그 어느 것을 취하든 느낀 동기에서 선명하게 붓을 들면 큰 실수는 없다.

서두를 살리기 어려운 또 하나는, 서론은 안 쓴다 해도 서론적 요소는 피할 수가 없다. 즉 무두무미無頭無尾하게 댓바람 말을 끌어 낼 수 없으니 무엇인가 한마디 하게 된다. 그러나 꼭 필요한 내용이나 정서의 함축이 없는 말은 단 한 자라도 들어가지 않도록 하려는 것이 우리의 욕심이다. 더욱이 서두에서 있어도 고만 없어도 고만인 말을 쓰고 싶지는 않다. 여기서 첫 마디가 시적이거나 기경奇警이거나 깊은 정서의 함축에서 오는 말이거나 한다면 이를 바 없지만 그것은 반드시 기피할 수 없는 것이고, 일부러 생각해 얻으면, 그 아래가 순순히 계속되지 않는 법이다. 그런 까닭에 될 수 있는 대로 긴 허두를 붙이지 말고 간명하게 시작하되 전편에 대한 암시적인 기틀이 되도록 유의하고 이론적인 말을 피해야 한다. 한마디로 해서 느낀 대로, 직접 써 나가면 된다. 이리저리 만들어 보려는 데서 잡치는 것이다.

여러 사람의 글을 많이 읽어 보고 그 득실점을 유의하여 살펴보면, 스스로 터득이 될 것이다.

- 윤오영의「서두의 득실」

＊ '안개같이 시작해서 안개같이 사라지는 글' : 명확히 한마디로 잘라 말하지는 못하면서도 한없이 끌리는 오묘하고도 매력적인 일품逸品의 서두.

그러면 윤오영의 작품에서 그러한 서두의 예를 들어 보기로 하자.

■ 예문 ■

석가모니는 일찍이 "천상천하 유아독존"이라는 말을 했다. 통속적으로는 천상천하에서 자기가 제일이라는 뜻으로 전하고, 불가에서는 각성 즉불覺醒則佛의 경지로 설명하려고 한다. 그러나 나는 인간 석가모니가 그의 찾을 수 없는 고독감을 표현하려는 절규의 소리이었다고 생각한다. 어떻게 그것을 아는가? 이제 텅 빈 마음으로 오락가락하다가 우뚝 서 있는 내 그림자를 보고 이것을 깨달았다. 내 옆에 길게 나 있는……. 아니 누워 있는 저 그림자는 확실히 외로웠다. 달은 끝없는 푸른 하늘 위에 화경같이 매달려 있고.

- 윤오영의「고독감」중

독자를 유혹하는 것이 서두다. 문장으로 끌어들이기 위한 일종의 유인책이다. 수필은 서두에서부터 독자를 꽉 잡고 문장 속으로 함께 뛰어들지 않으면 안된다. 이를테면 수필의 첫 문장은 마중물 같은 것이다. 매력 있는 서두라야 하는 이유다.

「안나 카레니나」는 톨스토이의 대표작 중의 하나이다. 이 작품의 서두에 대하여 다음과 같은 에피소드가 전해진다.

톨스토이는 어릴 때 어머니를 여의고, 큰아주머니 품에서 자랐다. 하루는 이 노부인이 앓아 병석에 눕게 되었다. 온 가족이 간호를 하였다. 열 살쯤 된 톨스토이의 맏이가 노부인을 위하여 미완성 소설 「斷片」을 읽는데, 듣다가 잠이 들었다. 소년은 책을 덮어 두었다. 때마침 톨스토이가 병실로 들어와서, 무심코 그 작품을 읽었다. 첫 줄을 읽자마자 톨스토이는 감탄하였다.

"푸시킨은 역시 위대한 소설가다. 소설을 이렇게 시작해야 한다."

푸시킨의 「단편」 첫 줄은 "손님들이 마을에 있는 저택으로 몰려왔다."라는 것이었다. 톨스토이는 대뜸 독자를 사건의 중심으로 끌어넣는 서두에 감탄한 것이다.

"놀라실 게 아니라, 당신도 시험해 보시구려."

옆에 있던 부인이 권하였다.

"오오."

톨스토이는 곧 서재로 달려가, 구상 중이던 「안나 카레니나」의 첫 줄을 쓰게 되었다.

좋은 서두는 독자에게 충격을 줄 수 있어야 함을 단적으로 보여주는 일화다. 서두에서 싹 튼 조그만 충격이 몸통으로 자라면서 감동으로 꽃을 피우고 마침내 농익어 탐스러운 결실에 이를 것이다.

노신이 쇼펜하우어의 말을 인용했지만 그 말의 원뜻이 자신의 글 속을 녹아들어 결국 작자인 노신의 목소리로 승화하고 있는 수필의 서두를 보기로 하자. 남의 말을 빌리되 그것을 자신의 것으로 체질화하는 것, 그게 바로 인용의 요체요 묘리다.

쇼펜하우어는 "위대한 사람이 둘이 있으니, 하나는 육체적으로 위대한 사람이요, 하나는 정신적으로 위대한 사람이다."라고 했다. 육체적으로 위대한 사람은 앞에서 커 보이나 멀어질수록 작아 보이고, 정신적으로 위대한 사람은 멀어질수록 커 보이지만 내 앞에 오면 결점도 있고 실책도 있는 나와 같은 범인이다. 이것이 실로 위대한 사람이다.

그러면 실제 수필을 쓸 때 직접 참고가 될 만한 좋은 서두의 예를 몇몇 작품 중에서 골라 보기로 한다.

* 서두를 한 문장으로 한 것이 눈길을 끈다. 영혼이 머무는 자리, 꿈과 이상을 향해 끊임없이 손짓하는 이데아의 세계가 바로 눈앞에 열릴 것만 같아―

　나에겐 오랜 꿈이 있다.

　여행 중에 어느 서방西方의 골목길에서 본 적이 있거나, 추억 어린 영화나 책 속에서 언뜻 스치고 지나간 것 같은 카페를 하나 갖는 일이다.

　그곳에는 구름을 좇는 몽상가들이 모여들어도 좋고, 구름을 따라 떠도는 역마살 낀 사람들이 잠시 머물다 떠나도 좋다. 구름 낀 가슴으로 찾아들어 차 한 잔으로 마음을 씻고, 먹구름뿐인 현실에서 잠시 비켜 앉아 머리를 식혀도 좋다.

　꿈에 부푼 사람은 옆자리의 모르는 이에게 희망을 넣어 주기도 하고, 꿈을 잃어버린 사람은 그런 사람을 바라보며 꿈을 되찾을 수 있는 곳 – '구름카페'는 상상 속에서 늘 나에게 따뜻한 풍경으로 다가오곤 한다.

- 윤재천의 「구름카페」 중

* 계절에 부침浮沈하다 이내 인생 속으로 침잠하려나―

　은행나무가 노랗게 물들기 시작하면 마음에 따라와 번지는 가을, 깊숙이 그 속에 들어앉고 싶다.

거리를 거닐면서도 은행나무 잎을 살피게 되는 버릇, 야위어 가는 푸른 빛의 퇴색을 심장深長하게 바라보게 된다.

미망迷妄에 갇힌 어느 젊음이 완성으로 이르는 길목 같아서다.

- 맹난자의 「만목滿目의 가을」 중

* 첫 낱말부터 예사롭지 않다. 본문에 대해 궁금증을 촉발한다―

희뿌옇다. 메마른 바람이 모래사막을 훑고 간다. 태양과 바람과 모래가 혼재하는 아득한 땅 사하라 사막.

바람 소리에 하던 일을 멈추고 티브이 화면을 바라본다. 막막한 사막에 낙타의 무리가 줄지어 지나간다. 낙타 등 양쪽엔 묵직해 보이는 짐들이 실려 있다. 사막보다는 하염없이 걷고 있는 낙타에게 더 눈길이 쏠린다. 가슴이 옥죄어 화면에서 눈길을 뗄 수 없다. 낙타는 사막의 배라는데, 낙타 몰이꾼들은 등에 올라타지 않고 모래바람 속을 함께 묵묵히 걷고 있다.

- 정태헌의 「유통기한」 중

* 태곳적으로 시적 상상의 날개를 퍼덕이면서 서두를 열고 있다―

마음 한적한 날이면 내 발걸음이 저절로 내닫는 곳, 갈대 숲 속 나라이다. 2천 년 전의 그 나라로 가 본다는 것은 신비로운 일이다.

다호 마을에 들어가면 2천 년 전 낙동강 물결 소리가 들려온다. 갈대숲이 바람에 휘날리며 내는 소리가 들린다. 집집마다 차茶 향기가 풍겨 온다. 시인은 촛불 앞에 찻잔을 놓고 붓을 들어 시상詩想에 잠겼을까. 가을이면 시베리아 대륙에서 사나흘 간이나 날아서 낙동강으로 오는 철새들의 소리를 귀 담아 듣고 피리를 꺼내 불었을까.

- 鄭木日의 「다호 마을, 옛 시인을 만나다」 중

* 이어질 다음 내용에 대해 호기심을 유발해낸다―

　장마철이 지나고 나니 여름은 쨍쨍한 햇볕을 앞세워 기염을 토하고 있
었다. 땅에 올라오는 한낮의 열기는 가만히 앉아 있어도 숨이 찼다. 할머니
도, 아버지도, 오빠도 없는 집안은 텅 빈 시골집 헛간처럼 어둡고 침울해서
불안하고 무서웠다. 언제 돌아올지 모르는 가족들과의 만남을 기대하면서
나는 엄마 곁에 찰떡같이 붙어 다녔다.

- 김홍이의 「목화꽃 할머니」 중

* 선비의 자적自適한 삶과 고아한 인품이 향기로 우러나오네―

　홀로 앉아 송엽차松葉茶를 마시며 굽어보는 국향이 청아롭다. 활짝 열어
놓은 서창書窓으로 바람결 따라 흘러드는 향기가 벅차서 들었던 찻잔을 자
주 내려놓곤 한다.

　여유 있는 삶을 충분히 누리기 위하여 세 평 남짓한 뜨락에 국화를 가득
채운 지 오래요, 그 아름다운 숙기淑氣에 끌려 허물없는 가우佳友로 사귄 지
수삼 년이다.

- 정주환의 「국향」 중

* 물아일체의 경지에 이르면 대상에게 말을 걸게 되는가―

　돌에도 정이 오가는 것일까.

　한동안 버려뒀던 수석이란 이름의 돌들이 저마다 몸짓을 하며 가슴으로
다가온다. 하나하나 먼지를 털고 닦고 손질을 해본다. 모두 한결같이 돋보
인다. 십여 점 되는 돌들이 어쩌면 이렇게도 모두가 개성이 뚜렷할까.

　수석인들은 나의 돌을 보고 이것은 산수경석 저것은 폭포석 또 저것은
물형석, 무늬석, 호수석. 괴석 등 온갖 이름을 붙이곤 한다.

　허나 나는 아직 돌밭에서 수석을 캐내고 이름을 붙여 부를 만한 전문적

인 식견은 없다. 그저 오가다 문득 마음에 들고 연이 닿아 한 점씩 모아 왔을 뿐이다.

- 김규련의「돌이 나를 보고 웃는다」중

* 역설의 쾌감과 지적 포만감에 그만 홀려든다—

한 달여 동안을 한 줄의 글도 쓰지 않고 보냈다. 지금까지 내가 그래도 글을 쓸 수 있었던 것은 가끔씩 벌이는 이런 식의 파업 때문일 것이다. 드디어 바닥이 나고 말았다는 기분, 더는 버틸 수 없다는 위기감이 찾아오고 말면 그땐 생각을 멈춘다. 생각 없이 몸으로만 살아가기, 나에게 휴식은 이것이다. 이런 게으름이 너무 좋다. 며칠 전엔 공원을 산책하다가 불현듯 이런 내가 행복하다고 느끼기까지 했다. 행복하다고 느낀 순간, 스쳐 지나가는 어떤 설레는 낯섦. 당황했다. 과연 내가 이렇게 행복해도 괜찮은가?

- 김종완의「깨어 있지 않으리」중

* 직감으로 다가온다. 어떤 운명의 예감 같은 걸까—

생은 짧고 수컷의 하루는 길다.

몇 번이나 들어보았음 직한 이 한마디에는 생명체들의 세상 진리가 다 들어 있다 해도 지나친 말이 아니리라.

실키. 그가 나의 산장에 온 지 꼬박 아홉 달을 채우고 있다. 양력 정월 열이틀, 살을 에는 캄캄한 밤 팔공산을 넘어 이곳 보현산 자락까지 흘러왔다. 민들레 홀씨가 양지 음지 가리지 않고, 바위틈에 자리 잡든 비옥한 땅을 차지하든 그것은 민들레의 의지가 아니라 바람의 소관이듯 실키의 운명 또한 그가 관여할 수 있는 바는 아니었다.

- 장호병의「실키의 어느 하루」중

* 미풍을 타고 눈앞에 온 싱그러운 신록의 노랫가락이 들리기라도 할 듯—

천년을 기다려 꽃으로 피어났을 것입니다. 또다시 천년을 더하여 그 빛깔과 그 모습에 어울리는 향기를 지니게 되었을 것입니다. 한 방울의 물과 한 움큼의 햇빛으로 빚어낸 기적, 날마다 기적입니다. 연하고 순하고 순한 그대 꽃봉오리의 기적을 본받아 나도 나의 기적을 잣습니다. 나도 한 방울의 물과 한 줌의 햇빛으로 연하고 연한, 순하고 순한 새 움을 터 신록으로 세상을 맞습니다.

- 서 숙의 「신록의 노래」 중

✤ 수필카페17

'그때는 몰랐다' :

그때는 몰랐다. 길을 걷는다는 것과 길을 낸다는 것이 얼마나 다른 일인가를.

사람들은 간혹 내게 묻는다.

이런 아름다운 곳에 사니까 정말 행복하겠다고, 정말 보람 있겠다고, 얼마나 좋으냐고, 근심 걱정 없겠다고.

얼추 맞는 말이다. 행복하고 보람 있다.

하지만 '세상에서 가장 평화롭고 행복한' 길을 내면서도, 나는 종종 외로워하고, 때로 분노하고, 절망한다. 사랑에 대한 갈증으로 고통스러워한다.

"꿈을 꾼다는 것과 꿈을 이룬다는 것이 얼마나 다른 일인가."

---

4. 독자를 사로잡는 제목

작은 구멍가게 하나를 내는 데도 학식 있는 사람이나 점집을 찾아 이름을 짓는다. 손님들이 간판을 보고 관심을 갖게 하기 위해서다. 사람이 하는 일마다 실패를 하면 이름 탓이라 해서 개명하기도 한다. 이름은 세상 밖으로 내놓아 자신을 대신하는 것이며 사물에게는 간판이므로 소홀할 수 없다.

수필에서 제목이 중요한 것은 말할 것이 없다. 수필을 대표하는 얼굴이 바로 제목이기 때문이다. 첫인상이 좋으면 그게 호감으로 이어진다. 제목이 마음에 들지 않으면 독자의 눈이 본문으로 옮아가지 않는 수가 있다. 독자를 끌어들이는 데 실패하고 만다. 그렇다면 제목은 싱싱한 고기를 낚아 올리는 미끼거나 그물 같은 것이다. 이왕이면 주낙배의 어화거나 원양어선의 정치망定置網이면 더 없이 좋겠다. 꼼짝 못하게 낚아채거나 바닥에서 잡아 가둘 수 있으니까 말이다.

명사로 할까, 서술어가 들어가는 짧은 단문은 어떤가. 한자어는 어떤가, 고유어로 빛깔을 살리나. 반드시 짧아야 하나, 길어도 되지 않나, 경구 같은 것은….

막상 글을 쓰려고 책상머리에 앉고 보면 딱 걸리는 게 제목 붙이기인 것은 누구나 경험하는 일이다. 글 쓰는 이라면 제목을 달기 위해 한바탕 우여곡절을 겪다, 그래서 '이거다'하고 무릎을 탁 하고 칠 때 흥분하게 마련이다.

나는 이런 창작 과정의 숨 가쁜 순간을 '클릭할 때'라는 한 편의 글에 담았다.

■ 예문 ■

책상머리에 앉아 노트북을 연다. 엄숙한 순간, 마중물이 뿜어 나오고 나는 가슴 펄럭이는 한 마리 작은 새가 된다. 짧지만 예리한 부리로 자판을 쫀다. 또 쫀다. 자간으로, 행간으로 한 솔기 바람이 들어와 틈을 내가며 전후좌우로 줄을 세워놓는다. 행들이 돌기처럼 늘어서면서 정직하고 날렵하게 연을 짓는다. 바야흐로 연이 우거진다. 행을 따라 물이 흐르다 연으로 흘러 건천으로 넘치는 상념들이 급물살을 이뤄 그예 망망대해로 나아간다. 상선약수上善若水다.

때를 기다려 나는, 내 시의 마지막 동사의 종결어미 혹은 툭툭 끊어 내던진 명사형에 마침표를 찍는다. 혹여 연결어미가 붙거져 나올 때 거기에도 마침표를 찍어 버린다. 과감한 미완의 마침표다. 자판 위를 팔딱거리던 고단한 손놀림이 뚝 멎는다. 팽팽하던 팔뚝의 당김이 손끝으로 내리며 느슨하게 이완된다. 가을을 깊이 받아들인 들숨이 날숨을 힘껏 내뱉을 때, 허공에 파장이 일고 앞마당의 감잎 한둘 팔랑대며 간당간당 진다. 기대어 오는 낙엽의 기척에 바위가 눈 한 번 크게 떴다 감는다. 우주로의 번짐이다.

눈을 감는다. 클릭한다.

급기야 출산했다. 핏덩이, 탯줄을 끊고 배냇냄새 진동하는 무르고 부드러운 한 편의 시가 세상에 나왔다. 아뿔싸, 고고의 성이 없다.

- 졸작 「클릭할 때」 중

너무 거창한 제목은 속이 텅 비어 수필을 공허하게 하기 쉽다. 호기심을 자극하는 것도 나쁘지 않을 성싶긴 해도 거기에는 과장이 따르니 결국 부질없는 노릇이 되고 나면 허망하다. 제목을 굳이 먼저 붙이려고 버둥댈 것은 없다. 쓰다 보면 떠오르거나, 내용 속에서 제목을 찾게 되기도 하기 때문이다. 제목을 먼저 단다고 정해진 원칙은 없다. 선후가 정해진 것이 아니다. 작품 속에서 제목이 나오는 경우는 주제까지 함축할 수 있는 이점이 있다. 가급적이면 독자들 기억에 오래 남을, 그런 상징적이고 인상적인 제목이면 금상첨화다.

다음 글에서 제목의 비중이 어떠한가를 느껴 보기로 하자.

■ 예문 ■

흰 수염을 쓰다듬으며,

노인이 껄껄거리며 웃는다.

이 시구에 '노인'이라는 제목을 달게 되면 그것은 노인의 모습을 노래하는 것이 됩니다. 하지만 '옥수수'라는 제목을 붙이면, 이미 껄껄거리고 웃는 노인은 옥수수로 화하여 흰 수염은 노인의 수염이라기보다 옥수수의 은빛 수염으로 바뀌게 됩니다. 그러나 만일 '수도꼭지'라는 제목을 붙이면 노인의 모습은 보다 환상적인 것이 됩니다. 흰 수염은 수도꼭지에서 쏟아지는 흰 물줄기로 변하고, 껄껄거리며 웃는 노인의 모습은 물을 콸콸 뿜어내는 수도꼭지의 상태를 상징하여 유쾌하고도 유머러스한 기분이나 감정 상태조차 표현하게 됩니다.

- 박목월의「제목」중

다음과 같이 제목의 유형을 생각해 볼 수 있다.

① 주제를 집약한 것 ② 화제토픽를 내세운 것 ③ 중심인물을 가리키는 것 ④ 본문 중의 핵심 내용을 집어낸 것 ⑤ 작품 속의 인상적인 것을 들어낸 것 ⑥ 상징적인 것 ⑦ 글의 정조情調, 분위기를 나타낸 것

제목을 붙일 때, 좋은 제목에 집착한 나머지 혹은 궁여지책으로 내용과 동떨어진 것으로 하는 경우는 절대 피해야 하며, 너무 평범하면 주목을

끌지 못하므로 가급적 특색 있는 것이라야 좋다.

퍽 인상적인 제목의 수필 한 편을 소개하기로 한다. 제목이 본문의 끝부분에 나와 있으며 비교적 길게 붙인 경우다.

■ 예문 ■

진정 할 수만 있다면, 지금 당장 숨통 터지는 이 도시를 떠나고 싶다. 새의 날개라도 달고 미련 없이 훨훨 날아가고 싶다.

교통이 좀 불편하면 어떠랴. 버스가 하루 걸려 1회 왕복한다고 해도 좋다. 시장이 20마장쯤 되어도 좋고 큰 비가 오면 옴짝 못하는 그러한 외진 곳이라도 상관없다.

창문을 열지 않아도 청풍명월淸風明月이 절로 들고 울타리가 없어도 마음 푹 놓고 살 수 있는 곳이면 된다. 그리고 마을 뒤로는 천년 비경千年秘境이 깃든 울울창창한 숲과 산이 있고, 언제나 보고 또 보아도 질리지 않는 기암괴석奇巖怪石이 그림처럼 펼쳐 있었으면 좋겠다. 거기에 마을길 옆으로 사시사철 마르지 않는 시냇물이 줄레줄레 흐르고 이곳저곳에서 멧새들의 합창까지 공짜로 들을 수 있다면 그 아니 좋겠는가.

그러나 이런 곳에서 나 혼자만의 외진 삶은 죽어도 싫다. 마을이 그리 크지도 작지도 않은 20여 호가 오순도순 살았으면 한다. 하찮은 된장찌개라도 서로 나누어 먹을 줄 아는 인색하지 않은 사람들이 서로 사랑하고 서로 돕는 그러한 이웃이 있었으면 좋겠다. (……)

뒤뜰에는 바가지로 떠 마실 수 있는 생수가 철철 넘쳐흐르고 그 하류에 그 물을 받아 연못을 만들고, 수련水蓮 덮인 호수에 어별魚鼈이 뛰논다면 이게 분명 선인의 삶이 아니고 무엇이겠는가.

밥상에는 언제나 신선한 산나물과 싱싱한 물고기가 오르고, 식사 후에는 과일즙과 따끈한 작설차를 마셨으면 한다.

옷은 회색 두루마기에 무명 바지저고리가 좋겠고, 하얀 버선발엔 만월표 흰 고무신을 신고 싶다. 여기에 낮에는 낚시를 드리우고 밤에는 책을 읽으며, 근심 걱정 모르고 아내와 내가 병 없이 곱게 늙어가는 행복까지 누린다면 더없는 정복이리라. 마을에는 나의 말벗이 될 수 있는 좋은 친구가 서너 명 있었으면 좋겠다. 그들은 바둑이 일 급쯤 되고 시작詩作도 문외한은 아니며 난蘭을 가꾸는 취미 또한 수준급이었으면 한다. 그리고 술도 적당히 마실 줄 알며 진한 농담 속에 해학이 절로 넘치는 재치 있는 친구도 끼었으면 더욱 좋겠다.

가끔 먼 곳에서 심심찮게 불원천리不遠千里 나를 찾아주는 문우들이 있었으면 좋겠다. 그들은 2,3일씩 묵어가면서 시도 짓고 고담준론도 펴면서 떠나갈 듯 웃음소리가 산골을 뒤집어 놓는 것도 좋으리라. 그리고 손수 가꾼 무공해 과일이며 산나물을 더북더북 싸 주는 재미까지 누린다면 그 아니 호강이랴.

세월이 흘러도 흐르는 것을 모르는 무진한 기쁨 속에 내가 좋아하는 취미생활을 하면서 욕심 없이 신선처럼 살고 싶다. 그리고 때로는 촛불을 밝혀 놓고 인생을 생각하고, 때로는 별빛 가득히 흐르는 산길을 거닐면서 음풍영월吟風詠月하고 싶다. 거기에 전설처럼 피어나는 그리움을 가슴에 안고 산다면 그 아니 즐겁겠는가.

- 정주환의「전설처럼 피어나는 그리움을 안고」

독자의 관심을 끌기 위해 내용과는 동떨어진 감각적이거나 대중영합주의적인 언어로 제목을 붙이는 경우가 있는데, 이는 빈축 받아 마땅하다. 이런 현상에 대해 차주환 교수는 다음과 같이 지적한다.

독자들의 관심을 불러일으켜, 출판의 활력소 구실을 하기도 한다. 그리고 이러한 추세는 얼마 동안 지나서, 다시 과거의 형태로 돌아갈 수도 있을 것이다. 말하자면 일시적 유행이며, '초가집' '난연기蘭緣記' 같은 짧은 제목과는 달리, '사랑을 줍는 사람들의 기침소리' '바람과 함께 살아온 세월' 따위로, 길게 붙인 제목들은 독자들을 지나치게 낮게 평가하는 태도여서, 이에 반발하는 사람들이 긴 제목에 부정적 견해를 나타내는 주장도 있다. 그리고 그런 수필집 제목은, 말장난같이 느껴지며, 지나치게 신경을 써서 그런 제목을 붙이는 일은 생각해 볼 문제이다.

제목에 대해 김열규 교수는 유명론唯名論, 실명론實名論, 허명론虛名論으로 분류하고, 다음과 같이 말한다.

지나치게 감각적·자극적인 제목, 감상주의적인 제목들은 대개가 실명론 내지 허명론의 소산이라고 보아도 무방할 것이다. 극단적인 경우, 감각적인 단어나 표현에만 집착한 결과 통사론적統辭論的으로 혹은 조어법상造語法上 무의미한 제목들도 적잖이 나돌고 있는 것이다.……아예 노골적으로 '제목으로 한몫 보자'는 소리가 들려오는 것들마저 없지 않고 보면, 수필의 제목이 이내 상업 광고의 문안이나, 정치적·사회적 표어와 다를 게 없는 것을 목격하게 된다.

제목이 상업주의와 무관치 않다는 것 그리고 독자층의 격이 낮아 저급화해 가고 있다는 사실에 주목하게 된다.

제목이 너무 구체적일 필요는 없다. 이를테면 '나는 오늘 하루가 무료했다'고 한다면, 암시성이 희박해 독자에게 읽히지 않는다. 자신의 하루를 환히 드러나게 설명해 버렸으니 굳이 읽으려 하겠는가. 차라리 '오늘 하루' 또는 '텅 빈 하루'라 하면 일단 눈길을 잡을 것이다.

'엎드려 고개 숙이면 더 많은 것이 보인다.' :

나는 '여행'이라는 스승을 통해, 삶에 대해 더 낮아질 것을 배운다. 엎드려 고개 숙이면 더 많이 보이는 것이다. 지독하게 여행을 떠나고 싶어질 때는 언제나, 더는 나를 낮추고 있지 않을 때였고, 스스로 그 직립直立이 필요한 때였고, 피로함으로 인해 아무것도 보지 못하고 있을 때였다. (오소희의 「바람이 우리를 데려다 주겠지」)

– 더 낮추어야 할 때, 좀 더 내려놓아야 할 때, 너무 지친 몸과 마음에 쉼이 필요할 때, 그때마다 저도 '스승'을 찾아 떠납니다.

그리하여 낮은 자리에서 더 높은 곳을 바라보고 더 많은 배움과 영감과 힘을 얻고 돌아옵니다.

그것이 놀랍고도 신비로운 여행의 힘, 좋은 스승의 힘입니다.

5. 결말은 영화의 라스트 신처럼

수필에서 결말은 서두만큼 작품의 성패를 좌우한다. 그만큼 깔끔한 마무리를 요구하는 것이 수필이다. 인간관계에서 첫인상이 중요한 것은 더 말할 것이 없다. 그러나 나중에 유야무야해 관계가 소원해지는 경우도 허다하다. 설령 만남이 이어지지 못하더라도 아름다운 마무리가 된다면 인생에 하나의 소중한 인연의 자취로 기억 속에 오래 남을 것이다. 한데 그 마무리가 아름답지 못할 때, 우리는 오랜 시간 동안 맺어 온 끈끈한 정을 일시에 떼어 놓고 돌아서면서 악연惡緣이라 말한다. 수필이라고 해서 악연에서 비켜갈 수만은 없을 것이나, 끝까지 선연善緣으로 갈 수 있는 아름다운 성정이 작품에 이슬처럼 스미면 얼마나 좋을 것인가.

영화의 라스트 신처럼 여운이 있어야 한다는 얘기다. 갱과 한 여인의 사랑 속에 엎치락뒤치락 얽히고설키면서 펼쳐지던 사건이 내리막에 이른다. 주인공이 총에 맞아 숨을 거두는 순간, 그가 여인과 함께 하려던 꿈이 산산 조각이 나고 은행을 턴 수백만 달러가 들어 있는 가방에서 지폐가 바람에 날려 허공에 낙엽처럼 흩어진다. 마지막 숨을 몰아쉬며 흩어지는 지폐를 바라보는 주인공의 눈에 고이던 눈물의 허망함. 아주 오래된 서부 영화, 제목이 '욕망의 결산'이던가. 마지막 장면이 지금도 잊히지 않고 떠오른다. 바람에 흩날려 산야에 뿌려지던 지폐의 난무, 순전히 그 장면이 반세기도 넘은 지금까지 뇌리에 각인돼 있는 것이다.

여운 있는 결말을 위해, 작품 전체의 내용을 압축 요약하거나 고도의 암시적 기법을 사용하기도 한다. 좋은 수필로 독자의 머릿속에 오래 남아 있게 되는 것이 바로 작품의 결말이다. 잘 당겨진 현악기의 줄 같아 톡 하고 건드리면 딩 하고 울대를 열어 놓고 운다. 그게 결말이 줄 수 있는 여운이다.

결말의 중요성을 강조한 글이 있다.

최후에 받은 인상은 기억에 남는다. 그 표현이 절실하면 할수록 그 여운이 가슴 깊이 스민다. 작은 일에서나, 큰일에 있어서나, 조금 차원을 달리해서 사람의 한평생에 있어서나, 끝맺은 최후의 잘 잘못이 그 일생의 성패를 말하는 것과 같이 글도 끝맺음은 어렵고 또 중요한 부분이다.

글의 서두가 그 글의 전체를 예측하게 하듯, 결미도 글의 전체에서의 비중이 크다. 맺음이 잘 정리되지 못했을 때 그 글의 공소空疎를 느낀다.

주제를 정해 설정된 사상을, 순서에 따라 서술하는 데, 문맥이 서로 뜻이 닿고 통일된 생각 · 사상에서 쓰였을 때, 무리 없이 맺음을 지을 수가 있다. 그러나 실감 없이 추상적 또 개념적으로 쓸 때는 그 맺음에 있어서도 여간 거북하지 않음을 본다.

수필이란 자체가 그런 것이지만, 너무 흥분한다든지 이론에 치우친다든지, 지나치게 냉랭하다든지 하면 흥미라 할까, 쓰고자 하는 것을 써서 실감을 갖추게 할 수가 없다. 흔히들 밀도 짙은 내용이란 말을 하는데 흥분 고조 또는 훈시적인 것이 짙은 밀도라고 볼 수 없다. 다시 말해서 이렇다는 식의 결론도 아니고 이러해야 된다는 교훈도 아니고, 이런 것이라는 탄식도 아닌, 은은한 가운데 뜻이 있고 끝이 뜻을 음미케 한다면 글 전체가 머리에 깊이 남는다. (……)

어느 분은 수필을 일컬어 여백의 예술이라고 했다. 이 여백미가 충분히 발휘되려면 결미의 처리가 훌륭해야 되는 것임은 두 말할 필요가 없다.

어떤 이들은 서두를 쓰기가 어렵다고 하지만, 나는 결미를 어떻게 쓸 것인가에 고심한다. 용을 다 그려놓고 마지막에 점[睛]을 찍는 일이 지난하듯이 한 편의 수필을 거의 써놓고도 결미 한 구절이 생각나지 않아서 며칠을 서랍 속에 묵혀두기도 한 경험이 없지 않다. 길을 걸어가거나 차를 탔을 때나 화장실에서도 내 생각은 거기에 가 있기가 십상이다. 그러다가 실로 번개처럼 붙잡히는 결구가 생각나서 멋지게 마무리를 하고 났을 때의 쾌감, 나는 이 쾌감을 맛보기 위해서 수필을 쓰는지도 모른다. (……)

수필에 있어서도 잡문과 문학이 대개 끝부분에서 갈음되는 것 같다. 생활과 신변적인 소재를 가지고 얘기를 전개한 수필도 마지막에 가서 하나의 사상이나 철학이 부여되어 작품으로서의 승화를 이루는 걸 흔치 않게 발견할 수 있다. (……)

어떤 땐 결미가 수월하게 써지기도 한다. 이런 경우는 서두나 전개에 애를 먹지 않고 술술 풀려나갔을 때 결미도 역시 끙끙대지 않고도 써진다.

내가 싫어하는 결미는 교훈 조나 당부하는 투의 글이다. (……)

설령 설교 냄새가 풍긴 수필을 썼을지라도 결미는 당부형을 지양하고 자기 자신도 아는 것이 적고 부족한 점이 한두 가지가 아닌 만큼 사실은 스스로에게 독백한 것이라는 등의 언사로 마무리를 짓는 게 무난한 수법이 아닌가 한다. 남을 욕하려는 의도로 쓴 글이라도 마지막엔 자기 자신에게 화살을 돌려 버리는 게 후회가 없을 것이다.

주어진 제목은 '결미'이지만 한 편의 글이 되려면, 그 나름의 기승전결이 있어야 한다. 처음부터 자신이 없는 걸 쓰자니까 결미가 신통치 못한 글이 되고 말았다. 그러나 이 글에서만은 끝이 마음에 안 들어도 끙끙대는 고역 은 면하고 싶을 따름이다.

– 박인구의 「여운을 남겨야만」 중

결말에는 몇 가지 방법이 있다.

1) 강한 여운을 주는 경우

•

■ 예문 ■

생장生長 과정도 특이해서 남다른 습속習俗을 지녔다. 제 힘으로 새끼를 치지 못하고, 남의 둥지에 알을 낳아 넣는 것부터가 그러하다. 그런 것만 이 아니고, 신세를 원수로 갚는 놈이다. 알 수 없는 것이 조물주의 조화인 데, 뻐꾸기가 바로 그런 놈이다. 남의 둥지-개개비의 집에 알을 낳아 넣으 면 개개비는 제 알보다도 큰 뻐꾸기 알을 함께 품는다. 뻐꾸기 알은 개개 비보다 먼저 깨어나고, 이때 희한하고도 기절초풍할 일이 벌어진다. 털도 나지 않은 놈이 움직이기 시작하여 필사적으로 개개비 알을 둥지 밖으로 밀어내, 천길 만길 아래로 밀어내뜨린다. 저를 품어 키우는 은인의 알을 하나도 남김없이 밀어내고, 그놈은 개개비의 품을 독점한다. 이런 광경을 TV 화면에서 지켜보면서, 배은망덕으로 생존을 잇게 한 신의 섭리가 알 수 없는 일이었다. 그런 놈의 울음이 사람의 심금을 사로잡는다.

너누룩하던 하늘이 또 가라앉았으며, 한 줄금의 빗줄기가 시원스레 스쳐 간다. 그쳤던 뻐꾸기 울음이 비 걷힌 녹음 속에서 다시 들려오고, 서울의 아침은 소음 속에서 시작이 된다. 녹음의 골짝에서 질펀하게 우는 뻐꾸기 울음을 깊은 산정山情에 안겨 듣고 싶다.

　　　　　　　　　　　　　　　　　　　　　　　　　- 윤모촌의 「서울 뻐꾸기」 중

그분에게서 조상의 뿌리를 느꼈다. 종손의 소임을 다한다고 이리 뛰고 저리 뛰는 모습에서 근본을 떠올렸다. "나도 이제 나이 먹어 언제 어떻게 될지 모르는 처지일세. 이 일이 종손으로서 해야 할 마지막 짐이라고 생각하네. 짐은 부려야지." 맞다. 여든의 연세이니 장수로 가는 길목이랄 수 있다. 저러다가도 언제 돌아가실지 누가 알까. 무엇이 집안의 저 형님을 움직이게 하는지 알 것 같다.

집안의 형제뻘 가운데 내가 버금 서열이다. 한데도 나는 그냥 앉아 있고 저분은 뛰고 있다. 이번 일만 하더라도 쉽게 되는 일이 아니다. 한 사람에게 30만 원씩 거두려면 다리품인들 왜 안 팔겠는가. 사람에 따라선 그 돈도 큰돈이라 이 핑계 저 핑계 받아내기가 어려울 것을 뻔히 안다. 또 이전처럼 한 동네에 모여 살지도 않는다. 시골에 시내에 먼 데 가까운 데 흩어져 있다. 그냥 앉아서 전화나 할 분이 아니다. 발로 뛰실 분이다.

거봉 포도 몇 알 입에 넣다 일어서신다. 할 말이 없다. 대문간에 배웅 나가 큰절하고 작별했다. 좌골신경통을 앓는다는 말을 들었다. 몹시 불편해 뵌다. 뒷모습이 쓸쓸하다.

　　　　　　　　　　　　　　　　　　　　　　　　　　　- 졸작 「종손」 중

마침 시간이 되었는지 부탁한 자동차가 왔기에, 나는 소녀와 작별하고 자동차에 올랐다. 가매못 옆을 지나면서 나는 어릴 적에 상여가 나갈 때 상두가를 구슬프게 불러서 길켠에 늘어선 구경꾼들까지 울게 하던 그 넉살 좋은 사나이와, 유달리도 꽹과리를 잘 치고 춤을 잘 추던 농악군 사나이를 생각하며, 흘러가 버린 그들이야말로 진짜 예술가인지도 모른다는 혼잣말을 뇌었다. 거리의 악사들-멀리 맑은 공기, 푸른 들판을 흔들어 주며 노파가 부르던 노랫소리가 들려오는 듯.

- 박경리의 「거리의 악사들」 중

요 몇 년 동안 우리 부자는 각각 타향에서 동분서주 해봤지만 집안은 갈수록 기울어 갔다. 젊었을 적에는 살림을 일으키려고 혼자 타관 하늘을 떠돌며 일도 많이 저지르셨지만, 노경에 들어 이렇게 참담하게 되실 줄이야 누가 알았으랴! 또 당신은 쓸쓸한 만년이 주는 괴로움을 어떻게 견디셨을까? 그래서 사소한 집안일에 지나친 분노를 토하시기도 하였다. 물론 나에게도 지난날처럼 인자하시기만 하진 않으셨다. 그러나 뵙지 못한 이 2년 동안 아버지께선 나의 지난 잘못은 모두 잊으시고 오히려 나와 내 아이들 걱정만 하셨다. 어느 날인가 나는 베이징에서 아버지의 편지를 받은 일이 있었다.

"늙은 몸이지만 그런 대로 지낸다. 다만 어깻죽지가 무거워 젓가락을 들거나 붓을 잡기가 불편하구나. 아마 갈 날이 멀지 않은 모양이다." 여기까지 읽었을 때 왈칵 솟는 나의 눈물방울엔, 마괘자에 그 쪽빛 두루마기를 입으신 아버지의 뒷모습이 굴절되고 있었다. 아, 다시 뵐 날은……

- 주자청의 「뒷모습」 중

*〈윤모촌의 「서울 뻐꾸기」 중 〉:
  '그쳤던 뻐꾸기 울음'과 소음 속에서 시작되는 서울의 아침을 대비시키면서 '녹음의 골짝에서 질펀하게 우는 뻐꾸기 울음을 깊은 산정山情에 안겨

듣고 싶다'고 함으로써 은연중 작자의 정서적 취향과 함께 여운을 담아내고 있다.

＊〈졸작「종손」중〉:

작별하면서 시선을 보내게 된 인물의 쓸쓸한 뒷모습을 통해 강한 여운을 이끌어내고 있다.

＊〈박경리의「거리의 약사들」중〉:

노파가 부르던 노랫소리가 들려오는 듯'이라는 직유를 통해, 그것도 '노랫소리'라는 청각적 매체를 통해 여운 효과를 극대화하고 있다.

＊〈주자청의「뒷모습」중〉:

마지막 문장 '아, 다시 뵐 날은…….' 생략부(말줄임표)를 사용해 함축과 생략으로 여운을 나타냈다.

2) 본문의 내용을 요약해 보이는 경우

■ 예문 ■

순정한 백 동백의 눈망울을 바라본다. 아름다움이 극에 이르면 눈물 나는가. 바라보아도 들여다보아도 눈은 지치지 않는데 눈물겹다. 너무 희어도 눈물 나는가. 이렇게 희고 고울 수 있는 맵시, 이렇게 여실히도 희게 순박할 수밖에 없는 신뢰 앞에 눈물 말고 무엇이 있을까.

내 눈 쏠림에 머쓱하지 않았는지 모르겠다. 동백을 보다, 그제야 나무를 들고 온 이 선생에게 눈을 보냈으니. 작년 정년퇴임한 그. 평교사로 꼿꼿이 자리를 지켜온 결곡한 사람. 관리직과 연이 닿지 않은 그가 겪어야 했던 심리적 갈등인들 오죽했을 것인가. 그러나 그는 평교사로 교직을 마감했다. 평생 국어에 매달렸던 치열한 선생인 것을 자신은 몰라도 그에게서 가르침을 받은 많은 제자들은 안다. 가까이서 그를 지켜본 나도 잘 안다. 정년은 아름다운 퇴장이었다. (……)

옮겨 심은 지 닷새. 볕 화사한 날 물을 흠뻑 준다. 새순이 가지를 내고 가지에서 잔가지를 내며 쑥쑥 자라기를 마음속으로 빈다.

내년 이맘때쯤 눈 속에 흰 꽃을 보게 됐으면 좋겠다. 눈 오는 날, 이 선생을 집으로 오라 해서 눈보다 더 흰 꽃을 함께 바라보며 차 한 잔 하리라. 교직에서 물러나 그새 살아온 얘기로 실마리를 풀어나가면 좋을 것이다.

이내 우리의 얘기는 무르익어 가리라. 살아가는 오늘의 얘기에서 또 점차 내일의 얘기로 대화의 외연을 확산하는 가운데 은연중, 우리네 삶의 무게도 달아 보면서.

- 졸작 「백 동백」 중

작품에 등장하는 '이 선생'과의 인연의 얘기를 요약하면서 '백 동백'이 꽃을 피우면 집에 오라 해서 그와 대화하리라는 의중을 자연스레 풀어나가고 있다. 본문 전체에 흐르고 있는 내용을 간략하게 간추림으로써 화소를 다시 한 번 환기했다. 소박하나 인상적인 결말이라 할 수 있을 것이다.

3) 암시적인 경우

■ 예문 ■

내가 상해에서 본 일이다.

늙은 거지 하나가 전장錢莊, 돈 바꾸는 집에 가서 떨리는 손으로 일원짜리 은전 한 닢을 내놓으면서,

"황송하지만 이 돈은 못 쓰는 것이나 아닌지 좀 보아 주십시오." 하고 그는 마치 선고를 기다리는 죄인과 같이 전장 사람의 입을 쳐다본다.

전장 주인은 거지를 물끄러미 내려다보다가 돈을 두들겨 보고 "하-오"좋소 하고 내어준다. 그는 "하-"라는 말에 기쁜 얼굴로 돈을 받아서 가슴 깊이 집어넣고 절을 몇 번이나 하며 간다. (……)

뒤를 흘끔흘끔 돌아다보며 얼마를 허덕이며 달아나더니 별안간 우뚝 선다. 서서 그 은전이 빠지지나 않았나 만져 보는 것이다. 거치른 손가락이 누더기 위로 그 돈을 쥘 때 그는 다시 웃는다. 그리고 또 얼마를 걸어가다가 어떤 골목 으슥한 곳으로 찾아 들어가더니, 벽돌담 밑에 쭈그리고 앉아서 돈을 손바닥에 놓고 들여다보고 있었다. 그가 어떻게 열중해 있었는지 내가 가까이 간 줄도 모르는 모양이었다.

"누가 그렇게 많이 도와줍디까?" 하고 나는 물었다. 그는 내 말소리에 움찔하면서 손을 가슴에 숨겼다. 그리고는 떨리는 다리로 일어서서 달아나려고 했다.

"염려 마십시오. 뺏어가지 않소." 하고 나는 그를 안심시키려고 하였다. 한참 머뭇거리다가 그는 나를 쳐다보고 이야기를 하였다.

"이것은 훔친 것이 아닙니다. 길에서 얻은 것도 아닙니다. 누가 저 같은 놈에게 일원짜릴 줍니까? 각전角錢 한 닢을 받아 본 적이 없습니다. 동전 한 닢 주시는 분도 백에 한 분이 쉽지 않습니다. 나는 한 푼 한 푼 얻은 돈에서 몇 닢씩을 모았습니다. 이렇게 모은 돈 마흔여덟 닢을 각전 닢과 바꾸었습니다. 이러기를 여섯 번을 하여 겨우 이 귀한 대양大洋 한 푼을 갖게 되었습니다. 이 돈을 얻느라고 여섯 달이 더 걸렸습니다."

그의 뺨에는 눈물이 흘렀다. 나는,

"왜 그렇게까지 애를 써서 그 돈을 만들었단 말이오? 그 돈으로 무엇을 하려오?" 하고 물었다. 그는 다시 머뭇거리다가 대답했다.

"이 돈, 한 개가 갖고 싶었습니다."

- 피천득의 「은전 한 닢」 중

설명하지 않는다. 시적 감동과 함께 독자의 마음을 오래도록 묶어 놓을 것이다. "이 돈, 한 개가 갖고 싶었습니다." 결말에 이르러 작가가 이 한 문장에 고심했음을 알 수 있겠다. 암시적인 결말에서는 작자와 독자 사이에 무언의 감정 수수授受가 일어난다. 그게 공감이다. 감동은 그것의 소리 없는 번짐, 확산이다.

■ 예문 ■

하도 비질을 해대 초록색 나일론 비 날이 사선으로 닳아 빳빳해졌다. 바닥에 달라붙은 보리수 열매를 쓰느라 팔에 잔뜩 힘이 들어간다. 짧아진 비 끝이 잎과 열매를 쓸어내려니 뒷감당이 어려운 지경이 됐다. 시멘트 바닥을 슬슬 쓰는 게 아니라 박박 긁는다. 그 소리가 이만저만 거친 게 아니다. 쓸다 보니 비도 모지라져 자극적인 소리를 낼 수밖에 없을 것이다. 비질하는 소리가 한참 떨어져 있는 동산 집에까지 들린다고 한다. (……)

아, 그렇구나. 운니지차雲泥之差, 천상과 지상의 차이, 붓과 비의 차이, 곧 추사와 나의 차이다. 추사 선생이 절해고도에 유배돼 바닷소리에 맺힌 한을 달래가며 미친 듯 붓을 휘둘렀으리라. 밤을 새워가며 팔이 팅팅 부어오르게. 쓰고 또 썼으리라. 하나 둘 셋…. 셀 수 없는 붓의 마모. 붓 하나를 내던질 때마다 한 획이 새겨지고, 다른 하나를 버릴 때 또 글자가 불끈 일어나곤 했으리라.

박박. 시멘트 바다 위를 비로 쓴다. 아무리 쓸어도 내 앞엔 한 획이 일어나지 않는다. 글자가 보이지 않는다. 누렇게 뜬 잎과 물러터진 열매만 구른다. 그래도 멈추지 않는다. 쓴다. 쓸고 또 쓴다.

물올랐다. 5월 한낮을 홰치는 장끼의 울음소리가 들린다. 등 뒤로 보리수나무에서 다시 잎 몇 개 간당간당 지고 있다.

– 졸작 「몽당비」 중

위 작품 역시 마지막 문장에 여운의 힘이 실려 있다. 화자 자신을 검속하는 일인가. '몽당비'로 잎과 열매를 쓰는 일은 이후도 계속될 것이다.

4) 꽁트 형식인 경우

■ 예문 ■

내가 H부인을 알고 지내겐 된 것은 햇수로 따지자면 금년이 28년이나 된다. 정확히 말하자면 27년하고 곧 3개월이다.

처음 H부인을 대했을 때, 봉오리 진 동백꽃이 막 피어나는 듯한 그러한 아기자기한 아름다움이라곤 한 군데도 찾아볼 수 없었다. 그렇지만 다래꽃마냥 그렇게 소박하고, 온돌마냥 은근한 모습에서 되레 마음 댕기는 어떤 호기심 같은 것을 느꼈다.

H부인의 고백에 따르면 그것이 그럴 수밖에 없었던 연유를 얼른 깨달을 수가 있다.

그러니까 H부인이 시골에서 자란 탓도 있겠지만, 그보다는 부인의 부친께서는 지나칠 정도로 봉건적이었다. 부인의 부친은 항상 자녀들에게,

"남녀는 한데 섞여 놀지 말고, 횃대에 함께 옷을 걸지 않으며, 수건과 빗을 함께 쓰지 않으며, 문 밖의 이야기를 문 안으로 들이지 않도록 한다."는 등 아주 까다롭고 엄격하게 가르쳐 왔다. 만약 그것을 어겼을 때는 온 집안이 벌집을 쑤셔 놓은 것처럼 살벌했다는 것으로 보아 얼마나 엄격한 가정이었는가를 알 수가 있다.

그러니 졸랑거리며 마을길을 쏘다닌다는 것은 상상할 수도 없는 일이었고, 마음 놓고 동네 우물가에 퍼드러지게 앉아 이야기 한 번 제대로 못해 보고 자랐다는 것이다. 친구네 집에 놀러 가려고 해도 꼭 허가를 얻어내야 했기 때문에 찾아오는 친구가 드물었다.

그래서 그런지 부인의 성격은 활달하지 못했고, 대인 관계 또한 서글서글한 편이 아니다. 그 흔해 빠진 계모임이나 동창회니 하는 것 등 밖에 다니기를 꺼려하는 것만 보아도 그녀가 어떠한 성품인가를 쉽사리 알아차릴 수가 있다.

한번은 처녀 시절, 친구와 함께 건넛마을에 심파이 구경을 갔다가 아버지의 눈에 띄어 얼마나 호되게 야단맞았는지, 그 뒤부터는 아예 문 밖을 나갈 생각을 하지 않았다는 것이다. (……)

H부인은 50을 바라보는 나이지만 남편의 큰소리에도 지금껏 말대꾸 한 번 하지 못했다. 부인의 말에 따르면 혹시라도 말대답을 하고 싶어도 자식들의 교육상 참기도 하지만, 그보다는 이로 인해 버릇이 들면 어쩌나 하는 마음에서 속으로라도 욕질 한 번 해본 적이 없다는 것이다. 비록 솜털같이 작은 일이라도 반드시 남편의 뜻에 따라 일을 처리해 왔다는 것이다. 사소한 것이라도 남편을 속이다 보면 방자한 마음이 들게 되고, 그렇게 되면 나중에는 남편을 업신여기는 마음이 생기게 된다는 것이다. (……)

이렇듯 H부인은 매사에 만족하였고 긍정적이었다. 그런데 어느 날 갑자기 나에게 다가서더니 뜻하지 않게 긴 한숨을 내쉬는 것이었다. 그러면서 헛살아온 게 아니냐고 되묻는 것이었다. 부인의 말인즉, 지금까지 고생도 모르고 그저 일 귀신이 되어 살아왔는데 생각해 보니 남편한테 죄만 진 것 같다는 것이었다. 다른 부인처럼 똑똑하고 잘났다면 복부인이 되어 남편을 크게 도왔을 터인데, 모아 놓은 재산이 없으니 어쩐지 부인 자신의 잘못인 것 같은 생각이 든다는 것이다. 그러면서 부인은 시기 질투하지 않고 남편 받들기를 손님 모시듯 집안을 화평하게 하는 것만이 여자의 도리인 줄 알았는데 그게 아닌 것 같다는 것이다.

나는 H부인의 말을 들으면서,

"부인의 남편이야말로 참으로 세상을 헛살아온 헛개비요, 당신은 이 세상에 가장 소중한 보배스러운 아내요." 하고 중얼거렸다.

그 시원한 눈망울에 향그러운 그 옛날의 모습을 찾아볼 수 없는 H부인은 이 세상에서 나와 가장 가깝게 지냈다. 그녀는 나의 아내이기 때문에.

— 정주환의 「H부인」 전문

마지막 문장 "그녀는 나의 아내이기 때문에."가 극적인 결말로 꽁트에서 사용하는 기법이다.

■ 예문 ■

애의 얼굴이 달빛에 사뭇 애처롭다.

"저어기, 카시오페아는 보이는데…."

한겨울 북두칠성은 서편으로 돌아누워 달이 오가는 길목을 지키다 그만 달빛에 숨어 버린 걸까. 밤하늘의 별을 볼 때면 으레 눈이 가는 북두칠성이 눈 안에 들지 않는다. 별 이야기를 잘 꺼낸 걸까. 내 의중을 헤아린다는 듯 작은애가 내 손을 끌어당기고 있다. 그만 집에 가자함이다.

귀로에 섰다.

한길 가, 공중전화 부스 바로 뒤편에 있는 담뱃가게 방문이 반쯤 열려 있고, 그 아랫목에 머리가 허옇게 센 노파 한 분이 앉아 있다. 윗목엔 갖가지 담배들이 금세 무너져 내릴 듯이 우중충하게 쌓였다. 내 시선이 방안을 기웃거리자, 노파의 눈이 번쩍 빛을 낸다. 담배를 찾는 손님이라는 낌새로 알았던 걸까. 산책길에 늘 보아 온, 구순九旬이 한창일 것 같은 연치에 늘 혼자서 방을 지키고 있는 분이다.

나는 작은애에게 눈짓을 보냈다. 그애의 시선이 노파의 방안을 한 차례 훑고 나오는 눈치다. 한 사람의 말년이 저토록 치열할 수 있다는 것은 그것만으로도 충분히 숭고할 수 있을 것이다. (……)

"아버지, 실은 오늘 형진이네 집엘 다녀왔습니다."

달빛을 받아서일까. 그애의 목소리가 참 결이 곱다.

"집안이 엉망이더군요. 정원엔 나무들도 여러 그루 잘려 있었고, 잡동사니처럼 이런저런 것들이 다들 흐트러져 있었습니다. 식구 한 사람도 만나지 못한 채 그냥 돌아왔습니다. 들고 간 국화꽃다발만 툇마루에 얹어 놓고는…. 형진이가 그 집에 없다는, 그리고 제 집인데도 다시는 그곳에 올 수 없다는 그 사실이 무척 마음 상하게 했습니다."

"꽃을 갖고 간 건 참 잘한 일이다. 식구 중 누군가가 꽃의 임자를 알아차릴 것이야. 그렇게 하나씩 정리해라, 어차피 잊어야 할 아이다. 노력해야 한다."

"……."

느린 걸음인데도 우린 벌써 집에 와 있다. 마당의 돌 탁자에 마주 앉았다.

"아버지, 달이 좋은데 차 한 잔 어때요?"

"그럴까. 녹차가 좋을 것 같구나."

작은애가 차를 달여 왔다. 이번엔 말을 아끼고 있었다. 아들이 다시 부엌에 갔다 오는 모양이다. 찻잔에다 뜨뜻미지근한 물을 다시 부어 재탕하려는 것이다. 녹차는 재탕이 제 맛이라 하나, 나는 아직 녹차의 그 재탕 맛을 음미하지 못한다. 하지만 여느 때의 그것과는 다른 향과 맛을 우려내는 듯했다. 찻잔에 달빛이 스몄을 것이다. 작은애가 이를 드러내어 웃는다. 윗니 중에 두 개가 유난히 반듯하고 희다.

"아버지, 아까 담배 가게 할머니 말입니다. 그분 연세가 어떻게 됐을까요."

"글쎄다. 아마 아흔을 넘어 망백望百일 거야."

"예? 대단한 분이군요. 혼자서 노후를 추스르는 모습이…."

"……."

작은애에게 그렇게 친했던 친구 형진이. 그러나 그의 죽음의 논리만은 내 작은애에게 전혀 설득력을 잃고 있었다.

- 졸작 「달밤이 주는 것」 중

수필에 소설적 요소-서사적 문체를 도입하면서, 꽁트 형식으로 결말을 맺고 있다.

❦ 수필카페19

'여호와의 증인' 신도 부부, 수혈 수술을 거부해 심장병을 앓던 영아가 생후 1개월 만에 숨겼다. 종교적 신념을 앞세워 위독한 자녀의 시급한 치료를 막아 사망토록 방치한 것.

"딸을 살리고 싶지만 남의 피를 받게 할 순 없다."

"수혈 없이 수술해 달라."고 요구.

여호와의 증인은 '피를 먹지 말라.'고 강조한 구약성경 (레위기 17장 10~14절)을 자의적으로 해석, 수혈을 터부시한다.

- 병원에서 이 씨 부부를 상대로 법원에 '진료업무 방해 금지 가처분 신청'을 냈다.

이틀 뒤, 법원 판결이 나왔다.

"딸의 생명 유지를 위해 필수적인 수술을 친권자들이 거부하는 것은 부당하다."

"법원은 수술을 시행할 수 있다."고 판시.

서울대학병원으로 옮겼다. 그러나 일주일을 못 채우고 숨겼다.

---

6. 수필의 다양한 시도

과거에 수필은 형식이 없는 문학이라거나 혹자는 나름대로 형식이 있는 문학이라 말해 왔다. 또 피천득의 「수필」을 우리 수필 이론의 전범으로 삼는다. 그러나 이젠 변해야 한다. 우리 수필이 세계 속으로 들어가 소통하면서 세계문학 속의 한국문학으로 그 존재감을 나타낼 수 있어야 한다. 과거도 존중돼야 하지만, 기존에 대한 비판과 강한 부정정신 없이 새로운 문학의 창조는 없다.

우리 수필의 당면 과제가 바로 이것이다. 있는 사실을 '붓 가는 대로' 써놓으면 기록이나 잡문에 지나지 않는다. 새로운 가능성에 도전해야 한다. 현대문학 100년사에 한국의 수필이 이것이다 하고 내놓을 역작이 없음을 부끄러워해야만 한다. 시도하고 실험하면서 도전하지 않으면 안된다. 다양한 시도 없이 수필문학의 미래 또한 암담할 뿐이다.

1) 21세기의 수필은 퓨전수필이다.

수필은 산문 양식으로 다른 장르의 다양한 요소를 절충할 수 있는 최고의 장점을 지니고 있다. 구미를 돋아 주는 비빔밥 같은 퓨전음식이 있듯이 수필도 시적인 수필, 소설적인 수필, 희곡적인 수필로 거듭날 수 있어야 한다. 이른바 '퓨전수필'이다. 수필에서 허구를 허용할 수 없다고 하지만, 필요할 때는 허구적 상상에 대해 관대할 수 있도록 오래 채워둔 빗장을 슬슬 풀어 놓을 때가 아닌가 한다.

2) 장르의 벽을 허물고 있는 시수필

수필에도 상상력이 필요하다. 메타포는 시의 전유물이 아니다. 오늘의 수필은 종전의 수필과 달라야 한다. 수필에도 시적 메타포가 있어야 한다. 수필은 단순히 설명하는 문학이 아니다. 언어로 그림을 그리 듯이 미적 가공이라는 여과 과정을 거쳐 완성되는, 형상화를 필수 요건으로 하는 문학이다. 수필에 시적 서정성을 가미함으로써 메마른 수필을 풀이 질펀하게 무성한 초원으로 만들어야 한다.

3) 시대에 맞는 수필로 거듭 나야 한다

시대에 맞는 글을 써야 한다. 장르 이기주의에서 한 발짝 나아가 장르의 벽을 허물 수 있어야 한다. '시와 같은 수필'이란 말은 무엇을 의미하는가. 수필도 압축하고 함축하고 생략하고 암시해야 한다는 변화를 염두에 둔 화두에 다름 아니다. 수필도 생략할 것은 생략하고 필요 없는 군더더기를 빼고 더 이상 늘어놓아 부연 설명하지 말아야 한다. 구태의연한 이론의 속박에 갇힌 나머지 개미 쳇바퀴 돌듯 제자리를 맴돌아서는 안된다. 수필이 미래의 문학으로 변신할 필요가 있다.

4) 분량에 구애 받지 말고 써야 한다

지금에 수필을 분량으로 재단하는 것은 가당치 않다. 10매 내외일 수도 있고, 15~20매여도 상관없다. 중편도 장편도 가능하다. 완고한 사고에서 자유로워야 할 때다. 다른 장르를 통합하는 수필적 기반에 편협하게 분량이 문제 될 수는 없다.

문제는 작품에 작자의 혼이 담겨 있느냐다. 5매, 7매 수필 또 작금에 이르면서 그보다 훨씬 짧은 2.5매의 아포리즘 수필이 시도되고 있다. 짧다고 쉽게 써지지 않는 게 수필이다. 오히려 짧게 쓰려면 언어가 긴장되면서 더 어렵다. 그만큼 함축해야 하기 때문이다.

짧은 것을 선호하는 신세대의 취향도 외면할 것이 아니다. 어떤 면에서는 그들을 수필문학의 테두리 안으로 불러들여야 한다. 그들더러 수필을 쓰라는 게 아니라, '이 시대를 읽은 글'이니 일단 읽으라는 것이다. 문학의 확산에도 젊은 피의 수혈이 필요하다. 그들의 들숨 날숨과 심장의 박동에 수필가들이 귀를 기울여 보아야 한다. 작품의 길이 따위 지엽말단의 것에 머뭇거려서는 안된다. 독자를 향해 문을 확 열어 놓을 일이다.

✤ 수필카페20

'당신은 미쳐야 합니다.' :

당신은 미쳐야 합니다. 미치려면 이유가 있어야 합니다. '미쳤다'라고 말할 때도 분명 이유가 있어야 합니다. 이것은 정신병이 들었다는 말이 아니라, 자기가 옳다고 하는 일에 몰입하는 것을 말합니다. 이것밖에 다른 길이 없다고 생각하고 자신의 생명을 거는 것을 말합니다. 가슴에 있는 불을 아무도 끌 수 없는 사람이 된다는 것을 말합니다. (옥찬흠의 「狂人」)

- 당신은 미쳐야 합니다.

좋은 일에 제대로 미쳐야 합니다.

아무나 미친 사람이 될 수 없습니다. 꿈이 있는 사람, 그 너머에 꿈이 있는 사람, 그걸 생각하면 가슴이 뛰는 사람만이 미칠 수 있습니다.

미친 사람만이 새 길을 낼 수 있습니다. 좋은 길을 낼 수 있습니다.

제4장

수필로 가는 길

욕심을 내세운다고 되지 않는 게 글이다.
아무리 글을 잘 쓰는 명문장가라도
처음부터 좋은 문장을 쓴 것이 아니다.
정상 정복은 산정을 향해 한 걸음 두 걸음 부단히 내딛은
인내와 고통이 얻어낸 결과물이다.

제4장 수필로 가는 길

1. 수필 쓰기를 위한 삼다三多

1) 감나무 아래 누워 감이 떨어져 입안으로 굴러 들어오기를 기다려서는 안된다. 또 눈 감고 앉아 영감상. 想이 떠오르기만을 기다리는 일처럼 무모한 일은 없다. 수필을 쓰기 위해서는 소재와 만나야 하고 소재와 만나기 위해서는 소재의 현장에 발을 놓아 취재하지 않으면 안된다.

오일장에 가 토산물을 사 보아야 덤의 온기를 느끼게 되고, 푸성귀를 사 보아야 비로소 노년을 살고 있는 할머니 장터에 대해 쓸 수 있다. 소재는 머릿속 곳간에도 잔뜩 들어 있다. 끄집어 내 햇볕을 쬐어야 한다. 사유해야 한다는 얘기다. 생각의 실마리로 끌어내지 않으면 머릿속에서 곰팡이가 슬고 말 것이다. 깊은 사유가 수필의 탄탄한 기반이 돼 줌은 물론이다.

그러려면 책을 읽어야 한다. 책이 스승이다. 책 속에 길이 있다고 했다. 로마 황제 아우구스티누스는 여행을 하는 것은 책의 한 페이지를 넘기는 일이라 했다. 여행을 하지 않으면 꼼짝없이 그냥 한 페이지에 머물러 있는 것이 된다.

당송팔대가의 한 사람인 구양수歐陽脩는 좋은 글을 쓰기 위한 길잡이로 '삼다三多'를 말했다. '다문 다독 다상량多聞 多讀 多商量'이라 한 것인데 지금에는 '다독 다작 다상량多讀 多作 多商量'으로 말한다.

'많이 생각하기' 위해서 또 '많이 쓰기' 위해서는 먼저 '많이 읽어야' 한다는 것을 언외로 얘기한 것이다. 구양수는 어지간도 않은 독서광이었던 모양이다. 이른바 '삼상지학三上之學'을 말한 것을 보면 알 만하다.

책을 읽거나 생각하기 좋은 배움의 세 장소를 들었다. '馬上之學'마상지학 : 말을 타고 갈 때, 枕上之學침상지학 : 잠자리에 들었을 때, 厠上之學측상지학 : 화장실에 있을 때이다. 한마디로 항상 책읽기[多讀]를 게을리 하지 말라는 가르침이다.

2) 좋은 수필을 쓰려면, 먼저 남의 좋은 글을 읽어야 한다. 독서를 일컬어 고기가 물을 만난 격이요, 초목이 봄을 만난 격이라 한다.

깊은 인상을 주는 글, 맛깔 나는 글은 일단 좋은 글이다. '독서백편의자현讀書百遍義自現'이라 했다. 그런 글을 읽고 또 읽다 보면 저절로 그 글을 감득하게 되고 나중에는 그 글의 묘미를 깨치게 된다. 그러고서 격물치지格物致知, 사물의 이치를 궁극에서 터득할 수 있어야 한다.

반드시 유명 작가의 글이 아니어도 상관없다. 그에 관계없이 가까이 좋아하는 작가가 쓴 글을 택하는 것도 한 방법이다. 자기가 좋다고 생각한 글이거든 몇 번이고 질리도록 읽고 또 읽는다. 이것도 권하고 싶은 효과적인 하나의 방법이다. 그렇지 않고서는 좋은 글을 쓰지 못한다. 왜냐하면, 독서의 첫 단계는 그 글을 따라가려는 노력이요 둘째 단계는 그 글을 정복하려는 노력이요, 셋째는 그 글을 버리고 앞서 가려는 노력인 까닭이다.

독서야말로 수필의 모태母胎다. 다독해야 한다. 무진장의 글감, 다양한 소재가 책 안에 들어 있다. 영양가 있는 글감을 독서를 통해 얻어내야 한다. 글쓰기의 광맥이 바로 책 안에 무진장 묻혀 있다.

근래에 독서법을 모르고 욕심만 부려서, 여러 가지 글, 새로운 글을 빨리 많이만 읽으려 든다. 이것은 바둑을 두는 사람이 한 단씩 한 단씩 윗단과 대결해서 실력을 올려 가지 않고, 여러 사람하고 많이만 두는 복덕방 할아버지의 바둑과 같아서 생전 두어야 그 바둑이다. 우리나라에서 옛날의 한문장漢文章의 대가로 역사에 전하는 분들이 나는 결코 출중한 천재들이었다고 생각하지 않는다. 오직 노력과 공부로 그만큼이라도 성가成家한 분들이라고 본다. 그들은 또 글을 몇 번씩이나 읽었다. 옛 기록에서 참고해 보기로 하자.

개 머루 먹듯 두세 번 읽고 딴 글로 옮기는 요새 사람들과는 엄청난 대조가 될 것이다. 김일손은 한퇴지韓退之의 글을 천 번, 윤 결은 맹자를 천 번, 노소제는 논어를 이천 번, 임백호는 중용을 팔백 번, 최간이는 한서 중에서 항적전만 만 독, 유어우는 유종원의 글을 천 독 그리고 김득신이란 문장가는 원래 둔재였다고 억만재라고 했다. 백이란 요새 활자로 하면 한 페이지 정도가 아닐까 한다. 자기가 따라가지 못하는 좋은 글이면 평생을 두고 읽어도 다하지 않는다.

한 가지 필요한 것은 독서에는 평안評眼이 따라야 한다. 아무리 훌륭한 글이라도 만고 최고의 수준이 아닐진대 그 이유로서 어디가 결함이나 부족이나 저급한 데가 있게 마련이다. 이것을 찾아내는 것은 자기의 중대한 발견이요, 실력의 높은 약진이다. 하여간 글을 읽지 않고 글을 쓰려는 것은 밑천 없이 장사하려는 것과 같다.

– 윤오영

독서 습관을 몸에 배게 하는 것이 무엇보다 중요하다. 그게 곧 수필로 가는 첩경이다.

어떤 책을 읽을 것인가. 책의 선택에도 고심해야 한다. 윤오영은 몇 가지 조건을 제시한다. 글을 읽고 나서 이 글이 과연 내게 어떤 감동을 주었나, 인간과 인생 문제에 대한 어떤 성찰의 계기가 됐나를 생각해 보고 뚜렷한 것이 없으면 그 책은 읽지 말라고 한다.

아무튼 독서는 수필 쓰기의 에너지원源이다. 글을 읽지 않고 좋은 글을 쓰고자 하는 사람이 있다면, 자본 없이 큰돈을 벌려는 사람의 얄팍한 상혼과 바를 바 없다.

구양수의 삼다 가운데서도 최선의 방책이 많이 읽는 것이다. 수필 쓰기, 독서에서 그 답을 찾아야 한다.

3) 다작多作은 수필 창작을 위한 실기 연습, 그러니까 습작 과정이다. 좋은 수필을 쓰려면 당연히 써 보아야만 한다.

쉽게 써지지 않는 게 글이다. 써지지 않는다고 써질 때를 기다리기만 하면 글은 점점 더 멀리 달아나 버린다. 천릿길도 한 걸음부터. 처음부터 우뚝 서려 서두르지 말 일이다. 한 걸음에 명문가의 문장에 도달하려 하지 말고, 한 편 한 편 끊임없이 써 나아가야 한다.

써놓고 며칠 뒤에 꺼내 보면, 도대체 이게 글인가 하고 실소하게 된다. 바로 그것이다. 그새 자신에게 찾아 온 변화다. 머잖아 글을 쓰는 즐거움에 푹 빠지게 될 좋은 전조임을 알아야 한다. 누구나 처음 글을 쓸 때 경험하는 일이다.

욕심을 내세운다고 되지 않는 게 글이다. 아무리 글을 잘 쓰는 명문장가라도 처음부터 좋은 문장을 쓴 것이 아니다. 정상 정복은 산정山頂을 향해 한 걸음 두 걸음 부단히 내딛은 인내와 고통이 얻어낸 결과물이다. 이전에는 원고지 파지가 방바닥에 어질러지게 썼지만 요즘엔 컴퓨터 앞에 앉아 워드프로세서로 하면 된다. 글쓰기 작업 자체가 그만큼 용이하고 깔끔해졌지 않은가.

몇 년의 습작이라는 치열한 내공을 거쳐 등단하는 기쁨을 누리게 되고 그런 다음엔 작가라는 타이틀, 그 책무감에서 글을 쓰게 된다. 더 좋게 쓰기 위해 의식이 눈을 뜨고 영혼이 깨어나야 한다. 그 뒤로 수백 편 수천 편의 수필을 쓰게 되리라. 그중 단 한 편, 대표작으로 세상에 내 놓을 수 있다면 얼마나 좋으랴.

이름 석 자를 달기 위해 쓰는 것이 글 아닌가. 계속해서 써야 하는 이유가 바로 거기에 있다.

4) 다상량多商量, 많이 생각해야 한다. 문학에서 '생각'은 곧 '상상', 상상력이 구축해 놓은 구조물이 문학이다. 문학은 상상력의 소산이라 해도 과언이 아니다. 눈앞의 사물에서 어떤 새로운 의미를 발견해내는 것만을 상상이라 하지 않는다. 전혀 다른 사물, 존재, 현상에서 하나의 연상 작용을 통해 존재론적 상관성을 읽어 내는 데 상상의 요체가 있다.

■ 예문 ■

나무에 아주 친구가 없는 것은 아니다. 달이 있고, 바람이 있고, 새가 있다. 달은 때를 어기지 아니하고 찾고 고독한 여름밤을 같이 지내고 가는 의리 있고 다정한 친구다. 웃을 뿐 말이 없으나 이심전심 의사가 잘 소통되고 아주 비위에 맞는 친구다. 바람은 달과 달라 아주 변덕 많고 수다스럽고 믿지 못할 친구다. 자기 마음에 내키는 때 찾아올 뿐만 아니라, 어떤 때는 쏘삭쏘삭 알랑대고, 어떤 때는 난데없이 휘갈기고, 또 어떤 때는 공연히 뒤틀려 우악스럽게 남의 팔다리에 생채기를 내놓고 달아난다. 새 역시 바람같이 믿지 못할 친구다. 역시 자기 마음 내키는 때 찾아오고 가기 마음 내키는 때 달아난다. 그러나 가다 말고 와 둥지를 틀고 지쳤을 때 찾아와 쉬며 푸념을 하는 것이 귀엽다.

– 이양하의 「나무」 중

작자 자신을 투영하면서도 자신의 모습을 글 속에 감춰 표면에 구체적으로 드러내 놓지 않고 있다. 대신 인간의 속성 혹은 유형을 '달, 바람, 새'라는 사물로 치환해 놓았다. 자연과의 합일로 주객일체의 경지를 이룬다. 수필에 있어 작자의 상상력이 차지하는 비중을 보여주고 있는 예라 하겠다. 상상력의 발휘 없이 미적 형상화는 가능하지 않는 것임을 실증해 보여 주고 있는 것이다.

좀 더 심도 있는 목소리에 귀를 기울여 보자.

상상력은 영감이나 직관처럼 우리의 체험을 새롭게 하고, 체험을 종합적으로 구성하여 현상에서 보지 못한 것을 새롭게 창조하거나 불완전한 것을 완전하게 하고, 신념을 갖게 하기 때문에, 예술 창작에 있어 상상력의 발현과 작품화는 창작자에게 아무리 강조해도 지나치지 않다.

이런 상상력 개발에 뒤처진 사람은 '작가'라고 부를 수 없다. 흔히 '상상' 또는 '상상력'이라면, 공상을 연상하지만, 여기서의 이 어휘는 보다 심원하고 진지하게 진실과 진리에 이르는 길을 말하고, 예술은 그에 의존해 명맥 유지가 가능하다.

달에도 지구처럼 생명체가 존재할 것이라는 상상 자체는 처음엔 한낱 무가치한 공상으로 여겼지만, 달을 정복할 수 있었던 단초端初는 상상력으로 볼 수 있다. 상상력이라는 가공할 위력을 이용해 인류가 만들어낸 새로운 역사는 무궁무진하다.(……)

영국의 시드니는 "신神은 무의 상태에서 세상을 창조했던 것처럼, 작가는 세상에 없는 형상들을 상상력을 통해 만들어내는 사람"이라고 주장했다. 이는 작가가 자연을 모방한다는 개념을 벗어나 자발적으로 창조의 동인動因임을 인정한 것으로 볼 수 있다.

직관이나 상상만큼 인간의 한계성을 극복하고, 인류를 도약시킨 방안은 있을 수 없다. 이는 신이 존재한다면, 인류에게 주는 계시이며 인간을 정지 상태나 더 나쁜 상황으로 전락하지 않게 하기 위한 귀띔이라고 볼 수도 있다.

– 윤재천의「수필론」중

상상력은 시간과 공간 속에서 무한히 확대된다. 문학은 확대된 상상력의 세계요 그 영토라고 할 수 있을 것이다. 그런데 그 영토는 상상력에 의해 새로이 지평이 열린다. 또 그 지평은 무궁무진이라 해도 지나치지 않다.

■ 예문 ■

높은 언덕에서 백마를 타고 온 騎士가 활을 쏜다. 살[矢]은 바람을 뚫고 시윗소리 내며 날아간다. 그러나 과녁이 없는 화살이라 허공을 쏘고 흘러가는 낭만의 화살이다.

높은 산에서 火田밭을 일구는 화전민들은 가끔 별똥을 씹으면 남쇠마냥 쫄깃쫄깃하다. 별똥을 먹으면 눈이 샛별같이 밝아진다. 이 말은 내가 엄마 무릎에서 들은 이야기다.

봄볕같이 따뜻하게 쌓인 湖水, 작은 돌섬에는 금발의 미녀가 앉아 일광욕을 하고 있다. 백옥같이 흰 그 살결 그리고 그 유방, 愁態에 잠긴 고요한 觀世音.

나는 일찍이 人魚의 전설로 아로새긴 한 개의 재떨이를 선사 받은 적이 있었다. 소라 껍질 위에 금발의 미녀가 앉아 있었다. 나체의 女像인데 하반부만은 비늘이 덮인 물고기였다. 인어가 사람을 보면 부끄러워서 물속으로 숨어 버리는 것은 나체가 부끄러운 것이 아니라 하반부가 물고기인 것이 부끄러운 것이다. 고요한 달밤이면 바위 위에 홀로 나와 月光에 몸을 잠그고 그 하반부의 아름다움을 슬퍼하는 것이다. (……)

푸른 하늘 은하수 돛대도 삿대도 없이 떠가는 하얀 쪽배. 구만리 구름 밖의 님을 찾아가는 외로운 길손. 짓궂은 기사의 화살이 이제 이 배를 쏜 것이다. 사랑의 원한? 질투의 화살? 검정 솔개 떼가 날개를 벌리고 뱃전으로 모여 든다. 험악한 공기, 잔디밭에서 야속한 심정, 안타까운 변명을 짜내야 하던 젊은 남녀는 이제 새털 같은 원망, 백짓장 같은 자존심을 버리고 포옹의 기회를 얻은 때다. 알고 보면 지극히 간단했다.

아청빛 하늘, 다시 갠 하늘이다. (……)

"계수나무로 돛을 달고 난초 잎으로 노를 저어 허공을 헤쳐가면 달빛을 거슬러 님의 나라 찾아간다." 이것은 天一方에서 님을 그리는 蘇東坡의 노래다. 나그네여! 고향이 어디기에 마냥 南天만 바라보는 명상이뇨? 구중궁궐의 그 님이라면 北天을 바라볼 일이요, 오색이 영롱한 扶桑의 그곳이라면 東天을 향할 것이다. 파초 잎 푸른 자락 밑에 마냥 울상에 잠기게 하는 고향의 그 님은 누구뇨.

나에게 만일 진정 사랑하는 님이 있다면 고요한 이 밤에 소리 없이 와 주는 그 여인이다. 님은 나를 찾아와서 마루 저쪽에 그림같이 앉아주면 된다. 나는 님을 맞아 뒷마루 이쪽에 돌부처처럼 앉아주마. 님은 뜰 앞 나무 밑에 고요히 서 있어도 좋다. 나는 님을 향해 여기에 마주 서 있으마. 그리고 우리 단둘이서 이 밤이 다하도록 서로 말이 없자.

– 윤오영의 「월화」

달빛 교교한 밤, 이리저리 뒤척이며 온갖 상상에 잠기고 있는 작자의 모습이 눈앞에 선하다. 허공을 향해 쏘아 올린 화살은 곧 작자 자신일지도 모른다. 상상이 무한 허공으로 그 외연을 넓히고 있지 않은가. 진정 고독의 경계에 들면 또 하나의 아름다운 세계에 몸을 놓게 되리라. 현실이 아닌, 몽환과도 같은 낭만적이고 감미로운 상상의 세계다.

수필에서 허구에 대한 논의를 상상과 결부 지으면 훨씬 유연해질 것이다. 상상력을 배제한 문학을 상상할 수 있을까. 수필 또한 예외가 아니다.

❀ 수필카페21

'사랑이란 무엇인가' :

남에게 자기 자신을 완전히 여는 것입니다. 외적 인물이 잘 나서 또는 장점이나 돈, 지위 때문에 사랑하는 것이 아니고, 그 사람이기 때문에 사랑하는 것입니다. 그 사람의 기쁨을 나눌 뿐 아니라 서러움, 번민, 고통을 함께 나눌 줄 아는 것, 잘못이나 단점까지 다 받아들일 줄 아는 것, 그의 마음의 어두움까지 받아들이고 끝내는 그 사람을 위해 목숨까지 바칠 수 있는 것이 참사랑입니다.

그래서 참사랑은 행복하지 않습니다.

남의 고통을 자기 것으로 삼을 만큼 함께 괴로워할 줄 아는 것이기 때문입니다. (김수환 추기경의 「바보가 바보들에게」 중)

---

2. 남의 글을 흉내 내면서 시작한다

매미 유충은 땅 속에서 2년 혹은 7년을 산다. 땅 위로 나와 껍질을 벗고 우화羽化하느라 천적의 눈을 피해 이른 아침 2시간에서 6시간이 소요된다고 한다. 매미라는 독립된 개체로 탄생하고 나서 고작 일주일이나 열흘을 살고 생을 마감한다. 그래서 한여름 땡볕 아래 울대를 열어 놓고 운다. 가만 생각하고 보면 눈물겨운 생애다. 또 눈물겨운 만큼 한 생이 치열하다. 짧지만 굵다.

여기서 주목해야 할 것이 있다. 그들에게 유충이 허물을 벗는 법을 가르쳐주는 아무도 없다는 사실이다. 산파나 산부인과의사 같은 협력자 없이 혼자의 힘으로 출산의 일을 시종 주관한다. 깔끔한 진행이고 완벽한 치다꺼리다. 생명 탄생의 그 성스러운 일을 손과 발이, 눈과 가슴이 한다. 땅 속에 지루하게 머무는 것, 조심스레 낯선 땅 위로 기어 나오는 것 그리고 껍질을 벗고 어미가 되는 것까지 모두 어린 생명이 선험적先驗的으로 해내는 것이다.

수필 쓰기를 매미 유충의 우화에서 한 수 배우면 어떨까. 한낱 곤충의 어린 시절의 고독은 얼마나 처절한가. 한데 우리에게는 가까이에 수많은 책들이 있지 않은가. 길은 거기에 있다. 책 속으로 들어가 이론을 학습하고 난 뒤 쓰고 다듬고 또 퇴고하면 된다.

청마 유치환은 "나는 쓰지 않고는 못 배긴다. 그래서 시를 쓴다."고 했다. 쓰려는 강한 욕구가 있다면 이미 절반은 수필의 길에 접어들었다 해도 될 것이다.

문제는 어떻게 시작하느냐다. 그렇다고 수필 쓰기에 처방전이 따로 있는 것이 아니다. 다만 쓰는 수밖에 별다른 비법이 없다는 뜻이다. 하지만 막연히 쓴다고 써지지 않는 게 글이다. 오스카 와일드는 "예술은 모방이 끝나는 곳에서 시작된다."고 했다.

이와 관련해 예를 하나 들어 보자.

■ 예문 ■

"내가 원중랑의 글을 읽은 뒤에 비로소 과거의 고전 문장이 오늘의 글이 될 수 없다는 것을 알았다. 과거의 고문을 다 털어 버렸다. 그 후 십 년 간 나는 공안파의 글이 아니면 읽지 않고, 공안파의 글이 아니면 쓰지 아니했다. 그러다가 담원춘의 글을 읽고 나서, 십 년 간 노심해서 쓴 내 글의 무가치함을 알고 다 불살라 버렸다. 그리고 나는 경릉파의 글만을 오직 해독하고, 경릉파의 글만을 써 왔다. 무릇 칠 년 간을 그렇게 해왔다. 그러나 나는 내 자의에서만 글을 쓰고 내가 창조한 글만이 내 법이 되었다. 지금 내 글은 오직 장대張垈의 글일 뿐이다."

- 윤오영의 「수필 입문」 중

"담원춘의 글을 읽고 나서, 십 년 간 노심해서 쓴 내 글의 무가치함을 알고 다 불살라 버렸다."라 한 대목을 황순원의 「독 짓는 늙은이」에 포개 보면 어떨까.

송 영감은 왜 다 된 독을 깨어 버렸는가.

'거기에는, 이번에 터져 나간 송 영감 자신의 독 조각들이 흩어져 있었다. 송 영감은 조용히 몸을 일으켜 단정히, 아주 단정히 무릎을 꿇고 앉았다. 이렇게 해서, 그 자신이 터져 나간 자기의 독 대신이라도 하려는 것처럼.'

인간의 본원적인 삶에의 집착이다. 그것은 투철한 예술혼, 곧 장인정신의 발현이 아닌가. 송 영감이 독을 깨듯, 때로는 이미 써 놓은 자신의 글도 찢거나 지워 버릴 수 있어야 한다.

우리 수필 1세대 작가인 윤오영 또한 자신의 글이 되기까지 얼마나 많은 모방을 했는가를 보면 알게 될 것이다. 모방의 결과는 명품이고 대작가였다.

수필집 몇 권을 앞에 놓고 자신의 정서나 취향에 맞는 책을 한두 권 고른다. 좋아하는 작가의 좋은 글들을 계속해서 읽는다. 두 번 혹은 세 번 읽다 보면 그 글에서 오는 감동이 머릿속을 점령하고 나중엔 가슴속으로 스며들어 정신을 흔들다 마침내 영혼을 적신다.

그 글처럼 쓰기 시작하는 것이다. 동화同化다. 남의 글을 모방한다고 생각하지 말고, 내 글을 쓰고 있다고 생각하면 된다. 이건 표절과 전혀 다르다. 동물의 세계에서 맹수들은 새끼들에게 사냥 기술을 배워준 뒤 어느 날 갑자기 모습을 감춰 버린다. 새끼들이 어미를 모방해 사냥 기술을 터득한 뒤다. 그러니까 새끼들을 독립시키려는 의도적 훈련법인 것이다.

수필을 쓰다 자문자답하게 된다. "내 수필이 달라졌나? 달라졌다. 느낌이 달라졌다." 쓰다 보면 어느 과정에 휠feel이 꽂힌다. 변화에 대한 직감이 있다. 그 자체가 감동이다. 그로부터 작품이 하루 다르게 변한다.

아리스토텔레스도 예술의 기원을 '자연모방설'로 설명했다. 산과 바다와 계곡과 숲, 예술은 자연의 천태만상과 신비함 그리고 무궁무진한 조화를 모방한 것이라는 얘기다.

소설을 공부한답시고 그에 관한 글을 발표(?)했던 것은 학부 1학년 말이었던 것으로 기억된다. 당시 도서관장으로 계셨던 이 박사님께 장용학의 「요한시집」을 읽고, 여러 날 그와 관련된 책을 뒤적거리며 쓴 글을 드리면서 어떻게 써야 좋은지를 여쭸다. 사실 그때 내가 쓴 글이란 것은 여러 저명한 분들의 글을 맘에 드는 부분만을 골라서 인용하고 내가 느낀 것을 섞어 적당히 우물쭈물 주물러 놓은 것으로 문학에 대한 열정(?)이 잘못 드러난 것이었다.

얼마쯤 뒤 나는 대학신문에서 나의 글을 읽게 되었다. 나는 깜짝 놀라 학보사로 갔더니 이 박사님의 추천으로 게재했다는 것이다. 순간 부끄럽고 창피하여 쥐구멍에라도 들어가고 싶은 지경이었다.

문학에 대한 글을 쓰기 시작한 것은 여기서부터 비롯되었다. 물론 그때나 지금이나 써 놓고 나면, 보여선 안될 속살을 내보인 것 같아서 부끄러울 뿐이지만, 그래도 그 버릇을 못 버리는 것은 어쩔 수 없는 일인가 보다.

- 김치홍

이처럼 모방은 수필 쓰기에만 적용되는 것은 아니고, 시나 소설 혹은 음악, 미술, 무용 같은 다른 예술에서도 습작기에 필수적으로 거쳐야 하는 예술가의 수련과정임을 보여 준 체험담이다.

시선詩仙 이백李白과 함께 한 시대를 풍미했던 시성詩聖 두보杜甫도 옛사람의 작품을 이어받아 그대로 습용襲用했다는 사실에 새삼 놀라게 된다.

> 음갱陰鏗의 시에, "큰 강은 고요하나 오히려 물결친다."라고 하였고, 杜詩
> 에는 "江流는 고요하나 오히려 솟구친다."라고 하였다. 鏗의 시에는 "엷은
> 구름은 바위 가에서 나오고 초승달은 물결 속에서 오른다."라 하였고, 杜詩
> 에는, "엷은 구름은 바위 사이에 잠자고, 져가는 달은 물결 속에서 흔들린
> 다."라고 하였다. 鏗의 시에는, "냇물 가운데서 뱃노래를 듣는다."라고 하였
> 고, 두시에는 "중류에서 뱃노래를 듣는다."라고 하였다. 鏗의 시에는, "구름
> 은 시내를 건너는 바람에 쫓아간다."라 하였고, 두시에는, "구름은 시내를
> 건너는 바람에 쫓아간다."라 하였다. 두보가 옛 사람의 작품을 습용襲用함이
> 이와 같았다.

예술은 모방에서 시작되는 것이고, 예술 감각은 모방에 의해 자극된다. 모방 아닌 예술은 없다고 했다.

글을 씀에 좋은 글을 흉내 내면서 쓰다 보면, 은연중에 자기 문장의 틀이 잡히는 것을 스스로 느껴 놀라게 된다. 개성이 돋보이는 문장을 쓰려면 이러한 학습 과정을 거치지 않으면 안된다. 머뭇거리지 말고, 초등학교 시절 국어시간에 작문 하듯이 그렇게 붓을 들면 머잖아 앞에 길이 놓일 것이다. 애초에 길은 없었다. 모방은 '제2의 창조'다.

'토굴 수행':

나는 도자기 굽는 토굴에서 8일 간 묵언默言 수행을 했다. 정확히 2008년 4월 15일 밤 10시부터 8일 동안 생식을 하며 일절 사람과의 접촉을 하지 않았다. 여러 가지 명상을 하며 태어나서부터 지금까지를 하나하나 돌이켜보았다. 반성도 하고 희열도 느끼면서 혼자서 바둑을 두듯. (한창희의 「생각 바꾸기」)

– 오죽했으면 토굴에 들었겠습니까.

얼마나 맺힌 것이 많았으면 8일 간 입을 닫았겠습니까.

그러나 놀라운 것은, 토굴에 들어갈 때의 울분과 원망이, 토굴을 나올 때는 그 모두가 사랑과 감사의 대상으로 바뀌었다는 사실입니다.

사람은 때때로 잠깐 멈춤과 자기 점검이 필요합니다. 마음에 평화가 오고, 얼굴 빛깔이 달라집니다.

3. 짧은 글로 시작한다

막상 글을 쓰려면 막연하다. 산중에서 길을 잃었을 때처럼 어디로 어떻게 가야 할지 갈피를 잡지 못해 헤매게 된다. 첫머리를 무슨 말로 운을 떼야 할지, 또 첫머리의 첫 낱말은 어떤 것으로 해야 할지 도무지 떠오르지 않는다. 눈앞에 안개가 자욱하다.

"그만 둘까. 머릿속에 떠오르는 게 있어야 쓸 것 아냐." 망설임 끝에 용기를 내고 모처럼 책상머리에 앉았는데 그 모양이다. 그래도 몇 문장은 써질 것 같았는데 영 되지 않는다. 머릿속이 하얗다.

이때, 잡았던 연필을 놓아 버리면 안된다. 다시 글을 쓴다고 쪼그리고 앉기가 여간 힘든 게 아니기 때문이다. 알레르기 반응이 나타나면서 공황 상태에 몰려 갑작스러운 갈증에 목까지 타지만 억지라도 써 보아야만 한다.

어떻게든 쓰자고 덤비지만 되지 않는다. 뜬구름 잡기다. 쓸까, 말까. 기로에 서서 두리번거린다. '나는 글하고 거리가 먼 것 같아. 포기해야 하는 거 아닌가.' 이내 허탈감에 친친 휩싸인다. 그러나 이 정도는, 차이는 있을지 몰라도 초심자 시절 누구나 겪는 일이다.

문제가 있다. 처음부터 욕심을 부린 때문이다. 주위의 혹은 내로라하는 유명 작가의 멋진 글들을 염두에 둔 건 아닐까. 집착한다고 되는 게 아닌데도 그렇게 돼간다. 이걸 극복할 수 있어야 한다. 욕심으로 되는 일이 아니므로 마음을 먼저 비워야 한다.

어느 평자의 얘기에 귀를 기울여 보자. "언젠가 공연계에서 일하는 고객이 내게 이런 말을 들려주었다. '노래를 잘하는 가수의 가창력 비결이 뭔지 아십니까? 라이브 무대에 자주 서기 때문입니다. 노래를 잘해서 라이브 공연을 하는 게 아니라, 라이브 공연을 자주 하다 보니 노래를 잘하게 된 거죠.' 나는 그 말에 공감했다."

그렇다. 꿈을 가진 사람에게는 '라이브 무대'가 절대 필요하다. 사람들 앞에 서서 자신이 꿈꾸는 세상을 펼쳐 보여야 한다. 처음엔 두렵고 떨리고 흔들리지만 한 번 두 번 반복해서 사람들 앞에 서게 되면 이내 두려움도 사라지고, 자신감과 확신을 갖게 된다. 세상은 절대로 당신을 포기하지 않는다. 꿈이 이루어지는 순간이다.

위의 말에서 '라이브 무대'를 '수필 쓰기'로 바꿔 보면 어떨까. 수필 쓰기도 처음엔 '두렵고 떨리고 흔들리지만' 한 번 두 번 쓰다 보면 차분하게 가라앉아 있는 자신을 느끼게 돼 간다. 놀라운 변화가 일어난다. 그렇게 꺼리던 '제 글을 남에게 보이는 일'에 제법 익숙해 있는 자신을 발견하게 된다는 사실이다. 우여곡절 끝에 얻어내게 되는 '쓸 수 있다는 신념과 자신감', 그것이 동인動因이다. 바로 글을 쓰게 하는 마음의 씨앗이고 정신의 종자이며 실행의 행보다.

처음부터 정확한 문장을 바라지 말고 한 걸음 두 걸음 발품을 팔아야 한다. 정상은 눈앞에 있다. 고지가 바로 저긴데 예서 말 수는 없지 않은가.

어떤 학자는 "하나의 센텐스는 가능하면 40자, 많아야 50자로 끊을 것 그리고 그보다도 더 짧은 것은 무조건 대환영"이라 했다. 문장은 분명해야 좋다. 짧아도 좋은데, 다만 무엇을 썼는지 하는 핵심만 살려낼 수 있으면 그 이상이 없다.

습작에 대한 다음 글을 음미해 보면 좋을 것이다.

구양수歐陽脩는 단 다섯 자를 쓰기 위하여 수십 매의 원고를 버렸고, 육방옹陸放翁은 만 수천 수의 글을 쓴 시인이지만 팔천 수가 넘은 뒤에야 남 앞에서 서슴지 않을 시를 쓸 수 있었다고 술회하고 있다. 이태백李太白이 쇠절구공이를 갈아서 바늘을 만든다는 말을 듣고 다시 들어가 공부했다는 이야기는 너무나도 유명하지 아니한가. 천재天才란 따로 있는 것이 아니다. 노력 여하에 따라 천재성을 얻는 것이다.

우리는 텔레비전을 통하여 각종 운동선수들의 경기를 관심 있게 관전한다. 때로는 흥분도 하고 때로는 응원도 하면서, 그 신기神技에 박수를 보낸다. 그러나 그들이 어찌 하루아침에 그런 기술을 습득했겠는가. 적어도 몇 년을 두고 피나는 각고의 훈련 끝에 오늘의 영광을 얻은 것이 아닌가. 운동 경기가 기능이듯이 창작도 기능이다. 기능은 철저한 수련을 거치지 않고는 훌륭한 연기자가 될 수 없다. 만약에 문학 지망생이 운동선수의 십분의 일의 노력만 기울인다면 틀림없이 대작가가 될 수 있으리라 나는 확신한다. 피나는 수련 없이 성공한 예는 동서에 없다.

습작을 하는 과정에는 여러 가지 방법이 있을 것이다. 매일매일 일기를 쓰는 방법도 있을 것이고, 단편적인 느낌이나 감상을 그때그때 글로 옮겨 보는 방법도 있을 것이다. 그러나 그보다는 매일 한 편씩의 작품을 의도적으로 구성하여 남의 글과 비교해 가며 써 보는 것이 제일 무난하리라 생각된다. 그리고 시사적이고 관심 있는 사건을 글로 구성하여 신문의 독자란에 투고하여 보는 것도 좋은 방법이 될 수 있으며, 한 편의 서정성이 깃든 수필을 써서 월간 잡지의 독자란에 투고하는 방법도 큰 도움이 되리라 믿는다. 아무튼 자기가 투고한 글이 어디에 게재된다는 것은 상당한 수준에 올라간 글이라고 평가해도 일단은 크게 잘못된 판단은 아닐 것이다.

- 윤오영

글쓰기를 운동선수의 기능에 빗댄 것은 좀 그렇더라도 일단 수긍하지 않을 수 없다. 운동선수, 더욱이 프로선수에게 피나는 노력 없이는 영광도 없다는 말은 백 번 맞는 말이다. 표현상의 문제일 뿐, '기능'을 '기예技藝'라 하면 되는 것이다.

한국 근·현대사를 「태백산맥」, 「아리랑」, 「한강」에 녹여낸 소설가 조정래가 세 편의 대하소설을 담은 원고지를 쌓아 놓고 옆에 서서 찍은 사진에서 그 원고지의 높이에 그만 경악했던 적이 있다. 소설 창작 주변 얘기를 쓴 「황홀한 글감옥」에 사진으로 실린 5만여 장의 원고 뭉치를 쌓아 놓은 '원고 동산'이 무려 셋. 눈을 닦고 다시 보아도 원고지의 탑들이었다. 그는 생활인이기를 포기하면서 20년 동안 집필에 몰두했다 한다. 프로선수를 능가하는 한 작가의 예술혼에 옷깃을 여미지 않을 수 없었다.

다음 글을 주의 깊게 들여다보기로 하자. 원고지 석 장밖에 안되는 글이지만 내용이 진솔하지 않은가. 부담 없이 마음속에 간직하고 있던 생각을 그대로 담아냈으니 솔직 담백할 수밖에 없다.

■ 예문 ■

햇살을 받아 반짝이며 흐르는 강물을 둑에 앉아서 말없이 바라보았어요. 맑고 평화스러운 아침 공기를 뚫고 들려오는 까치와 참새의 노래 소리, 어제 친구의 편지를 다시 펴 봅니다. 점자點字로 서신 교환을 하는 맹인 형제의 편지에요.

'당신을 위해서 언제나 기도드리고 있겠습니다.……'

삐뚤빼뚤 쓴 그 구절에 목이 메입니다. 그의 아름다운 마음에, 나의 눈물이 떨어진 자리에 하얀 사랑의 꽃이 싹터요. 활기차고 아름다움이 넘치는 이 세상을 두 눈으로 보지는 못하지만, 그의 마음은 이 세상보다 더 아름다운 것 같아요.

매달 정기적으로 찾아가서 빨래도 해주고 말동무도 되어주는 어느 하반신 마비자 수용소가 있어요. 내가 아는 그분은 늘상 창밖을 바라보고 계세요. 저 유리창 밖을 신선한 대기를 마시며 맘껏 달리고 싶은 마음 얼마나 간절할까요?

나 자신도 건강이 매우 부족하지만 그들과는 비교가 안될 만큼 큰 축복 속에 살고 있어요. 그들의 휠체어를 밀어 줄 수 있고, 방바닥에 엎드려서 그나마 몇 시간 걸려서야 겨우 쓰는 편지이지만, 글로써 그들을 위로할 수 있으니까요.

"용서 받기보다는 용서하는 자가, 이해 받기보다는 이해하는 자가, 사랑 받기보다는 사랑하는 자 되게 하소서."

성 프란체스코님의 '평화를 구하는 기도' 마음속 깊이 되뇌이며 펜을 듭니다. 오늘은 그들에게 계절의 변화를 알리는 편지를 써야겠어요.

- 〈샘터〉 1986. 7. 임옥숙

이런 글도 있다. 자료집을 뒤지다 보니 동창회보에 실린 '자녀의 글'에 실린 내 작은 아들의 회상의 글이 있었다. 마침 짧은 글이어서 여기에 옮긴다.

■ 예문 ■

내가 중학교에 다닐 무렵이었던 것 같다. 아버지는 (늘 그랬듯이) 아침 일찍 학교로 출근하셨다. 항상 우리보다 먼저 출근하셨는데, 그날은 오랜만에 나도 아버지와 같이 집을 나섰다. 하늘에 별이 초롱초롱한 새벽이었다. 버스 정류장으로 걸어가면서 아버지의 모습을 몇 번 쳐다봤는데, 전혀 피곤해 보이지 않았다. 오히려 상기된 표정이셨다. 학교 가는 것, 가르치는 것을 정말 즐기시는 것 같았다.

그날 저녁에 늦게 들어오시는 아버지의 한 손에는 두툼한 봉투가 들려 있었다. 시험답안지였다. 전에도 가끔 채점하시다가 남은 답안지를 집에 가져오곤 하셨는데, 나도 채점하는 걸 도와 드리곤 했다. 그날은 채점을 하시다가 피곤하다며 일찍 잠자리에 드셨다. 난 공부를 하고 어머니는 다림질을 하고 계셔서 집안이 조용했다. 그런데 갑자기 아버지가 큰 소리로 말씀하시는 게 들렸다. 어머니와 나는 깜짝 놀라서 안방으로 뛰어가 문을 열었다.

"누구누구 40점, 누구누구 70점, 누구누구 60점……."

어머니와 난 서로 얼굴만 쳐다보았다. 잠꼬대였다. 이럴 때 황당하다고 하는 게 맞는지 모르겠다. 내 방으로 돌아와서 한참을 웃었다.

어릴 적의 내 기억에는 집안일(못을 박는다든지, 뭘 고치는 등)의을 하시는 아버지의 모습이 거의 없었다. 그만큼 학교와 학생들 생각뿐이었다. 한때는 나도 선생님이 되고 싶은 적이 있었다. 집으로 찾아오는 아버지의 제자들을 보면서 아버지가 멋있어 보였기 때문이었다. 하지만 그날의 잠꼬대하시는 아버지의 모습에서 내가 흉내 낼 수 없는 열정을 보았다. 그래서 선생님이 되고 싶다는 나의 피상적인 꿈을 지워 버렸다. 지금도 선생님이 되려면, 이를 천직이라고 여기고 노동으로 생각지 않는, 교육에 대한 열의가 있어야 한다고 생각한다.

지금 내가 선택한 의료인의 길에서도 나의 열의가 부족함을 느낄 때가 있다. 그럴 때마다 아버지의 잠꼬대가 생각나곤 한다. 아버지가 선택하신 길, 천직이라 여기시는 길 그리고 열정을 불태우신 아버지의 길을 생각하면 아버지가 정말 존경스럽고 부럽기까지 하다.

나는 요즘 아버지의 잠꼬대를 떠올리며 내 젊음을, 내가 선택한 길에 후회 없이 바쳐 보겠노라고, 그래서 훗날 아버지 앞에 부끄럽지 않게 내 길을 가겠다고 다짐하곤 한다.

         - 김승수의 「아버지의 잠꼬대」 전문, 부산의대 인턴 1996. 11. 1.

자기가 생각한 바, 느낀 바를 말하듯이 썼다. 가식이라곤 찾아볼 수 없고, 또 길게 쓰려고 욕심을 부리지도 않았다. 글쓰기와는 거리가 먼 분야에서 '아버지의 잠꼬대'에서 받았던 한때의 충격을 그대로 스스럼없이 풀어 놓고 있는 글이다. 작은아들은 이 뒤로 이런 부류의 글을 아마도 써 보려 해도 쓸 겨를이 없었을 것이다.

짧게 시작하면서 쉽게 쓰기로 자신에게 암시를 걸어 보면 좋지 않을까. '나도 글을 쓸 수 있다. 이렇게…' 자기 암시는 점차 자신에 대한 최면으로 발전해 나갈 것이다. 어렵게 쓰려는 사람에게 본이 될 만한 글을 함께 보기로 하자.

■ 예문 ■

택시를 타고 달릴 때, 운전사에게 "여보시오 운전수, 그리로 가면 어떡허우." 하고 주의를 환시시키면 운전사는 열이면 아홉이 못 마땅한 눈길로 뒤

돌아본다. 하지만 "여보시오 운전수 양반, 그리로 가면 어떡허우." 하고 '양반' 자를 붙이면 대개는 순순히 손님의 지시에 따른다.

운전사는 어디까지나 운전사이지 결코 양반이 아닌데도, '운전수'라고 하면 몹시 싫어한다. 그래서 되도록 '양반' 자를 붙여서 불러준다.

그런데 운전사하고 아주 친숙한 사이에 있다고 할 순경을 부르려고 할 때는 곤혹을 느끼게 된다. 길을 물으려고 지나가는 순경을 불렀다.

"여보세요, 순경!" 그러자 순경은 매서운 눈초리로 내 아래 위를 훑어 봤다. 순경! 하고 불리운 것이 아주 못마땅하다는 표정이다. 그렇다고 '양반' 자를 붙이자니 어감상 어색하고, 아들이나 동생 같은 사람에게 '아저씨' 하는 것도 우습다.

"아니, 아무 것도 아닙니다." 그냥 되돌아서지 않을 수 없었다. 어색하지 않게 순경을 부를 만한 호칭이 없을까?

- 정창범

한 생명을 가진 우주의 만물은 자기의 생을 살아가는 데 많은 어려움을 겪어야 한다. 먹을 것을 걱정해야 하고 입을 것을 걱정해야 하고 잠잘 곳을 걱정해야 한다.

아비 모기가 해질 무렵 나가면서 며느리 보고,

"내 밥은 하지 말아라."

"아버님, 왜요?"

"좋은 사람 만나면 잘 얻어먹을 것이고 못된 놈 만나면 맞아 죽을 것이니, 내 밥은 하지 말고 먼저들 먹어라."했다는 이야기도 있다. 모기라는 생명도 먹을 것을 걱정해야 하고 해치는 자를 늘 경계해야 한다. 하물며 인간의 한세상을 어찌 간단히 말할 수 있으랴.

세상을 살아가면서 살맛나는 때는 정말 짧은 시간일 것 같다. 나는 어젯

밤 살맛나는 때라고 느껴지는 것을 일기장에 이렇게 적어 두었다.

휘영청 달 밝은 밤, 그것도 가을밤, 코 흘리던 시절의 추석 이야기를 펴면서 풋대추의 감촉을 사랑할 때 살맛이 난다. 희미한 불빛을 타고 사랑하는 사람과 정거장에 내렸을 때 살맛이 난다.

세속의 먼지를 툭툭 털고 석간수 나는 유곡幽谷의 산사山寺에서 한밤을 나며 자연의 숭엄함을 확인하고 나설 때 살맛이 난다.

무던히도 추운 밤, 죽마고우와 만나 겨울의 포장마차 속에서 오뎅 국물에 피는 김을 바라보며 소주 한잔을 따를 때 살맛이 난다.

사랑하는 사람과 결혼하여 살 때 얼마간 살맛이 난다.

추억이 있기에 우리 인생은 이렇게 아름다워질 수 있다는 한 노인을 만나 고단했던 삶의 역사로 들어갈 때 이상히 살맛이 난다.

남을 위해 좋은 일하고 남몰래 돌아서 홀로 미소 지을 때, 살맛이 난다. 다발눈 동화처럼 쏟아지는 동짓달 긴긴 밤, 어느새 밤은 깊어 있어 고요한 향수鄕愁로 차 한 잔을 감싸들 때 살맛이 난다.

출렁이어 좋은 겨울바다를 생각하며 즐거운 여행길에 오를 때 살맛이 난다.

조용한 심안心眼으로 절묘하게 구부러진 화분의 소나무를 볼 때 살맛이 나고, 사랑하는 사람의 편지를 받을 때, 음악에 취했을 때, 새 양복을 입고 나설 때 살맛이 난다.

- 김동필

생활주변에서 다반사로 겪는 일들이다. 짧은 한 편의 글이 우리에게 많은 것을 생각하게 한다. 소재를 약간만 깊이 있게 다루고, 표현을 섬세하게 다듬는다면 얼마든지 좋은 수필로 끌어올릴 수 있을 것이다.

전쟁은 끝났다.

그는 독일군한테서 다시 찾은 고향의 거리로 돌아왔다. 가로등이 희미한 거리를 급히 걸어가고 있었다.

어떤 여인이 그의 손을 잡고 술에 취한 목소리로 말을 건넨다.

"놀다 가세요. 잘해 드릴 게요."

거리에서 몸을 파는 여인이었다.

"천만에! 너한테 온 게 아냐. 난 옛날 애인을 찾아가는 길이야."

두 사람은 가로등이 환한 등불 밑으로 갔다.

순간, 여인은 별안간에 "앗!" 하고 부르짖었다. 남자도 여인의 두 팔을 꽉 부둥켜 쥐었다. 그의 눈은 빛났다.

"요안!"

하고 그는 여인을 와락 끌어안았다.

— 허버트 렐리호의 「독일군의 선물」 전문

세계 문학에서 제일 짧다는 소설이다. 단순구성이면서 아주 짧다. 그럼으로써 독자에게 통일된 강한 인상을 준다. 문장이 반드시 길어야 하는 것은 아니다. 짧게 쓰면서 문장 훈련이 어느 수준에 이르면 부지불식중 장강처럼 긴 호흡의 문장으로 유유히 흐르고 있는 변화를 감지하게 되고, 그에 따르는 희열은 글을 써 본 사람만이 누리는 짜릿한 쾌감일는지도 모른다.

처음부터 길게 쓰려고 덤비다 앞뒤가 흐트러진 글, 문장 전체가 방향을 잃고 지리멸렬支離滅裂에 빠진 글이 돼선 안된다. 문장도 엄연한 질서에서 흐름이 정결해지고 그 품위가 유지됨은 더 말할 것이 없다.

한 가지 덧붙일 게 있다. 어렵게 쓴 한 편의 글이 신문이나 잡지에 나왔을 때의 감격, 제목과 자기 이름 석 자가 눈에 들어올 때의 그 가슴 뛰었던 기쁨은 아마 평생을 두고 잊히지 않을 것이다. 이제까지 글을 쓰기 위해 허둥대던 일은 한순간에 사라지고 없다. 글쓰기를 신명 나게 하는 것은 바로 글을 쓰는 과정에서 맛보는 희열이요 환희심이다.

❀ 수필카페23

'연못' : 늪이 없는 연꽃은 존재할 수 없습니다.

연꽃 없는 늪은 죽은 늪입니다. 늪과 연꽃은 서로가 서로에게 의지처요 모체입니다. 어느 하나 버리고, 어느 하나를 천하게 여길 수가 없습니다. (도법의 「그물 코 인생 그물 코 사랑」)

 - 옹달샘 못에도 연을 심었습니다. 그냥 '못'이었다가 진짜 '연못'이 된 셈이지요. 못이 있어 연을 심고, 연이 있어 못도 살아납니다.

당신과 나, 둘이 하나가 된 우리는 연못과 같습니다. 당신이 있어 내가 살고, 내가 있어 당신이 삽니다. 둘이 따로 존재할 수 없는 우리는 연못입니다.

---

4. 자료수집 그리고 메모의 습관화

경험담 하나 하고 넘어가야겠다.

몇 년 전에 서부 유럽을 여행한 적이 있다. 유럽은 처음이라 가슴 설레었다. 여행길에 서면서 나는 단단히 내게 다짐을 했다.

'비행기에 오를 때부터 트랩을 내려 고향에 안기는 그 순간까지 내가 이르는 여정, 눈으로 보게 될 그곳의 명소와 풍광과 거리의 분위기와 건물과 유적 그리고 사람들의 표정까지 꼬박꼬박 메모를 하자. 역사와 전통 그리고 풍속까지도.'

가이드가 나 때문에 힘들었을 것이다. 끊임없이 묻고 확인했기 때문이다. 낯선 이국에 발을 놓는 순간부터 온통 생소한 것들 뿐인데 설렁설렁 지나칠 수가 없지 않은가. 8박 9일 동안 메모에 매달렸더니 그새 볼펜 두 개가 말라 버리고, 어느 회사에서 나온 꽤 두툼한 다이어리수첩이 달랑 끝장 한 장만을 남겨 놓고 있었다.

　귀국해서 보름 동안 기행수필을 쓰느라 끙끙댔다. 프롤로그「프리즘 너머 세상」에서 에필로그「시차 극복이라는 것」까지 모두 33편의 글을 탈고하게 됐다. 유럽 여행기이지만 '수필'이 되게 하느라 무진 애를 쓴 글들이다. 나는 여행의 기쁨을 글쓰기로 누리고 듬뿍 채운 셈이다.

　기행수필을 쓰면서 실감한 것이 있다. 메모가 내게 베푼 은혜로움을 말로 다할 수가 없다는 사실이다. 아무리 머리가 명석해서 본 것들을 머릿속에 각인시키고 들은 것들을 기억의 곳간에 저장한다고 해도 한계가 분명한 것이 사람이다. 실은 메모를 해온 것이 어제오늘 일이 아니다. 해마다 큰 수첩 두세 권 정도가 꽉 찰 만큼 나는 메모를 한다.

　작품을 읽다 처음 만나는 어휘, 서정적인 표현, 새로 접하는 지식이나 아름다운 문구, 인물이나 역사 그리고 과문했던 세계의 풍습 등을 닥치는 대로 메모해두는 습관이 있다. 이 메모는 단순한 메모가 아닌, 글쓰기를 도와나서는 내가 가장 아끼는 재료요, 내 글에 요긴하게 소용되는 자재資材다.

　글쓰기는 모방에서 시작된다는 말을 했지만 문학에 국한하지 않는다. 그리고 칠하고 노래하고 춤추고 만드는 모든 기예技藝 치고 순전한, 혼자의 독창에 의한 예술적 성취는 없다고 보아도 좋다. 모방에서 발전해 그것이 내면화돼 나타나는 또 하나의 창조물이 오늘의 문학이요 미술이요 음악이라고 해도 지나친 말이 아닐 것이다.

　자신의 창작을 가장 구체적으로 뒷받침해 주는 것이 애써 모아 놓은 자료다. 그 자료의 태반이 메모의 집적물이다. 그 자료, 그 메모에서 쓰려는 신작의 소재를 만나고 소재를 주제화하는 과정에서 작품 동기와 해후한다는 사실, 글 쓰는 이라면 선후만 다를 뿐 누구나 절감하는 일일 테다.

유럽 여행 때, 나는 '가이드'라는 글을 썼다. 대영박물관이나 루브르 박물관, 세느강과 에펠탑 그리고 버킹검궁과 융프라우요흐를 쓰되, 일행을 이끌고 다니느라 단 한 번도 선두를 내놓은 적이 없는 사람, 가이드를 외면할 수가 없었다. 이것도 메모 덕이었다.

■ 예문 ■

해학적인 원맨쇼의 달인, 언어 소통의 도사, 해박한 지식인, 사실적인 묘사의 감성적 전달자, 허공에다 지도를 그리며 걷는 잰걸음의 인간 내비게이션.

유럽 여행 기간, 나는 가이드라는 직업이 녹록찮음에 얼마간 놀랐다. 인솔자도 그랬고 현지에 있다 합류하던 현지 가이드들도 그랬다. 남자만 역동적인 게 아니라 여자 가이드도 유창하고 발랄했다.

런던에서 만난 가이드는 짧은 코트 바람에 편한 구두가 활동적으로 보였다. 전라도 어투가 사분사분한 그는 영국과 런던을 설명하다 사진 찍을 위치까지 잡아 준다. 화장실 만나기가 어려운 런던의 도심에서 그가 말하던 목소리가 지금도 귓전에 되살아난다.

"저기, 오른쪽으로 쏟아지는 것 같은 특이한 건물 보이죠? 런던 시청이거든요. 저기서 볼 일들 보세요. 입구에서 윗옷을 벗고 보안검색을 받아야 합니다. 제가 얘기해 놓았습니다. 공짭니다."

그는 자꾸 묻고 쓰고 하는 나를 유심히 살폈던지, 일행에게 한마디 했것다.

"이 어르신은 작가이신 것 같습니다. 여행하며 메모하면 좋지요. 눈에만 담고 갔다간 몽땅 잊어버리거든요." 그러는 통에 내가 글 쓰는 사람인 걸

일행이 다 알아 버렸다. 고향이 제주도인 것까지. 부러워하는 눈치다. 작가라 해서라기보다 제주도 출신이라는 것을.

같이 걷다가 제주도 얘기를 물어 오면, 은연중 세계7대경관 선정 발표일이 11일이라 말하게 됐다. 그 뒷날, 젊은 친구에게 휴대폰 한 번 해보라 했더니, 무슨 말인지 말귀를 알고 단추를 누른다.

"됐대요. 제주도가 선정됐답니다. 섬 전체가 들떠 있다고 하네요. 축제 분위기인 모양입니다."

드디어 해냈구나. 7대경관. 순간, 제주의 아름다운 산천이 유럽 천지를 뒤덮는 것 같다. 앞으로 제주에 관광객이 엄청나게 몰리겠다. 런던, 파리, 로마 저리 가라 하게 몰렸으면 좋겠다. 무심결에 어깨춤이 절로 난다. 일행들의 박수가 쏟아진다. 휴대폰을 안 쓰기로 하고 와 답답하다. 몇몇과 전화로 기쁨을 나눴으면 속 시원할 것을….

파리에서 버스에 오른 현지 가이드는 활발하다. 에펠탑과 루브르박물관의 인파 속을 헤치며 우리를 이끌던 모습이 눈에 선하다. 언제 표를 샀는지 모르게 잽쌌다. 목마를까, 작은 생수병을 손에 들고 다니며 마셔대던 그. 시원한 웃음에 능변이 프로다웠다.

로마 시내에서 버스에 오른 가이드는 여자였다. "차우벨라!" 일행이 일제히 '매우 예쁘다'는 이탈리아 말로 인사를 건넸다. "아휴, 예쁘게 봐 주셔서 고맙습니다. 이분에게서 배우셨군요." 인솔자의 각본임을 모를 리 없다. 한데 글쎄, 미인은 아니다. 너부죽한 얼굴에 땅딸한 키, 볕에 그을린 얼굴. "예쁘게 보인다고 얼마 전에 하와이에 가서 파마하고 온 머립니다. 이 머리말 예요." 인솔자가 샘(?)이라도 나는 듯 한마디 거든다. 농담하는 게 임의로운 사이 같다.

여 가이드는 군말이 많고 호흡이 너무 길어 싫증나기 쉬운 화법이다. 문장으로 치면 만연체. 마침표를 찍지 않고 계속 연결형어미나 접속부사를 갖다 붙이는 식이다. 일행 중의 어떤 젊은 여인은 대책 없는 사람이다, 스트레스 받게 한다고 했지만 그게 아니었다. 조금 지나자 그녀의 긴 말이 넘치는 의욕인 걸 알아차리게 됐다. 이탈리아 역사, 서양사 속의 로마를 꿰차고 있었다. 헬레니즘이라는 관점에서 풀어나간 그녀의 로마와 로마인의 얘기는 끝 가는 줄 모르고 이어져 갔다. 삼십 분도 더 줄기차게 떠들어댈 수 있는 그녀에게서 프로기질의 원형을 보는 느낌이었다. 한두 번 일행의 박수를 유도했다. 나이 값하느라 한 것인데, "고맙습니다. 정말 고맙습니다." 반복형 답례가 참 진했다. (……)

우리 인솔자 여 가이드는 참한 성격인데, 여성스럽게 은근히 다가오는 타입이다. 가이드 자격 따느라 삼수 했다는 그녀. 다양한 지식에 감칠맛 나는 화법이 탁월했다. 양산을 꺾어 깃발처럼 들고 앞장서서 다니며 우리를 이끌던 그녀의 재빠른 걸음이 생각난다.

"이렇게 돌아다니는 직업입니다. 아이 교육이 제일 문제예요."

딸이 열두 살이라던가. 하긴 현지 가이드는 일 년에 한두 번 집에 가나 마나란다. 어느 직업이나 어려움은 있다. 그래도 가이드는 할 만한 직종이란 생각이 들었다. 머물러 있지 않고 계속 옮아 다니는 일, 그런 일도 매력적일 것 같다. 여행 실컷 하는 것. 한 달 두 번은 너무 한 것이로되.

– 졸작 「가이드」 전문

메모하지 않았다면 이만한 글도 쓰지 못했을 것이다. 불현듯 '가이드'를 귀찮게 했던 생각이 떠올라 웃음이 나온다. 돈을 써야 여행은 하는 것이지만 유럽 여행 뒤 기행수필을 여러 편 썼으니 본전은 건지고 남았다는, 잇속 챙기는 계산을 해보고 있다. 여러 해 묵은 다른 메모수첩은 소각해도 이 수첩은 쉬이 떼어 놓지 못할 것 같다. 손때 묻은 만큼 애정도 가는 모양이다.

소재의 빈곤에 내몰려 징징거리다 메모 수첩을 뒤적거려 글감을 퍼내는 경우가 내겐 아주 허다한 일로 돼 있다. 궁여지책이지만 글 한 편을 쓰게 하니 이 웬 횡재인가. 그런 예를 하나만 들려 한다.

■ 예문 ■

다니엘 에버렛이 「잠들면 안돼, 거기 뱀이 있어」 중에 이런 말이 있다.

"굳이 깊은 아마존 정글이 아니더라도 우리의 삶에는 고난과 위험이 곳곳에 도사리고 있다. 피다한 사람들은 자신이 처한 환경에서 살아남기 위해 잠을 자지 않는 불편한 생활을 선택했다. 그럼에도 그들은 그러한 상황을 여유롭고 유쾌하게 즐긴다. 이 점이 중요하다. 우리의 삶은 어쨌든 계속될 뿐이다."

정글의 뱀 때문에 잠을 잘 수 없는 아마존 피다한족. 그래서 밤새 춤추고 노래하며 보내는 사람들. 밤잠을 자지 않고 어떻게 살아갈 수 있을까 싶어도 그 누구보다 밝고 긍정적이며 행복한 사람들이다.

그들에 견주면 우리는, 뱀 걱정 없이 잠 잘 수 있는 것만으로도 행복한 사람들이다.

피다한족만이 아니다. 지구상에는 소수민족들이 많다. 그들은 오랜 전통과 풍속을 버리지 않고 그 속에서 살아간다. 고유의 언어와 문화를 갖고 있다. 이 경우, 고유의 언어는 고립과 단절의 다른 의미다. 세상과의 교섭을 꺼리거나 두려워하면서 문명과의 소통을 거부하는 것이다.

몇 년 전, 중국에 갔다 그곳 소수민족의 삶을 목도한 적이 있다. 장가계, 천안문, 만리장성을 오가는 길목 도처에서 손쉽게 그들과 만날 수 있었다. 관광객들이 들끓는 곳이면 어디든 떼거리로 몰려다니는 그들. 직접 만든 것으로 보이는 투박한 민속공예품에서 크고 작은 과일에 이르기까지 다양한 물건들을 주렁주렁 두 손에 들고 호객하고 있었다. 그 접근이 사람에게 덤벼들기라도 할 듯 과감하고 적극적임에 놀랐다. 또 놀란 게 있다. 한눈에 한국인인 걸 알아본 그들 입에서 나온 한국어 "몽땅 천원"이 내 귀엔 실존의 처절한 절규로 들렸다.

그럼에도 다가오는 그들에게 선뜻 손을 내미는 사람은 그리 많지 않았다. 그래도 그들은 매일 그 길목을 지킬 것이다. 생존을 위한 일이지 않은가. 그들에게 한화 천원은 상상을 초월한 큰 효용이다.

내면을 들여다보지 못했으나, 표정은 어두워 보이지 않았다. 주어진 삶을 꾸역꾸역 살아가는 모습들이었다. 그들이 한족들 틈에 끼어 살게 된 데는 역사적 배경이 있으리라. 구차한 삶, 그러나 그들의 현실은 그들이 선택한 결과라는 엄연한 사실을 부인하지 못할 것이고, 그래서 순명의 삶을 살고 있는지 모른다.

피다한 사람들의 불편한 삶도 그들 자신의 선택이다. 지금 우리는 조상이 선택한 한반도라는 터전에서 풍요 속의 편리한 삶을 살고 있다. 불평을 터트리기 전에 한 번쯤 주위를 둘러보고 아래를 굽어보면 어떨까. 내 할 일은 제대로 하고 있나, 자신을 돌아보며.

– 졸작 「피다한 사람들」 전문

메모 수첩에 적힌 다니엘 에버렛의 말에 눈이 번쩍 뜨였다, '그래, 소수민족의 이야기를 소재로 글 한 편 끼적이면 어떨까.' 한 것이다. 그래서 잠 안 자고 춤추며 사는 그들의 삶, 그러나 여유롭고 유쾌한 삶의 모습에다 여로에서 본 중국 소수민족의 삶을 접목시킨 것이다. 두 소수민족의 삶을 공통분모로 이중 노출시킨 셈인데, 쓰다 보니 이 두 장면을 포개는 게 아주 자연스럽게 이루어졌다. 연상 작용이 거들어 나선 것일 테다.

지금도 소재의 빈곤을 느낄 때면, 메모 수첩을 넘기며 먹잇감 사냥에 나서곤 한다. 습관으로 자리 잡아 가는 것 같다. 그뿐 아니라 글방 두어 군데 나가 강의하기 위한 예화를 장만하는 데도 한몫을 한다. 내게는 메모 수첩이 글의 소재와 강의용 두 가지 일을 도와주는 해결사의 구실을 톡톡히 하고 있는 셈이다.

메모 수첩은 글쓰기의 자료이면서 곧 글감이다.

> ❋ 수필카페24
>
> '아직도 그 처녀를 업고 계십니까.' :
>
> 어느 산중에 기거하는 두 스님이 길을 가다가 다리[橋]가 없는 개울을 만났다.
>
> 그런데 개울가에 서서 발을 동동 구르고 있던 처녀가 있었다.
>
> 그중 한 스님이 그 처녀를 업어 건너편에 내려 주었다.
>
> 개울을 건넌 두 스님이 다시 갈 길을 재촉하는데, 갑자기 한 스님이 힐난을 했다.
>
> "그대는 수행자가 돼서 어찌하여 처녀를 업어 줄 수가 있습니까."
>
> 그러자 다른 선사가 대답했다.
>
> "스님, 저는 이미 그 처녀를 내려놓았는데, 스님께서는 아직도 업고 계십니까."
>
> "……."

5. 수필은 어휘다

문학은 언어예술이다. 따라서 문학의 모든 장르가 하나같이 어휘가 중요한 것은 말할 것이 없다. 시는 메타포이므로 시적 함축이나 은유적 언어가 필요한 것이고, 소설이나 희곡은 서사적인 장르로서 서술이나 대사에 걸맞은 어휘가 필요하다.

굳이 여기에서 어휘를 내세우는 소이는 수필이 다른 장르와 차별화해야 한다는 데 근거를 두고자 함이다. 수필은 문학의 다른 어느 양식보다 모국어의 품격을 고수해야 하는 소명감을 지녀야 한다는 생각이다. 우리 말을 함부로 써서 훼손하는 일은 절대 없어야 한다.

요즘 우리 수필이 정서법에 맞든 틀리든 무감각한 경우가 있어 안타까운 심경을 토로하지 않을 수 없다. 정서법은 우리 국어 표기의 기본, 말 그대로 맞춤법이 아닌가. 극언이라고 할지 모르나 정서법에 오류를 저지르면서도 그것을 사소한 것이라거나, 지엽말단의 일이라며 무시하거나 소홀히 한다면 그런 사람은 한마디로 수필을 쓸 자질이 없는 사람이다. 국어의 기본 규칙을 무시하거나 그것이 흰지 검은지도 모르는 사람에게서 좋은 수필을 기대할 수 없는 노릇이 아닌가.

시나 소설 희곡은 장르 특성상 '표현의 자유'라는 허용 범위를 인정한다. 토속어를 쓴다든지, 주제 의식의 발현을 위해 더러 표기법에 어긋난 속된 구어체口語體를 활용한다든지 하는 따위다.

하지만 수필은 작자 자신의 내면을 토로하는 형식이므로 진실을 생명으로 한다. 진실을 쓰는 문학이 제 나라 말의 표기법을 외면한대서야 어불성설이 아닌가. 수필은 모국어를 구사함으로써 단아한 문장의 품격을 잃지 말아야 한다. 수필의 문장과 견주어 상대적으로 하는 말이지만, 시는 문법을 파괴하고 소설은 잡동사니라 해도 크게 틀린 말은 아닐 것이다. 거듭 말하거니와 수필가는 국어의 파수꾼으로서의 소임을 다하지 않으면 안된다. 수필가에게 주어진 책무이면서, 완성된 문장을 위한 정확한 표기야말로 작품 속에 실현해 놓아야 할 가치명제이기 때문이다.

따라서 수필을 쓰려는 사람은 어휘에 대한 일정한 수준의 훈련을 쌓지 않으면 안된다. 남의 작품을 읽으면서 특이하거나 정감적이면서 낯선 어휘를 만나면 그냥 지나치지 말아야 한다. 메모해서 외우고 쓰며 자기 것으로 만드는 습관이 몸에 배면 좋다. 그게 자신의 수필을 비옥하게 하는 밑거름이 됨은 말할 것도 없는 일이다. 모르는 사이에 수필의 영역이 확산되면서 자신의 문학적 외연을 넓히게 된다.

좋은 수필을 쓰고 못 쓰고는 단어를 얼마나 많이 아느냐에 달린 일이라 해도 과언이 아니다. 잘 쓴 수필이란 그 첫인상이 대개의 경우 한눈에 들어오는 '어휘의 풍성함'에 감탄하면서 오게 된다. 나무가 빽빽한 삼나무 숲속에 들어선 느낌, 나무가 뿜어내는 피톤치드를 마시면서 숲의 기를 받으면 단박 문장에 초록물이 번지게 될 것이다.

말을 많이 알지 못하고 글을 쓰려는 것은 불구의 손으로 마술사가 되기를 꿈꾸는 것과 같다고 했다. 이 어법의 행간을 읽어야 한다. 5백 권의 책을 읽지 않고는 소설을 쓰려고 펜을 잡지 말라고 한 말과 같은 맥락이다. 글을 쓰며 어휘를 모으는 데 집요할 필요가 있다. 어느 날 자신의 작품에 이전에 사용한 적이 없는 새로운 어휘가 등장한 놀라운 변화에 말할 수 없는 쾌감을 느끼게 되는 것은 수필을 쓰는 사람만이 향유할 수 있는 지적 성취감이 아닐까 한다.

혹자는 수필에서 의성어나 의태어 사용을 금기시하는데, 이 부분에 쉽게 동의하지 못한다. 부사를 아껴야 한다는 말과는 어감이 다르지 않을까 하는 것이다. 물론 이 말들도 서술어를 수식 제한하는 부사어이긴 하나 썩 뉘앙스가 다르다고 보기 때문이다.

다음 예를 놓고 생각해 보기로 하자.

■ 예문 ■

① 수평선은 <u>발기발기</u> 찢어져 허공에 남루로 나부끼고 있고

② <u>드문드문</u> 여린 햇살에도 숨 쉬고 있다네.

③ 가을빛으로 억새의 무채색을 저버릴 수 없음은 <u>빠닥빠닥</u> 굽이치며 소리로 울림상자마저 열어 놓기 때문이다.

④ 뚝뚝 화두 하나씩 물고 춤추며 내리는 낙엽들

⑤ 붕붕거리며 몇 마리 벌도 내왕합니다.

⑥ 지기처럼 격의 없이 성큼성큼, 소리 없이 사분사분 진객으로 찾아온다.

⑦ 잎 하나가 가지를 비우더니 간당간당 지고 있다.

⑧ 별도 총총 뜨는 호수 같다.

⑨ 우당탕퉁탕. 무엇이 그리도 좋을까. 아이들 세계는 암만 기웃거려도 알 수가 없다.

⑩ 답답한 마음에 창을 내고 싶다. 가슴 뻥 뚫리게 창을 내고 싶다.

진득하게 자리를 틀고 앉은 의성·의태어를 들어내 버릴 경우, 휑뎅그렁한 그 공허감이라니. 문장에서 묘사적 기능이 빠져나감을 느끼게 된다. 그리고 사실감의 결여로 문장의 생동감이 현저히 줄어들고 마는 것을 실감한다. 언어 표현의 확산적 효과를 포기해야 한다면, 이는 문장에 따라서 선별적으로 고려돼야 할 문제가 아닐까 한다. 남용하지 않으면 되는 것이다.

수필은 어휘다. 백 번을 강조해도 지나침이 없는 말이다. 수필가는 머릿속에 많은 우리말 어휘를 저장했다 글의 도도한 흐름 속으로 쏟아 놓을 수 있어야 한다. 좋은 수필을 쓸 수 있는 비결을 들라면 첫 번째로 '풍부한 어휘'라 말하고 싶다.

남의 글을 읽으면서 글 속의 매력적이고 문학적인 어휘를 수첩에 메모해 두었다 학습함으로써 자신의 말로 만드는 노력을 다시 한 번 강조하려 한다.

다음은 메모 수첩을 뒤적여 뽑은 것들이다. 여러 간행물에 실린 시, 소설, 수필 등 작품 속의 어휘를 메모한 것 중의 일부다. 단지 어휘만 아니라, 그 말이 쓰인 문장이나 구절을 곱씹어 보면 크게 도움이 될 것이다.

■ 예문 ■

* 썩은 물이 찌적찌적 흘러내리는 천변에는 드럼통을 절반 자른 솥들이 싸구려 염색 물감의 역한 냄새를 풍기며 군인 작업복에 검정 물을 들이고 있었다(액체가 거의 잦아들어 양이 매우 적은 상태)

* 읽은 시간만큼 그 작품에 대해서 이모저모 되작되작 생각해 보십시오 (작은 물건이나 종이·서류 따위를 뒤집어 가며 뒤지는 모양)

* 그것이 객기든, 만용이든, 오만이든, 오기든 다 좋습니다. 좋은 작품을 좋다고 인정하면서도 한 가닥 곤두서는 자신감, 그것이 당신의 영토이며, 당신이 차지할 수 있는 빈자리입니다(거꾸로 꼿꼿이 서다)

* 그의 집에 놀러가 유과며 곶감이며 지짐이 같은 맛있는 것들을 얻어 먹으면서도 마음속으로는 뜨악한 간격이 벌어지고 있었습니다.(마음에 선뜻 끌리지 않다. 당기지 않다)

* '깡패'란 말이 새로 생겨날 정도로 주먹패가 사방에 득시글거렸습니다(좁은 곳에 많이 모여서 무질서하게 움직이는 모양)

* 그 두 가지는 불가분의 관계를 가진 일란성 쌍생아와 같습니다

* 오늘이 세 번째입니다. "다음에 또 못 알아보실래요?" 고향 후배인 이 아무개 시인이 어느 자리에서 이렇게 통을 놓았습니다. 저는 정신을 번쩍 차렸고…(통명스러운 핀잔. 통바리)

* 그 세 번씩의 되작거리기와 곰삭히기는 대장장이가 강한 쇠를 얻기 위해 몇 차례씩 담금질하는 것과 같습니다(작은 물건이나 서류 따위를 이리저리 뒤집어 가며 찾는 모양)

* 저는 때리면 맞을 수밖에 없다고 생각하며 마음을 공글리고 있었던 게 분명합니다(단단하게 다지다. 확실하게 매듭을 짓다. 틀림없이 마무리하다)

* 하반신 마취로 정신이 어릿어릿한 제 귀에(어렴풋하고 어지럽게 눈에 어리거나 움직이는 모양)

＊ 하고자 하는 일을 끝내 다 마치고 둘러보니, 마흔의 나이가 예순이 되어 있고, 그 숱 많던 머리도 마구 빠져 헤성한 가을 숲이 되어 있었습니다 (짜임새가 없어 허전한 느낌)

＊ 다른 언어로 번역된다면, (사투리의 강렬한 매력이 배제되고)그런 느낌이 사라질 때, 더러 작품 자체가 내뿜는 아우라가 감해질 것 같습니다(aura : 물체에서 발산하는 보이지 않는 기나 향기)

＊ 전신에 저릿저릿 전기가 통하는 현상이 일어납니다. 그 저릿거림은 저 혼자만 느끼는 의식 현상이 아니라 실재의 증상으로 나타납니다(잇달아 자지러지게 몹시 저린 듯이 느껴지는 모양)

＊ 가물가물 아슴아슴한 새벽잠의 맛은 또 얼마나 달콤합니까(정신이 흐릿하고 몽롱한 모양)

＊ 잡기는 노름만이 아닙니다. 바둑도, 골프도 사람의 정신을 현혹해 그것이 버릇이 되고, 인이 박여 끝내는 인생을 망치게 만들면 그게 다 못된 잡기雜技입니다(되풀이해 몸에 배다시피 한 버릇)

＊ 고구마를 한 두렁씩 캐게 해주세요. 거저먹어서야 쓰나요(논이나 밭 사이의 작은 둑)

＊ 이에 대응하는 복수의 원혐 역시 만만치 않다(怨嫌 : 원망과 혐의)

＊ 일본인들은 때로 세상사에 오활하다는 취급을 받기도 한다(迂闊 : 실제와 관련이 많다. 사정이 어둡다. 주의가 부족하다)

＊ 종주먹을 대며 울러대다(상대편을 위협하는 뜻으로 쥐어 보이는 주먹)

＊ 그는 유백색 풍경을 머릿속에서 되작이고 있다(젖빛)

＊ 석양에 사내의 표정이 흔흔하다(매우 기쁘고 흡족하다)

＊ ①행망쩍고 ②해찰을 잘하는 탓인지도 모른다(①정신 차려 제대로 할 일을 못할 정도로 아둔함 ②일에는 정신을 두지 않고 쓸데없는 짓만 함)

＊ 사내의 심사는 스스럽고 어수선하기만 했다(정분이 그리 두텁지 않아 조심스럽다)

＊ 너럭바위 위에 서서 <u>우두망찰하다</u> 집으로 돌아오곤 했다(갑작스러운 일로 얼떨떨하여 어찌할 바를 모르다)

＊ 산비둘기 한 마리 <u>솔수평이</u> 저편으로 날아간다(솔숲이 있는 곳)

＊ 산그늘이 발목까지 차오며 사위가 <u>저뭇해</u> 간다(날이 저물어 어스레하다)

＊ 무엔가 <u>허출하다</u>(허기져 출출하다)

＊ 차라리 <u>낭창하게</u> 흐르는 물길을 보고 싶다(탄력성 있게 휘어지거나 흔들리는 모양 : 낭창낭창)

＊ 산기슭 <u>애솔나무</u> 밑에서 장끼가 울어대고(어린 소나무)

＊ 점심때가 지나고 <u>중참</u> 때도 지났는데(일 중간에 잠깐 쉬는 참, 술이나 간단한 음식을 먹음)

＊ 소쿠리 밑에 탐스러운 <u>싸라기</u>들이 뿌려져(뿌려진 쌀알, '싸라기'가 내린다)

＊ 참새 떼들은 집 울타리 <u>울바자</u>를 떠나고 말았다(바자 울타리. '바자' : 대나무, 갈대, 수수깡 따위로 발처럼 엮은 것)

＊ 감[柿 : 감'시']의 종류 : 물동이처럼 생긴 '동우감', 길쭉하게 생긴 '고동시', 사발처럼 넓적한 '월하시', 홍시로 갈무리하기 좋은 '대방실', 네모지고 납작한 '따배감', 큼직하고 푸짐한 '부유(감)'

＊ 한때의 추억은 아름다운 <u>애린</u>일 뿐(愛隣 : 이웃을 사랑함)

＊ 3월이면 자목련 잔가지 봉오리들이 겨우내 싸고 있던 <u>아린</u>을 벗어 버린다(芽鱗 ; 나무의 겨울눈을 싸서 보호하는 비늘 모양의 기관)

＊ 난분을 물을 채운 <u>다라이</u>에 놓아 씻는다(금속이나 경질 비닐 따위로 만든 아가리가 넓게 벌어진 둥글넓적한 그릇 : '대야, 큰대야, 함지, 함지박' 등으로 순화)

＊ 작품집을 <u>상재했다</u>(上梓 : 옛날 가래나무가 판목으로 쓰인 데서, 글자를 판목에 새기는 일 곧 책을 출판하는 일. 上木 간행)

＊ 꽃이 피고 짐처럼 되풀이가 없는 우리네 삶은 피고 지는 앞에서 <u>아뜩할</u> 수밖에 없다(갑자기 정신이 어지럽고 까무러칠 듯하다)

* 지난겨울 피지에 갔을 때였다(陂池 : 물이 괸 땅)

* 언제나 그 곁에서 맴돌던 재바르지 못한 노모의 모습은(재치가 있고 날렵하다 : 재빠르다)

* 깔깔한 눈앞에(마음 곧고 깨끗하다)

* 內明한 어느 賢者를 만난 듯싶어 괜히 가슴이 설렌다(속셈이 밝다)

* 우수수 또 한 차례 황금비가 쏟아진다. 마치 하늘의 奇別 같다(소식을 전하여 알려줌)

* 날씨마저 울듯이 ①끄무레한 날에는 더운 구들목을 지고 한 나절 뒹굴다 보면 마음의 ②울결도 어느새 풀어지고 만다(①날씨가 흐리고 어두침침하다 ②鬱結 ; 가슴이 답답하게 꽉 막힘)

* 비교적 터수가 넉넉한 안동 권 씨 집안 / 무엇으로 보나 집안 터수가 나은 아이들에 끼어(집안 살림의 형편이나 정도, 家力 또는 서로 사귀는 푼수)

* 골목대장은 고대 풀이 죽고 말았다(이제 막, 금방)

* 그때마다 돈을 ①구면하느라 ②애면글면하시던 어머니의 안타까운 모습이 눈에 선하다(①재난이나 구차한 어려움에서 간신히 벗어남 ②힘겨운 일을 이루려고 온힘을 다하는 모양)

* 여태까지 아예 붓글씨를 쓰지 못하는 무지렁이의 근본이 되었다(무식하고 어리석은 사람, 시골 무지렁이)

* 전시회를 관람하고 무질러 터벅터벅 집에 오면(한 부분을 잘라내다, 중간을 끊어 두 동강을 내다)

* 옆에 배롱나무가 묘지기처럼 혼령을 지켜주니 후미진 곳에서 외롭지 않을 것 같아 다행이다(자리가 너무 구석지고 으슥하다, 산길이나 물길 따위가 매우 깊이 굽어 들어가다)

* 내가 사는 아파트 주변으로 목요일마다 난전이 선다(亂廛, 노전)

* 현관 문 손잡이 옆에 삐뚜름하게 붙인 '헌책방'이라는 간판(한쪽으로 조

금 비뚤어져 있다. 비뚜름하다)

 * 오래 **곰삭은** 책의 香(오래 되어 푹 삭다)

 * 세상일은 **좀체** 깜깜이다(좀처럼)

 * 영혼의 허기를 채워 줄 한 줄의 詩를 **감질나게** 기다린다(그리 되어가기를
바라는 마음으로 못 견딜 정도로 애가 타다)

 * **이죽거리며** 불참했다(밉살스럽게 지껄이며 빈정거리다. 이기죽거리다)

 * **꼬막**(안다미조개, 제첩)

 * **잔망**하지만 생활력을 자랑하는 채송화(몸이 작고 약하며 하는 짓이 경망하다.
잔망스럽다)

 * 인고의 삶이 **굳은살**처럼 박여(손이나 발바닥의 두껍고 단단한 군살)

 * **올새**를 고르게 하고 곱게 다림질하기 위해서인 듯하다(피륙의 발)

 * 캄캄하고 좁은 방에서 서로 옆을 **개개지도** 않는다(성가시게 달라붙어 손해
나게 하다)

 * 다시 한 번 **들메**를 고쳐 매지 않으면 안될 신중한 때(신이 벗어지지 않게
단단히 매는 일)

 * 오랜 세월 **온축**된 그 특유의 분위기(蘊蓄 : 오랫동안 충분히 연구해서 쌓아 놓은
학문이나 기예의 깊은 지식)

 * 풍경소리 맑은 어느 山寺를 찾아가는 **종작없는** 나그네가 되련다(일의
사정을 헤아리는 요량이 없다)

 * 태양마저 더 높이 **천궁** 위로 멀어져 간 것처럼 보이면(天穹, 大空, 크고 넓
은 공중, 하늘)

 * 만일 실물을 **친람**하셨다면 좀 달리 느끼셨을 것입니다(親覽, 왕이나 귀인
이 친히 봄)

 * 소리를 질러대며 **팡개질**을 해도 새 떼를 당할 수가 없었다(팡개로 흙덩
이나 돌멩이 따위를 찍어 던지는 짓. 팡개 : 네 갈래로 짜개진 한끝으로 흙덩이나 돌멩이를 찍어서

멀리 던져 새를 쫓는 대나무 토막)

 * 명주실로 만든 <u>올무</u>를 놓아 참새를 잡는다(짐승을 잡는 데 쓰는 올가미)

 * 가난한 집안의 <u>애옥살림</u>을 애면글면 꾸리시느라(가난에 쪼들리는 고생스러
운 살림살이. 애옥살이)

 * 나의 <u>어중잡이</u> 인생을 시사한 운명의 조짐이 아니었나 싶기도 하다
(이도저도 아닌. 태도가 분명하지 않고 애매한)

 * 본선 심사에 오를 만큼 작가 지망에 <u>싹수</u>를 보이는 수준까지 올라 있
었던 것이다(앞으로 잘 트일 만한 낌새나 징조)

 * 학업을 계속하도록 해보라고 <u>명토를 박아</u> 말했다(누구라고 지명하다)

 * 그러나 나의 ①<u>꿍심</u>은 그때 〈현대문학〉 신인 추천 심사를 맡고 계신
선생을 통해 소설로 등단할 목적이었는데 ②<u>딱장대</u> 같은 선생은 ③<u>좀체</u>
곁을 내주지 않으셨다(①속마음. ②부드러운 맛이 없고 딱딱한 사람. ③조금도)

 * 단편소설 한 편을 써서 드렸으나 <u>이슥한</u> 동안 말씀이 없으시기에(한참
되다. 이슥고)

 * 별 수 없이 <u>식근</u>을 달고 있는 직장에서의 입신에 필요한 공부가 문학
수업을 대신하게 됐다(먹을거리가 나오는 곳이란 뜻. '논밭'을 이름)

 * 문예지의 <u>청고</u>를 속속 받아 수필을 발표하는 작품 활동을 벌였다(원고 청탁)

 * 집에 가면 화살받이가 되기 일쑤였다. 세 언니가 모두 나를 공격해 왔
다. 그래도 어머니는 한 번도 나를 <u>허풍선</u>이로 만들지 않고 테이블보에 멋
진 수를 놓아 주었다(허풍선. 허풍을 마구 치는 사람)

 * 그녀가 다쳤다는 전화에 <u>식겁</u>했다(食怯. 뜻밖에 놀라 겁이 나다)

 * 내 작은 <u>길사</u>에 축의로 보내 온 것들이다(吉事. 경사)

 * 난석 위로 <u>뾰조름</u> 얼굴을 내민 애기 촉 두엇(뾰조록이)

 * 해넘이로 더 <u>끄느름</u>해진 가을 하늘(날씨가 흐리어 어둠침침하다)

 * 몰아치던 비바람도 이젠 <u>고자누룩</u>해지고(요란하거나 사납던 기세가 수그러져

잠잠하다)

   * <u>알음알음</u>으로 회원을 모으다(개인끼리 서로 아는 관계, 제각각 가진 친분)

   * 그 가운데 내 화두가 <u>올연히</u> 똬리를 틀고 있다(兀然, 우뚝한 모습)

   * 배신감으로 머리끝에 피가 몰리고 한바탕 <u>악다구니</u>가 시작될 국면, 그만 맥이 풀렸다(서로 욕하며 싸우는 짓, 아가리질)

   * 똑같은 얼굴, 똑같은 미소를 짓는 모습을 매스컴에서 물리도록 보는 사람들은 이미 <u>식상해</u> 하고 있다(아주 싫증이 나다)

   * 몸은 속이 <u>궁근</u> 소나무 같아서(착 붙어야 할 물건이 속이 비다.)

   * 당시에는 분량이 빽빽하게 <u>쟁여져</u> 있는 책이어야만 했다(여러 개를 차곡차곡 포개어 쌓다)

   * 습하고 <u>꿉꿉한</u> 장마 기간에 서울을 탈출한 보람이 느껴졌다(조금 축축하다)

   * 붉은 토마토를 <u>뭉근하게</u> 끓여 소스를 만들고(불이 느긋이 타거나, 불기운이 세지 않다)

   * 버드나무 긴 가지가 <u>간드랑거린다</u>(가볍고 부드럽게 움직이다)

   * 양군이 <u>겯거니틀거니</u> 하다 기진맥진해 무승부로 끝났다(서로 겨루느라고 버티고 대항하는 모습)

   * 내 <u>깜냥</u>으로는 벅차다(일을 해낼 만한 능력)

   * <u>내남없이</u> 바쁜 사람들이다(나와 다른 사람 모두 마찬가지로)

   * 비바람이 <u>너누룩해지다</u>(잠시 가라앉다, 잠시 조용하다)

   * 이민 간 친구로부터 <u>다문다문</u> 편지가 온다(시간이 잦지 않게 이따금)

   * 누구를 <u>청맹과니</u>로 만들려고 그러니?(겉으로 보기에는 멀쩡하나 실상을 보지 못하는 눈, 당달봉사)

   * <u>둥덩산</u> 같다(물건이 많이 쌓여 수북하다, 배가 불룩하게 나온 모양)

   * 그 사람, <u>미욱하기</u>가 곰 같다(어리석고 미련하다)

   * 그녀는 <u>우걱우걱</u> 즐겁게 식사를 하는 중이다(마소가 짐을 지고 걸을 때 나는 소리)

＊ 마음으로 지어놓고 그 지어놓은 것에 얽매어 <u>옴치고</u> 뛰지 못하는('움츠리고'의 준말)

＊ 사람이 사람의 말을 알아듣지 못하는 이유는 여러 가지다. <u>根機</u> 차이가 나면 어쩔 수 없고 상대방을 믿지 못해 의심하기 시작하면 진심이 왜곡되기 쉽다(어떤 일의 근본에 대한 낌새, 기미)

＊ 루이비통 가방을 건져서 열자 물이 전혀 안 스며 <u>뽀송뽀송</u>한 채로 들어 있는 장면이 나온다('보송보송'의 센말, 물기가 없어 보드라운 모양)

＊ 젊은 작가 시절, <u>옴니암니</u> 돈을 들여가며 사 모은 책들(자질구레하게 이래저래 드는 비용 또는 자질구레한 것까지 좀스럽게 따지는 모양)

＊ <u>돌확</u>에 담긴 수련도 이미 꽃잎을 단 지 오래다(돌을 오목하게 파서 만든 확. '확' : 곡식을 찧거나 빻는 데 쓰는 기구, 절구)

＊ 아랫도리가 <u>뻑적지근한</u> 소나무도 함께 있었다(가슴이나 어깨 같은 데가 뻐근하고 거북한 감이 있다)

＊ 저 밑에는 세상에서 굴러 떨어진 돌들이 <u>드글드글하게</u> 많은 것이다(사람이나 동물, 사물이 많이 모여 있는 모양)

＊ 만면에 <u>대롱거리는</u> 웃음기(작은 물건이 매달려 잇따라 가볍게 흔들리다)

＊ 환한 빛살이 <u>거뭇한</u> 얼굴을 휘감았소(거무스름하다)

＊ 멋대로 굴러가는 세상을 향해 부리는 <u>어깃장</u>의 날카로움(짐짓 어기대는 행동. '어기대다' : 순순히 따르지 아니하고 못마땅한 말이나 행동으로 뻗대다)

＊ 하고 있는 일에 <u>올인</u>all in하다(가지고 있던 돈을 한판에 전부 거는 일)

＊ 임기 말이라 그런지 심한 <u>레임 덕</u>lame duck이 나타나는 것 아닐까('절름발이 오리'의 뜻으로 임기 말 권력 누수 현상)

＊ <u>결기</u> 없이 <u>밍밍한</u> 얼굴이 흰 구름과 함께 물살에 일렁인다('결기' : 발끈하기 잘하는 급한 기질. 매우 급한 성질. 낯붉히지 않은 잔잔한 모습. '밍밍하다' : 매우 심심하다. 담배 맛 따위가 독하지 않다)

* 무수히 돌아누울 적마다 버석거리는 밤(부스러지거나 깨지는 소리가 잇따라 나다)

* 폭탄주 마시는 장부臟腑가 있고, 생갈비를 뜯어먹는 28개의 튼튼한 치아가 있다('오장육부'의 준말)

* 물과 햇살을 덜퍽지게도 섞어 놓았다(푸지고 탐스럽다. 넉넉하게 크고 든든하다 : 덜퍽진 황소)

* 이 나이까지 꿈으로나마 나를 달뜨게 만드는 좋은 소설에 대한 기억(마음이 가라앉지 아니하고 들썽들썽하다)

* 새끼 종다리 솜털 벗고 깃털도 늘어 관모冠毛도 그럴 듯한 어름한 어미새 다 되었는데요(갓털)

* 구름 속에서나 운다는 운작雲雀을 새장에 가두었으니 어쩌겠나…(종다리)

* 주인은 이것저것 곰살궂게 설명을 해준다(성질이 싹싹하고 다정하다 꼼꼼하고 자상하다)

* 횃대에 앉아 지절거리는 잡새 소리가 아니라 제 몸을 울대 삼아 몸을 비틀며 솟구치며 토해대는 열창이었어요(횃대 : 옷을 걸도록 매달아 둔 막대, 지절거리다 : 낮은 소리로 지껄이다)

* 팔을 조금 멀리 뻗대고 째려보아야 뭔가 보이는 나이가 되었다('빋대다'의 센말, 순종하지 않고 힘껏 버티다 : 그렇게 빋대지 말고 내 말을 들어라)

* 먼 날의 그리움까지 뒤틀린 삶의 자진모리로 맨 살을 보인다(판소리 또는 散調 장단의 한 가지, 중모리보다 조금 빠른 장단)

* 가슴 널따란 산머리에 이르러 천 년을 서 있는 바위틈에 나를 낑겨 둔다(사이에 끼게 해 두다)

* 밤의 끝자락을 낚아 챌 때(남의 물건을 재빨리 빼앗거나 가로채다)

* 카메라는 어느 칼바람이 새긴 암각화만 연신 찍어내고 있다(오랜 세월을 두고 바람에 의해 깎이고 파이면서 새겨진 그림 같은 무늬)

＊ 오래 방치해 두었던 검은 비닐 속 간택揀擇되지 못한 양파 하나(분간하여 고름. 왕이나 왕자, 왕녀의 배우자를 고르는 일)

＊ 지난해 손을 크게 다쳐 한때 거문고 술대를 잡을 수 없게 되자 눈물을 흘렸다(거문고를 타는 데 쓰는, 대로 만들어 끝을 뾰족하게 후린 채)

＊ 고난의 티눈 박인 척박한 땅을 이고 서서(손이나 발에 생기는 사마귀 비슷한 굳은살)

＊ 우민산 낮은 골에 청명한 목탁소리 / 엄장한 라르고보다는 / 생기 있는 비바체 // 속진 씻어내려는 긴절緊切한 아타까움 / 인간을 향한 구원의 소리는 점점 느린 리타르단도보다 / 언제나 변함 없는 제 박자의 어템포다 / 속세로 이어진 숲에서 세상을 향한 깨침의 소리 / 스포르찬도의 특히 / 센 소리보다는 / 간절한 마음 담아 울리는 / 조금 센 메조포르테의 기원이다(시 '딱따구리'에서)

☞ (라르고-아주 느리고 폭넓게. 비바체-빠르고 경쾌하게. 리타르단도-점점 느리게. 스포르찬도-특히 강한 악센트로. 메조포르테-조금 세게)

＊ 무량히 피어나는 복숭아꽃 향기처럼(헤아릴 수 없이 많거나 그지없음)

＊ 비산飛散하는 눈발에 발목이 잡혀(사방으로 날아 흩어짐)

＊ 가까운 친구들과 여상스럽게 어울리다가(如常 : 보통 때와 다름이 없다)

＊ 시원스러운 바람이 한 쾌기 살갗을 스치고 지나갔다(나물을 데치거나 가루를 반죽하여 조그마하고 둥글넓적하게 만든 조각)

＊ 그의 유해를 공원 묘역에 그러묻고 돌아선 지 어느덧 반 년(흩어진 것을 한데 모아 묻다. 쓰레기를 그러묻다)

＊ 머리 깎고 장삼 걸친 스님 한 분, 증권사 객장客場으로 들어왔습니다(은행이나 증권사 따위의 점포에서 고객이 업무를 볼 수 있도록 마련한 공간)

＊ 시인 자신의 선언을 와자하게 구현하고 있다(여럿이 한데 모여 떠들어서, 정신이 없도록 떠들썩하다)

＊ 황지우 브랜드의 고갱이인 '파괴의 양식화'(초목의 줄기 속에 있는 연한 심. 사물의 알짜가 되는 속내. 핵심)

＊ 수필의 첫 문장은 이를테면 마중물 같은 것 아닐까(펌프로 물을 퍼 올릴 때, 물을 이끌어 올리기 위하여 먼저 윗구멍에 붓는 물)

＊ 먼 곳에 대한 그리움이라고 부를 만한 낭만적 파토스!(pathos. 그리스어. 욕정, 기쁨, 슬픔, 노여움 따위 일시적인 정념의 작용↔에토스)

＊ 정치적으로 가팔라질 때조차, 그 언어들은 시인의 품 안에 갇혀 있다 (가파르다 : 가파른, 가파를수록, 가팔라)

＊ 제멋대로 궁글리는 추억 속의 사람들(착 붙이어야 할 물건이 들떠서 속이 비다)

＊ 뿌리가 곪은 이를 뽑고 / 지혈止血을 생각하며 나는 / 소독면을 꽉 물었다(탈지면)

＊ 거리마다 패잔병처럼 늘어선 벗은 나무의 밭은기침이 당신의 지지부진한 발길에 감겨들고(숨결이 가쁘고 급하다. 밭은 숨을 몰아쉬다)

＊ 한여름의 울울창창했던 기억들을/ 다독다독 접어버리고(허벅허벅하거나 흩어지기 쉬운 물건을 살살 두드려 누르는 모양. 어린 아이를 재우거나 달랠 때 가볍게 가만가만 손으로 눌렀다 뗐다 하는 모양)

＊ 급할 때는 말이 두 동, 석 동 말을 업고 뛰는 것도 알아야 하고(동 : ①윷놀이에서 윷판을 돌아 날밭을 나온 말의 수, 넉 동이 다 나다. ②묶음의 단위-굴비 1000마리, 곶감 100접, 종이 100권, 붓 10자루, 볏짚 100단 따위를 일컬음)

＊ 석탄 실은 협궤열차狹軌列車가 산간 협곡을 심심히 넘어갔을 때(철도 레일 사이의 너비가 표준인 1.435미터보다 좁은 철도의 선로를 이용해서 운행하는 열차. 협궤철도)

＊ 여섯 시 방향으로 치켜든 주걱턱이 시러베아들 상판대기 같아('실없는 사람'을 욕으로 이르는 말. 시러베장단 : '실없는 말이나 행동'을 얕잡아 이르는 말)

＊ 비는 오늘도 낡은 기와지붕에 대못을 박으며 쏟아져 내리고(대나무를 깎아 만든 못. 굵고 큰 못)

* 산문 앞 나붓이 내려앉는 겹 벚꽃 길을 밟아(자그마한 것이 좀 넓은 듯하다 ; 나붓하다, 나부죽하다. 나부죽하게 ; 생긴 얼굴이 귀염성스럽다)

* 분주해지는 소란조차 의초로운 이슬인데(誼초롭다 : 화목하고 우애롭다)

* 만면에 웃음을 지으며 어쩔까 주접떨고 있고(주로 음식에 대하여 더럽고 염치없게 욕심을 부리는 태도가 있다. 주접스러운 말이나 행동을 하다)

* 비바람 모아 / 그 형상 꺼칠하게 다음은 세월의 고움(살갗이나 털이 윤기가 없고 거칠다. '거칠하다'의 센말. 병고에 시달린 꺼칠한 모습)

* 염력念力으로 전이되지 않는 맨살의 그리움(신념이 가져다주는 힘. 집중된 정신력. 불가에서 생각을 바로 하고, 못 되고 악한 마음을 버리는 일)

* 시퍼런 쇳소리 요란한 에인 바람에도 성그레 웃는다(부드러운 태도로 소리없이 눈웃음을 짓는 모양. 작은말 '상그레')

* 펜촉 같은 뾰루지가 살결을 푹 덮었다(뾰족하게 부어오른 작은 부스럼. 뾰두라지)

* 열린 바닷가 미세기 오고 가는 여기는 어디?(밀물과 썰물)

* 까치야, 까치야. 다옥한 소나무 숲 기슭 꾀 벗은 나무 높다란 우듬지 사이(무성하다. 우거지다)

* 깨어난 목숨의 참뜻을 내 알음알이로 헤아릴 수 있었다(약삭빠른 수단)

* 바다 한가운데 앙가슴 품고 드러누운 섬(양쪽 젖 사이의 가슴 부분)

* 오늘도 시난고난 앓는다(병이 오래 끌면서 점점 악화되는 모양. 벌써 몇 년째 시난고난 앓고 있다)

* 눈바람 속 헤쳐 종부돋움을 한 너, 살아온 생을 알겠다(물건을 차곡차곡 쌓아올림. 발돋움)

* 얼마만한 세월을 정진해야 당신의 모습을 닮은 부처가 되어 천불 천탑의 염원이 이루어질까(1천의 부처와 탑. 과거, 현재, 미래의 삼겁(三劫)에 각각 나타난다는 1천의 부처와 탑)

* 인성만성한 사람의 마을에는 망각의 선을 긋고(많은 사람들이 떠들썩하게

북적거리는 모양. 정신이 걷잡을 수 없이 아뜩한 모양)

* 바람 한 점 없는 잔풍殘風한 날(바람기가 없이 잔잔한)

* 짝짝이 평발로 충청도 언덕배기 청밀 밭 사이로 물오른 보름달이 뜬다(짝이 다른 것끼리 이루어진 한 벌. 신발을 짝짝이로 신었다)

* 마지막 안간힘으로 아슴푸레하게 노을 속에 잠기네(기억에 또렷이 떠오르지 않고 몹시 흐리마리한 모양. 또렷이 보이거나 들리지 않고 희미한 모양. 빛이 약해 어둑한 모양. 멀리 서울타워가 아슴푸레하게 보인다)

* 소박데기 누이의 삶을 닮아(소박맞은 여자)

* 무수한 벌레들이 하얗게 알을 슬었을까(물고기나 벌레가 알을 갈기다)

* 무덤덤하다는 게 얼마나 답답한 표현인가(마음이 아무 느낌이 없이 예사스럽다. 표정이 무덤덤하다, 무덤덤한 어조로 말한다)

* 독한 제초제에 잎이 고스러지고 줄기가 썩어도(거둘 때 지난 벼, 보리 등의 이삭이 꼬부라져 앙상하게 되다)

* 무지개 떠오르는 서편, 새파랗게 올라온 무청 같은 하늘(무의 잎과 줄기)

* 겨울은 바닷가에서 우리들의 핑계로만 얼쩡얼쩡 맴돌고 있었다(어벌쩡하게 굴면서 얼렁거리는 모양. 일도 없이 공연히 어정거리는 모양. 작은말 '알짱알짱')

* 장승, 동구 앞 오도카니 섰다(넋이 나간 듯이 가만히 서 있거나 앉아 있는 모양. 큰말 '우두커니'. 빈 교실에 오도카니 앉아 무얼 생각하고 있느냐?)

* 미혹은 벗어나나 싶은 아리잠직한 나이(키가 작고 얌전하며 어린 티가 있는)

* 비가 올 것 같더니 귀찮은지 작파作破해 버린다(어떤 계획이나 하던 일 따위를 그만 두다)

* 산허리마다 선지피 쏟던 젊은 넋들을 가두리하고(그물로 구획을 지어, 그 안에서 물고기 따위를 양식하는 방법. 가두어놓고)

* 들리는가, 목이 쉬어 버린 한밤중 나의 랩소디(rhapsody. 狂詩曲. 민족적, 서사적인 느낌을 가진 비교적 자유로운 형식의 기악곡)

＊ 살은 다 조기 몸에 흡수되어 유리처럼 투명한 甲骨만 남겼다. 비록 肉脫이언만 깨끗이 속 다 비워 광휘로운 사리 남겼다(몸이 여위어 살이 빠짐. 매장한 시체의 살이 썩어 뼈만 남음. 또는 그런 상태)

＊ 배냇짓 쌔근쌔근 저 홀로 즐긴다(태(胎) 안에서의 동작)

＊ 저 무한한 궁창을 날기 위해 겨울의 변방을 빠져나온 새 한 마리(穹蒼. 높고 푸른 하늘, 蒼天)

＊ 조막손을 치켜든 개나리가 샛길로 종종걸음을 친다(손가락이 없거나 오그라져 펴지 못하게 된 손)

＊ 마지막 잔촉 사그러들 때까지(殘燭, 거의 다 타가는 촛불)

＊ 잘 익어 농진 노랫가락에 새실새실 상사화 꽃잎 끝마다 간지럽다는 날(실없이 까불며 웃는 모양. 큰말 '시설시설', 작은말 '새실새실')

＊ 물푸레나무 바람 재우고 곁가지 흔들며 우쭉우쭉 시샘할 때(키가 갑자기 커지는 모양. 걸음을 걸을 때 몸을 위아래로 흔드는 모양. 화분에 심은 난초가 우쭉우쭉 자란다)

＊ 꿈의 조각들이 햇살처럼 떨어져 고물고물 땅바닥을 누빌 때(몸을 좀스럽고 느리게 자꾸 움직이는 모양. 큰말 '구물구물', 센말 '꼬물꼬물')

＊ 두 자가웃이나 자란 치어(접미사. 수량을 나타내는 말 뒤에 붙어 되, 말, 자 따위로 되거나 잴 때, 그 단위의 절반가량에 해당하는, 남는 분량을 이르는 말. 두 말가웃, 석 자 가웃)

＊ 애타게 바라보다 해살 놓는 어둠만 한 아름 안고 돌아온다(짓궂게 훼방함. 또는 그 짓. 마구 해살을 놓다. 해살을 부리다)

＊ 가난으로 덧칠한 청태靑苔 낀 묵은 세월 저편(푸른 이끼, 綠笞, 蒼苔, 녹조식물 파랫과의 해조(海藻)-잔잔한 바닷가에서 나는데, 김과 비슷하거나 더 푸른빛을 띰, 갈파래)

＊ 털 많은 삽살개가 졸래졸래 주인 따라 나서는(경망스럽게 까불거리며 행동하는 모양. 강아지가 뒤를 졸래졸래 따라온다. 큰말 '줄래줄래', 센말 '쫄래쫄래')

＊ 올해도 봄은 발싸심하는데(팔다리와 몸을 비틀면서 부스대는 일 또는 무슨 일을 하고 싶어서 애를 쓰며 들먹거리는 짓. 남의 일에 참견하고 싶어서 발싸심하다)

＊ <u>덜퍽덜퍽</u> 잎사귀를 달아 가늘디가는 줄기를 숨기고(푸지고 탐스러운 모양.

넉넉하고 크고 든든하다. 새참을 덜퍽지게 내오다. 찌개를 아주 덜퍽스럽게 끓였다)

❧ 수필카페25

'시와 수필을 모두 사랑한 그' :

그는 시인이다.

그러면서도 그는 시 못지않게 애정을 가지고 수필을 읽고 썼다. 그의 시가 단시短詩였듯이, 수필의 길이도 짧았다. 함축과 절제로써 문장을 다듬는 솜씨는 시와 수필이 다르지 않다.

그는 시인이지만 "시는 시이고 수필은 수필이다."라는 분명한 인식을 갖고 수필을 쓴 사람이다. 그러기에 그는 수필 속에 시적인 표현을 삽입하고 싶어 하는 사람들에게 따끔한 경고를 주저하지 않을 수 있었다. 그의 수필엔 시적인 표현이 많았고, 분위기 또한 산문적이지 않았다. 그것은 그가 시인이라는 태생적인 본성에서 벗어날 수 없었기 때문이었을 것이다.

그는 시에서 '간결한 이미지로 압축한 맑고 따스한 세계'를 구축했듯이, 수필에서도 간결한 문장에 깃든 깊고 아름다운 표현으로 끊임없이 자신의 내면을 관조하였다.

그의 수필 소재는 주로 자연이 아니면 인생에 대한 철학적 사념이었다.

그의 붓끝으로 그려지는 자연은 새로운 의미를 지니고 다시 태어났고, 우물같이 깊은 고독 속에서 끌어올리는 사념은 상징적인 언어로써 그 무거움을 거두어 내었다.

그는 수필을 일러 "곁가지도 없고 또 잎도 없는 겨울나무같이 단순 담백한 글"이라고 하였다. 그러나 그의 글은 연둣빛 새잎을 달고 있는 봄 나무처럼 싱그러웠고, 글에 안개처럼 감도는 문향文香은 유현하고도 따스하였다.

절제된 표현 속에서 스며 나오는 독특한 글맛, 그것은 시인인 그만이 지닐 수 있던 아름다운 분위기였을지 모른다.

6. 단락, 중요하다

단락은 작품이라는 문장 전체를 몇 개의 묶음으로 나눈 가장 큰 단위다. 쉽게 말하면 주제에 종속된 화제 곧 소주제를 담고 있는 한 단위인데, 전체 문장을 몇 개의 도막으로 나눈 것으로 사고의 지속적인 진행을 이끈다.

그런데 수필에서 이 단락이 무시되는 경우를 흔히 본다. 단락은 문장이란 구조에서 매우 중요한 기능을 하는 것이므로 소홀해서는 안된다.

서두에서 도입단락이, 몸통인 전개부에 여러 개의 소단락이 있어 주제를 풀어낸 뒤, 결부에 가면 글을 끝맺는 결말단락이 있다. 이 단락들은 내용 전개와 의미구조상 서로 긴밀한 관계에 있어 작품이라는 하나의 커다란 유기적 조직체를 구성하게 된다.

일반적으로 단락이 바뀔 때는 들여쓰기를 한다. 원고지 쓰기에서 개행開行하면서 첫 간을 비우는 것을 말한다. 이 들여쓰기가 워드프로세서로 바뀌면서 반만 들여 쓰는 경우가 흔한데 그래서는 안된다. 새 단락이 시작될 때는 그 단락의 첫머리를 비우기 위해 두 번 클릭해야 한다. 단락이 정연하지 않다는 것은 문장이 정돈되지 못했다는 것과 다르지 않고, 결국 글쓰기가 미숙하다는 것으로 비칠 수밖에 없는 것이다.

문장마다 들여쓰기를 하는 것은 옳지 않다. 단락에는 큰 의미를 담고 있는 의미단락대단락과 화제 하나하나를 독립시켜 나누는 형식단락소단락의 두 가지가 있다. 길든 짧든 문장마다 들여쓰기를 하면 한 문장이 곧 한 단락이 되므로 대단히 혼란스러워진다. 문장의 단위를 무시한 글쓰기가 돼 버리면서 기본 틀이 무너지고 마는 것이다.

그런 식으로 단락을 무시하고 문장마다 행을 바꾸는 것은 그렇게 써 버릇한 습관에 기인할 것이다. 단락구분은 독자 편에서 문장 전체의 흐름을 체계적으로 파악할 수 있도록 도와주는 것이라고 생각해도 좋다. 문장 하나하나를 단락처럼 독립시켜 놓으면 문장의 어디까지가 한 단락인지 구분이 애매해지게 마련이다. 결국 지속적인 사고를 위한 조직 체계에 역행하는 글이 되고 만다. 시종 그렇게 끌고 가면 단락 없는 문장이 되고 말 것이 아닌가.

물론 도입단락을 첫 문장 하나로 독립시킨다든지, 결말에서도 길고 강한 여운을 이끌어내기 위한 의도에서 한 문장으로 단락 짓는 것은 예외다. 효과적인 문장 구성을 위한 작자의 의도가 분명한 경우이기 때문이다. 아무튼 단락을 해체해 가면서 문장마다 들여 쓰는 것은 결코 좋은 수필을 쓰는 자세라고 할 수 없다. 두어 줄마다 행을 바꾸다 때로는 줄을 떼기 일쑤다. 이렇게 되다 보면 문장의 흐름 자체가 대단히 혼란스러워진다. 결국 문장의 기본 구도를 파괴하는 행위라 할 수밖에 없는 것이다.

반대의 경우도 있다. 아예 단락 구분을 염두에 두지 않고 써내려 가는 예가 적지 않다. 크게 기·서·결起叙結도 기승전결의 구분도 없이 쓴다. 왜 그러는지 알 수 없다. 내로라하는 유명 문인의 문장이 그러할 때는 실로 낙담하게 된다. 문장에서 독자와의 소통은 매우 중요한 것인데, 지루하든 말든, 따라 오든 말든 저 혼자 앞만 보고 달리는 식 안하무인격의 주행에 누가 인내하면서 따라가겠는가.

화제 전환이나 역접, 순접, 첨가보족, 원인 결과…. 단락 간의 접속 관계가 지속적으로 물 흐르듯 해야 한다. 수필 문장은 단락 구분을 함으로써 기본이 제대로 선 문장으로 가야 할 것이다.

수필은 다른 어떤 장르보다 문장이 깔끔해야 한다. 시각적 편의만을 염두에 둔 단락을 무시한 이런 글쓰기, 신문 기사문 등에서 시작된 좋지 않은 관행일 뿐이다. 수필 문장이 그에 영향을 받을 이유가 없다.

단락의 개념과 필요성에 대해 쓴 다음 글을 보면, 한두 행을 한 단락처럼 함부로 끊어서는 안되는 이유를 깨닫게 될 것이다.

단락이란 말이 언제부터 많이 쓰였는지 모른다. 어떤 사건의 결착을 뜻하는 '일단락 짓는다.'는 표현이 한결 우리 귀에 익숙하다. 글을 쓸 때, 사고의 흐름을 일단 끝내고 다른 생각을 시작하는데 이때 사고나 감정의 리듬이 반영된 현상이다. 그런데 근자 우리글에서 이 단락의 개념이 소멸되어 가고 있는 것을 보게 된다. 두어 줄 끌고 가다가는 행을 바꾸는 것이 일반적인 관행이 되어 가고 있는 것이다. 이것은 단행본보다 잡지에서 현저해지는데 신문에서 시각적 편의로 출발된 관행이 보편화된 현상이라고 여겨진다. 그러나 파기되어야 할 경박하고 얄팍한 관행이다.

문체란 단순히 어떤 생각에 장식적 수사를 가함으로써 얻어지는 것은 아니다. 그것은 사고와 관념의 진행을 드러내면서 한편 사고의 진행에 어떤 방향을 지어 주게 마련이다. 단락도 마찬가지다. 그것은 사고의 호흡과 리듬을 반영하면서 일변 그것을 조성한다. 두어 줄마다 행을 바꾸는 글은 지속적인 사고에 역행하는 글이다. 치밀하고 꾸준한 사고의 진행보다도 이리 갔다 저리 갔다 하는 산만한 사고나 느낌을 반영하고 또 그것을 조장한다. 사건을 보도하는 신문기사는 별도이지만 일단 어떤 느낌이나 생각을 개진하는 글에서는 권장할 수 없는 품성이다. 일정한 사고의 단위가 없기 때문에 짤막한 수상은 몰라도 여타의 글에서는 피해야 옳다. 글짓기 훈련에서도 가장 먼저 강조되어야 할 국면이기도 하다. 대체로 단락의 개념이 서 있느냐 않느냐에 따라서 글쓴이의 진실성이나 성실성을 가늠할 수 있다고 말할 수도 있다.

글을 써서 팔아 오는 사이 가장 불쾌한 경험으로 남아 있는 것은 함부로 줄을 바꾸어 '단락'이 파괴당했을 때의 곤혹스러움이다. 조그맣다면 조그만 일이지만 신경에 거슬리고 불쾌한 것은 어쩔 수 없다. 형용사 하나 관형사 하나 잘못 붙임에 따라서 격이 떨어지는 것이 글이요 오묘한 이치나 단락도 마찬가지다. 지면의 편의를 위해서 글쓴이의 의도나 신경 따위는 무시해도 좋다는 지극히 비민주적인 발상법이 밑에 깔려 있다는 것을 생각하면, 결코 조그만 문제가 아니다. 그것은 소규모인 대로의 자의적인 권력 남용이고, 이렇게 조그마한 권력 남용의 축적은 한 사회를 경직되고 전횡적인 사회로 만든다고 말할 수 있다. 그래서 평소 반농 반진으로 긴 단락이 또렷한 책은 대체로 믿어도 좋다고 말하고 있다. 지속적인 사고에 역점을 둔 저자나 그러한 저자의 뜻을 거스르지 않는 출판사라면 믿어도 좋다는 뜻에서이다.

- 유종호의 「이런 책을」

단락의 기능을 주택의 구조에 빗대 보면 좋다. 주택은 내부를 공간별로 나누어 각각 기능을 부여한다. 내실, 거실, 응접실, 서재, 주방, 화장실, 다용도실 들로 구획해서 유기적이고 합리적인 배치로 그것들을 전체적인 주택의 기능에 기여하도록 한다. 결코 무원칙하게 공간 분할이 이뤄지지 않는다. 만일 아무런 원칙도 없이 구획된다면, 그 주택은 효율적인 주거 공간으로 기능하지 못할 것이다. 글도 매한가지다. 문장에 단락이 없으면 사고와 의미의 진행이 혼란에 빠지게 되는 무원칙한 글이 되고 만다. 문장의 우열은 단락으로 나타난다고 할 수 있다.

예를 들어 보기로 한다.

■ 예문 ■

어떤 사람도 고향은 있다. 두메산골 외딴집에 살았던 사람도 고향이 있고, 공장의 굴뚝이 숲을 이룬 도시에 살았던 사람도 고향은 있다. 가난하고 어렵게 고생으로 소년 시절을 보낸 사람도 고향이 있고, 여기저기 옮겨 다녀서 일정한 주소를 못 가진 사람도 고향은 있다. 고향은 객지와의 대조적인 명사다.

평생을 고향에서만 살아온 사람은 고향이 주는 정서가 풍부하지 않다.

그 산천이 항상 그 앞에 있고, 공간적으로 떨어져 있을수록 고향은 더욱 아름다울 수 있다. 외국에 가 있는 사람이 거리가 너무 멀어서 고향에 올 수 있는 자유가 제한되기 때문이다. 나이가 많아지면 상당한 수의 사람들이 고향에 돌아가서 살기를 소원한다. 자기 속에 만들어진 고향에 대한 그리움과 아름다움이 귀소 본능 같은 것을 움직이기 때문이다. (……)

- 김시헌의 「고향」 중

첫 단락에서 객지의 대칭으로 고향을 풀이했고, 둘째 단락에서는 고향을 떠나 보아야 고향에 대한 그리움의 애틋한 정서 속에 고향 생각을 하게 된다고 말하고 있다. 끝 부분에 와서 귀소 본능이란 말 속에 고향에 대한 정서적 실체를 함축했다. 밑바닥에 논리가 흐르고 있는데, 그 명료한 논리 전개를 끌고 가는 것이 단락임을 구체적으로 보여주었다. 그만큼 단락 구분이 명확하다.

단락 구분에 문제가 있는 경우를 보면,

■ 예문 ■

① '토셀리의 세레나데'를 들으면 한 여인을 회상하는 남자가 떠오른다. 회갑을 바라보는 M선생이다.

② 나이가 아무리 들어간다 해도 기분은 가장 행복했던 젊은 시간에 머무르는 것일까.

③ 어느 날 취기로 거나해진 M선생께서, 사십여 년 간 가슴속에 담고 살아온 첫사랑 이야기를 들려주었다.

④ 두 살 연상인 친구 누이와의 사랑 이야기다.

⑤ 서로 사랑의 감정을 느끼면서도, M선생은 이렇다 할 표현 한 번 하지 못하고 친구를 핑계 삼아 그 댁을 드나드는 것이 고작이었다 한다.

⑥ 그러던 어느 날, 축음기에서 '토셀리의 세레나데'가 흐르는 방에 둘만 남게 되었다. 그때 그 선율의 분위기는 두 사람의 심장을 어떤 빛깔로 뛰게 하였을까.

⑦ 두 사람은 누가 먼저랄 것 없이 애정의 표시를 하였다. 그러나 그 표시가 엉성해서 갈증만 더해 주었다.

- 어느 주부의 「긴 여운」 중

문장마다 행을 바꾸고 있다. 거의 한 문장이 한 단락을 구성하는 모양새다. 그러다 보니 토막글이 돼 버렸다. ①에서 ⑥까지 하나의 의미체계로 묶으면 좋다. 한 단락으로 이어져야 하는 것이다. 그리고 ④와 ⑤도 떼어 놓아야 할 이유가 없다. 거듭 얘기하거니와 단락 구분이 제대로 되지 않았다는 것은, 결국 글을 쓰는 사람이 아직 문장에 익숙지 못함을 여실히 드러냄이다.

❀ 수필카페26

'거목巨木':

거목에서 감동을 받게 되는 것은, 나무 아래 들어설 때 강한 기(氣)를 느낄 수 있다는 점이다. 어떤 때는 오싹할 정도로 무서움과 강한 한기를 느낀다. 분명 나무가 발산하는 기가 아닌가. 살아 숨 쉬고 있다는 것이다.

봄철이 되면 천년의 거목은 물을 빨아올리는데 소방차로 수십 대 분량의 물을 빨아올려 싹을 틔운다고 한다. 거목에서 기를 발산하는 것이다. 용문사 은행나무가 이런 경우에 해당한다.

산중턱에 우뚝 서 있는 거목을 올려다보노라면, 하늘에서 나를 덮쳐 내려오는 것 같은 착각마저 느낀다.

제5장

수필 창작의 단계

"좋은 도자기를 만들려면
좋은 흙을 만들고 그 흙으로 잘 빚어야 합니다.
그것을 조각하고 정성스럽게 말려서 초벌구이를 하지요.
마지막으로 유약을 발라 다시 구우며 불의 심판을 받는데,
여기서 살아남아야 작품이 되는 것입니다."
'불의 심판' 곧 '독자의 심판'이다. 수필이라고 예외겠는가.

제5장 수필 창작의 단계

1. 신선한 착상

수필가는 먹고 자고 생활하면서 '어떤 소재가 좋을까.' 혹은 '이번에는 이걸 수필로 쓰면 어떨까.'라는 궁리를 떨어 버리지 못한다. 화장실까지 따라다닌다.

라이너 마리아 릴케가 "그는 말없이 생각에 잠긴 채 앉아 있다. 그는 행위 하는 인간의 모든 힘을 기울여 사유하고 있다. 그의 온몸이 머리가 되었고, 그의 혈관에 흐르는 피가 뇌가 되었다."고 감탄한 로댕의 「생각하는 사람」을 눈앞에 대면하고 있는 것 같은 느낌마저 든다. 수필가는 그의 눈빛만 보아도 깊은 사유에 잠겨 있음을 한눈에 알아볼 수 있다.

때로는 심한 갈증과 고독을 느끼기도 한다. 이 정신의 허기를 채워주는 방도는 달리 없다. 글을 써야 한다. 그 길밖에 없다.

글을 쓰려면 맨 처음 소재를 찾고 착상이 이루어져야만 한다. 착상에는 '무엇'을 쓸 것이냐는 작품의 주제가 들어 있게 마련이다. 자연, 인생, 사회로 윤곽을 그리다 산, 바다, 나무, 들꽃, 달, 구름, 섬 그리고 사람이 있는 풍경으로 순서도 없이 점차 구체화돼 간다. 사실에서 상상으로, 실체에서 추상으로 혹은 관념의 세계로 사유의 영역이 확산된다. 그러면서 거기에다 무지갯빛을 덧칠하고 옷을 성장盛裝으로 갈아입히고 또 그것들이 더 넓고 무성한 세계로 허공을 향해 날갯짓을 하며 날아오른다. 타임머신을 타고 회상 속으로 역주행하기도 한다.

새롭다는 것은 기존의 질서를 깨는 것이다. 새로움이란 창조적인 지향이 있을 때 가능하다. 새로움으로 나아가려면 하나의 세계를 파괴해야 한다. '낡은 것'은 고정관념과 정체停滯를 수반한다. 고정관념은 안정성을 지향하게 되고, 정체는 퇴보를 가져다줄 뿐이다. 낡은 것은 변화하는 시대의 소명 대상이다. 변화는 만물의 속성이고 새로운 적응의 시작이다.

뚫어진 공간은 평면의 세계를 전복시킨 것이다. 즉 사고의 전복, 개념의 전복, 행위의 전복, 평면의 전복, 공간의 전복이 새로운 생명체를 만들어내듯 모든 화면은 변화하고 있다. 또한 공간의 빛은 다양한 각도에서 무수한 개체를 생성시키는 빛으로 변화한다. 화면을 뚫음으로써 일정 공간의 화면이 일어서고, 뚫어진 다른 공간이 기존의 공간에 대해 음양으로 대립한다. 이때 대립은, 빨강과 파랑, 빛열림과 어둠깊음, 각형角形과 원圓이 대립물의 통일로서 변증법적인 상황에 이르게 된다.

신선한 착상이란 무릇 이러 할 것 아닌가. 남들이 써 왔던 것, 기존의 작품들이 말해 왔던 것에서 벗어나려 할 것이다. 해체와 일탈은 기존으로부터의 탈주에서만 가능하다.

다음은 몰두할 차례. 어느 사진작가의 말이다. "내가 할 수 있는 가장 쉬운 일은 아이들과 하나가 되어 노는 것이다. 내가 그들과 같아질 수는 없지만, 함께 놀 수는 있다. 그렇게 한참을 놀다 보면 겸허해지는 순간이 찾아온다. 머릿속이 아니라, 마음으로 그들을 이해하게 되는 것이다. 그 순간에 셔터를 누른다. 이것이 내가 사진을 찍는 법이다." 아이들을 잘 찍으려면, 아이들 속에 들어가 함께 놀아야 한다고도 했다.

나는 이 말 속의 '아이'를 '수필'로 바꿔 보려 했다. 착상을 위한 작은 고심을 시작하려면 그래야 한다는 지시가 떨어진 것이다. 내가 내게 내린 지시다.

개성과 독창성을 지닌 수필, 누구와 비슷한 것이 아닌 변별적인 수필은 쓰려는 자세에서 온다. 쓸 때마다 낯설고, 서툴고, 초면이고 수필과의 그런 만남에서 온다.

이런 어쭙잖은 '착상'에서 쓴 수필 한 편 예로 들겠다.

■ 예문 ■

사실의 모사模寫가 아닌, 순수다. 순수 지향이다. 사실을 일반적인 개념으로 파악하려 한 새로운 문법이다. 선과 면과 빛깔에 의존한 가볍고도 자유로운 터치가 한눈에 읽힌다. 색을 생각할 때 기존과의 결별을 선언한 것 같다.

청색과 초록과 황색이 주관하는 색의 세상을 서슴없이 펼쳐간다. 덩달아 음영처럼 이어지는 회청색과 희끄무레한 회회청, 낙엽 빛 갈색과 구슬 빛 주홍의 해후 뒤 깊숙한 데로 이 모든 색을 흡수해 색을 머금은 흑색의 엄숙함.

용 한 마리가 지금 여의주를 물고 조화를 부리는 데 열중한다. 굴러가는 여의주, 여의주를 당겨 아가리에 물려는 용. 땅을 박차고 등천하려는가. 용솟音鬚바람이 휘몰아친다. 근력을 뽐내며 용틀임을 시작한다. 이리 비틀고 저리 꼬며 역동적인 몸놀림이 장엄하다.

아, 저 가슴에 거꾸로 난 비늘을 누가 건드렸을까. 역린逆鱗의 발끈함. 왕이 대로大怒했다. "무엄하구나, 누가 짐의 자리를 탐했단 말인고?" 모반이라도 발각된 건가. 궁중이 발칵 뒤집힌 모양이다. 요동치는 보좌寶座. 강철 같은 비늘이 철창처럼 일어서고 양 어깨에 거대한 날개가 돋아나고 있다

색의 반란이다. 적색이 불을 토하고 초록이 검푸르게 독이 올랐다. 황색

이 놀빛으로 물들고 회청색이 눈을 크게 뜨고 회회청이 하늘을 향해 쏟아져라 별을 부른다. 빨간 여의주가 눈을 찾는다고 몸 안 여기저기를 굴러다닌다. 눈을 그려야 한다. 뿔 아래 눈을 그려야 한다.

화룡점정畵龍點睛. 딱 하고 굵고 섬뜩한 두 개의 점을 찍는 순간, 용이 날아오른다. 으르르 쾅쾅 하늘이 둘로 찢어지면서 땅이 맞닿는다. 천지개벽이다.

완성했다. 이제 시간과 빛의 흔들림 속에서 형태가 점차 소멸되고 선이 모호해질 것이다. 뚜렷한 윤곽의 표현과 색의 완결이 즐겁다. 추상은 아름답다. 추상을 끌어안아 즐길 때가 목전에 도래한 것이다.

"용입니다. 동인전에 출품했던 건데…."

김 선생이 갤러리 창고에서 그림을 꺼내며 내게 건넨 말이었다.

– 졸작 「추상」 중

거실 벽에 걸린 '용가리' 그림에서 착상이 이뤄지는 순간을 그대로 서술한 글이다. 눈앞의 사물이나 풍경에서 새로운 의미를 발견해 내는 과정을 보인 것인데, 수필의 착상에는 상상력의 몫이 작지 않게 작용함을 알 수 있을 것이다.

'착상'은 신선해야 한다. 그게 독자를 끌어들이는 힘의 원천이기 때문이다. 이를테면 '가을'이란 소재를 얼마나 많은 작가들이 썼을 것인가. 거기서 거기인 글이 돼선 안된다. 이 부분이 매우 중요하다. '가을'을 바라보는 종래의 시각에서 벗어나려면 참신한 착상이 선행돼야 한다. 그것은 고정관념을 버릴 때라야 가능하다.

예를 들어 보자.

가을이다.

술보다 커피, 커피보다는 시를 생각하게 하는 계절.

잎이 지고 있다. 잎을 밀어내는 나무와 지는 잎 사이 공간에서 내 사유는 자유롭다. 낙엽의 장면을 평면화해 절제와 사념의 이미지를 시로 받아쓰기 하고 싶다.

이 가을, 내 화두는 시간의 매임으로부터 나를 풀어놓는 일, 집착에서 해방됨이다. 이성에 묶여 있는 감성을 풀어 자유롭게 놓아두고 싶다. 무언가에 집착하면 가을이 나를 외면할 게 두렵다.

어떤 화가는 시력을 잃자 과거를 버리고 손으로 더 가까이 만지며 조각가의 길로 접어들었다 한다. 조각은 긴 과거를 버릴 수 있어 짜릿했을 것이다.

- 졸작「내 마음속의 가을」중

❋ 수필카페27

'본다는 것은' :

'본다는 것'은 '말하는 것' 이전의 감각적 행동이다. 말한다는 것은 본 것에 대한 '견해'다. 견해는 표현되는 순간, 경험자의 주체를 드러내는 것이다.

사진가는 대상의 경험적 주체다. 대상을 본다는 것은 미를 발견하는 것, 일종의 형상적 인식 행위라 할 수 있다. 크로체1866~1952는 '예술은 직관이다.'라 하면서, "미도 표현이며, 적합한 표현이다. 표현이 적합하다면 그것이 곧 미다. 미는 다른 것이 아니라 형상의 정확성이며, 따라서 표현의 정확성이다."라 했다. 사진은 표현적 구조를 갖는 것이다. 재현적인 현상에 가깝다. 그러나 사진은 '무엇으로 재현했느냐'라는 것보다 오히려 '무엇과 관계를 가질 수 있느냐.'라는 것이 더 중요하다.

사진은 관계를 가진다. 이미 우리는 사진을 빛의 낙인烙印으로서, 3차원의 자연 현상을 2차원의 이미지로 고착시키는 행위로 인식하고 있다.

하지만 고착된 이미지는 사진가마다 똑같은 이미지로 존재하지 않는다. 사진은 찍는 순간, 사진가의 철학적 눈이 작동하고 그것의 결과로서 이미지가 만들어진다.

좋은 사진은 형식적인 차원을 넘어선다. 보다 좋은 사진을 찍기 위해서는 대상에 동화돼야 한다. 동화란 '~같이 되는 것' 혹은 '~같이 되기 위한 적용 과정을 거치는 것, 자신의 눈을 익숙하게 하는 것, 눈을 익숙하게 함으로써 대상의 본질에 한껏 다가서는 것'을 의미한다.

대상을 찍는 다는 것은 이미 미로 상정想定하여 대상에 접근한 게 아니라, 대상에 내재한 본원적 인상을 찾는 것이다.

2. 주제의 설정

'무엇을 쓸 것인가?' '왜 썼는가?'에 대한 답이 주제다. 곧 글을 쓰는 목적이나 의도다.

목적 없는 글은 없다. 길든 짧든, 서정적인 글이든 서사적인 글이든 또 소재가 무엇이 됐든 한 편의 수필에는 작품 속에 표현하고자 한 어떤 생각思想이 반드시 들어 있게 마련이다. 그 생각을 다른 말로 하면 주제가 된다. 보다 구체적으로 사상의 핵심이라 하면 좋을 것이다. 사회적 이슈를 담고 있는 글이면 사상보다는 한 발짝 더 나아가 이념화, 추상화라 함이 글의 성격에 더욱 부합할는지도 모른다.

■ 예문 ■

우리는 춘향전의 내용을 '춘향이가 만난萬難을 무릅쓰고 자기의 사랑을 성취하였다'고 요약할 수 있다. 이 요약은 내용으로부터 우리는 '진정한 사랑은 어떤 경우에도 현실화하여야 마땅하다.'는 생활철학적인 명제를 얻게 된다. 이 명제가 춘향전의 작품 가치를 결정하는 가장 중요한 이념적 요소라고 판단된다면, 그러한 사람에게 있어서 춘향전의 주제는 '참다운 사랑은 성취되어야 한다.'는 것이라고 말할 수 있는 것이다.

- 심재기

주제와 비슷한 말로 제목이 있으나, 제목은 작품에 붙여진 이름으로 논제論題, 제명題名, 표제標題라고도 한다. 요즘 말로 타이틀이라고 하는 것이다. 주제는 배후에 숨어서 소재를 조종하면서 지배하는 것으로, 소재는 어디까지나 주제를 보다 뚜렷이 하기 위한 것이지 주제가 되지는 않는다.

■ 예문 ■

페르샤 왕 미젤은 죽음이 가까워지자, 한 가지 소망이 있었다. 즉 그는 '인간의 역사'가 무엇인가를 알고 싶었다. 그래서 그는 신하들에게 인간의 역사에 대해서 소상하게 기록해 놓은 서책을 구해 오라고 영을 내렸다.

신하들은 왕명이 내려지자, 정성을 다하여 마침내 6,000권의 역사책을 구해서 12마리의 낙타에다 싣고 왕궁으로 들어왔다.

"폐하, 이 서적들을 보시면, 인간의 역사가 무엇인 줄을 알게 되옵니다."

"아니, 이 방대한 서적을 언제 다 읽겠느냐? 그 양을 줄이도록 하라."

이리하여 신하들은 그 6,000권의 역사책 중에서, 가장 중요하다고 생각하는 것만을 골라서 그 수는 500권으로 줄여졌다. 그러나 왕은 이번에도 호통을 쳤다.

"내가 죽음 앞에 다다랐는데, 그 500권을 언제 다 읽겠느냐? 다시 수를 줄여라."

왕명이 떨어지자 사학자들은, 인간의 역사가 가장 잘 적혔다고 생각되는 단 한 권의 책을 추려 냈다.

"아, 이 미련한 사람들아, 한 권인들 내 병든 몸으로 어찌 그것을 읽어 내겠느냐? 인간의 역사가 무엇인가를 몇 마디로 간추려서 내게 들려 달라."

사학자들은 그 마지막 한 권을 놓고, 문장을 간추려서 마침내 인간의 역사를 가장 잘 나타낸 세 마디를 가려냈다.

"폐하, 인간은 나서 고생하다가 그리고 세상을 떠났습니다. 이것이 인간의 역사이옵니다."

위의 예화에서 보듯이 주제는 그 글을 응축해서 남는 한 방울의 진액津液과 같은 것이다. 그러므로 주제는 처음부터 독자에게 곧바로 전달되는 것이 아니라 문장 전체에, 흐름 속에 암시되는 게 일반적이다. 같은 수필이라도 상징, 요약, 압축의 기법을 사용한 경우는 주제 파악이 그만큼 힘들 수밖에 없다. 그러나 문학의 어느 장르든 나타내고자 한 주제가 선명할수록 좋은 작품으로 평가 받는다. 주제를 위해 작품이 존재하기 때문이다. 수필도 예외가 아니다.

주제가 문장 전면前面에 선명하게 드러나고 있는 예문을 하나 들어 보자. 행간을 되씹어 보지 않더라도 주제가 그림자처럼 시종 일관성 있게 따라나서고 있음을 알 수 있을 것이다.

■ 예문 ■

아내의 일은 밤에도 끝나지 않는다. 청묵을 쑨다 하고 또 무얼 한다 하고. 나더러 먼저 잠자라 하고는 계속 손을 놀린다. 무정 눈에 잠이 오랴. 부엌 쪽 달그락거리는 소리가 신경을 예민하게 돋워내는 바람에 새벽 한 시까지 잠이 안 와 뒤척였다. 내가 한 일이란 아무것도 없다. 아침에 송편 찐

다며 솔잎을 해 오라기에 마당에 나가 조그만 소쿠리로 하나 따 온 것 말고는. 예전엔 산적 굽는 것은 남자의 일이었다. 돌화로에 석쇠를 걸치고 우럭 꼬리로 참기름을 발라 부채로 부쳐가며. 이젠 요리 기구들이 나와 편한 세상이라 어느새 여자의 일로 돼 버린 것일까. 적을 구우라는 소리가 사라진 지 오래다. 그러다 보니 무엇 하나 도와 주지 못해 계면쩍다.

추석날 아침, 아내는 부엌 바닥에 누워 새우잠을 자고 있었다. 밤을 새우다 한 시간쯤 잠을 청한 모양이다. 어이가 없었다. 좋은 명절날에 구시렁거리지도 못한 채 입을 다물고 말았다.

차례를 지내고 조용한 시간에 나는 책상머리에 앉고, 아내는 그제야 잠자리에 들었다. 차례를 지내고 음복을 끝내자 몸을 주체하지 못하게 된 것이다.

①아내에게는 조상 음덕에 대한 강한 믿음이 있다. 알게 모르게 조상님 덕에 오늘까지 이만큼 살아온 것이라는 생각을 하고 있는 것 같다. 오랜 세월을 살아오면서 아내의 그 속내를 왜 내가 모르겠는가.

②봉제사는 후손의 당연한 도리다. 내 근본이 조상인데 어찌 등한할 일인가. 하지만 제사에 관한 한 아내는 너무 결벽한 것 같다. 물자를 아끼자는 것이 아니다. 터수가 없는 구차한 집안 살림 형편에 궁색하게 사시다 돌아가신 어르신들에게 제삿날만이라도 잘 드시라고 풍성하게 차려드리는 것을 무어라 하랴.

하지만 몸이 망가져서야 되겠나 하는 것이다. 조상들도 원치 않을 것 아닌가. ③제발 아내가 절도를 넘지 않고 제사를 모셨으면 좋겠다. 한가위 날 늦은 오후, 잠에 떨어진 아내를 바라보며 마음 졸인다. 단출하게 하자고 얘기를 해온 내 주장을 이제 꼿꼿이 펴야 할 때인 것 같다. 고봉밥만 올려도 조상님들 내 손자며느리 착하다며 등 다독거려 주리라. 손자며느리도 내일 모레 고희인데.

- 졸작 「고봉밥」 중

①②③ 문장에 주제가 뚜렷하게 나타나 있다. 세 문장을 하나로 이어 놓으면 전체의 요지要旨가 된다.

❀ 수필카페28

'아직 때가 아니다' :

집에서 만들면 거리 포장마차 같은 어묵 맛이 나지 않는다는 갸우뚱함에 공감하는 이들이 많다. 그게 단순히 기분이나 분위기의 문제가 아니라네요. 요리 전문가에 의하면, 결정적 이유는 '시간'에 있습니다. 어묵은 은근한 불에 오래 익혀야 제 맛이 나는데 집에서는 30분 가량이면 먹을 수 있도록 센 불에 빨리 익히니까 그 맛이 안 난다는 거지요.

때로 시간이라는 변수는, 다른 모든 요소를 압도할 만큼 강력하고 결정적입니다. 아직 아침이 되지 않았는데 태양을 솟아오르게 하는 묘수, 절대 없습니다.

그러므로 아직 때가 아닌 일에서 스스로를 닦달하고 조바심 내는 일, 어리석습니다. 자신을 생채기 내거나 손가락질하지 않고 아직 때가 아니겠거니 느긋하면 됩니다.

---

3. 소재의 선택

작품 구상에서 주제가 설정되면 소재를 찾는 순서로 집필이 진행된다.

이를테면 소재는 집을 짓는 데 소용되는 자재에 해당한다. 좋은 건축이 되게 하려면 대들보만 세운다고 되는 게 아니고 서까래에 이르기까지 일일이 구하고 또 이를 엮어 가며 배치해야만 한다. 따라서 글쓰기는 소재 찾기라 해도 지나침이 없을 것이다. 소재를 찾아야 비로소 한 편의 수필 쓰기에 착수할 수 있기 때문이다.

소재를 만났을 때, 수필은 시작이 된다. 그러나 소재에서 오는 충동만으로 수필이 된다고는 볼 수 없다. 스스로 쓰고자 하는 의미가 무엇인가를 일단 생각해 보아야 한다. 쉽게 말하면 남이 읽어서 의미가 있겠느냐 하는 것이다. 여기서 말하는 의미란 도덕적이거나 윤리적인 것을 말하는 것은 아니다.

인간은 사회를 떠나 살 수는 없다. 어느 시대이든 그 사회 속에 소속돼 살고 있으며, 삶은 사회적 유대와 인간정신에 의해 지탱되어 간다. 수필에는 그런 정신이 담겨져야 한다. 다시 말하면 인간끼리의 공감하는 세계다. 수필이 신변 잡담의 차원을 넘어 문학의 영역이고자 하는 이유는, 이러한 요소가 직접 간접으로 들어 있는 것을 뜻한다.

수필에는 일정한 형식이 없다. 도덕적 가치 개념으로 생각하지 않아도 된다. 그러나 그렇다 해도 무엇 때문에 썼는가를 모르게 쓴 글이 있다. 이 말은 독자를 설득해야 한다든가 요구해야 한다는 뜻이 아니다. 조그마한 얘깃거리밖에 안되는 소재일지라도, 그것을 통해 세상을 보는 눈과 생각하는 것이 인간적일 때, 수필이 가치를 지닌다는 얘기다. 아웃과의 사랑·고뇌·연민·시대적 우수憂愁 또는 비분悲憤 등이 내부에서 연소되어 나온 글이면, 이것이 독자에게 공감을 주는 글이며 의미를 지닌 글이 된다.

- 윤모촌의 「쓰고자 하는 의미」 중

수필의 소재를 먼 데서 찾으려 하지 말아야 한다. 우선 생활 주변에서 찾을 일이다. 세태 민심, 가족 간에 주고받는 우애, 직장 동료와의 의미 있는 대화, 거리의 표정, 이웃과의 새로운 관계 변화, 자녀들의 미래에 대한 전망, 산행이나 낚시 이야기, 쇼핑에서 느낀 요즘 세상 풍정, 계절이 지나는 길목, 정원의 나무나 난과의 대화 등 일상 속에 지천으로 널려 있는 것이 수필의 소재다.

그런다고 옆에 끼고 앉은 짚단에서 짚을 뽑아 새끼 꼬듯 해서는 안된다. 주제를 표현하고 전달하는 데 실질적으로 기여할 수 있는 것이라야 하기 때문에 고심 속에 소재의 선택에 나서야 한다. 이 과정에서 주제를 위해 선택된 소재가 제재題材다. 그러려면 사물을 보는 통찰력, 곧 관찰안 觀察眼이 필요하다. 대수롭지 않던 소소한 일이 인간 탐구의 의미에 닿는 수가 있으므로 눈을 번득여 가며 주제의식을 살릴 소재를 찾아 나서야 한다. 이 과정에서 작가적 상상력이 일정 수준 작동하면서 소재 선택에 탄력이 붙게 된다.

상상력이 소재 선택에 작용하는 구체적인 예를 작품을 통해 살펴보기로 한다.

■ 예문 ■

한식날, 어머니 산소에 성묘했다. 봉분의 잔디가 부실해 한쪽 귀엔 흙이 파였고 더러는 무너져 내린다. 돋아나기 시작하는 것들, 고사리와 엉겅퀴와 억새와 산탈나무. 몇 손 덜어내느라 해보지만 턱도 없으니 올 벌초도 꽤 힘들겠다.

장만하고 간 과일과 고기를 올리고 분향한 뒤 절하다 깜짝 놀랐다. 바로 눈 아래 할미꽃 세 송이. 스무 해 된 무덤에 전엔 없던 일이다. 구부정한데 온몸에 보송보송한 흰털이라니. 볕 좋은 날, 우리 어머니 할미꽃으로 환생하셨는가. 무심결에 울컥해 어루만진다.

묘역을 돌며 술을 뿌리는데 낯선 꽃이 피어 있다. 듬성듬성 눈에 띈다. 눈같이 흰데 아슴푸레 연분홍빛이 얼비친 다섯 장 꽃잎, 이름 어여쁜 산자고. 민간요법에 이르기를, 방광결석으로 통증이 심한 사람이 달여 마시면 돌이 소변으로 나온단다.

우리 어머니, 당신 곁에 산자고는 언제 불러들였던고. 아들 며느리 손자들 무병 하라 함인가. 구천에서도 한시 마음 놓이지 않나 보다.

엊그제 꽃샘이 봄을 할퀼 기세더니 오늘 볕 좋은 날, 할미꽃으로 아들 며느리 마중 나오신 어머니. 당신이 볕에 나앉으니 예 희끗 제 희끗 산자고 피었구나.

할미꽃을 쓸어내리다, 산자고에 눈 맞추다 왠지 속이 허하매 술 한 잔 삼키고 고기 한 점 입에 넣는다. 조상 생각하며 찬밥을 먹어야 할 한식날 어머니 무덤에 앉아 육미나 입에 대고 있으니. 또 울컥한다.

- 졸작「할미꽃과 산자고」전문

한식날 어머니 산소에 성묘하다 만나게 된 할미꽃과 산자고를 우연찮게 상상력이 작자를 이끌고 간다. 묘역에 없던 이들 꽃이 아들 며느리의 무병을 빌기 위해 환생한 어머니라 하고 있다. 작자의 해석이다. 이렇게 되면 소재가 탄력을 받게 되면서 주제 표현에 한 발짝 바짝 다가서게 되는 것이다.

■ 예문 ■

가벼운 등산복 차림으로 전주와 남원 간 4차선 확 트인 도로를 달린다.

쾌청한 가을 날씨가 복된 사람들의 마음을 흔든다.

푸른 하늘이 솜 방석처럼 푹신하게 느껴진다. 가을은 천고마비天高馬肥의 계절이라고 누가 말했는가.

절친한 두 형님들과 단풍놀이 가는 마음이 흐뭇하다.

늘 입버릇처럼 덕이란 베풀어야 한다고 강조했던 자신이 오늘을 실행하고 있다. 남의 덕으로 사는 사람이 되지 말고 자신이 남에게 덕을 베푸는 사람이 되어야 한다. 또한 옛말에 이르기를 나무는 큰 나무 덕을 못 보고, 사람은 큰 사람 덕을 본다고.

나는 덕인德人이 되고 싶다.

이런 복된 날이 나를 기다리고 있는 줄을 전혀 몰랐다. (……)

남원을 지나 육모정에 당도하였다.

춘향이 묘가 있는 곳이다.

소나무가 무성하고 울창하여 짙은 녹색으로 눈앞에 다가선다.

우리 한국의 나무이다.

남서쪽을 향하여 오던 길을 내려다본다. 골골이 산안개가 꽃안개로 보인다.

꽃동네 산 가족이 내 발아래 있으니, 천하여장군이 된 듯이 대범해진다.

'만산홍엽 단풍나무 골골이 서 있으니, 산신령 생신잔치 오늘이 아니온지.

온 산이 토한 무지개 향기에 취한 듯한 이 마음.'

즉흥시 한 수가 된다.

가을 하늘도 얼굴을 붉히고 땅도 낙엽으로 따뜻하게 옷 입고 있다.

산중턱에 앉아 도시락을 펴 놓고 정담으로 밥맛이 더욱 좋다.

「구운몽」에 성진이가 팔선녀와 구름 위에서 즐겼다는 즐거움이 이런 적이 아니었는가. "백호 빛이 세계에 쓰이고 하늘꽃이 비같이 내리더라." 이런 구절이 떠오른다. 인간은 본래 '공수래 공수거空手來空手去'라고 하였는데, 이 좋은 배경을 못 보고 세파에서 헤어나지 못하면 백년 한이 아닐까.

뱀사골이었다. (……)

넉넉한 마음으로 아름다움을 사랑하는 만물의 영장이 되어야지!

마음이 온통 단풍 색깔로 흠뻑 물들어 고운 물이 발끝까지 줄줄 흘러내릴 것만 같다.

촉촉이 젖어 오는 감흥에 취하여 눈을 감았다. 차창으로 들어오는 오색 바람이 감미롭게 느껴진다.

만산홍엽을 입속에 머금고 집으로 돌아왔다.

— ○○○의 「만산홍엽」

읽어도 도무지 무엇을 쓴 글인지 갈피를 잡을 수가 없다. 제목이 '만산 홍엽'인데 자연의 정취를 묘사하거나 서술한 대목도 변변치 않다. 단락을 무시해 문장마다 행을 바꾼 것도 그렇거니와 처음부터 내용을 하나의 초점에 맞추려 하지 않고 고삐가 풀린 채 가리산지리산 멋대로 흘러가게 내버려두고 있다. 그야말로 지리멸렬이라 몇 줄 읽다 눈을 떼고 말게 한다. 소재의 나열에 불과한, 성의라고는 찾아볼 수 없는 문장으로 이렇게 쓴 글을 수필이라 한다면 한마디로 말해 수필에 대한 모독이라고 할 수밖에 없다.

주제에 걸맞지 않은 소재라고 생각될 때는 과감히 버릴 수 있어야 한다. 그게 수필을 쓰는 사람으로서 취해야 할 기본적 자세일 것이다. 진정수필을 쓰려 하는 사람 앞에는 소재가 널려 있게 마련이다. 삼라만상 초목군생이 다 수필의 소재라는 뜻이다. 문제는 선택이다.

문제는 주제를 살릴 수 있는 것이라야 하는데, 그런 소재는 상상력을 동원할 수도 있겠으나 '이거다' 싶은 곳을 직접 찾아 발품 팔아 취재하는 방법이 제일이다. '바다'를 쓰려면 바다에 나가 파도를 보고 수평선을 바라보며 물새와 함께 노닐면서 해조음에도 귀를 기울여야 한다.

✤ 수필카페29

'운보 화백' 이야기 :

"운보 화백은 참 효자였어요. 청주에 있는 화실에서 내다보이는 양지 바른 곳에 어머니를 모셨어요. 그가 이 세상에서 제일 좋아하는 그림은 자신의 화실 창문에서 바라본 어머니 묘지의 정경이라고 했습니다."

이런 얘기가 있다. 죄질 흉악한 청송교도소에 그림 50점을 기증한 운보가 그림을 직접 가지고 가서 공식 행사가 끝난 뒤, 교도소를 나오다 자신과 같은 처지인 벙어리 재소자를 만나 보고자 했다.

문제는 장소였다. 청각장애자들이 먹고 자는 감방 안에 들어가서 그들을 만나야겠다는 황소고집-누구도 꺾을 수 없었다. 삼중 스님이 법무부 고위 관리에게 얘기해 특별 허락을 부탁했다.

"감방 안에 들어선 운보 화백은 벙어리 재소자를 꽉 껴안더니 볼을 비비면서 울었어요. '병신 된 것도 서러운데, 왜 이런 생지옥에서 이리 서럽게 살고 있느냐?' 울음 속에 전혀 알아듣지 못할 말들을 서로 주고받았어요. 볼을 비비면서 우는 통에 내 눈에서도 눈물이 저절로 나왔어요. 통곡으로 변해 서로 엉켜진 몸 타래를 풀어내는 데 한참 걸렸습니다."

진정한 우애의 정을 내비치는 운보 화백의 모습에 삼중 스님과 교도관들은 녹아내렸다. 이 사건이 있은 후부터, 삼중 스님을 따라 운보 화백도 먼 제주교도소까지 다니면서 자신의 귀중한 시간을 더 귀중하게 사용했다.

4. 작품의 구성

1) 구상

집을 지을 때 설계를 먼저 하고 착수하는 것처럼 글도 '이런 내용을 이렇게 쓰자.'는 기본 방향이나 골격부터 잡아야 한다. 건축 과정에서 설계를 뜯어 고치듯 글의 경우도 쓰다 고쳐 쓰기도 하지만, 사전 구상이 필요하다는 얘기다. 지나치게 면밀한 구상도 글쓰기를 더디게 하거나 덜미 잡힐 수 있으나, 쓸 것에 대해 생각을 정리하지 않고 무턱대고 덤벼서는 의외의 어려움을 만나게 된다. 배가 항해 코스를 구체적으로 잡아두지 않았다 이탈하면서 암초에 걸려 낭패당하는 격이다.

구름처럼 피어올랐던 생각도 막상 쓰려면 가닥이 구체적으로 잡히지 않을뿐더러 머릿속에 떠오르던 상想 자체가 종적 없이 사라지고 마는 것을 글 쓰는 사람이면 누구나 경험하는 일이다.

시작이 반이라고 쓰기 시작하면 어찌어찌 진행이야 되는 것이지만 문맥이 엉성하고 전체의 흐름이 산만해지고 만다. 따라서 쓰기에 앞서 글이 가야 할 행로를 차분히 구상하지 않으면 안된다. 수필 한 편을 위해 착수에 일주일 혹은 한두 달이 더 걸리는 것이 쓰기의 실제다.

일단 작품을 마무리 지어 보낼 때까지는 온통 작품 생각 때문에 안절부절못해 일을 할 때나, 술을 마실 때, 또는 늦저녁 잠에 들 때까지도 '무엇을?' '어디서 표현해서 쓸 것인가?'를 생각하느라고 이리저리 골똘히 숙고를 해보지만, 쉽게 구상이 되지 않을 때는 며칠이고 똑같은 생각을 반복하곤 한다.

그러다가 머릿속에 구상을 하는 작업이 끝나면 다음 날 아침에는 어김없이 써내려가 매듭을 짓는다.

구상을 하는 일은 일주일도 걸리고 때로는 보름이나 한 달까지 걸리는 경우가 있지만, 쓰는 작업은 한두 시간이면 끝난다. 그것은 미리 구상을 다 해놨기 때문이다.

- 정덕용

영국의 소설가 서머세트 모옴이 말하기를, 스탕달은 자기 머리로 플롯을 구상할 수 있는 능력이 없었다고 했다. 그리고도 「적과 흑」이라는 명작을 냈으니, 수필에서 구상이란 그리 중요한 게 아니라고 볼 수도 있다. 치밀한 구상보다는 주제를 어떻게 선명히 할 것이냐에 초점을 맞추면 될 것이다. 일단 써 놓은 다음에도 얼마든지 첨삭할 수 있는 게 수필이다. 실제로 처음 구상한 것이 쓰는 과정에서 크게 달라지는 게 예사다.

■ 예문 ■

옛날 어느 목수가 효자 비각을 세우는 공사를 맡았다. 그러나 목수는 며칠이고 나무토막만 자르고 있었다. 이것을 본 주인은 목수가 하도 의아스러워서, 그 잘라 놓은 나무토막 몇 개를 몰래 감추어 놓았다.

그런데 그 목수는 며칠 된 뒤 나무 자르기를 그만두고, 그가 자른 나무토막을 세는 것이었다. 산더미처럼 쌓인 나무토막을 세고 또 세고 하더니, 고개를 갸우뚱거리며 우거지상을 했다. 이 광경을 본 주인이 왜 그러느냐고 목수에게 물어 보았다.

"나으리 마님, 제 정성이 부실해서, 이 비각을 짓지 못하겠습니다. 이 이름난 효자 비각을 세우는데, 어찌 저의 이 부실한 정성으로 세울 수 있겠습니까? 소인 이대로 물러갈까 합니다."

"아니 도대체 그게 무슨 소리요? 정성이 부실하다니요? 도무지 이해가 안되는군요."

"나으리 마님, 들어 보세요. 소인이 이 비각을 지을 설계를 머릿속에 해 놓고 그 설계대로 나무토막을 잘랐는데, 지금 세어 보니 두 토막이 모자랍니다. 이런 부실한 정성으로서야 어찌 그 비각을 세우겠습니까?"

이 말을 듣자, 주인은 얼른 숨겨 놓았던 두 토막의 나무 조각을 내어 놓으며, 숨겨 둔 이유를 밝혔다. 그러자 목수는 그때서야 회심會心의 미소를 짓고는, 잘라 놓은 나무토막으로 비각을 짓기 시작하였다. 그리고는 며칠 뒤에 깜짝 놀랄 만한 비각을 준공했단다.

- 윤오영

하나의 작품을 체계화해 유기적 통일체가 되도록 수미상응首尾相應하게 하고 서로 간 괴리가 되지 않도록 얼개를 짜 놓았으면 그때 붓을 들면 된다. 유 협은 구성에 있어, 사상 · 감정을 문장의 중추로 삼고 소재를 골격으로, 언어를 피부로, 운율을 성기聲氣로 삼은 연후, 수사를 정돈해야 한다고 했다. 다음 글을 음미해 보자.

■ 예문 ■

　인류가 문명한 생활을 한다는 것으로 다른 동물보다 우등하다고 자랑하지만 거기에는 한 가지 착각이 있는 성싶다. (……)

　발명하고 창안하는 능력은 사람만의 특유한 것이라고 하겠으나, 비행기나 텔레비전을 이용한다고 해서 이것을 문명생활이라고 한다면, 원숭이가 제주인하고 같이 비행기를 탔다고 했을 때 원숭이 역시 문명생활을 하는 것이라고 평가해 주어야 할 일이다. 원숭이뿐일까. 파리나 빈대 같은 충류도 그것이 어떠한 제대로의 의식을 가졌다면 이 역시 문명 동물이라고 해서 틀림없을 것이다. (……)

　고대 희랍 사람들은 이민족은 어떤 것이든 몰아서 「바아바리야」, 즉 야만이라고 호칭하였고, 옛날 한족漢族들도 새외塞外의 민족들을 동이東夷 · 서융西戎 · 남만南蠻 · 북적北狄, 이렇게 사분해서 야만시하였는데, 그러한 관념은 일종의 자부심에서 생겨난 것이렷다. 어떤 기록에 보면, 남방 소위 야만인들은 서양 사람들이 목에 맨 넥타이를 보고 "그거, 답답하지 않느냐."고 한다는 것이다. 문명과 야만의 구별이란 별로 대단한 것이 아니고 결국 소질상의 상대적 차이밖에는 더 될 것 없는가 싶다. (……)

　한때 성행하던 털목도리를 생각해 보라. 그것이 옴이 올라서 병사 혹은 총에 맞아 죽은 짐승의 것이든 간에 최신 유행이라고만 하면 쥐 · 여우 · 너구리의 털 할 것 없이 애호했었고 남편들을 졸라댔던 것이다.

　문명의 탈을 쓴 야만은 얼마든지 있다.

- 오종식의 「원숭이와 야만」 중

　봄비가 조용히 내리고 있다. 우윳빛 얼굴로 환하게 핀 목련꽃이 바로 바르르 떨며 울먹이고 있다. (……)

　비와 눈물로 아롱거리는 꽃잎이 너무나도 고결한 임종 때의 어머님 얼굴

같기만 해서 물끄러미 쳐다보고 있는데, 뚝 하고 꽃 한 송이가 떨어진다. (……)

나는 아직도 시간을 초월한다는 의식 속에서 살고 있는 것일까. 꽃이 다 떨어진 목련나무 가지에는 새 잎이 파랗게 돋아 줄기찬 의욕으로 자라고 있는데, 나는 현재의 내 시간에 안착할 수 없는 안타까움에 몸부림칠 뿐이다. (……)

그러던 어느 날, 작품 마감일을 알리며 격려를 보내는 스승님의 전화 목소리에서 불현듯 아버님의 음성을 듣고는 진정제를 먹은 환자처럼 조용히 앉아서 먹을 갈기 시작한 것이다. (……)

5월이 왔다. 손바닥만한 목련 잎새가 무성하게 자라서 온통 하늘을 가리고 있다. 초여름 훈풍이 리듬처럼 경쾌한 덕수궁 뜨락에는 연초록빛 잎새들이 강한 생명력으로 나부끼고 있다.

– 고임순의 「여명」 중

앞의 글은 "문명의 탈을 쓴 야만은 얼마든지 있다.(주제문)"는 말을 하기 위해 처음부터 조직적으로 구상됐음을 알 수 있다.

뒤의 글은 목련을 통해 깨닫지 못했던 완성의 의미를 터득했음을 암시적으로 표현하고 있는데, 상징적인 기법이 눈 맛을 돋운다.

마지막으로 수필에 있어 구상의 실제를 보이고 있는 글 하나를 덧붙인다.

■ 예문 ■

쓸 때는 생각나는 대로 연습장에다 줄줄이 써내려 간다. 쉽게 써내려가며 이래도 되는 건지, 이런 게 소위 글이라고 하는 건지 의문도 생기고 불안도 생긴다. 그런 것에 조금도 구애 받지 말고 물 흐르듯 써내려 가면 된다.

일단 쓰고 싶은 대로 다 쓰고 난 뒤에 며칠 후, 다시 읽어 보면 군더더기

가 눈에 띄게 마련이다. 그러면 또 거침없이 가지치기를 해준다. 원래 하고
자 하는 주제에서 이탈되거나 한 것은 수정 보완해 나간다.

제목이나 소재에 따라서 잘 써지는 것도 있지만 영 진도가 안 나가는 경
우도 있다. 그럴 때는 다른 사람의 수필집을 읽어 본다든가, 특히 철학적
에세이들을 훑어보면 다시 기름칠이 되어 흘러내린다. 왜 그러냐 하면 선
배 수필가들의 고뇌들도 지금 이 시간 우리가 느끼는 고뇌들과 크게 다르
지 않기 때문이다. 물론 고민의 내용이나 성격은 다르겠지만, 인간적인 근
원의 문제는 비슷하기 때문이다.

수필의 분량은 대개 원고지 15내200자 기준 안팎이 된다. 대학 공책으로
3~4쪽 정도의 분량이다. 그러나 습작기에는 원고지에 번거롭게 쓸 필요가
없다. 외부에 투고할 때만 원고지에 정서를 하고 요즘은 워드프로세서를 이용하는
사람이 많다. 문학 공책 같은 것을 준비해서 꾸준히 써 나가는 것이 좋다. 중
요한 것은 문장 숙달이기 때문에 그때그때 스스로 제목을 정해서 문학 공
책에 쓴다.

- 신일재

2) 구성의 실제

● 사건적 구성과 관념적 구성
사건적 구성과 관념적 구성에 대한 설명을 들어 보기로 한다.

"사건적인 글은 읽는 사람이 쉽게 이해가 되고 또 감동이 된다. 그러나
관념적인 글은 무슨 말을 하는지 중심이 안 잡히고 심한 경우 하늘의 구름
을 잡는 듯이 어지럽다.

사건적인 글이 훨씬 실감 있게 오는 이유는 간단하다. 바로 리얼리즘 때

문이다. 다시 말하면 사건 위주로 쓴 글들은 실감이 느껴지지만 관념적인 글들은 몽상으로 이해된다. 또 사건적인 글은 쓰는 사람 자신도 지루하지 않게 얘기가 전개되지만, 관념적인 글은 쓰는 사람 자신도 무슨 말을 하는지 모르게 공허해진다. 물론 기성 문학가가 된 상태에서는 관념적인 글을 쓰더라도 중심도 잡히고 포괄적인 문제들을 다룰 수가 있다. 사건적인 글은 구체적 사건을 잘 알지만 반면 포괄적인 문제를 다룰 수 없는 게 단점이다.

　더욱 좋을 수 있다면, 사건적인 것을 중심으로 관념적인 것을 적당히 조성한 글이다. 그렇게 되면 사건적인 리얼리즘과 관념적인 포괄성까지 조화를 이루어 좋은 글이 될 수 있을 것이다.

- 신일재

사건적인 글과 관념적인 글의 실례를 보자.

■ 예문 ■

달밤에는 들판에 나가고 싶었다.

들판에 나가면 달빛이 거느리는 고요 속에 빠지곤 했다.

달이 부는 고요의 피리소리……온 누리에 넘쳐 마음속으로 흘러드는 피리소리. 고요초롬도 해라. 달빛보다 더 밝고 깊은 고요가 어디 있을 수 있으랴, 누가 달빛의 끝까지 고요를 풀어 놓았을까. 고요의 끝까지 달빛이 밀려 간 것일까.

달밤의 고요는 냉수 한 사발처럼 그저 담담한 고요가 아니었다. 우주의 몇 광년 쌓인 고요, 달의 영혼이 비춰진 숨결이었다. (……)

달빛 그리고 고요……달빛 고요에 돌아눕는 들풀 몇……은하銀河가 흐르고 있었다. 달이 부는 피리소리……영혼의 피리소리. 옷을 벗는 나무들의 하얀 피부가 보이고 풀잎 위에서 밤새도록 벌레들은 무슨 말들을 하고 있는가. 옷을 벗고 있는 나무들의 말들이 들렸다.

고요도 하나의 큰 소리일까. 세상을 가득 채우는 노래일까. 몇 천 년 아니 몇 만 년의 그리움으로 풀어 엮는 노래일 듯싶었다.

실개천을 따라 줄지어 선 미루나무들……. 이웃한 나무들끼리 달빛 속에 내외간처럼 정다워 보였다.

달빛 속에 숨죽인 몇 만 년의 고요, 고요 속에 눈을 뜬 달빛, 그 무한한 은유법을 보고 있었다. 시·공을 뛰어넘는……눈 맞춤 같은 마음의 표현을 보고 있었다. (……)

내 마음에 오래오래 달빛 고요가 머물러 있길 원하지만 내 마음은 늘 욕심으로 가득 차 빈 뜨락을 만들 수가 없었다.

마음이 어지러우면 어머니는 눈을 감으시고 천수경을 외시지만 난 달빛 고요를 생각했다. 달빛과 고요 속에 잠기면 차라리 가난이 더 홀가분해지고 포근해졌다.

덕유산 달빛 고요는 나를 행복하게 해 주는 신비였다. 영혼을 맑게 해 주는 그리움이었다.

– 정목일의 「달빛 고요」 중

아직도 생각날 때마다 눈물 지는 일이 있습니다. 그때 평양으로, 어디선가 곡마단이 왔는데, 그중엔 나 어린 내 호기심을 제일 끄는 것은 인도 어느 산에서 잡아 왔다는 큰 뱀이었습니다. 그것이 어찌도 보고 싶던지 여쭈어 보아야 소용없을 줄은 뻔히 알면서도,

"할만, 나 돈 닷 돈만!" 하고 말해 보았습니다. 그때 입장료가 소학생은 반액으로 오전이었습니다.

할머님은 언제나 꼭 같은 대답으로

"나 한 냥만 다고, 내 닷 돈 주께." 하시면서 열쇠 한 개밖에 든 것이 없는

주머니를 뒤집어 보여 주었습니다.

그러나 내가 그때는 왜 그리도 미련했던지요. 생판 억지를 써야 별 수 없을 줄을 뻔히 알면서도 그래도 그냥 울고불고 야단을 하였습니다. 그날 종일 밥도 안 먹고, 소리쳐 울었습니다. 종내 그 뱀 구경을 못하고 말았으나, 거의 매일 그 서커스단 문 앞에 가서 그 휘장에 걸어 놓은 뱀잡이 그림을 어찌도 치어다보았던지, 아직도 그 뱀과 그것을 잡은 벌거벗은 토인들 그림이 눈앞에 선합니다.

그 후 십여 년이 지난 작년 가을, 오래 해외에 있던 나는 어른이 다 되어 집으로 돌아왔습니다. 마침 형님 집에 올라와 계신 할머님을 서울서 뵈었는데, 하루는 집안에 아무도 없고 할머님과 나와 단둘이 있을 때, 할머님은 주머니를 뒤적뒤적 하시더니 가운데 구멍이 뚫린 오전짜리 백동전 한 푼을 꺼내 주시면서,

'옛다! 자, 이제라두 뱀 구경 가거라!"

하시는 그 목소리는 떨리었습니다. 그때, 나는 할머님 무릎에 엎디어 실컷 울었습니다. 나는 그 백동전을 가지고 다닙니다. 지금 만리타향에 있으면서도 그 백동전을 꺼내 볼 때마다 내 눈에는 눈물이 빙그르 돌군 합니다.

– 주요섭의 「할머니」 중

● 단순구성과 복합구성

구성에는 단순구성과 복합구성이 있다. 한 이야기로만 엮는 것이 단순구성이고, 두 개 이상의 이야기를 합해서 엮어 나가는 것이 복합구성이다. 복합구성일 때는 두 개의 이야기로 풀어가되 주가 되는 이야기에 따라가는 이야기가 함께 병행하는 형식이 일반적이다.

구성의 실례를 들어 보자,

■ 예문 ■

어느 분은 내 수필을 읽고 무척 소설적이라고 하는 분이 있다. 사실 나는 수필을 쓸 때 소설과 시를 조화시킨 것을 쓰려고 의도하는 때가 있다. '미리내'(《현대수필》 2월호, 1971)가 바로 그 시도다. 수필은 산문에 속한다. 그러므로 수필이 문학이 되려면 산문정신이 있어야 한다는 것은 두말할 것도 없거니와 좋은 소설, 좋은 희곡의 밑바닥에는 시정신이 깔려 있는 것이다.

그러므로 좋은 수필이 되려면 시정신이 깔려 있어야 된다고 본다.

'관'은 (《현대문학》 2월호, 1971) 원고지 17매짜리가 제목은 '관'인데 16매까지는 순 낚시 이야기를 쓰고 마지막 한 장에 가서 관의 이야기가 나오면서 끝을 맺게 된다.

독자는 읽어가면서 관 이야기는 나오지 않고 뚱딴지 같은 이야기만 나오니까 의아해 하다가 마지막에 가서 그래서 관이라고 하는 제목을 붙였구나 하는 생각을 가지게 된다.

이것은 독자에게 글을 읽는 재미를 한층 돋구는 효과를 노린 것이다. '흉터'도 그런 면을 고려해서 제목을 붙였다. 우리가 글을 읽을 때 제목과 관련해서 조금 읽으면, 아 이것은 무엇을 쓰려고 하는 것이로구나 하는 생각을 하겠다. 독자가 읽어 가면서 새로움을 느끼며 예측할 수 없는 글일 때에는 작가가 독자를 이끌고 가는 글이라고 하겠다. 독자가 작가를 이끌고 가는 글보다 작가가 독자를 이끌고 가는 글이 더 재미있다고 하는 것은 두말할 것도 없다. 독자가 작가를 이끌고 간다면 그 글은 통속적으로 떨어질 가능성이 많다.

수필은 플롯이 없는 글이라고 하는 분이 있지만 없는 자체도 하나의 플롯이 될 수 있다. 재미있고 효과적으로 전달하기 위해서는 플롯이 필요하다고 여겨진다.

어느 글이든지 마찬가지로 끝부분이 중요하지만 나는 끝부분이 생각나면 단숨에 써 내려가게 된다. 그러므로 내 글은 마지막 부분을 쓰기 위해서 모든 게 집중된다고 하겠다.

그렇다고 재미있기만 하면 수필이 되는 것은 아니다.

그 재미있는 이야기를 통해서 무엇을 보여 주어야 할 것이다. '미리내'에서는 물들지 않는 어린 시절의 꿈을 오늘의 성인들이 그대로 지니고 있다면 오늘의 사회가 보다 밝고 아름다운 꿈이 꽃 피는 세상이 될 수 있지 않을까 하는 생각을 하면서 쓴 것이다.

'흉터'에서 윤 노인의 죽음을 어떻게 볼 것인가.

빅톨 유고도 그런 말을 했지만 사람은 항상 싸움의 연속이다. 자연과의 싸움, 사람과의 싸움, 자기 자신과의 싸움이 계속되고 있는 것이다. 윤 노인은 자연과의 싸움에서 졌지만 자기와의 싸움에서 이긴 분이다.

– 서정범의 「철이 들 때」 중

도입과 전개 부분까지 독자를 끌고 오며 작품에서 하고 싶은 말을 최대한 아껴두었다가 결미에 가서 풀어놓음으로써 재미를 한층 돋워내는 효과를 노린다고 했다. 자신의 글쓰기는 마지막 부분을 쓰기 위해서 모든 게 집중된다는 것이다.

서술이 너무 간략하면 내용이 허술해지고 반대로 서술에 치우치면 내용이 산만해 혼란스러워진다. 수필가 김시헌은 그의 구성을 다음 같이 말한다.

■ 예문 ■

'하늘'이라는 제목을 주어서 글을 쓰라고 한다면, 그때부터 '하늘'에 대한 생각을 해보아야 한다. 이것은 제재를 먼저 결정해 놓고, 주제를 그 속에서 찾는 순서라고 할까?

그러나 대개의 글은 주제를 먼저 결정하는 것이 바른 순서라고 할 수 있다. '무엇을 쓸 것인가?' 하는 의도가 정해져야 그 의도를 충족시키기 위해서 소재를 생각하게 된다. 소재는 '무엇으로 나타낼 것인가?'의 물음에 해당되는 분야라고 할까?

이 세상의 삼라만상은 소재가 될 자격을 가지고 있다. 그러나 주제가 요구하는 의도를 따라 그 많은 소재는 선택을 받게 되어서 주제와 관련이 있는 일부분만이 글 속에 동원된다. 이때에 동원되는 소재를 특히 제재라고 말한다.

소재가 결정되면 우선 그것이 가진 속성을 분석해 보아야 한다. 그 소재 안에 어떤 철학이 잠재되어 있는가? 주제를 만족시키기 위한 어떠한 종류의 진실이 그 안에 가로 놓여 있는가를 살펴보면서 주제와 강한 인연을 가진 부분을 추출해 내야 한다. (……)

그런데 여기 한 그루의 노송이 있다고 하자. 그 노송을 바라보는 사람이 비극적인 인생관을 가지고 있다고 한다면 노송에서 어떤 철학을 찾아낼 것인가? 모르지만 그는 아마 노송에서 다가오는 생명의 종말을 생각하고 허무를 느낄 것으로 안다. 그러나 낙관적인 인생관을 가진 사람이 노송을 보았다면 그 나무에서 얼마만치의 돈이 나올 것인가를 계산적으로 볼지 모른다. 이는 같은 종류의 소재일지라도 각자 다른 것을 찾아내는 한 예가 된다.

몇 천 년을 두고 수많은 문인들이 글을 써 왔다. 그렇다면 아직 다루어 보지 못한 새로운 소재란 없을 것이 아닌가? 한데도 사람들은 새로운 글을 쓰기 위해서 자기의 천분을 끊임없이 닦는다. 그것은 소재의 새로움을 찾기보다는 소재를 바라보는 눈에 새로움이 있다는 것을 믿고 있기 때문이다. (……)

한 사람의 미식가에게 맛이 있는 요리를 제공하기 위해서는 우선 질이 좋은 요리의 재료를 선택해야 한다. 재료가 나쁘면 요리사의 솜씨가 좋아도 그 힘을 다 나타내지 못한다. 무, 배추, 고추, 마늘, 파 등 수많은 재료 중에서 무엇을 자기 요리의 재료로 끌어오느냐? 이것은 요리사의 생각에 달려 있다. 재료의 배합을 고루 잘해서 한 작품을 완성해 놓으면 그 안에 맛이 생기고, 향기가 생긴다. 맛이 있고 향기가 있는 작품은 따라서 영양 가치도 있다.

미식가가 아니라 해도 이왕이면 누구나 향기 좋고 맛 좋은 요리를 먹고 싶어 한다. 그래서 소재를 잘 선택한다는 것은 좋은 수필을 쓰기 위한 기초 조건이 되는 것이다.

- 김시헌의 「소재와 충격」

하나의 주제를 향해 많은 소재들을 배합하되 일사불란하게 하나의 맥락을 이루어 나갈 수 있으면 좋다. 주제 표현에 핀트를 맞추어야 함은 물론이다, 또한 그런 소재의 조직과 배합이야말로 문장을 끌고 가는 힘이기도 하다. 조지훈은 대표작 「승무」의 창작과정을 말하면서 「詩의 原理」에서 다음과 같이 그 구상을 단계화했음을 밝히고 있다.

* 무대 묘사를 뒤로 미루고, 직입적으로 춤추려는 찰나의 모습을 그릴 것.

* 그 다음 무대를 약간 보이고, 다시 이어서 휘도는 춤의 곡절로 들어갈 것.

* 그 다음 움직이는 듯 정지하는 찰나의 명상의 정서를 그릴 것. 관능의 샘솟는 노출을 정화시킬 것.

* 그 다음 유장한 취타에 따르는 의상의 선을 그리고, 마지막 숨과 음악이 그친 뒤, 교교한 달빛과 동터 오는 빛으로써 끝맺을 것.

한 편의 명시가 탄생 이전에 거쳤던 구상 과정이 얼마나 치밀하고 정교하고 가지런한가. 착상에서 전개 그리고 결말에 이르기까지 무엇 하나 흐트러짐 없는 결곡함을 보이고 있다.

물론 수필의 구상은 시의 그것과 다르겠으나 화가가 데생을 하듯 구도를 잡는 과정이므로 소홀히 할 수 없는 것이다. 화가 빈센트 고흐의 작품에 스케치가 적지 않은 비중을 차지하는 것은 우리에게 시사하는 바가 크다 하겠다. 기량을 키우기 위한, 그림의 밑그림인 스케치가 나중에는 독자적인 장르로 혼을 기울이게 되면서 마침내 명작을 탄생시켰다.

● 구성의 종류

① 시간적 순서에 따른 구성

가장 초보적인 구성 방법으로, 일의 진행 순서나 시간의 경과를 따라 글의 줄거리를 끌고 가는 방식이다. 평면적이고 단조로워 읽고 난 뒤 뇌리에 남는 것이 별로 없다. 인과관계나 극적인 상황 전개가 없어 글에서 풍기는 인상이 매우 약하다. 이 구성 방법은 주로 일기, 체험기, 기행문, 답사기 등 서사적인 문장 등에서 많이 사용한다.

▪ 예문 ▪

선생님 네 분과 함께 나는 구례 역에서 내렸다. 화엄사까지의 길을 물으니 이십 리 길이 넘는다고 한다. 서쪽 하늘에 걸린 해를 바라보며 우리 일행은 마차를 탔다. 구례읍을 지나 반시간 남짓하여 마차에서 내려 걷기를 시작했다. 길가에 띄엄띄엄 가려진 볏가리는 늦어가는 가을의 햇발을 원망이나 하는 듯이 쓸쓸하고 추레하게 서 있고, 옹달진 산 밑 동네에는 기다란 연기가 몇 줄기 하늘까지 오르고 있어 산촌의 풍경을 더욱 아름답게 꾸미는 것 같았다. 나는 돌에 걸어 채일까 봐 조심조심 걸어서 화엄사 입구에 이르렀다. 이 근방을 지키고 계시는 순경 아저씨 몇 분을 발견하고 그 수고에 새삼스레 고개를 숙였다. (……)

"으아 참!"

놀라운 소리가 나도 모르게 내 입에서 나왔다. 절에 가면 크고 넓은 방이 있다는 말도 들었고 더러 보기는 했으나, 이같이 크고 넓은 방이 있으리라고는 생각조차도 못했던 것이다. 안내하는 스님의 말을 들으면 300명은 넉넉히 쉴 수 있다고 한다. 방 한가운데에 촛불이 하나 켜 있었으나, 저쪽 벽은 무엇이 무엇인지 알아보지 못할 만큼 희미하게 어둡다. (……)

이윽고 새벽은 스님들의 경 읽는 소리와 함께 밝았다. 고요한 절 옆으로 흘러가는 낡은 골짜기 물로 세수를 하였다. 기분이 상쾌하여 그대로 있을 수가 없어서 "야아"하고 고함도 질러 보고 바위에 부딪치며 흘러가는 물과 같이 달려도 보았다. 주지스님의 안내를 받아 대웅전으로 갔다. 정면에는 세 분의 부처님이 엄연히 앉아 계시다. 어느 부처님보다도 어마어마하게 큰 부처님이다. 첫눈에 그 어떤 무거운 힘으로 머리를 짓누르는 것 같아서 니는 머리가 숙여짐을 어찌할 수 없있다.

대웅전을 나섰다. 스님은 푸른 가을 하늘 아래의 지붕 위에 마침 참새가 오락가락 날고 있는 각황전을 가리키며 각황전은 우리나라 제일의 목조건물인 국보라고 가르쳐 주신다. 과연 그 건물이 일천 삼백 년 전에 이루어진 순 목조건물로서 건축 기술이 발달된 오늘날 사람들이 감히 흉내도 못 낼 만큼 굉장한 규모로 지어졌음을 눈앞에 보고, 기계의 힘을 꿈에도 생각조차 못했을 그 당시의 수고를 생각하니 우리 조상의 피땀이 기둥 하나 기와 한 장에까지 엉기어 있는 것만 같았다. (……)

숲 속에서 들려오는 구슬픈 나무꾼의 노래를 들으며 우리 일행은 발길을 재촉했다.

- 강건영의 「완주국교」 중

시간 순서에 따른 순행구성이다. 시간의 순서를 따라 배열했으므로 내용이 별다른 긴장감이 없이 단조로워 평범한 수준에 머무를 수밖에 없다.

② 공간적 구성

사물의 공간적 배치에 따라 진행해 나가는 방법이다. 말 그대로 공간 이동에 의한 글의 구성법을 뜻한다. 시간적 구성이 서사적인 진술에 의존하는 것이라면, 공간적 구성법은 묘사적 진술이 중심을 이룬다고 할 수 있다.

사찰답사기 등에서 경내의 일주문으로 들어서면서부터 가람 배치와 탑과 연못 등과 절을 둘러싸고 있는 천연의 산세 그리고 그 경관과 정취를 공간을 이동해 가며 묘사하는 구성법인데, 인물묘사에도 더러 쓰인다.

■ 예문 ■

산성 서문 안으로 발을 옮기면 백제 시조 온조왕을 모신 사당이 있다.

곧, 일장산 서북 중부에 있다. 병자호란 때 인조대왕이 이 산에 농정해 계실 때 지으신 제전祭殿이다.

다시 숨을 헐떡거려 산성의 최고봉을 올라가면, 이것이 곧 450미터 되는 일장산의 꼭대기다. 고색이 창연한 서장대가 있고, 대상엔 무망대 석자를 쓴 현판이 달려 있다. 병자호란을 잊지 말자는 뜻이다. 40평이나 되는 넓은 터전을 차지한 집으로, 아래 위층 장엄한 건물이다. 영조 조에 유수 이기정이 건축한 것이니, 현존한 산성 가운데 가장 그 규모가 큰 집이다. 수어사가 구운복具運服, 밀화구영密花具纓으로 장대에 올라, 칼을 빼어 수만 군병을 호령하던 곳이다.

탁 열려진 안계眼界는 일모一眸에 경성, 양주, 양평, 고양의 모든 산천이 내려다보이고, 희멀끔 인천 바다엔 석조夕照가 끓어올라 시뻘건 불덩이 같다. 다시 눈을 가까이 돌려 발아래 한강을 굽어보니, 무심한 듯 유심하고 한가로운 듯 바쁜 두어 척 고깃배가 돛대에 바람을 배불리 싣고 그림같이 돌아든다.

- 박종화의 「남한산성」 중

서울역에서 남으로 향하여 한강 인도교를 건너가면, 한편으로는 흑석동으로 넘어가는 언덕길이 뻗었고, 우편으로는 사육신 무덤이 있는 산을 돌아 영등포로 향한 아스팔트길이 플라타너스 가로수의 그늘을 밟고 들어갔다. 노량진 장터를 지나면 바로 왼편으로 넓은 오르막길을 아침저녁으로 오르내리는 산 너머 사람들은 이 고개를 아리랑고개라고 한다. 산 너머 사람들이라고 하여 마치 두메산골 사람으로 관념할지 모르나, 이 아리랑고개를 넘나드는 사람들은 대개가 서울 장안에 직장이 있는 공무원이나 사무원, 양복을 입은 한국의 지식인들이다. 처음으로 아리랑고개를 올라선 사람이라면 깜짝 놀랄 것이다. 플라타너스 가로수가 우거진 넓은 길이 위로 갈라져 내려가고, 종로 화신 앞 같은 로터리가 있기 때문이다. 이 로터리로 해서 동시님북으로 갈라진 십자로 길가로는 주택영단, 꼭 같은 형의 특호주택이 즐비해 있다. 이 로터리에서 서로 향한 길을 내려가면 또 아담한 로터리가 있다. 여기에서 동으로 관악산을 바라보는 가로수가 늘어진 길 한복판으로 맑은 산물이 흘러내리는 개천이 있다. 이 개천 양편으로 수양버드나무 늘어진 가지가 푸른 바람을 받고 실가지를 개천에 적신다. 멋진 길이 이러한 데 있으리라고는 상상 못할 것이다.

이 로터리 길을 기점으로 주택이 좌우로 줄지어 아득히 보이는 산허리까지 뻗치었다. 잔잔하게 계곡을 타고 자리 잡은 똑같은 형의 특호주택, 똑같은 형의 갑호주택, 똑같은 형의 을호주택, 줄줄이 좌우로 마치 전차기갑사단이 푸른 기를 꽂고 관병식장에 정렬하여 서 있는 것 같은 광경이다. 관악산의 줄기가 병풍처럼 천여 호의 주택을 둘러쌌다. 이 주택촌을

상도동이라 한다.

- 김광식의 「2132호 주택」 중

③ 논리적 구성

논리적 구성법은 원인, 이유와 결과, 귀결이 논리적 필연성에 의해 전개된다. '인과식 구성'이라 해도 좋다. 정감적인 서정수필에서는 별로 쓰지 않는 구성법이다. 논설문이나 설명문에 사용하는 방법으로 논설적인 수필 곧 사회 현상이나 부조리 등에 대한 작자의 견해나 주장을 펴는 글에서 흔히 볼 수 있다.

칼럼 등에서 많이 쓰는 구성 방식이라고 보면 된다. 예를 든다.

■ 예문 ■

헌법상 정당을 적극적으로 규정하기 시작한 것은 독재정권이 정당한 국가와 불가분의 일체라고 보고, 이를 이용하여 일당 국가를 형성한 데서부터이다. 이 유형에는 나치스 독일이며 파쇼 이탈리아며 소련 헌법들이 있다. 이들 헌법에서는 정당은 국가기관으로 되어 있으며, 독재정권의 유지 수단으로서 이용되었던 것이다.

제2차 대전 후의 헌법들은 파쇼 정권들이 타 정당을 해산시킨 경험을 살려, 복수정당제도의 보장을 헌법상에 규정하기에 이르렀다. 이러한 유형 중에는 이탈리아 헌법 등의 정당 가입의 권리를 보장한 헌법형과, 또 반민주적 정당을 해산함으로써 민주주의적인 복수 정당 제도를 유지하려는 서독 기본법 등의 헌법형이 있다.

후자의 유형에 속하는 것으로는 브라질 헌법, 프랑스 제3공화국헌법, 1961년 터키헌법 등이 있다. 우리 헌법에서는 제2공화국헌법 제13조 2항에서 위헌 정당의 해산 규정을 두었으며, 1962년 헌법 개정에 의하여 제75

조의 소위 정당 조항을 두고 있다.

– 김철수의 「새 정당법은 위헌이 아닌가」 중

❀ 수필카페30

'좋은 행복, 해로운 행복' :
삶의 가치는 행복으로 말합니다.

그래서 행복은 무조건 좋은 거라고 생각하는데 그것도 어떤 종류의 것이냐에 따라 좋은 행복, 해로운 행복으로 나뉜다고 합니다.

미국 노스캐롤라이나 심리학과 교수의 연구 결과, 우리 몸에는 '나쁜 행복'이 존재한답니다.

면역 조건이 동일한 80명의 성인을 대상으로, 사회적 교류나 성취감으로부터 오는 '목적지향적 행복'과 맛있는 것을 먹는 등 단순히 욕구를 채우는 것으로부터 오는 '쾌락적 행복'을 구분해 면역세포에 차이가 생기는지를 실험했다는군요.

결과는 쾌락적 행복이 혈액 단핵구세포에서 스트레스와 연관돼 면역력을 약화시키는 염증 발현 유전자가 증가하는 반면, 목적지향적 행복은 이 유전자가 억제된다는 것을 확인했다는 겁니다.

정신적으로는 쾌락적 행복이든 목적지향적 행복이든 똑같이 느끼지만, 신체는 어떤 행복감인지 이미 인지하고 달리 반응한다는 것이지요.

쾌락적 행복감을 가질 때 신체는 감정적이고 무의미한 열량 소모를 많이 한다고 합니다. 폭염과 열대야에 힘든 계절, 그런데도 날씨 좋은 날보다 독서량이 더 많다고 하는 통계가 나온 걸 보면, 목적지향적 행복을 더 많이 느끼는 계절인 걸까요? 생각하기 나름, 이 여름을 얼마든지 즐겁게 보낼 수 있을 듯합니다. (최선옥 시인)

---

5. 수사修辭에 관하여

수사修辭란 한 가지 말로 표현할 수 있는 진실을, 더 진실 되게 하기 위해 쓰는 강조적인 성격을 띤 표현 방법이다. 보다 본질적인 접근이 필요하다. 수사라 해서, '수식'한다는 쪽에 치우친 나머지 문장의 겉모양을 아름답게 분탕질하려는 것이 결코 아니다.

수사는 어디까지나 대상을 보다 진실하게 나타내려는 것으로 문학적 효과를 자아냄에 있다. 이를테면 '아이의 눈이 맑다'를 '아이의 눈이 이슬처럼 맑다'라 하면 '맑다'라는 본질적인 진실이 더욱 뚜렷이, 여실히 드러난다. 이렇게 수사는 밋밋하고 건조한 표현에 보다 사실적인 느낌과 함께 촉촉한 정감의 깊이를 얹어주는 효과가 있다.

다만, 어느 정도에서 분명히 선을 그어야지 지나치면 표현하고자 한 대상의 본질이 흐려지고 만다. '아이의 눈이 티 하나 내려앉지 않은 이슬처럼 맑다'라 하면 이미 수식이 어느 선을 넘어 버린 것이 된다. 혼란스럽기도 하거니와 '아이의 눈의 맑음'이라는 본래의 상태가 미화되거나 과장돼 버린다는 얘기다. 수사는 아름답게 꾸미려고 하는 것이 아니라 진실을 진실 그대로 드러내고자 하는 것이다. 이것이 바로 수사의 요체要諦다.

따라서 그 표현이 문학적인 것이 되게 하려면 문장에 대한 오랜 연마와 수련, 내공을 쌓지 않으면 안된다. 작가가 다루는 것이 언어인즉 대패로 조악한 재목을 밀고 다듬듯, 조경의 손이 정원수를 아담하게 전지하듯, 귀금속을 세공하듯 언어를 조탁彫琢하면서 거친 것은 다듬고 혼탁한 것은 여과濾過해야 한다. 한마디로 진정 양질의 수필을 쓰려는 작가적 의식 속에 평생을 두고 후세에 남을 대표작 한 편 쓰고야 말겠다는 창작욕, 결국 장인丈人정신의 발현이라 하겠다.

수사법에 비유법·강조법·변화법의 세 가지가 있는데, 여기서는 수필을 쓰는 데 일반적으로 쓰이는 필수부가결한 기법 등을 중심으로 간략하게 얘기하려 한다.

1) 비유법

사물의 형태나 상황에 대한 생각원관념에, 다른 것보조관념을 끌어들임으로써 빗대어 표현하는 기교다.

① '꽃같이 예쁜 소녀'에서 보듯이 '~같이, 처럼, 마치, 흡사, ~인 양' 따위로 직접적으로 비유해서 드러내 보이는 것을 '직유법直喩法'이라 한다.

② '내 마음은 촛불이오'에서 보듯이 원관념과 보조관념을 하나의 관념으로 연결시키는 것을 '은유법隱喩法'이라 하는데, 돌려서 말하는 것으로 직유법보다 두 관념의 밀착도가 더 깊다.

③ 무정물을 유정물혹은 인격체로 표현하는 기법이 있다. '진달래가 발돋움한다' '들풀들이 곱게 세안을 해 함초롬히 길가에 나앉았다'처럼 나타내는 것을 '의인법擬人法' 또는 '활유법活喩法'이라 한다. 작자의 감정이 대상물에 전이된 것으로 감정이입의 경지를 표현하는 것이다.

④ 의성어에 의한 '의성법擬聲法', 의태어로 표현하는 '의태법擬態法'이 있는데, 이를 남용하면 문장의 무게가 반감될 수 있다.

⑤ 상대의 흠결을 겨냥할 때, 본뜻을 숨겨 슬며시 찌르는 기법, 이를테면 '과일 가게의 모과'라거나 '참새가 방앗간 옆을 그냥 지나지 못한다' 따위처럼 나타내는 것을 '풍유법諷諭法'이라 한다.

⑥ 사물의 속성과 관련해서 또는 기호적인 것으로 나타내는 환유법換喩法, '한 쌍의 청바지가 어깨를 나란히 겯고서 걸어간다'의 청바지가 젊은 이를 나타내는 경우다.

⑦ '상아탑'이 대학을 나타내듯 표현 또는 묘사를 추상적인 말로 나타내는 방법을 '상징법'이라 하는데, 비유 가운데 가장 높은 층위에 속한다.

2) 강조법

문장의 평면성을 입체적으로 그 효과를 극대화하는 기법이 '강조법'이다.

① 실제보다 확대 혹은 축소하는 것을 '과장법誇張法'이라 한다. '바늘로 찔러도 피 한 방울 안 날 사람', '눈물의 폭포수', '백발 삼천장白髮三千丈'이라 하는 식이다.

② 감탄사로 감정을 드러내는 기법. '아뿔싸!' '아아! 잊으랴 어찌 우리 이 날을' '어머나, 이러지 마세요.' 등과 같은 것을 '영탄법咏嘆法' 또는 '감탄법'이라 하는데, 수필에서 지나친 감정 노출은 금기시하므로 가급적 사용을 절제하는 게 좋다.

③ 같은 말이나 유사구 등을 되풀이함으로써 문장 표현을 강화하는 방법을 '반복법'이라고 한다. '사람과 사람들이 손을 맞잡았다' '사랑하던 그 사람이여, 사랑하던 그 사람이여,' 기나긴 밤' '멀고도 험한 길 봉정암 가는 깔딱고개', '내 사랑 그대여, 내 사랑 그대여' 등과 같다.

④ '열 살 시골 소년이, 낯선 도시의 스무 살 청년으로, 대처에 나가 서성이던 마흔 살 장년 그리고 크게 휜 인생의 한 굽이를 휘돌아 일에서 떠난 일흔 살로, 야산의 숲처럼 천이遷移해 왔구나.'에서 보듯 글의 뜻과 흐름을 점점 크게 점층적으로 심화함으로써 강한 인상을 끌어내는 기법을 '점층법漸層法'이라 한다.

⑤ '말로 주고 되로 받는다' 같이 서로 다른 개념이나 질량감을 대립시켜 선명히 하는 기법으로 '대조법對照法'이 있다.

⑥ '미화법'이 있는데, 불완전하게 전달되기 쉬운 것을 수사적 접근에 의해 밀도를 가해서 전달하는 기법을 말한다. 지나치면 과장법이 되기 쉽다. '그는 언제나 언변이 좋아 구차해 보이지는 않는다.' 같은 경우다.

⑦ 연결성이 있거나 유사한 말을 나열하는 표현법을 '열거법列擧法'이라 한다. '나는 이 새로운 거처에서 더욱 단순해지고, 더욱 진실해지고, 더욱

순수해지고, 더욱 온화해지고, 더욱 친절해지고, 더욱 인정이 깊어지고자 노력할 것이다.'처럼 늘어놓은 말들이 결국 전체를 아우르면서 내용이 자연스럽게 강조된다.

⑧ 과거의 사실을 현재진행형으로 바꿔 놓는 기법이 있다. 지난 일을 눈앞에서 일어나는 그때의 일처럼 표현함으로써 현장감·생동감·박진감을 준다. 수필 문장의 대부분이 과거의 체험이 소재가 되는데 그러한 일이 일어났던 시점으로 돌려놓으면 훨씬 생생하고 역동적인 느낌을 불러올 수 있는 이점이 있다. 이를 '현재법'이라 하는데, 수필 특히 기행문에서 흔히 쓰는 기법이다.

⑨ '저기 뒤란의 담벼락, 그 너머 삘기 뽑던 동산, 또 건너엔 너더댓 가호 집이 있었는데…'처럼 문장의 끝부분을 끊음으로써 여운과 암시를 불러일으키려는 기법을 '생략법'이라 한다. 수필 문장은 독자에게 울림을 주어야 하므로 그런 측면에서 보편적으로 많이 쓰이는 기교 중의 하나다.

3) 변화법

단조로운 문장에 변화를 주어 그 흐름을 환기하고자 하는 기법이다. 글이 밋밋하고 무진장 무미건조해질 것을 우려해 말을 툭툭 건드려 가면서 분위기를 흔들어 놓자는 것이다.

① 짐짓 물음을 던져 독자에게 판단과 상상 혹은 동의를 촉구하는 기법인데 이를 '설의법設疑法'이라 한다. '나무에 말을 걸었더니 눈을 빛내더란 얘기인가.' '돌이 기지개 켜는 걸 보았다니 사실인가.'처럼 의문의 제기로 문장을 살아 숨 쉬게 하기 위해 독자가 쉽게 대답할 수 있는 물음을 던짐으로써 단조로운 문장에 변화를 주려는 의도가 들어 있다. 환기 효과를 노린다.

② 어순 배열을 바꿔 문장의 강도를 높이는 기법을 '도치법倒置法'이라

한다. '나는 기어이 해냈다, 천신만고 끝에.' 강조하기 위해 어순을 엇바꿔 앞에 배치하는 경우로 정치定置가 아니므로 도치倒置가 된다. 한 작품 속에 여러 번 쓰면 자칫 거부감을 줄 수 있어 절제하는 것이 바람직하다.

③ 말의 뜻을 실제와 다르게 반대로 쓰는 '반어법反語法'이 있다. '오늘은 김 첨지에게 운수 좋은 날이었다' '요 앙큼한 것' 등 문면과는 정반대다.

④ '소리 없는 아우성' '말 없는 말'처럼 표현상 논리적 모순에 의한 역설적 표현을 '역설법逆說法'이라 한다. 파라독스paradox다.

⑤ 글 중간에 사람이나 사물의 이름을 불쑥 등장시켜 주의를 이끄는 기법이 있다. '휴전선, 여기가 바로 분단의 현장이다.' '친구여, 옛날의 가난을 잊었는가'처럼. '돈호법頓呼法', 말 그대로 갑자기 부름으로써 갑자기 분위기를 바꾸는 효과가 있다.

⑥ 자신의 의견이나 생각을 보다 분명히 하려고 남의 말이나 경구, 잠언 따위를 문장 안에 불러들이는 기법을 '인용법引用法'이라 한다.

'시인은 이 세상을, 남자가 여자를 보듯이 본다고 한다.' '그 속에 한 조각의 애처로움도 없는 시는 씌어지지 않는 편이 낫다고 했다.'처럼 자신의 문장에 대한 신뢰를 이끎으로써 공신력을 높이려는 것이다.

다만 적절한 인용이라야지 서툴면 지식 자랑이라는 인상을 면하기 어렵다. 또 구구하고 장황해선 안된다. 상식적인 것이나 만날 듣는 대중가요의 가사를 수필에 올리는 것은 문장의 품격을 떨어뜨릴 수 있다.

⑦ 인용법과 혼동하기 쉬운데, 단순한 인용에 그치지 않고 문장 자체가 경계적·교훈적인 경우에 경구적 비유가 되는 '경구법警句法'이 있다. '내가 뭐랬나, 제 것 주고 뺨 맞는다고 했지?'

✤ 수필카페31

'툰드라의 법칙' :

아내에게 삐친 남편이 시위하기 위해 말도 없이 가출해 혼자 이러구러 속 끓이다 새벽녘에야 슬며시 집에 들어왔습니다. 거실에서 이제나 저네나 아내의 반응을 기다리고 있었는데, 안방 문을 열고 나온 아내의 첫 마디에 허걱!

"당신 또 TV 보다가 거기서 잔거야?" 애초에 자신이 집을 나갔다 온 사실조차 몰랐던 겁니다.

살다 보면 이런 경우들이 있습니다. 지금 내가 무얼 하는지, 무슨 생각을 하는지 아무도 모른다는 느낌, 어느 누구도 내 존재에 주목하지 않는다는 느낌은 사람을 착잡하게 만듭니다. 상처 받고 방전된 듯한 순간에 특히 그렇습니다.

그럴 때, 상처 받고 방전된 마음을 다독이고 충전해 주기 위해 주위에 '사람들'이 존재하는 것이라고 저는 생각합니다. 툰드라 사람들은 그런 것을 아예 법칙을 정해 놨더군요.

극한의 땅 툰드라에서 살아남기 위한 법칙의 첫 번째는 조난당한 사람은 누구든지, 설령 그것이 평소 원수처럼 지내는 상대라 할지라도 무조건 도와야 하는 것이랍니다. 나도 언제든 그런 위험에 처할 수 있고, 그럴 경우 누군가의 도움을 받지 못하면 살아남을 수 없으니까요.

툰드라에서 조난자를 돕는다는 것은 결국 나를 보호하는 가장 확실한 생존의 법칙이 되는 것입니다. 그러므로 심리적으로 '툰드라 상태'에 있는 내 주위의 누군가를 다독이고 충전해 주는 일은 나를 보호하는 일과 하나도 다르지 않습니다.

사람이 모여 사는 것은 본래 그런 이유 때문이 아닌가요? 저는 그렇게 생각하고 살고 있습니다.

6. 깔끔한 끝손질

1) 퇴고의 중요성

글은 다듬을수록 빛이 난다. 어느 여류시인은 시를 초고한 뒤 무려 100번을 퇴고하는 것으로 알려져 있다. 작품에서 그만큼 끝손질을 깔끔히 해야 한다는 말이다. 실제로 첨삭하다 보면 애초의 글이 얼마나 조악했는지, 산만했는지, 이 표현은 이거라야 하는데, 전후 문맥 연결이 매끄럽지 않아, 도대체 내가 쓴 것인지 의아해 하게 된다. 그래서 손이 많이 간다. 끝손질한 작자의 손이 지나고 나면 그 자취가 뚜렷하게 남는다. 손품을 들여 새로 가꾼 뜨락처럼 말끔하고 정결한 모습으로 다가온다.

글을 다듬는 것은 문장의 흠집을 고쳐 바로잡음으로써 더 아름답게, 더 깔끔하게, 더 적절하게 문학적으로 하자 함이다. 사람의 집중력에는 한계가 있어 그냥 내놓았다 낭패 사기 십상인 것은 글을 써 본 사람이면 누구나 다 겪는 일이다. 이루 다 셀 수도 없을 것이다. 경우에 따라서는 가슴을 치게 하는 수가 수두룩하다. 구성, 배열, 어휘, 표현, 문맥 등 손 보았어야 할 부분이 한두 군데가 아닌 때문이다.

그렇다. 한 치도 소홀해서는 안될 것이 창작의 최종 마무리 단계라 할 퇴고다듬기다.

소동파1036~1101는 〈적벽부〉를 지으며 창작 과정에서 다듬어 고친 것이 한 삼태기당시는 오늘 같은 화선지가 아니었겠지만가 됐다 한다. 당송 8대가의 한 사람인 송나라 구양수도 문장 다듬는 것을 자랑삼아 얘기하고, 초고草稿를 벽에 붙여 놓아 오가며 눈에 띄는 족족 고치고 다듬었다.

글을 잘 쓰는 사람일수록 문장에 엄격하고 냉정하다. 자신의 문장에 책임을 져야 하기 때문이다. 토씨 하나, 부사나 형용사 하나에 이르기까지 샅샅이 뒤지면서 경우에 따라서는 개칠에까지 나아간다. 등단 5년이 고

비라는 말이 있다. 글쓰기에 자신이 붙을 때가 되면서 매너리즘에 빠져 방만해지기 쉬운 대단히 위험한 고비라는 경계의 말로 들린다.

서툰 사람은 다듬기에 등한히 한다. 퇴고란 작자가 글을 읽는 독자의 위치에서, 독자의 눈으로 접근하는 것이다. 자신의 주관적 표현이 얼마나 보편성을 획득하고 있는지를 깊이 들여다보아야 한다. 한마디로 말해 작품을 객관화하려는 작업이 퇴고다. 일종의 자기 검속이라 보면 좋다.

퇴고는 초고 직후보다 한참 묵혀두었다 하는 게 효과적이다. 잊힐 만한 시간이 지난 뒤에 열어 놓고 보면 글의 흠결이 놀랄 만큼 나타난다.

한 가지, 초심자에 따라서는 자기 글의 결함을 지적하면 몹시 싫어한다. 이것은 자신의 문학을 위해 손해 보는 일임을 알아야 한다. '내 글이 어때서. 이만하면 최고인데.' 자기도취다. 이런 생각이 머릿속에 들어앉아 있다면 어서 떼밀어 밖으로 몰아내야 한다. 특히 수필을 쓰는 사람은 하루가 다르게 변화하는 자신의 글에 긍지를 가지고 일신 우 일신新又日新 하려 해야 한다.

가까이에서 자기 작품에 대해 평해줄 사람, 첨삭 지도를 해줄 선배 작가가 있다면 그런 행운도 없을 것이다. 열린 마음으로 흔쾌히 받아들일 일이다. 자신의 작품이 몰라보게 성숙한 것을 알고 깜짝 놀라게 되는 것은 그로부터 상당한 시간이 지난 뒤가 아닐까 한다. 잘못된 것을 지적 받는 것을 부끄러워하면 안된다. 한낱 아집이고 편협한 생각일 뿐이다. 벽을 허물어야 한다.

퇴고의 중요성을 〈노인과 바다〉를 쓴 헤밍웨이의 경우에서 보면 좋을 것이다 . 그는 그 명작을 탈고하기까지 무려 2백여 회나 원고를 고치고 다듬었다고 한다.

퇴고할 때, 다음의 원칙을 따르면 된다.

첫째, 빠진 부분과 보완해야 할 부분

둘째, 불필요한 부분이나 지나친 부분에 대한 검색

셋째, 글의 전후의 맥락과 연결 그리고 강조 관계

넷째, 어휘 사용의 적절성 여부와 배치의 적정성 문제

다섯째, 표현의 문학성 문제에 대한 검토

2) 퇴고의 실제

퇴고에는 3원칙이 있다. '삭제, 추가, 재구성'이다. 문장의 흠을 다듬어 없애자는 것이 퇴고다. 따라서 논리성의 결여로 문맥 흐름에 문제가 있는지, 주제화에 심도를 더해야 할 것은 아닌지, 수필 문장의 철칙이라 할 표현의 간결성 여부와 용어 선택의 문제 등은 어떤지, 다시 쓰는 자세로 다듬어야 한다.

■ 예문 ■

고요한 수면 위에 돌을 던졌을 때 일어나는 파문이 본래의 제 모습으로 ①가라앉듯이, 눈물겹고 잔인했던 한해가 앙금처럼 가라앉는다. 퇴색해 가는 낙엽과 앙상한 가지 끝에 가을이 가듯, 내게 주어졌던 시련과 아픔도 모진 세월을 따라 ②어쩔 수 없이 흐르고 있다.

어머님이 뇌수술 후유증으로 반신불수가 되어 나는 직장을 그만 두고 간호를 해야 했다. 거기다 내 육신을 파고드는 병마, 하루가 다르게 가정생활은 파탄으로 ③다다르고 끝없는 절망의 연속이었다. 척추 디스크로 허리부터 오늘쪽 다리까지 마비 증세와 통증으로 앉을 수도, 서 있을 수도 없는 이상한 병이었다. ④인간이 생각하고 있는 꿈이나 희망이 절망적인 순간에 직면했을 때, 또 다른 용기를 주는 것이지만 나는 그와 반대였다. 정신적으로 조그만 희망도 간직하지 못한 탓에 마음의 병이 육신의 고통보다 더욱

비참하고 참을 수 없는 상처였다. 초록에 눈이 부신 유월 하순 죽기를 결심하고 병원을 떠나 ⑤마지막으로 바다를 찾았다. 며칠 동안 ⑥아픈 육신을 이끌고 죽음의 고통 앞에서 몸부림쳤지만 죽을 수가 없었다.

극심한 더위와 ⑦혼자라는 외로움에 익숙해질 무렵 ⑧의사 선생님의 허락 아래 3개월이 넘는 병원 생활을 떠나, 세상을 등지고 이곳 깊은 산속으로 떠나왔다. 공부한다는 단 한 가지 목적으로 번민과 갈등을 딛고, 외길을 가고 있는 또 다른 사람들을 보면서 자신을 채찍질했다. ⑨내 스물다섯의 절망과 ⑩비애스럽던 날들, 끝없던 방황과 번민을 ⑪이곳 산속에서 아침저녁으로 울리는 범종 소리에 따라 예불을 드리고 나면, 하루는 마무리가 되는 것이다.

아직도 정신적인 안정과 육체적인 무리는 ⑫절대 금지라고 하지만, 더이상 쉬고 있을 처지가 못 된다. 정상적인 기능을 잃었던 신체의 모든 부분이 거의 정상으로 돌아와, 악몽 같은 생활은 끝이 났다. 나를 돌봐 준 친구들과, 고통을 함께 나눈 언니가 ⑬너무도 고마울 뿐이다. 병들었던 가을을 다시는 내 인생의 계절 앞에 되돌리고 싶지 않다.

어머님의 병세도 많이 좋아져서 집안일을 할 정도가 되어 이젠 나 자신을 위해 ⑭옛날보다 더 ⑮열심히 성실하게 살아가고 싶다. 찬 서리 맞으면서 탐스럽게 피어나는 국화꽃 같은 ⑯나만의 고독을 정성 들여 가꾸면서 홀로 살아가고 싶다. ⑰어지럽고 아프고 눈물겨운 세상 쪽으로 열린 내 마음의 큰 문을 꼭꼭 닫아걸고, 좀 더 ⑱진실하고 밝고 아름다운 쪽의 작은 문을 크게 열면서, 들꽃처럼 끈질기게 뿌리내리고 싶다.

– 어느 사보

무명의 글이라 하기에 넘칠 정도로 흠결이 드러나지 않은 글이다. 우선 순차적 구성을 통한 무리 없는 전개, 절제된 감정 처리, 적당히 여과시켜 놓은 문장의 차분한 분위기, 적절한 용어 선택 등 대체로 무난하다.

그래도 첨삭할 데가 나온다. 다듬을 곳이 어디인지, 왜 다듬어야 하는지를 생각해 보기로 하자.

① 문장 끝 서술어에 중복되므로 '돌아오듯이'로 고치면 좋을 것
② '하릴없이'로 바꾸면 어떨까?('하릴없다' : 어쩔 도리가 없다)
③ '이르면서'로
④ 생략하면 간결해서 좋을 것임
⑤ 문맥상 '마지막이라는 생각으로(마지막이라는 생각을 하며)'로 해야 할 것
⑥ 표현이 좀 진부하므로 '계속되는 아픔 속에'로
⑦ 군더더기로 볼 수 있어 '극심한 더위 속 외로움에 익숙해질 무렵'으로
⑧ 작자와 특정 관계가 아닐 때는 존칭을 쓰지 않는다. 그냥 '의사'면 된다
⑨ 생략해도 좋음
⑩ '슬펐던'으로 하는 게 낫다
⑪ 생략해도 무방하다
⑫ 부사어의 한정적 수식이 너무 강하다
⑬ '너무' 뒤에는 부정적인 서술이 온다. '그 친구, 너무 안됐네.'
⑭ '더'가 나와 있다
⑮ '성실하게' 속에 내포돼 있다고 보면 된다
⑯ 고독은 원래 나만의 것이다
⑰ '어지럽고'에서 '열린 내'까지는 줄여 간결하게 해줄 필요가 있고
⑱ 군더더기란 생각이 든다

수필은 산문이므로 휴지부쉼표가 중요한 구실을 한다. 군데군데 호흡을 끊을 자리에는 반드시 넣어야 한다. 번거로워서인지, 아니면 미숙해서인

지 쉼표를 꺼리는 사람이 있는데 쉼표를 적절히 사용하는 것도 좋은 문장에 이르는 길이 된다. 길어질 경우, 쉼표를 한 문장에 두세 번 찍는다고 해서 전혀 흠이 되지 않는다.

■ **예문** ■

동토에서 불어오는 바닷바람이 맵짜다.

이른 봄, 차디찬 자드락길가에 실낱같은 자운영 어린순이 돋아났다. 가느다란 줄기에 달린 작디작은 연두색 이파리가 차가운 바람에 ①휘둘리는 게 안쓰럽다.

하늬바람이 잦아들고 훈풍이 불기 시작하자 꽃들이 다투어 피어났다. ②자운영도 줄기가 서로 얽히며 옆으로 뻗어나가 무덕무덕 빈터를 메우고 앙증스러운 자줏빛 꽃망울을 터뜨렸다.

봄이 무르익은 어느 날, 고개 쳐들었던 자운영이 누릇누릇 변하더니 어느새 거무스름하게 사그라졌다. 드러누운 줄기엔 까맣게 익은 삭과들이 대롱대롱 매달린 채.

예부터 자운영은 논밭의 거름으로 사용해 왔다. 벼 모종 묘판 밑거름으로는 필수였다. ③과거엔 자운영을 녹비나 사료용으로 재배했었고, 식용이나 생약으로도 다양하게 쓰였던 이로운 풀이다.

어렸을 때 우리 집에선 자그마한 답토에 벼농사를 지었다. 야생 자운영을 캐어다 볕에 말려 밑거름으로 사용했다. 방목하는 우마에겐 좋은 먹잇감이라 모조리 뜯어 먹는 바람에 구하기 쉽지 않았다. 야생 자운영이 여의찮을 땐 재배한 것을 ④사서 충당하곤 했다.

이젠 야생 자운영이 마음 놓고 자란다. 예전엔 소나 말에게 먹히고, 살아남은 것은 녹비용으로 통째 잘리는 신세가 되었으니. 지금도 길모퉁이에 모도록이 자라는 자운영을 볼 때마다 녹비로 쓰려고 밑동으로 캐어다 봄

볕에 말리던 때가 불현듯이 떠오른다. 그땐 귀히 여기는 풀이었는데, 시대가 바뀌어 쓸모없고 귀찮은 존재로 전락하고 말았다.

이름이 고운 자운영. 척박한 땅에서도 잘 자란다. ⑤한겨울이 가기 전에 서둘러 여린 잎을 내어 매서운 바람에 생고생하면서도 줄기를 벋는다. 여느 풀들이 움터 자랄 시기엔 녹비가 되어준다. 그게 팔자소관으로 타고난 운명인가 보다.

인간의 마음은 변해도 자연의 순환은 바뀌지 않는다. 세월이 지나 사람들은 거들떠보지도 않는 잡초가 되고 말았지만 자운영은 ⑥자신의 책무를 남몰래 완성하고 있다. 뒤늦게 싹을 내어 자라나는 풀들에게 자리를 비워주는 배려, 한 생애를 일찌감치 끝내면서 메마른 땅에 녹비로 이웃에 헌신하는 ⑦심성이 그 이름보다 더 곱고 아름답다.

하잘것없는 풀일지라도 만물이 소생하는 이 좋은 계절을 왜 모르랴, 오로지 자연의 섭리를 따라 신록이 우거지는 상춘의 호시절에 한살이를 마치는 것이다.

⑧말라비틀어진 자운영의 생애가 거룩하다. 마음이 쉬이 변하고, 좀 더 오래 살아보려고 버둥대는 우리네 인간이 부끄럽다.

- 글방 회원 L

예전에 유용하게 대우 받던 자운영이 잡풀로 전락한 오늘의 처지를 안쓰러워하면서 그러나 한 생명으로서 완성된 삶을 살아가는 모습이 거룩하다는 것인데, 전체적으로 같은 내용이 몇 번씩 중복되고 있다. 구성도 산만해 좀 더 함축해서 줄였으면 좋겠다 싶다.

① '휘둘리는' 것은 '작디작은 이파리'가 아니라 무더기를 이룬 자운영 숲이다.

② '자운영도 줄기가 얽히며 벋어 빈 터를 무덕무덕 메우더니, 자줏빛 꽃 망울을 터뜨렸다. 앙증맞다.'로 고치면 깔끔할 것이다.

③ '녹비로 사료로 심지어 식용이나 생약으로도 사용했던 이로운 풀이다.'로 하면 좋아질 것이다. 앞에 '예부터'가 있으므로 '과거'는 중복이 된다. 뒷부분도 과감히 간결하게 잔가지를 쳐야 한다.

④ '사다 쓰곤'으로 고치면 좋을 것이다. '충당'이란 말까지 동원하지 않아도 된다.

⑤ '줄기를 벋는다' '녹비가 되어 준다'는 앞에서 이미 한 말. '그게 팔자소관으로 타고난 운명인가 보다'는 '그의 팔자소관인가 한다'로 해 거품을 뺀다.

⑥ '자신을 완성해 간다.'로

⑦ '이름이 고운 자운영'과 대립하게 되므로 '심성이 이름 못잖게 곱다.'로 하면 좋을 것이다.

⑧ '말라비틀어져서일까. 자운영의 생애가~'로 하면 전후 문맥이 잘 통한다.

퇴고에 대한 원로 수필가 윤재천 교수의 얘기에 귀를 기울여 보기로 하자.

작가가 작품을 창작했다는 이유로 작품의 주인이 작가만으로 한정되는 것이 아니다. 작품을 발표함으로 작품은 그에 대해 애정을 갖는 모든 이들의 공동 소유물이 된다. 작가는 자신의 작품이 공공성을 갖는다는 점을 인식하고 책임을 다해야 한다. 그것이 작품을 발표하기 이전에 작가로서의 소임을 다하는 일이다. 그 방법이 무딘 돌을 갈고 닦아 조약돌을 만든다.

베르나르 베르베르를 존경하고 귀감으로 삼은 이유는 이 때문이다. 베르나르는 〈개미〉를 12년 동안의 각고를 통해 창작했고, 발표하기 전에 120번이나 다듬었다.

시간에 쫓겨 글을 써놓고, 읽어 보지도 않고 발표해 버리는 것은 직무유기에 해당하는 일이며, 명예스럽지 못한 일이다.

문학은 단순한 삶의 모습을 재현하는 것이 아니라, 가치 있는 삶의 모습과 시대의 흐름을 구현하는 일이다. 성숙한 작품은 그 같은 속성을 내포한 조약돌과 같다.

- 윤재천의 「수필론」

이 대목에서 잠시 쉬어 가며, 어느 도예가의 말을 되뇌었으면 한다.

'무심無心이 예술'이라고 말하는 그는, 잘 만들겠다는 욕심을 버리고 오로지 작품에 대한 경건함으로 작업에 몰두한다고 했다. 분청사기의 대가로 꼽히는 그는 해외에 우리 도자예술을 알리는 데 일조하고 있는 분이다. 말이 쉽지 욕심 없는 작품 활동이 있겠느냐고도 했다 한다. 다만, 결과물에 대한 평가에 너무 연연하지 않고 오직 작품 자체에만 매달리는 정신이 중요하다는 한마디를 그는 잊지 않았다.

"좋은 도자기를 만들려면 사토, 점토, 고령토를 잘 배합해 좋은 흙을 만들고 그 흙으로 잘 빚어야 합니다. 그것을 또 정교하게 조각하고 정성스럽게 말려서 초벌구이를 하지요. 마지막으로 유약을 발라서 다시 구우며 불의 심판을 받는데, 여기서 살아남아야 작품이 되는 것입니다."

'불의 심판' 곧 '독자의 심판'이다. 수필이라고 예외겠는가.

'숯과 다이아몬드' :

숯이 압력을 받으면 다이아몬드가 된다고 한다.

당신 안에는 얼마나 많은 다이아몬드가 숨어 있어 이제나 저제나 세상 밖으로 나가기를 기다리고 있을까. 고통은 바로 숯을 다이아몬드로 바꾸는 압력이다. 그것은 우리를 보다 완전한 인간으로 만드는 축복이다. (- 비니S.시겔「내 마음에도 운동이 필요해」)

- 이제 막 씨앗을 뿌려 놓고 열매부터 따겠다고 덤비는 경우가 있다.

싹이 자라는 봄철과 뜨거운 여름 햇빛을 거쳐야 비로소 토실한 가을의 열매를 얻을 수 있다.

성공의 결과물이 있기까지 견뎌내야 하는 고통의 시간에 대한 인내가 없으면 내 안에 있는 수많은 다이아몬드가 끝내 숯에 머물고 말게 된다.

수필의 다른 얼굴들

작가 자기만의 시각과
독자의 눈을 붙들 수 있는 문학성이 요구된다.
감동을 줄 수 있는 소재와 구성과 표현으로 독자를
사로잡아야만 하는 절체절명의 과제를 안고 있다는 뜻이다.
읽혀야 문학이다. 그래야 비로소 수필이 된다.

제6장 수필의 다른 얼굴들

1. 수상隨想 형식

수필 문학의 주종을 이루는 형식이다. 문장의 성격에 따라 무겁고 딱딱한 느낌을 주는 중수필重隨筆과 가볍고 부드러운 느낌을 주는 경수필輕隨筆로 나눈다. 일반적으로 중수필은 주장하고 설득하는 논리적 성격을 띠고, 경수필은 정감적이고 서정적인 특성을 지닌다. 여기서 말하려는 것은 경수필이다.

■ 예문1 ■

계절 중에서 내 생리에 가장 알맞은 시절이 겨울이다.

체질적으로 소양少陽인데다, 심열心熱이 승하고 다혈질이다. 매양 만나는 이들이 술을 했느냐고 묻도록 얼굴에 핏기가 많고 침착 냉정沈着冷情하지 못해 일쑤 흥분을 잘한다. 아무리 추운 날씨라도 김나는 뜨거운 것보다는 찬 음식을 좋아한다. 남국에서보다는 눈 내리는 북국에 살고 싶다.

그러면서도 유달리 추위를 탄다. 추위에 대한 저항력이나 자신으로 겨울을 좋아하느니보다, 추위 속에서 그 추위를 방비하고 사는-추위는 문 밖에 세워두고 나 혼자는 뜨끈하게 군불 땐 방 속에 앉아 있고 싶은-이를테면 그런 '에고'의 심정이다.

눈보라 뿌리는 겨울 거리에 외투로 몸단속을 단단히 하고 나선, 그 기분이란 말할 수 없이 좋다. 어느 때는 외투라는 것을 위해서 겨울이 있는 것 같은 착각조차 느낀다. (……)

벌써 10여 년-채 15년까지는 못 되었을까?

하르빈[哈爾賓]에서 4, 5백 리를 더 들어간다는 무슨 현縣이라는 데서 청마 青馬 유치환柳致環이 농장 경영을 하다가 자금 문제인가 무슨 볼일이 생겨 서울을 왔던 길에 나를 만났다. 2, 3일 후에 결과가 시원치 못한 채 청마는 도로 북만北滿으로 돌아가게 되었다.

눈이 펑펑 내리는 날이었다. 역두에는 유치환 내외분-그리고 몇몇 친구가 전송을 나왔다.

영하 40도의 북만으로 돌아간다는 청마가, 외투 한 벌 없는 세비로 바람이다. 당자야 태연자약일지 모르나 곁에서 보는 내 심정이 편하지 못하다. 더구나 전송 나온 이 중에는 기름이 흐르는 낙타 오버를 입은 이가 있었다.

내 외투를 벗어주면 그만이다. 내 잠재의식은 몇 번이고 내 외투를 내가 벗기는 기분이다. 그런데 정작 미안할 일은 나도 외투란 것을 입고 있지 않았다.

기차 떠날 시간이 가까웠다.

내 전신을 둘러보아야 청마에게 줄 아무것도 내게 없고, 포켓에 꽂힌 만년필 한 자루가 손에 만져질 뿐이다. 내 스승에게서 물려받은 불란서제 '콩쿠링'-요즈음 '파커'니 '오터맨' 따위는 명함도 못 들여놓을 최고급 만년필이다. 당시 6원圓 하는 이 만년필은 일본 안에도 열 자루가 없다고 했다.

'만년필을 가졌나?'-불쑥 묻는 말이 무슨 뜻인지도 모르고 청마는 제 주머니에서 흰 촉이 달린 싸구려 만년필을 끄집어내 나를 준다.

그것을 받아서 내 주머니에 꽂고 '콩쿠링'을 청마 손에 쥐어 주었다.

만년필은 외투도 방한구防寒具도 아니련만, 그때 심정으로는 내가 입은 외투 한 벌을 청마에게 입혀 보낸다는 기분이었다.

5, 6년 후에 하르빈에서 청마를 만났을 때, 그 만년필을 잃어버리지 않은 것이 고마웠다. 튜브가 상해서 잉크를 찍어 쓴단 말을 듣고, 서울서 고쳐서 우편으로 보내마고 약조하고 '콩쿠링'을 다시 내가 맡아 오게 되었다. 튜브를 갈아 넣은 지 얼마 못 되어 그 '콩쿠링'은 쓰리가 채갔다.

아마 한국에 한 자루밖에 없는 그 청자색青磁色 '콩쿠링' 만년필이 혹시 눈에 뜨이지나 않나 하고 만년필 가게 앞을 지나칠 때마다 쑥스럽게 들여다보곤 한다.

– 김소운의 「외투」

■ 예문2 ■

시는 언어의 돌을 깎는 끝없는 작업이다. 그가 구하는 형상을 찾아 돌을 깎아 다듬는 따뜻한 공을 들인다.

돌은 깨어지면서 무엇이 된다. 군살은 깎이고 가장 맑은 살과 뼈로 공간에 우뚝 선다.

박물관 경내의 소리 없는 조각 몇 점.
돌은 서 있는 언어였다.

시는 썩는다. 썩어 뭉그러진 몹쓸 살은 다 추슬러 내고 흰 뼈로 남는다. 흰 뼈로 남기 위하여 시는 스스로를 곰팡이의 먹이로 몸을 던진다.

던져진 자들이여, 그대들에 의하여 시는 썩어 우리 강산이 썩지 않는 바람으로 충만하리라. (……)

허무의 깊이는 끝이 없다. 허무를 보는 시인의 눈도 끝이 없다. 끝없는 끝에서 건져 올린 한 편의 허무. 그것은 낯선 허무다. 시인에겐 낯선 허무만이 있을 뿐이다.

사물을 중재하는 언어가 없을 때 인간은 사물과의 거리를 좁히기 어렵다. 그런데 인간은 사물과의 거리를 좁히려는 무한한 욕구를 갖기 때문에 이름 없는 사물에 이름을 부여하기를 즐긴다.

시는 꿈으로 변형된 현실의 비현실을 포착하여 현실이 갖는 다른 측면을 구체화시키려는 노력의 결정이다.
그러니까 시는 현실이란 원형질을 깨트려 시인이 구상하는 꿈의 궁전을 세우고자 현실을 비현실화 시킨 차원 높은 모자이크다.

- 유병근의 「언어와 꿈」 중

〈예문1〉은 체험적 직관으로 일관하고 있는 데 비해, 〈예문2〉는 관념적 사변思辨, 즉 사유에 의존하고 있다. 그만큼 사색적이다. 관념적 표현이면서도 감성적이어서 문장의 품격을 놓지 않고 있으나, 수필이 시에 접근하면서 두 장르의 접목에서 시수필의 경지를 보여주고 있다 하겠다. 읽고 나면 남는 게 없는 것 같으나 울림으로 다가오는 가슴 아릿함이 있다. 그만큼 문학성에 비중을 두고 있는 것이다.

'이런저런 사람들' :

「삼국지」의 주요 인물들을 보면 살아가는 길이 보인다고 했다.

- 남의 말을 경청하는 유비의 귀를 빌리고, 호탕하고 의리에 강한 장비를 닮고, 지적이며 자신을 절제하는 관우를 닮고, 임기응변과 처세술에 능한 조조를 닮으면 그야말로 금상첨화다.

- 이런 완벽한 사람이 있으랴. 너그럽지만 우유부단한 유비 같은 이, 너무 결벽해 사람이 따르지 않는 관우 같은 이도 있고, 불같이 화를 내 자신을 금세 드러내는 장비 같은 이도 있고, 똑똑해서 평범한 머리로는 이해 못하는 제갈량 같은 이도 있고, 자신의 약점을 처세술로 가리려는 조조 같은 인물도 있으니…….

2. 서간문書簡文 형식

서간문 형식의 수필은 일단 전달에 유리한 강점을 지닌다. 논리적으로 써야 할 글도 주고받는 서간 형식으로 쓰면 부드러워진다. 그래서 딱딱한 직선적인 감정도 거리낌 없이 표현할 수 있다.

하지만 서간문 형식을 빌렸다 해서 모두 수필이 되는 것이 아니다. 결론적으로 말하면 수필적인 요소 곧 문학성을 갖추고 있어야 수필이 된다. 문학성이란 표현을 통해 독자에게 공감을 줄 수 있어야 한다는 뜻이기도 하다. 공감할 수 있게 하는 게 바로 문학으로서의 수필의 요소다.

문제가 있다. 서간문 형식을 빌린 수필에 장점 못잖게 단점을 갖게 되는 수가 있다는 것이다. 독자에게 전달되더라도 의미가 없으면 혼자의 넋두리, 독백에 그치기 쉽다. 서간이란 형식이 갖는 주관성을 어떻게 객관성 있는 글로 전환시키느냐가 관건이라고 할 수 있다. 서간이라는 안이함이 글의 품격을 수준 이하로 떨어뜨릴 우려를 다분히 안고 있음에 유의할 일이다.

■ 예문1 ■

……지난 가을 헤어진 것이 아득한 느낌입니다. 이사를 하신 후 편안하시며, 지내심이 적적하지나 않으신지요. 고향의 벗들과 더러 만나 근자의 소식을 들으면 모두가 막연해서 답답할 뿐입니다.

내부대신內部大臣이 형의 이름을 듣고 한번 만나기를 원하고 있습니다. 아마도 군수 자리에 임하고자 하는 듯하오니, 머리상투깎기를 주저 마시고 며칠 내로 서울로 오심이 어떠실까 합니다.

사람들의 머리가 지금 거의 아이들의 머리 같으니상투를 잘라 하늘로 오르거나 땅으로 들어가기 전에는 머리를 깎아야 하는 것은 별도리가 없는 것이 아니겠습니까.

제가 비록 불초하긴 해도, 형의 재목됨이 들창 밑에 눌러앉아 그대로 지낼 수는 없는 분이라는 것을 알고 있습니다. 사모하고 민망한 정을 이기지 못해 누누이 말씀을 드립니다.

저는 지난가을에 아내와 서울로 올라와, 봉급으로 구차한 목숨을 이어가고 있습니다. 거처하는 곳은 간동澗洞: 지금의 삼청동으로 올라가는 중앙청 건너편의 오른편 셋째 집입니다. 서울로 오시는 즉시 들러 주십시오.…….

– 창강 김택영, 윤모촌 옮김

■ 예문2 ■

어둠이 태양을 몰아내고 무거운 무아와 신념의 경지를 이루고 있는 밤입니다. 지치도록 달려 온 하루의 종점, 사랑하는 나의 별도 하루를 아쉬움 속에 고이 잠들겠지요. 그러나 잠을 이루기에는 너무나 안타까운 밤, 미련 같은 것은 없는데 마음은 혼란하고 끝없이 침잠되는 작은 가슴은 무슨 연유일까요. (……)

어쩌면 인생을 산다는 것은 욕심이나 허영의 베일 속에서, 커다란 해바라기 꿈만을 추구하는 것이 아니라, 비록 난관에 부딪친 삶이라 할지라도, 정직과 성실로써 자신의 조그만 채송화 꽃송이나마 소담스럽게 키워 나가는 것이 아닐까요?

언젠가 맡으신 국방의 임무를 끝내고 돌아오시는 날, 난 활짝 핀 채송화로 당신의 머리를 수놓으리라 생각하며 이 밤을 접습니다.

- 어느 사보, 「나의 별에게」

〈예문1〉은 조선조 말 문신이자 학자요 시인인 김택영滄江 金澤榮이 1895년에 쓴 서간문이다. 상투를 자르라는 단발령이 내리기 보름 전에 쓴 것으로, 받는 이에게 머리를 깎고 나와 벼슬자리를 맡으라는 간곡한 권유의 사연을 담고 있다. 역사적 사건을 중심으로 두 사람만 주고받는 얘기에 그치지 않고 격동기 민족사의 한 단면을 접할 수 있게 한다. 단순한 서간인 듯하나 그렇지 않은 데서 수필적인 요소를 지니고 있는 경우가 될 것이다.

〈예문2〉의 경우는 '나의 별에게'라는 제목부터 구체성을 잃고 있다. 서간의 형식을 빌렸다 하나 받는 사람의 실체가 애매한 데다 추상적이고 관념적인 말을 질서 없이 늘어놓아 알맹이가 들어 있지 않은 한낱 넋두리에 그치고 말았다. 수필적인 요소가 들어 있지 않으니 수필이 될 수 없다.

끝으로, 한 권의 책이 서간문으로 돼 있는 황대권의 「야생초 편지」에 나온 첫 글을 참고로 싣는다. 교도소에 수감된 특수한 상황에서 밖으로 보낸 서간 형식의 글들, 서간문도 이 정도에 이르면 이미 좋은 수필이다.

■ 예문 ■

선아, 지난 번 어머님 모시고 면회 왔다가 서울엔 잘 올라갔는지? 길이 멀기는 하다만 차 안에서 신록의 산하를 내다보는 재미가 없지는 않았을 것이다. 요즘 비가 자주 내려서 산야의 어린 풀들이 신명이 났다. 내가 만든 작은 꽃밭에 옮겨 심은 야생초들이 이젠 완전히 뿌리를 내려 달콤한 봄비 속에 무럭무럭 자라나고 있단다. 확실히 하늘에서 내리는 비는 그냥 '물'이 아니다. 맑은 날에는 꽃밭에 아무리 열심히 물을 주어 봐야 시들지만 않을 뿐 그저 그런데, 비만 오면 마치 화답이라도 하듯이 풀들이 아우성이야. 비가 온 다음 날 운동 나가서 풀들을 들여다보면 말쑥한 자태로 하루 사이에 부쩍 자란 키를 자랑하고 있거든. 하긴 천지의 기를 담뿍 머금은 물을 원 없이 맞으니 어찌 좋지 않으리!

그동안 내가 여기저기서 떠 옮겨 심은 것을 적어 보겠다. 냉이, 제비꽃, 괭이밥, 씀바귀, 마디풀, 방가지똥, 지칭개, 개쑥갓, 황새냉이, 벼룩나물, 쑥, 사철쑥, 상치, 꽃마리 그리고 씨를 심어 싹을 틔운 나팔꽃과 사과나무, 뽕나무……. 지금 제비꽃은 다 지고 씀바귀꽃만이 한창이다. 그 밖에 이름이 확인되지 않은 것 두세 가지가 더 있는데, 나중에 확인해 본 다음 알려 줄게. 웬 꽃 이름을 이렇게 잘 아냐구? 사실은 본격적으로 야생화 공부를 하려고 이번 달에 거금 5만 원을 투자해 야생화 도감을 하나 샀단다. (……)

왠지 설명이 부족한 느낌이 든다. 특히 그림이 영 맘에 안 들어. 여러 사람이 분담하여 그렸기 때문에 일관성이 없고 또 정밀도와 묘사력이 서양의 것들과 비교해 많이 뒤진다. 우리나라 기초과학의 수준이 그 정도밖에 되지 않으니 어쩔 수 없지. 어쨌든 저자는 고등학교 교장 선생님인데 엄청난 일을 해냈더군. 그분의 노고에 감사드리며 이만.

– 황대권의 「내 작은 야생초 밭」 중

'소박한 담의 아름다움' :

담은 낮고 소박할수록 정이 간다. 그래서인지 요즘은 아예 담을 없애기도 하고 위압적인 높은 담을 낮추기도 한다. 예전의 철망이나 뾰족한 유리로 겁을 주던 담은 찾아보기 힘들다.

담을 허물거나 낮추는 것은 서로 소통하고자 함이요, 너와 나의 경계를 지우고자 함이다.

돌담이나 흙담 앞에서 편안한 모습의 사진을 담는 것도 고향을 떠올리게 하는 담의 소박함과 따스함 때문일 것이다.

안동 하회 마을은 기와집과 초가의 어울림이 주는 멋스러움도 있지만, 흙담이 주는 매력 또한 빼놓을 수 없다. 마을 형상이 물 위에 떠 있는 연꽃 모습이라 돌담을 쌓으면 무거워서 가라앉는다는 속설 때문에 집마다 흙담을 쌓았다고 한다. 비가 와서 젖거나 쓸려가 담이 무너지는 것을 막기 위해 기와를 얹는 특징을 지니고 있다.

담 밑에 옹기종기 핀 봉숭아며 노란 키다리꽃 그리고 백일홍을 보면서 고향에 온 것 같은 느낌을 받는다. 낮은 담은, 담 너머 보이는 자연을 매일 느끼고자 하는 마음과 담을 기웃거리는 이웃과 소통하고픈 마음이 만든 배려다.

3. 기행문紀行文 형식

여정에서 보고 듣고 느끼고 생각한 것—여정에 따라 감상을 쓴 글이 기행문이다. 발길이 닿는 곳의 자연풍광, 인문, 풍물, 인정, 역사, 문물과 전통에 이르기까지 작자의 독특한 시각에 의한 생각과 느낌을 형식에 구애 받음 없이 쓰는 것이 일반적이다.

다만, 아는 만큼 보인다고 한다. 여행기든 답사기든 행선지에 대해 예비지식을 갖고 가면 좋다. 특히 기행의 경우, 너나없이 해외여행을 많이 하는 때이므로 사실의 기록에 그치는 무미건조한 내용이면 아예 읽으려 하지 않을 것이다. 독자를 끌어들이지 못하는 흥미 없는 글은, 글을 읽느니 차라리 직접 가서 보면 된다고 생각하게 된다. 따라서 기행수필에 대한 인식에 큰 변화가 왔다. 교통 통신의 발달로 세계가 지구촌으로 좁혀져 내왕이 잦아지면서 기행문에서 받던 신선한 충격이 순식간에 사라지고 만 것이다.

또 그렇다. 기행문이 사실의 기록에 그치면 현장보고서가 돼 버린다. 그래서 작가 자기만의 시각이 필요한 것이고 독자의 눈을 붙들 수 있는 문학성이 요구된다. 몇 번을 다녀온 사람에게도 감동을 줄 수 있는 소재와 구성과 표현으로 독자를 사로잡아야만 하는 절체절명의 과제를 안고 있다는 뜻이다. 읽혀야 문학이다. 그래야 기행문이 비로소 기행수필이 된다.

■ 예문1 ■

세상은 한 권의 책, 여행을 하지 않는 자는 그 책의 한 페이지만을 읽을 뿐이다. 이 말은 전부터 내게 적잖이 충격이었다.

책을 읽게 됐다. 유럽이라는 세상 밖으로 나를 내몬 것은 40줄의 두 아들이고, 내 몸을 끌고 나간 것은 패키지가 아니라 아직 걸싼 두 다리였다. 자식의 효성에 놀랐고, 할 일 없는 사람에게 세상 너른 걸 알게 해준 이 나라가 고마웠다. 실은 어리둥절해 정신이 하나도 없었다. 여행은 가이드 뒤나 강아지처럼 졸졸 쫓는 게 아님을 이제야 안 것부터 여행에 서툶의 여지없는 노출이다. 게다가 '오케이, 댕큐'. 내 혀는 턱없이 짧다. 아예 영어가 안 된다. 이상한 일이다. 말문이 막히면 곧바로 시력에 혼란이 왔다. 착시가 아니라 숫제 안 보이는 후천성 시각장애의 슬픔….

이전, 절 답사에 나선 적이 있었다. 절은 다짜고짜 속내를 내놓지 않는 내밀한 집이다. 아는 만큼 보일 뿐이었다. 모르면 은근슬쩍 넘기는 것, 그 평범한 진리를 터득하는 데 적잖이 발품 들였었음을 실토한다.

출국, 나라를 떠나 열두 시간 비행. 기내식은 혼돈스러웠다. 국내선에선 예전에 나오던 사탕 한 알도 안 나오는데, 두 번의 식사와 단추만 누르면 나오는 와인, 캔 맥주의 거한 서비스. 내게 트라우마의 기억은 없다. 지레 비행기에서 내린 뒤가 서먹하고 두려울 것 같은 예감이 온다. 이제 개인사를 다시 써야 할 계제인가.

런던 히드로 공항에 몸을 부렸다. 시침을 여덟 시간 앞으로 돌려놓는다. 시차 조율은 내 행보의 본격화를 의미할 것이다. 내 의지완 상관없이 여행은 이제부터 속력을 낼 참인가. 발로 걷고 버스로 기차로 흐른다. 낯선 도시의 거리, 산과 운하와 궁전과 박물관 그리고 그네들의 역사의 숨결과 느끼한 먹을거리. 8박 9일의 여정. 스르르 내 앞으로 창이 열리고 있다.

– 졸작, '김길웅의 유럽 읽기' 프롤로그 「프리즘 너머 세상」 중

■ **예문2** ■

입구에서 강한 암시에 걸렸다. 눈길을 붙잡는 작은 벽화 하나. 물고기 두 마리가 마주 하고 있는데, 가운데 십자가를 그렸고 그 위에 예수가 서 있다. 채색을 전혀 올리지 않은, 그리고 생략된 선, 선만을 표현한 단순함이 예사롭지 않다. 너무 고요하다. 고요 속으로 시선을 타고 긴장감이 온다.

거대 도시 로마의 외곽지대. 거기 박해 받던 기독교인들의 공동묘지가 있었다. 세상에 이런 무덤 군群도 있는가. 지하묘지 카타콤베.

"그들 무덤은 사람이 살지 않는 곳에 만들도록 하라." 그게 로마법이었을 것은 상상하고도 남는다. 카타콤베는 '움푹 팬 곳', 혹은 '낮은 지대의 모퉁이'란 뜻의 그리스어다. 말 그대로 땅 밑으로 파고들었다. (……)

지하 15미터 깊이, 폭 1미터 미만, 높이 2미터쯤의 통랑通廊을 가로 세로

로 뚫어 계단을 만들어 여러 층으로 이었다. 비좁은 굴속에 붉은 벽돌로 둥그스름히 천장을 박아놓는 아취공법이 눈길을 끈다. 신앙의 힘이 쌓았을 것이다. 허물어지지 않게, 무너지지 않게 견고하게. 못자리 군데군데에 성 베드로와 사도 바울의 그림이 그려 있고 그 앞에 아취형 공간을 내어 예수의 열두 제자를 그린 빛바랜 그림이 눈에 들어온다. 색을 칠했던 것이 오래되면서 퇴색한 것으로 보이나, 여직 신앙의 독실한 흔적으로 남았다.

칸칸이, 층층이 이어진 무덤, 무덤들. 겹겹이 무덤, 음습한 무덤의 세상이다. 음침하고 칙칙해 불유쾌하다. 만일 혼자 이곳에 들어갔다 나오라면 선뜻 장담하고 나설 자 몇이나 될까. 나 같으면 엄두를 못 내겠다. 당장 도깨비가 나올 것 같은데 누가 그런 모험을 하랴. 박해의 현장은 그렇게 섬뜩했다.

- 졸작 「카타콤베」 중

✤ 수필카페35

'자기답게 사는 법' :

"나는 한 알의 사과로 파리를 놀라게 하리라." -폴 세잔느

- 대표적인 인상파 화가 중 한 사람인 폴 세잔느는 이 말을 남기고 예술의 도시 파리를 떠나 고향으로 돌아가 파리의 화풍·유행과는 무관하게 정물에 집중하여 자기만의 예술세계를 펼쳐 보였다.

- 노란 개나리는 개나리대로, 연분홍 진달래는 진달래대로, 벚꽃도 목련도 저마다 제 모습대로 피어나 온통 세상이 꽃 대궐 속이다.

저마다 타고난 빛깔과 향기로 피어나 꽃이 아름답다.

- 자신의 삶을 자기답게 살아가는 사람이 가장 아름다운 인생이 아닐까.

---

4. 전기문傳記文 형식

한 사람의 생애의 행적을 그 시대 혹은 후세 사람이 기록한 글이 전기문이다. 자신이 쓰면 자서전自敍傳이다. 사실을 근거로 그에 충실해서 객관적으로 기술해야만 하는 글이다. 이력을 극구 추켜세우며 미화해서는 진실성의 결여로 신뢰도가 떨어지게 되고 만다. 전기문에 대한 다음 말에 유의할 필요가 있다.

"비문碑文 또는 묘지墓誌 따위가 전기문에 속하나, 그러나 이러한 것의 특징은 남이 쓸 때나 후손들이 쓸 때나 허위 또는 과장이 끼어들기 쉽다는 것이 통념通念이다."

- 차주환

■ 예문 ■

……한 사람의 예술을 이해하려 할 때, 흔히 그의 인간과 생활과 정신을 천착한다. 그것이 그의 예술을 밑 받치는 세계가 되기 때문이다. 내가 그 날 밤 이 화백에게서 느낀 작품 세계는 누구나가 가질 수 있는 소박한 행복에의 추구에 불과했다. 가족을 만나 가족과 함께 산다는 당연하고도 평범한 행복관, 그것이 그를 몰아 작품을 그리게 하고 내용을 형성시킨 화백의 지배적인 세계가 아니었던가 한다. 그와 같은 필부의 소박한 행복관을 높은 예술의 세계까지 승화시킬 수 있는 것은 물론 화백의 예술적 천재가 가능하게 한 일이었겠지만, 그것을 뒤집어 생각한다면 극히 평범한 인간적인 세계가 그의 예술을 강렬하게 붙들 수 있었다는 것은, 화백이 한갓 탐미적耽美的인 예술 지상주의자藝術至上主義者이거나 괴팍스러운 위인이 아닌 매우 노멸한 인간형의 모습을 보여 주는 사실이 아니겠는가 한

다. 가장 예술가다운 생애를 통해 가장 인간적인 예술을 완성시킨 사람, 그것이 바로 이중섭 화백이라고 나는 말하고 싶다.

밤은 깊어 자정을 지났다. 열어 놓은 창 밖에서는 세찬 빗발이 양철 지붕을 요란하게 두드리고 있었다.

"양철 지붕에 비가 내리는데……이 밤이 얼마나 좋습니까? 응? 박형, 옥형."

시를 읊듯 뇌이면서 화백은 뜸해진 술잔을 마구 권하는 것이다. (……)

– 박재식의 「이중섭李仲燮 씨와의 하루」 중

처음 만남에서 시작, 화백의 일생의 면모를 그리고 있는데, 부드럽고 정감 넘치는 유려한 필치가 돋보인다. 전기가 수필이 되려면 사실적인 기록에 그쳐서는 안된다. 수필이므로 〈예문〉처럼 한 인물의 생애가 문학적 접근에 의해 재구성돼야 함은 물론이다.

✿ 수필카페36

'사소한 것과 소소한 것':

"개선으로부터 몰락까지의 거리는 단 한 걸음에 지나지 않는다. 나는 사소한 일이 가장 큰 일을 결정함을 보았다." 나폴레옹의 말이다.

– 하루하루는 사소한 것과 소소한 것들의 모임이다. 무언가 특별하고 거창한 것이 있을 것 같지만 그것은 가물에 콩 나듯 있는 일이다.

사소함과 소소함을 우습게 보는 경향이 있지만 그런 것을 작은 것이라고, 별 볼 일 없는 것이라고 여기는 태도에서 실수가 비롯되는 것이다. 어느 날의 실수 하나가 걷잡을 수 없이 커져서 인생을 송두리째 바꿔 놓기도 한다.

날아오르기 힘들어도 바닥으로 떨어지는 것은 순식간이다.

사소한 것의 소중함, 소소한 것의 행복을 되새겨 보는 하루다.

---

5. 일기문日記文 형식

일기는 개인적인 기록이다. 일단 남에게 읽히는 것은 별다른 의미가 없다고 할 수 있다. 그러나 그것이 사적인 기록이면서도 남에게 읽힐 만한 보편성과 객관성을 띤다면 수필로서의 가치가 부여될 수 있다. 독자에게 공감을 줄 수 있을 때, 일기도 수필의 요소를 지니는 것이 되기 때문이다. 겪거나 있었던 일의 단순한 나열이 아니라 생각과 느낌, 곧 삶에의 성찰과 고뇌와 애환이 들어가 남에게 감흥을 줄 수 있으면 수필의 요건을 갖춘 것이 된다.

독일의 나치 하에서 유태인 소녀 안네 프랑크가 남긴 「안네의 일기」는 히틀러의 야만적 만행을 고발한 점에서 커다란 충격을 안겨준 일기문이고, 충무공의 「난중일기」는 사적 기록으로서는 물론이고, 백성에 대한 근심과 나라에 대한 우국충정을 여실히 드러낸 일기문으로 국보로 지정됐을 정도다.

■ 예문1 ■

1980년 1월 1일 (木) 눈

아침부터 폭설. 소운 선생께 새해 인사를 가기로 하다 길이 막혀 나가질 못함.

대통령이 시해된 지 1년, 역사적 격동의 해가 저물고 새날을 또 맞음. 중앙일보에 실린 소운 선생의 신년 기고-희망을 걸자는 글을 읽다. '세한도歲寒圖' 초고를 씀.

- 윤모촌의 일기 중

■ 예문2 ■

이상한 일이었다. 서울 거리의 무리들은 모두 각자 다른 빛깔의 옷을 입고, 각자 다른 형태의 옷을 입고, 형형색색의 화장을 하고, 헤어스타일을 바꾸고, 새 구두를 신고, 액세서리를 치렁치렁 달아도 그 얼굴이 그 얼굴처럼 보이는데, 어떻게 저 방장 스님의 법회에 모인 스님들은 모두 같은 빛깔의 법의를 걸치고 같은 흰 고무신에 똑같이 삭발한 머리인데도 자세히 보면 모두 한 사람씩 자기 생각에 족한 독특한 얼굴을 하고 있는 것일까. 법회 시간이 되어 법당 안을 가득 메운 남녀노소 스님들의 얼굴들을 조심스럽게 훑어보니 모두 가기들만의 얼굴들뿐이었다.

그렇다. 개성을 만드는 것은 화장이 아니다. 옷이 아니다. 색이 아니다. 쌍꺼풀 수술이 아니고 헤어스타일이 아니다. 유행이 아니다. 지워지지 않는, 변하지 않는 개성을 만드는 일은 자신의 마음의 텃밭을 가꾸는 일이다.

- 최인호의 「산중일기」 중

■ 예문3 ■

2012년 3월 2일 (金)

눈 뗀 지 며칠밖에 안됐는데 그새 상추 잎이 내 손바닥만하게 퍼져 넉넉하다. 겨우내 손 움켜쥐고 몸 옹송그리고 앉아 추위에 떨던 것들인데 참 왕성한 성장이다. 겨울에 강한 배추와는 확연히 다른 생리다. 추위 속에 죽지만 말았으면 하고 있었는데…. (……)

아내가 즉석요리를 한다. 상추를 듬성듬성 썰더니 치커리와 쪽파를 곁들여 겉절이를 해 먹는다. 그것으론 배가 허할 테니 밥술을 같이 뜨라 한마디 했다. 아내만 별식으로 먹는 현미 밥 서너 술을 같이 떠먹는다. 주식과 부식이 바뀐 식단이다. 혈압 약을 먹는 형편이라 이런 채식 이상으로 좋은 게 없다.

텃밭에서 가꾼 채소를 먹는 기분은 언제나 각별하다. 앞으로도 푸성귀를 지속적으로 가꿔야겠다. 몇 번 해보니 적기를 놓치지 않는 것이 중요하다. 오일장에 모종을 내다 팔고 있을 때 맞춰 사다 심으면 된다. 간간이 잡초를 매어 주는 외로 별로 힘든 일이 없으니 할 만하다.

텃밭에서 나는 푸성귀를 먹는 맛, 마트에서 사다 먹는 데 비할 것이 아니다.

- 졸작 「텃밭일기」 중

〈예문 1〉은 작자가 '일기문은 문예적 표현이 아닌 단순 일기로 개인사적 자료에 불과하다.'고 자평한 것인데 참고가 될까 해서 인용했다.

〈예문 2〉는 일기 형식을 빌렸지만 사물을 보는 예리한 통찰력이 돋보이고 보편적 가치를 제시하고 있어 수필의 요소를 갖추고 있다.

〈예문 3〉은 일기 형식을 통해 자적한 삶의 한 단면을 드러내 보여 다소 문학적 면모가 드러나고 있다.

✿ 수필카페37

'눈물' :

어떤 감동으로 마음이 심하게 꿈틀거릴 때, 눈물이 나옴을 나이 들어 이제야 알았습니다. 예전에는 눈이 눈물을 흘리는 줄 알았죠. 요즘은 신경이 굳어 감동할 일 없으니 눈물도 남의 일이 되었습니다.

눈물은 이슬보다 진한 마음의 증류수입니다.

눈물만큼 아픈 것도 없지만, 눈물만큼 가슴을 녹이는 것도 없지요. 눈물이 무기란 말은 그래서 생긴 듯합니다.

- 이름 모를 별에서 소리 없이 성호를 그으며 내려오는 별똥별일까. 아니면 맑은 옷자락 끌며 살며시 굴러 떨어지는 구슬일까.

아름답고 영롱할수록 가슴 아프고 저린 법. 알알이 꿸 수는 없지만 손등으로 흘려보낸 뒤에야 마음으로 새기는 보석.

짧은 수필로 가는 길

우리 수필 문단에
새로운 물결이 세차게 흘러들었다.
여러 경로의 실험과 변화의 모색을 거쳐 뚜렷한 실체로
소리 없이 그러나 올연히 모습을 나타내고 있는
수필의 새로운 얼굴-'아포리즘 수필'.

제7장 짧은 수필로 가는 길

1. 장편掌篇수필

1) 영상시대와 장편수필

최근 우리 수필계에 새로운 얼굴로 등장한 이른바 '장편掌篇수필'은 영상시대, 영상시대의 독자들에게 매우 적합한 형식이라고 할 수 있다.

장편수필이란 '손바닥[掌]에 쓸 수 있을 만큼 짧은 길이의 수필'이라는 뜻이다. 원고지 매수로 7, 8매 분량이다. 요즘 청소년들 사이에서는 '3행시'가 인기인데, 그 이유는 짧고 간결하면서도 창의적면서, 유머와 위트를 곁들일 수 있어 신기新奇한 느낌을 받게 되기 때문인 것 같다. 수필문학에도 접목을 시도해 볼 만한 것이 아닌가 한다.

인터넷 시대에는 지구촌 어디, 누구에게나 이메일을 띄우며 남의 홈페이지에 들어가 하고 싶은 이야기를 남긴다. 트위터나 페이스북에 짧은 생각을 담을 수도 있다. 이 모두가 대체로 200자에 훨씬 못 미치는 짧은 문장들이다. 이것이 이 시대를 사는 젊은이들의 최대공약수적인 취향이다. 연설과 미니스커트는 짧을수록 좋다고 하듯이 수필도 짧아지는 쪽으로 가고 있는 뚜렷한 흐름을 감지하게 되는 요즘이다.

어쨌든 인터넷 독자들에게는 장편수필이 구미를 당기는 게 사실이다. 모니터 화면에 적절한 크기의 글씨로 보여줄 수 있을 뿐 아니라, 그 내용이나 이미지 파악도 어렵지 않게 할 수 있는 이점이 있다. 배경화면을 삽입하거나 여백의 미를 적절히 살린다면 그 효과는 훨씬 커질 것이다.

장편수필은 영상시대를 위해 태어난 참신한 수필 양식이다. '21세기 수필문학의 조건'이란 글에서 장편수필의 도래가 이미 점 쳐진 일이었기도 하다. 들어 보자.

"앞으로 수필문학은 지금의 수필 그리고 과거에 씌어졌던 수필과는 그 형식이나 내용, 주제나 소재의 선정, 문체나 문장, 그 표현 수법 등에 있어서 다른 형태의 것들이 되어야 할 것이다. 경우에 따라서는 지금의 우리가 전혀 생각하지 못했던 새로운 형태의 수필이 등장할 가능성도 배제할 수 없다. 물론 과거의 형태도 그대로 존속하기는 할 것이다. 또 수필의 기본적인 개념과 특성 또는 수필의 기본적인 형식과 여러 가지 수법 그리고 수필의 문체와 문장 등도 상당 부분 그대로 유지될 것이다. 수필이 앞으로 7, 8매 정도로 줄어들었을 때, 이 짤막한 길이의 글 속에 작가의 의도나 생각 등을 함축시킬 수만 있다면, 수필로서의 가치나 조건에는 아무런 문제가 없을 것이다.

그러나 적은 분량 속에 생각이나 상념의 정제整齊와 압축, 치밀하고도 짜임새 있는 구성, 간결하고도 함축성 있는 문장력, 뛰어난 문장 표현, 언어의 절제와 압축력, 번뜩이는 재치와 유머 등이 알차게 압축되어 있다면 그것은 더욱 훌륭한 수필문학이 된다."

'이러한 수필이라면 바쁘고 힘들게 살아 갈 21세기의 주역들에게 커다란 호응과 공감을 얻게 될 것'이라는 예언적인 진맥은 영상시대의 도래와 함께 상당히 맞아 떨어지고 있다. 결국 수필의 본질은 그 길이에 있는 것이 아니라 오히려 짧고 간결한 글 속에서 독자들의 심금을 울릴 수만 있다면 훌륭한 문학이 될 수 있는 것이 아닌가 한다. 분량이 줄어들었다고 문제될 것은 없으며, 단지 그 내용의 함축성과 문학성이 중요할 뿐이다.

2) 장편수필의 효능과 문학성

장편수필이 영상시대에 적합한 형식으로 급부상한다. 바쁘고 복잡한 현대인, 특히 컴퓨터와 인터넷이 생활화된 젊은 층을 중심으로 장편수필이 부담 없고 친숙한 문학으로 뜨고 있는 것이다. 일단 우리 수필문학의 청신호가 아닐 수 없다.

이러한 수필문학의 변신과 확산은, 전혀 별개의 것으로 여기던 칼럼과의 교류로도 이어지는 경향이다. 우선 분량에서 엇비슷하면서, 수필의 칼럼화와 칼럼의 수필화 현상이 나타나고 있는 것이다. 이런 흐름 속에서 수필인지 칼럼인지 구분이 모호한 글들을 자주 대하게 된다. 접점이 매우 애매모호하다. 개념의 변화와 더불어 양자 간의 경계가 무너지고 있는 것인지도 모른다.

수필이 칼럼화하는 추세에 대한 예단의 말이 나오게끔 됐다.

"최근 수필이 칼럼화하는 추세다. 그러면서 이제까지보다 더욱 해학적인 양상으로 바뀌어 가고 있다.

수필의 주제나 소재 선택에 있어서도 일상적인 것, 개인적인 것보다는 참신하고도 많은 사람들이 함께 공유할 수 있는 것, 사회적인 것, 각계각층의 다층적多層的인 것 등을 더욱 많이 다루는 추세다. 현실 비판이나 현실 참여적인 것들을 다룬 글들에 더 큰 관심과 흥미를 갖게 될 것으로 예측되기 때문이다.

또 이러한 풍토 속에서는 사회성과 대중성이 높고 현실 비판이나 현실 참여적인 내용이 많이 담길 뿐만 아니라 논픽션에 속하여 그 길이도 짧은 칼럼이나 단평短評 같은 글들을 선호하게 되는데, 이러한 칼럼이나 단평 등은 넓은 의미에서 본다면 수필의 범주에 속한다."

둘이 혼합돼 있는 것도 적지 않다. 황필호가 그의「가벼운 수필과 무거운 수필」이란 글에서 '표현 방법에서 볼 때 가벼운 수필은 감정적·정감적·은유적인 데 반하여, 무거운 수필은 논리적·논설적·지성적·직선적이라는 말이 있다."고 지적했듯이 같은 수필이라도 그 분류에 따라 수필의 본래적 특성보다는 칼럼이나 논설 등의 성격을 더 많이 갖고 있는 경우도 있다.

두 양식의 융합과 조화를 통해 독자를 사로잡을 수 있는 설득력 있고 감동적인 글을 쓰는 것이 중요하다는 데 생각이 미친다. 칼럼의 특성에다 수필의 문학성과 예술성 그리고 인간적인 호소력이 가미된다면 문학적 성과 또한 작지 않을 것이다. 지금의 추세로 보아 두 양식이 더욱 긴밀하게 접목된 글들이 주류를 이룰 것으로 전망된다. 이미 그쪽으로 시선이 쏠리고 있는 게 사실이다.

3) 장편수필의 특성

① 압축성 : 장편수필의 특성은 내용의 압축성에 있다. 장황한 서사나 서술이 아니라 압축된 사상과 내용이 요구되는 형식이다. 진액津液으로만 쓴 가장 경제적인 글이 되려면 고도의 압축이 필요하다. 군더더기를 배제하고, 빙 둘러가는 방법이 아니라 직핍直逼해야 하므로 함축과 절제, 암시와 상징, 비유와 역설 등의 요약된 형식이 절대적이다. 시적 기법을 이용하는 것도 한 방법이 된다.

② 참신성 : 주제나 소재의 참신성이 요구된다. 특히 5매 수필일 경우, 일상적인 주제나 소재로서는 독자의 흥미를 유발할 수가 없다. 기발한 착상, 평범속의 비범, 역 관점, 독자적인 해석, 신선한 소재, 전문적인 탐구, 독특한 흥미

성의 계발, 공통 관심사의 새 관점 전개 등 참신성을 제고해야만 한다.

③ 서정성 : 이야기가 중심이 되는 서사수필보다 감성에 바탕을 두는 서정수필이 적합하다. 이야기[話素]가 있는 수필의 경우라면, 단일한 것이라야 좋다. 예컨대, 윤오영의 「달밤」, 피천득의 「오월」이 여기에 해당된다. 분량이 짧아진다는 것 자체가 시에 가까워진다는 것일 수 있다. 소설적 기법의 서사수필보다도 시적 기법의 서정수필에 적합한 양식이라는 얘기다.

④ 효율적인 구성 : 수필은 '붓 가는 대로 쓰는 글'이란 개념을 내세워 '구성하지 않는'을 주장하기도 한다. 구성하지 않는다 함은 역설적으로 말하면 구성해야 한다는 뜻이기도 하다. 시나 소설·희곡 등 픽션fiction과는 달리 의도적이고 치밀한 구성을 요하지 않지만, 자유로움 속에 구성이 이뤄진다. 구성이 없는 문학이란 존재하지 않는다. 오히려 장편수필의 경우, 고도의 구성 요법이 필요하다. 짧은 분량에 작자가 사상과 메시지를 최대한 효율적으로 전달하기 위해서는 보다 치밀한 구성이 요구될 수밖에 없다.

⑤ 개성 : 수필은 개성의 문학이다. 어느 장르보다 작가 자신의 개성이 드러난다. 사상과 감정은 물론 습관, 취향, 인생관, 가치관, 종교, 철학 등을 적나라하게 노출시킨다. 그래야 독자의 흥미를 촉발할 수 있다. 작가의 개성에 끌리는 까닭이다. 개성 없는 글은 맹물이나 다름없다.

⑥ 간결성 : 보다 간결한 문장이 요구된다. 인용문의 삽입, 예문의 도입은 자제하는 쪽이라야 한다. 독자를 끌고 가면서 단도직입 식 전개가 바람직하다. 울림이 있어야 하므로 논리적인 문장보다는 여운을 주는 서정적인 문장이 적합하다. 암시적 표현으로 독자의 몫을 넓혀줄 필요가 있다. 공감이 폭을 넓히고 깊게 하기 위한 기본 장치가 필요하다는 의미다.

⑦ 심오성 : 극히 짧아졌다고 해서 내용이 없다거나 깊이가 얕다는 인상을 주어서는 결코 안된다. 장편수필, 특히 5매 수필의 성패는 '짧은 글 속의 심오성'에 있다고 보아야 한다. 부담 없이 읽었는데도 '깊은 감동과

여운을 주었다'는 느낌이 있어야 한다는 말이다. 짧은 분량 속에 깊이를 보여 줄 수 있어야 하는데, 그러려면 인생에 대한 도저到底한 연마와 깨달음에서 도달할 수 없는 경지라 할 수 있겠다. 철학성과 사상성의 결부가 필수적이기에 더욱 그러하다.

⑧ 구성 : 단일구성이라야 한다. 사물과 사물, 사례와 사례를 비교, 대조, 역 관점으로 연결시키고 자연 현상을 인생과 결부시킨다. 또는 일반적인 예시 속에 인생의 의미를 부여하는 방법 등으로 내용을 심화시켜 나가는 것이 좋다.

■ 예문 ■

자식은 돈을 벌러 외지에 가서 백골로 돌아오고, 딸은 돈벌이로 호텔에서 웃으며 나온다. 죽은 자식은 잊으면 그만이다. 외국 손님 품에서 시달리는 딸년은 약간 애처롭지만 아침에 웃고 들어오는 얼굴은 역시 해사하다. 그러나 기쁜 것은 돈이다. 판잣집이 양옥이 되고 골덴텍스 양복에 제법 반반한 신사가 된 것도 다 이 친구의 덕이다. 이래서 역시 돈이 좋다. 유지, 신사 축에 들고 사회 명망가의 대열에 낄 수 있다면 약간의 희생은 출세를 위하여, 가문을 빛내기 위하여 잊어야 한다. 냉방에서 콧물을 줄줄 흘리며 도사리고 앉아 준치가시 같기만 했던 갓골 샌님의 후예는 이렇게 변했다. 돈이 더럽다고 젓가락으로 뇌까리던 선비의 후손은 이렇게 황금 앞에 충신으로 변했다. 그런데 어느 날 그는 술을 먹고 체신없이 목을 놓아 울고 있었다. 왜 우느냐고 물었더니, 그것은 자기도 모른다는 것이다.

– 윤오영의 「왜 울었는고」 전문

이 수필은 우리 한민족사의 큰 비극의 역사를 가지고 있는 작품이다. 6 · 25라는 전쟁을 경험해 본 사람만이 이 작품의 배경과 거기 숨어 있는 주제의식과 부정不正이 안고 있는 상처의 깊이를 안다.

도입에 딸이 몸을 파는 장면이 서술되고, 다음 전개부에서 그 수입으로 잘 살아가는 아버지의 부도덕성이 강조된다. 여기에서 인간이 현실적인 위기 앞에서는 윤리라는 게 얼마나 거추장스러운가 하는 것을 인식하게 된다. 따라서 인간의 '앎'이라는 그 '지식'조차 허울 좋은 개살구임을 알게 되고, 그리고 우리가 다른 사람을 어디까지 비판해야 할 것인가 하는 인간의 불완전성을 깨닫게 된다.

3매에 해당하는 분량이지만 감동은 한 편의 소설에 버금하지 않는다. 떨림이 오래 가는 까닭이다. 더욱 놀라운 사실은, 양공주로 몸을 팔아 벌어다 주는 돈으로 걱정 없이 살아가는 아버지의 아픔이나 고통을 직설적으로 표현한 내용이 한마디도 없다는 것이다. 그럼에도 아버지의 그 고통이 얼마나 크고 엄청난가를 마지막 결말에서 얻게 된다. 그 뜻이 행간行間에 숨어 있다.

■ 예문 ■

내가 잠시 낙향해서 있었을 때의 일.

어느 날 밤이었었다. 달이 몹시 밝았다. 서울서 이사 온 윗마을 김 군을 찾아갔다. 대문이 깊이 잠겨 있고 주위는 고요했다. 나는 밖에서 혼자 머뭇거리다가 대문을 흔들지 않고 그대로 돌아섰다.

맞은편 집 사랑 툇마루엔 웬 노인이 한 분 책상다리를 하고 앉아서 달을 보고 있었다. 나는 걸음을 그리로 옮겼다. 그는 내가 가도 별 관심을 보이지 아니했다.

"좀 쉬어 가겠습니다." 하며 걸터앉았다. 그는 이웃 사람이 아닌 것을 알자,

"네, 달이 하도 밝기에…."

"음! 참 밝소." 허연 수염을 쓰다듬었다. 두 사람은 각각 말이 없었다. 푸

른 하늘은 먼 마을에 덮여 있고, 들은 달빛에 젖어 있었다.

　노인이 방으로 들어가더니 안으로 통한 문소리가 나고 얼마 후에 다시 문소리가 들리더니, 노인은 방에서 상을 들고 나왔다. 소반에는 무청김치 한 그릇, 막걸리 두 사발이 놓여 있었다.

　마침 잘 됐소. 농주 두 사발이 남았더니…. 하고 권하며, 스스로 한 사발을 쭉 들이켰다. 나는 그런 큰 사발의 술을 먹어 본 적이 일찍이 없었지만 그 노인이 마시는 바람에 따라 마셔 버렸다.

　이윽고 "살펴 가우." 하는 노인의 인사를 들으며 내려왔다.

　얼마쯤 내려오다 보니, 노인은 그대로 앉아 있었다.

- 윤오영의 「달밤」 전문

　겨우 원고지 5매에 안 차는 작품에서 자유롭게 우주에서 노니는 한 선비를 만나는 느낌이다. 공자는 "아침에 도를 들으면 저녁에 죽어도 좋다朝聞道 夕死可矣."라 했다. 실로 이런 한 편의 수필을 읽는다면 우리가 이 세상을 살아가는 이유를 알게 될 것이다.

　보편적이고 논리적인 개괄이 배제된 글이다. 그리고 무형無形·무미無味·무명無名·무취無臭의 개체적인 심리가 하나의 구체적인 인간 세상의 정감으로 뭉뚱그리며 나타나 있다. 그것은 이상적인 인격과 심오한 심정深情의 넉넉한 진인眞人 풍도風道를 지닌 두 노인의 모습 때문일 것이다.

　세속의 비열함이나 천박함을 들어 자신을 내세우려 않는 자연과 인간이 달빛 속에 혼연 일체가 되는 자연화自然畵가 시뿌연 달밤의 연무 속에 환상적으로 잠겨 있는 듯하다. 특히 자연 경물景物에 대한 체득과 수용으로 자기 정감을 객관화함으로써 인지적 부호도 없이 극도로 언어를 생략한 수작秀作이다.

　김 군을 찾았으나 만나지 못하고 돌아서는 화자의 발걸음이나, 시골에 온 배경이나, 툇마루에 앉은 노인과의 대화에서조차 극도로 말을 아끼고 있다. 생략 부분을 독자의 몫으로 돌리려 한 것이다.

특히 '이윽고'의 처리는 이 작품에 수필적인 맛을 한층 돋워 주는 묘책이다. 문학이란 독자가 그 작품에 참여할 수 있는 인지적 자리를 제공해 줄 때, 좋은 작품으로 남는다.

❦ 수필카페38

'멀리 갈수록 향기를 더하는 연꽃처럼' :

"'향원익청香遠益淸', 연꽃 향기는 멀리 갈수록 맑은 향기를 더한다." 유난스레 연꽃을 사랑했던 중국의 화가 주돈이 「애련설」에서 한 말이다.

연꽃은 해가 지면 꽃을 오므렸다가 다음날 아침 해가 뜨면 밤새 오므렸던 꽃잎을 활짝 열어 다시 피어난다. 그래서 주돈의 아내는 저녁이면 종이에 차를 싸서 연꽃 속에 재워뒀다가 아침에 꽃이 열리면 차를 꺼내 사랑하는 이에게 차를 끓여 건네곤 했답니다.

꽃 속에서 하룻밤을 재운 차는 얼마나 향기로웠을까요. 정성으로 달인 차를 건네는 아내가 화가는 얼마나 사랑스러웠을까요.

밤새 꽃 속에 차를 재웠다가 아침에 향기로운 차를 바치는 마음, 그 정성 어린 마음이 곧 사랑이겠지요. 정녕 그러할 테지요. (백승훈)

---

2. 5매 수필 · 아포리즘 수필

1) 5매 수필

수필이 짧아지고 있다. 속도를 가치화하는 시대적 추세를 따라 문학도 급격히 변신하고 있음을 반증함이다. 시간과 공간의 제약에서 벗어나려는 독자의 경제적 논리의 반영이라 할 수 있을 것이다.

7매에서 출발한 장편掌篇수필이 더 짧아지고 있다. 윤주홍은 그의 5매 수필집 「서울 뻐꾸기, 신문에서 울다」의 '책을 내면서'에서 다음과 같이 말한다.

빠른 것은 세월만은 아니다. 세월에 실려 있는 인생도 그렇고, 인생의 구체具體가 되는 삶도 그렇고, 삶의 형태인 생활도 가속이 붙어 다양한 변화의 수용을 강요하며, 휴식과 사고의 순간마저 빼앗아 가는 현상이다. 그래서 형성된 속도의 문화독자가 요구하는 문학은 짧아야 되는 특징을 가지고 있다.

수필이 인간작가의 마음속에 체험된 참된 심리적 현상을 솔직하게 그려내는 문학이라면 이를 공급하여야 할 의무를 느끼며, 이 문학은 짧은 시간에 읽힐 수 있어야 한다는 부전이 붙는다. 이래서 "짧은 수필의 요구는 '속도'를 가치화하는 시대적 추세"라 하겠다.

장편掌篇수필이 이제 '5매 수필'이라는 공식 명칭이 붙게 된 경위에 대해, 정목일 수필가의 말을 들어 보기로 하자.

대표에세이문학회에서는 '장편掌篇'이란 단어가 추상적이기 때문에 분량에 대한 구체적인 명시가 필요하다는 의견에 따라, 5매 내외가 적당하다는 합의를 도출하였다. 따라서 '장편수필'이란 애매한 개념 대신에 명확한 개념인 '5매 수필'이란 말을 붙이기로 했다. 장편수필의 전개를 위해서는 무엇보다도 '장편수필'의 불분명한 분량에 대해서 명확한 개념 정리가 필요한 것이므로, 대표에세이문학회에서 제기한 '5매 수필'이란 용어에 대해 검토가 필요했다. (……) 이번 윤주홍 수필가의 '5매 수필집' 간행은 2002

년 대표에세이에서 처음으로 제기한 '5매 수필'의 제안자로서 자신이 창작한 '5매 수필'을 선보인다는 점에서 의의가 매우 크다.

- 鄭木日, 평설 「'5매 수필의 전개와 방향 제시」 중

윤주홍의 '5매 수필'집 평설에서 이같이 말하고, 그 특징으로 효율성·구성의 묘미·심오성·참신성·기법의 다양화를 들었다. 앞의 장편수필의 특성에서 언급된 것에서 크게 벗어나지 않는다.

윤오영의 「달밤」이나 피천득의 「오월」이 5매에 차지 않은 장편掌篇이다. 문제 될 것이 없는 일이지만 앞으로 짧은 수필에 대한 명칭으로 '장편수필'과 '5매 수필', '7매 수필'등이 당분간 혼재할 것으로 보인다.

■ 예문 ■

평생을 아무 한 것도 없이 어정어정 진료실 몇 번 오가다 보니 소실된 세월이 돌이킬 수 없을 만큼 나이를 살아왔다. 시계태엽이 풀리는 줄 모르고 살아온 둔한 감각을 이제 와서 어찌하겠나. 이렇게 우둔하게 살아온 삶이 아쉬워 시간들을 더듬어 본들 또 무엇 하겠나. 그래도 남은 세월이 얼마나 있을까? 가을날의 하오에서야 손바닥만큼 남아 있는 햇빛 자락을 못내 안타까워할 뿐이다.

스위스 의사 토투니는 「인생의 사계」라는 글에서 20세까지는 봄이요, 40세까지는 인생의 여름이라 말했다. 그리고 인생의 가을은 60세까지를 말했는가 하면, 늙은이는 겨울나무같이 잎이 지고 가지만 남은 앙상한 나목처럼 쓸쓸하게 보이지만 인생의 겨울은 가장 성숙한 에너지가 축적되고 경륜이 감춰진 지혜의 시기라 말했다.

하지만 발밑 생활에만 정신이 팔려 앞을 내다보지 못하고 살아왔으니 무엇 하나 거두어들일 것이 없는 나목 그대로일 뿐이다. 한평생 무엇을 하며

살았기에 벽에 걸려 있는 낯익은 석류 민화 한 폭이 예사로 보이지 않는다.

하늘이 드높다. 짧은 하루해는 어느새 골목길에 그림자를 내리고 이제 가로수 이파리가 떨어지는 작은 소리에도 곧잘 근심 같은 사유에 빠져드는 가을이다. 비로소 세월에 휘감긴 석양을 보고 나는 긍긍兢兢한다. 그리고 "사람은 헛것 같고 그의 날은 잠깐 보이다가 없어지는 안개와 같은" 인생을 실감하며 삶에 대한 사려가 깊어지는데 이제는 남은 세월마저 없지 않은가. 해지는 늦은 가을, 나목의 숲 오솔길에 혼자 서 있던 사념에 빠져 본다. 오직 내일을 기다리며 창가에 앉는다. 그저 인생을 재촉하는 한 뼘 남은 세월 조각이 서쪽 창 커튼 사이로 새어들어 오는 가을 햇빛, 세월을 담아두었던 소쿠리는 채울 수 없이 너무 비었다.

오! 하나님!

- 윤주홍의 「남은 세월 조각」 전문

2) 아포리즘 수필

아포리즘aphorism이란 금언, 경구, 잠언 따위를 가리키는 말이다. 인생의 깊은 체험과 깨달음을 통해 얻은 진리를 간결하고 압축적으로 기록한 명상물인데, 짧은 말로 가장 긴 문장의 설교를 대신하는 것이라고 할 수 있다.

세계에서 가장 오래된 유명한 아포리즘은 히포크라테스의 "예술은 길고 인생은 짧다."라 한 말이다. 셰익스피어의 "약한 자여, 그대 이름은 여자니라."와 파스칼의 "인간은 자연 가운데 가장 약한 한 줄기 갈대에 불과하다. 그러나 그는 생각하는 갈대다."라는 말은 가장 널리 알려진 아포리즘의 예다.

우리 수필 문단에 새로운 물결이 세차게 흘러들었다. 여러 경로의 실험과 변화의 모색을 거쳐 뚜렷한 실체로 소리 없이 그러나 올연히 모습을 나타내고 있는 수필의 새로운 얼굴-'아포리즘 수필'.

신선한 수필의 미래를 열고 있는 원로 수필가 윤재천 교수의 목소리에 귀를 기울여 보자,

　많은 형태의 실험수필을 거쳐 '아포리즘 수필시대'를 눈앞에 두고 있다.

　고정된 것은 진화할 수 없다.

　끊임없이 변화를 시도하고, 또 그렇게 함으로써 발전한 것이 인류의 역사다.

　'변화'는 '성장'의 다른 표현으로 인식한다. 그러나 그동안 다른 것에 비해 수필은 외적으로나 내적으로 고정된 틀에서 벗어나지 못해 보수적 인상이 강하게 각인되었다.

　관념에 묶이고 타성에 길들어 있었다. 이런 점에서 우리의 시도는 '의거'라고 불러도 좋다. 원고지 매수로 환산해 2.5매-'아포리즘 수필시대'의 문을 연다.

　이 일이 단순한 물리적 변화로 비칠지 모르지만, 화학적 대변혁으로 그 충격이 만만치 않을 수 있다. 글을 읽는 사람만이 아니라 쓰는 사람에게까지 당황할 수밖에 없는 일이지만, 이 상황은 지속 발전되어야 한다.

　그러나 많은 독자가 즐겨 반겨야만 발전에 한 발 다가가는 일이 된다.

　한마디 말이 운명을 바꿀 수 있다고 회자되는 말이 '촌철살인寸鐵殺人'이다. 설명하고 설득하는 데서 표현하는 것으로 성격이 바뀌는 일인 만큼 이것은 수필이 문학의 궤도 위에 한층 더 올라가는 계기가 되기를 바란다.

　(……)

- 윤재천의 「아포리즘 수필시대를 열며」 중

숲도 오랜 세월 속에 변하면서 천이遷移해 왔다. 수필이 한동안 짧아지는 추세이더니 그 한계에까지 다다른 것 같다. 7매에서 5매, 다시 2.5매

로 변신한다. 고도로 농축된 양식, 그러니까 분량이 짧아진다고 해서 수필이 진화한다고는 생각지 않는다. 그러나 이러한 변화가 디지털시대 속에 수필이 살아남을 수 있는 생존전략이라면 문제가 다르다.

「네가 보고 싶어서 바람이 불었다」, 안도현 시인의 아포리즘이 주목을 받는다. "말은 때로 상대만을 구속하고 간섭한다. 특히 좋아한다, 사랑한다는 말은 입술을 벗어나는 그 순간부터 가벼워지곤 한다."라 쓰자, 네티즌이 바짝 달궈진다. "참, 시인다운 아포리즘이다, 그렇지 아니한가?"라는 반응이다. 그들은 안도현 시인의 아포리즘을 '내 마음의 간이역'이라 입을 모으고 있다.

문제가 있다. 짧다고 쉬이 써지지 않는다는 것이다. 생각이나 느낌의 진액津液을 짜내야 하니까 그렇다. 동백이나 깨에서 기름을 짜내듯 해야 한다. 기름을 짜는 기름집 현장에 가보면 안다. 기계는 압축을 넘어 농축한다고 조이고 눌러 가며 끙끙댄다.

그냥 2.5매만 채우면 되는 것이 아니기 때문에, 쓰는 과정에서 가슴 에며 한바탕 뒤척여야 하는 것이다. 언어의 조탁彫琢을 넘어 고도의 미적 세공細工에 도달하지 않고는 함부로 다가서지 못하는 경계다. 아포리즘, 그러나 넘어야 할 골짝이고 노 저어 건너야 할 너울이고 횡단해야 할 사막이다.

■ 예문 ■

진실이란 무엇일까.

삭풍이 몰아치고 때로는 눈비가 내려 어디로 가야 할지 방황조차 찾을 수 없는 순간이 온다 해도 맞잡은 손을 놓지 않고 상대를 감싸 안는 것이 사랑의 참모습이다.

사랑의 신화이든 수필의 신화이든 신화는 정해진 코스를 밟아가는 상태에서는 꽃이 피지 않는다.

나는 또 다른 길을 찾기 시작한다.

또 하나의 신화를 찾기 위해 항해를 계속한다. 또 하나의 신화를 만들기 위해 그 이전에 존재했던 모든 것을 모아 그 안에 매장하고, 수필에 몰두한다.

다음의 신화는 무엇이 될까.

- 윤재천의 「또 하나의 신화」 전문

✤ 수필카페39

'아버지가 간다' :

'2013년 좋은 아빠 시나리오에는 무뚝뚝한 아버지 대신 다정한 아빠가 등장한다. 시나리오대로 척척 해내려는 아빠들의 노력은 놀랄 만했다. 아빠들의 모습이 바뀌는 데는 예능 프로그램과 드라마가 한 몫을 한 것이 사실이다. 아빠들의 육아법이 달라지면서 친구 같은 아빠가 늘어났다. 하지만 진짜 아이의 마음을 읽어 주는 아빠는 몇이나 될까.'

- 요즘 좋은 아빠 축에 들려면 친구 같은 아버지, 가정적인 아버지가 되어야 한다. 가끔 자녀와 여행을 가서 멋진 추억을 만들어야 하고 자녀와 함께 하는 취미 한 가지를 만들고, 자녀에 버금가는 컴퓨터 실력에 퇴근 후 부담 없이 놀아 주어야만 한다. 식사, 공연 나들이, 박물관 견학 등 공감대 형성은 필수이다. 공부를 가르치고 학원에 데려다 주는 등 친구처럼 곁에 있으면서 사랑을 적극 표현해야 한다.

이처럼 정서적 교감을 나누고 친구 같은 우정을 나누는 아버지는 멋진 아버지이자 훌륭한 아버지다.

그러나 한편 우리의 '전통적인 아버지', '근엄하고 훈육하는 아버지' 또한 이 시대에 꼭 존재해야 할 아버지상이 아닐까.

제8장

수필의 텃밭

수필에는 서정이 있어야 한다.
서정이야말로 넓고 다양한 우리 삶의 근본이다.
부모가 자식을 생각하는 애틋함,
자식이 부모를 그리는 안타까움,
죽는 날까지 고향을 잊지 못하는 것, 자연을 바라보는 사람들의
마음이 있는 한 서정 수필은 사라지지 않을 것이다.

제8장 수필의 텃밭

1. 끊임없는 소재 찾기

수필을 쓰려면 먼저 소재와 만나야 한다. 쓸거리가 없으면 글이 써지지 않기 때문이다. 눈앞의 삼라만상 초목군생草木群生이 다 글감이라 하나 실제는 그렇지 않다. 하늘, 바다, 산, 나무, 꽃, 돌, 사람, 사회, 이웃이 모두 내 글의 소재가 돼 줄 법한데 막상 쓰려면 돌아앉아 버리거나 달아나 버린다. 글을 쓸 수 있을 것 같던 기대가 가슴 뛰는 설렘에 머문 채 붓이 움직이지 않아 만만찮은 곤욕을 치른다. 체념으로 마음속의 파장을 가라앉히고 나면 눈앞에 손으로 만져지지 않는 허공이 들어앉아 있을 뿐이다.

다시 책상머리에 앉는다고 써지지 않는다. 눈앞에는 안개가 겹겹이고 머릿속은 알 수 없는 지저깨비 같은 공상들로 공회전한다. 이때다. 정신의 허기에 견디기 어려울 때 포기해서는 글과의 인연의 끈을 영영 놓아 버리게 될지도 모른다. 자리를 박차고 일어나 소재를 찾아 눈이 이르고 발길이 닿는 곳, 삶의 현장으로 나아가야 한다.

도시라면, 번잡한 거리를 보아야 한다. 그 거리에 서 있는 소시민들의 표정을 스케치해야 한다. 전철역 계단에 얼굴 묻고 엎드린 한 노파의 손에, 혹은 목발 짚은 한 사내에게 동전 한 닢 쥐어주지 못하고 곁눈질로 돌아오며 식어 버린 가슴의 온기를 의심해 보아야 한다. 앞사람의 뒤만 보며 걸어야 하는 도시의 일상적 비애 속에 살아온 날들을 되작이기도 해야 한다. 인간을 탐구하지 않으면 안된다. 눈앞의 사물에 통찰력을 지녀야 쓰게 되는 글이 수필이다. 그것을 의미화해야 한다.

읍내에 살고 있다면, 마을로 들어가 나무 그늘에 앉아 정담을 나누는 시골 인심에 귀 기울여야 한다. 사람의 삶은 그곳에 입소문만큼이나 풍성하다. 쭈그리고 앉아 푸성귀를 다듬는 손등에 각질로 내려앉은 노년의 삶을 쓰고자 한다면, 길거리의 난전이나 오일장의 할머니 장터에 서 보아야 한다. 한 줌의 덤에 보태는 웃음이 있어 세상이 아름다운 것 아닌가. 그것을 써야 한다. 소재도 주제도 샘솟듯 바로 그 현장에 있다.

나는 열 평 남짓한 텃밭을 가꾸며 수필의 소재와 만난다. 물만 주면 쑥쑥 크는 상추, 배추, 치커리, 고추, 가지, 방울토마토들. 틈틈이 흙을 북돋아 주는 외로 손품들일 일이 별로 없다. 내 발 소리만 듣고도 자라는 그것들이 대견하다. 한 그루에 수십 개 열매를 달아 놓는 고추의 맵짠 삶 앞에 넋을 놓는다. 웬 기별이 없나 하는데 7월의 땡볕 속에 아기 팔뚝 만하게 열린 가지의 새까만 자존심이라니. 외경하지 않을 수 없었다.

나는 이 경이로운 텃밭의 일들을 일기 형식의 수필로 쓴 적이 있다. 그 자그마한 것들을 만지고 감싸 안아 가며 존재의 의미를 발견하고 그 속에 숨어 있는 삶의 비의를 읽어낸다.

내 사유가 머무르면 작은 공간이 이내 우주로 확산한다. 그 안에 내 수필의 텃밭이 싱그럽게 자리를 틀고 앉는다. 흙에 뿌리 내린 푸성귀와 사람이 소통하는 세상이 자유롭다. 이런 자유를 만나 글을 쓰는데 글이 왜 써지지 않을 것인가. 대상과의 소통이 곧 글이거늘.

수필의 소재는 아침을 먹는 식탁에서 눈길을 끄는 TV '인간극장'에도 있고, 이른 저녁 거실에 앉아 차 한 잔 하며 보는 '동물의 세계'에도 있다. 하루에 열두 번은 들르는 난실에 앉아 난에게 말을 걸어 보기도 한다. 새벽 네 시 옥상에 올라 그때까지도 꺼지지 않은 고깃배의 집어등에도 눈을 주어야 한다. 산책길 위에 널브러진 산비둘기의 주검 위로 내리는 저녁 햇살에, 낙엽 위에 고단한 생을 부린 갈색 나비에도 무심하지 않아야 한다.

발이 닿고 눈길이 이르는 곳 또 그곳의 사물들이 모두 글감이다. 문제는 의미를 찾는 데라야 수필은 멍석을 깔고 자리를 잡는다는 것이다.

"꼭 기상천외의 기발한 제재라야 하는 것이 아니다. 이를테면 대상에서 새로운 해석을 찾아내야 한다는 말이다. 그러므로 있어 온 이야기가 아니라 나만이 보고 나만이 느끼고 나만이 듣고 나만이 생각한 것이어야 할 것이다."라 한 고 서정범 교수의 말에 귀 기울일 필요가 있다. 의미를 부여할 때 대상이 비로소 수필의 소재로 다가온다.

잊어서는 안될 것이 있다. 소재와 만나는 족족 메모하는 일이다.

어느 날 막 식탁에 앉는데 알 수 없는 갈증에 시달리는 눈앞에 '도마'가 섬뜩하게 다가와 내게 말을 거는 게 아닌가. 놓칠 수 없었다.

■ 예문 ■

제일 불쌍하고 처참한 게 바다에서 잡아 온 낙지를 써는 것 아닐까요. 살아 보겠다고 꾸물대며 달아나는 생명을 칼끝으로 끌어다 뭉텅뭉텅 썰어 초간장 찍고 입으로 가져가는 사람들. 토막 난 것들이 입 안으로 들어가는 최후의 순간에도 살아 꿈틀거리는 걸 보면서 사람이 참 독한 존재라는 사실에 몸서리치곤 합니다.

그러고 보니 사람이 안 먹는 게 어디 있나요. 갓 잡아 더운 김 모락모락 나는 가축의 생간을 썰어 먹고, 독사를 요절내 낭창하게 피 흐르는 걸 먹으면서 눈썹 하나 까딱 않고 이를 드러내 히죽거리지 않습니까. 먹는 것에 관한 한 내명內明한 현자賢者는 없는 성싶군요. 이것저것 사람의 입에 들어가는 것들은 일단 내 복부에 퍼질러지며 칼 맛을 톡톡히 본 연후에라야 젓가락이 닿는 게 수순이니 나도 공범에서 자유로울 수 없습니다.

하지만 너무 그러지 마십시오. 나도 이젠 옛날의 약골이 아닙니다. 나무 토막으로 누웠더니 무지막지한 칼질에 뱃살이 파이고 깎여 용골龍骨이 박살 날 지경이라 버티는 방도를 찾는 수밖에 없었습니다. 과학의 힘을 빌려 탱탱한 합성수지로 변신하는 데 성공했습니다. 칼날을 배척할 만큼 강직합니다. 이게 사람의 칼에 맞서기 위한 최종의 대응 논리이고 방어기제입니다.

– 졸작「도마의 변」중

다음은 텃밭에서 건진 소재다.

■ 예문 ■

아내가 시장에서 대파 한 묶음을 사 왔다. 텃밭에 묻었다 한 뿌리씩 파다 먹으면 좋다고 한다. 요즘 채소 값이 금값이라는 소리를 듣는 터라 고개 끄덕이게 된다. 그걸 들고 가 텃밭에다 파묻었다.

오늘, 텃밭을 둘러보다 대파 앞에 걸음이 뚝 멎는다. 이게 어찌된 일인가. 삽질 몇 번으로 흙을 파 뿌리 부분만 묻고 땅에 나란히 눕혔던 것인데, 녀석들이 모두 몸을 번쩍 세웠지 않은가. 놀랍게도 꼿꼿한 직립이다. 몇 번의 비에 낯을 씻었던지 깔끔한 맵시다. 한동안 자리보전해 있다 봄기운에 후다닥 일어난 모양인데, 제법 의기양양한 기상이다.

야금야금 파먹어 이제 열 뿌리쯤 남았다. 녀석들이 몸을 일으켜 세운 김에 제대로 뿌리를 내리려는 심산인 것 같다. 참 모진 게 생명이라는 생각이 든다. 말 못하는 푸성귀라고 예외가 아니다. 무심결에 곁에 있는 삽을 들고 흙을 두어 번 덮씌워 주었다. 며칠 뒤 비가 온다 하니 목도 축일 것이다.

미물이라고 나무랄 것이 아니다. 사람의 손이 닿기 전, 짧지만 한 생애의 완결로 가는 저 모습, 건강한 정신이 느껴진다.

- 졸작 「텃밭 일기」 중

소재 찾기와 관련한 현장의 얘기, 어느 사진작가의 경우를 예로 들겠다.

"내가 할 수 있는 가장 쉬운 일은 아이들과 하나가 돼 노는 것이다. 내가 그들과 같아질 수는 없지만, 함께 놀 수는 있다. 그렇게 한참 놀다 보면 겸허해지는 순간이 찾아온다. 머릿속이 아니라, 마음으로 그들을 이해하게 되는 것이다. 그 순간에 셔터를 누른다. 이것이 내가 사진을 찍는 법이다."

사진을 잘 찍으려면 아이들 속에 들어가 함께 놀아야 한다는 것이다. 숲을 찍으려면 숲 속으로 깊이 들어가야 한다는 얘기다. 깊이 녹아 들어가 이 순간이다 싶을 때 셔터를 누르면 그 순간이 예술이 된다 함이다.

사랑을 하는 순간, 사랑을 느끼는 순간이 예술이다. 걸작도 바로 그 순간에 나온다. 수필도 예외일 수 없다. 소재는 삶의 주변에, 생활의 현장에 있다. 어떻게 그 속으로 들어가 주제를 발견하느냐가 관건일 뿐이다.

✿ 수필카페40

'겸손은 어렵지 않아요':

겸손이란 내가 생각하는 것이 반드시 옳은 것이 아니라는 겸손, 내가 가진 기준이 모든 이에게 적용되는 것이 아니라는 겸손, 내가 알고 있는 지식은 모든 지식의 극히 일부분이라는 겸손, 내가 상처 입은 상황이 모두 상대방의 잘못은 아닐 수도 있다는 겸손이다. (딕티비츠의 「용서의 기술」)

– 사람들은 세 가지 착각을 하며 산다고 합니다.

자신이 남보다 잘 생겼다는 착각, 남보다 똑똑하다는 착각, 자신은 항상 옳다고 생각하는 착각입니다. 리쌍이 부른 노래 중에 '겸손은 힘들어'란 노래가 있습니다. 겸손이 힘든 이유는 바로 이 세 가지 착각에서 벗어나지 못하기 때문입니다.

딕티비츠가 말한 것처럼 자신이 지닌 생각, 마음의 잣대를 조금만 달리 하면 겸손은 어렵지 않습니다. 남을 탓하기 전에 나를 돌아볼 수 있다면, 그리하여 자신의 생각을 바꿀 수 있다면 겸손은 그리 어려운 일이 아닙니다.

2. 짧게 시작하면 된다

처음부터 길게 쓰려고 하면 글이 주춤거려 걸음을 떼어 놓지 못한다. 한 치의 진전도 없을 수 있다. 욕심이 앞선 탓도 있거니와 실제 길게 쓰기는 쉽지 않다. 일정한 훈련을 거친 뒤에야 문장을 길게 끌고 나갈 수 있는 힘이 몸에 배게 된다. 글쓰기도 기술이기 때문이다.

첫 술에 배부르랴. 촌촌전진寸寸前進이라는 말이 있다. 갓 태어난 아기가 배냇저고리 입고 걸음마를 한다고 상상이나 할 수 있는 일인가. 처음에는 짧게 시작해야 한다. 원고지 3매도 좋고 5,6매 분량도 상관없다. 사물에 대한 자신의 생각이나 느낌을 그대로 풀어내면 좋다. 초등학교 때 쓰던

감상문을 염두에 두면 좋을 것이다. 글 속에 어떤 메시지를 담아야 한다는 부담에서 자유로워야, 여유로운 마음의 빈자리에서 쓸 수 있는 게 글이다.

수필은 바로 이런 소박한 '글'에서 출발하는 것이지 글 속에다 넘치게 무엇을 잔뜩 담아 놓는다는 생각은 출발점에 서면서 깨끗이 지워 버려야 한다. 제대로 글 한 편 써 보기도 전에 스트레스를 받으면 수필과의 인연을 이어가기가 어려워질 수도 있다.

물론 경우가 다르기는 하나 처칠은 "나는 짧은 말과 쉬운 문구를 즐긴다."고 했다. 헤밍웨이는 독자들에게 쉽게 전달하기 위해 의도적으로 단순 구문의 글을 썼다고 한다. 문장을 어렵게 만드는 복문 따위는 가급적 쓰지 않았다는 말일 것이다.

더구나 수필이 짧아지는 변화 속에 장편掌篇수필이 7매, 5매로 다시 2.5 매의 아포리즘으로 큰 변신을 시도하고 있는 요즈음이다. 짧게 쓰다 보면 은연중 긴 문장으로 나가고 있는 자신의 행보에 스스로 놀라게 되는 것은 수필 쓰기 초심자에게 나타나는 상례다. 그때, 말할 수 없는 떨림이 온다. 수필을 외경하게 되는 계기가 될 것이다.

■ **예문** ■

문장은 가급적 쉽고 간결하게 쓰려고 노력을 한다. 어떤 사람은 수필은 깊은 사색을 요하는 글이므로 현학적으로 어렵게 써서 몇 번을 읽고 나서야 그 뜻을 알 수 있게 해야 한다고 주장하지만, 나의 경우는 그렇지가 않다. 문인이 아닌 사람이 읽어 보고도 이 정도 문장이면 나도 쓸 수 있겠다고 생각이 들 정도로 가능한 한 쉽게 쓰려고 노력한다.

또 문장은 간결해야 한다. 필요 없는 설명이나 수식어가 많으면 함축성이 사라지기 때문이다. 거꾸로 말하면 아무리 빼려고 해도 한두 단어도 뺄 데가 없을 정도로 꼭 필요한 말만을 나열토록 하고 있다.

끝까지 독자가 그 작품을 읽도록 문장을 유도해 나간다. 아무리 좋은 작품이라도 독자가 흥미를 잃고 읽지 않는다면 독자를 잃는 글이 되고 만다. 다시 말하면 문장 자체가 재미가 있거나 독자의 공감을 불러일으키는 그런 요소가 숨어 있어야 한다고 느끼기 때문이다.

- 정덕룡

위 예문에서 '문인이 아닌 사람이 읽어 보고도 이 정도 문장이면 나도 쓸 수 있겠다고 생각이 들 정도로 가능한 한 쉽게'라 한 대목을 곱씹어 보아야 한다. 다 그렇다는 것은 아니나, '쉽게 쓴다'와 '짧게 쓴다'는 동전의 앞뒤처럼 상통하는 데가 없지 않을 것이다.

다음 〈예문〉은 글쓰기를 막 시작한 글방 회원이 처음으로 쓴 글이다. 용기를 필요로 하는 이런 글을 선뜻 써서 내보이므로 여기 소개한다. 이 글 속의 화자는 회갑의 나이에 이르도록 여태 남장에 길들여 있다.

■ 예문 ■

아저씨, 아, 네. 들어도 너무 많이 들어 온 소리라서 부끄럼 없이 입가에 미소를 지으며 외면하지만 내 모습에 분간을 못해서 놀라는 순간에는 나도 놀란다.

화장실에 가려면 그곳은 여자 화장실입니다. 아저씨, 저쪽으로 가세요.

언제부터인가 내 옷 스타일이 남성복 차림이어서 이상하게 생각하는가 보다.

우리 집안에 아들이 없어서 부모님이 막내라면서 아들같이 키워서 그런지 나 역시 남장에 남자 성격으로 변해서 남성 스타일이다.

어느 누가 뭐라 해도 고칠 수 없고 달라질 수도 없는 스타일, 나는 이게 편안하다.

언제까지나 남들에게 '아저씨'라 불려도 괜찮다.

나를 보면서 부르고 싶은 대로 부르면 된다.

아저씨, 할아버지, 할머니. 아랑곳 하지 않겠다.

– '글을 사랑하는 사람들의 모임' 회원 문정현의 「아저씨」 전문)

❧ 수필카페41

'다 좋을 수는 없다' :

'스마트폰'이 세상을 많이 변화시켰다는 걸 느끼게 됩니다. 거리를 걸을 때나 대중교통을 이용할 때, 대부분의 사람들 손에는 늘 스마트폰이 들려 있는 걸 보게 됩니다. 친구와 만나 이야기를 하다가도, 밥을 먹다가도, 차를 마시다가도 스마트폰에 시선이 자주 가 있는 모습을 볼 때가 있습니다. 걸려온 전화를 받아야 한다거나 걸어야 할 상황이 아닐 때는 함께 있는 동안만이라도 나를 바라봐 주길 바라는 마음이 들었습니다.

얼마 전, 친구의 말이 떠올랐습니다.

요새 눈이 급속히 나빠지는지 간판을 마음대로 작명作名해 읽는다는 친구. 시력이 나빠질 나이가 되지 않았냐고 말하자 친구는 아무래도 스마트폰을 옛날 폰으로 바꿔야 될 것 같다고 합니다. 그걸 종일 들여다본 뒤로 일어난 현상이라는 것이지요.

그러나 짐작건대, 다시 옛날 폰으로 돌아가질 것 같지는 않습니다. 기계가 사람을 다루고, 기능에 점점 중독되어 그것 없이는 살 수 없을 것 같은 삶입니다.

하나가 좋으면 다른 것까지 좋을 수 없다는 말이 딱 맞는 듯합니다. 스마트하게 살아야 하지만, 그것은 얼굴을 마주 보고 눈을 맞추는 등의 최소한의 예의까지 생략하는 삶을 의미하지는 않을 겁니다. (최선옥 시인)

3. 수필, 모국어의 파수꾼

'공중을 날으는 나뭇잎'의 '날으는'는 정서법에 어긋난다. 시에서 허용되는 범위에 속하는 소위 '표현의 자유'에 해당한다. 표현의 효과를 위해 '나는[飛]'을 '날으는'으로 해야 하는 시적 자유를 받아들이는 경우다. 김유정의 소설처럼 지방 특유의 사투리를 마구 다잡아 쓴다든지, 이 상처럼 문장부호를 아예 사용하지 않는다든지 시 · 소설에서의 국어 파괴가 정도를 넘고 있는 것은 어제오늘 일이 아니다. 향토색을 살린다거나 표현의 보다 높은 상징적 질서라는 가치 구현의 전제가 있을 것이다. 그러면서 긴장하게 한다. 그럴수록 모국어를 보듬어 안아야 할 수필의 책무가 중차대해질 수밖에 없다는 사실 때문이다.

가령 유명 수필가의 문장에서 표기법상 오류가 적잖게 발견된다면 이보다 더 낯 뜨거운 일은 없을 것이다. 고유어가 있음에도 외래어외국어가 국어로 귀화한 말가 되지 않은 외국어를 남용하는 데 이르러 눈살을 찌푸리게 된다. 난해한 한자어를 즐겨 쓰는 현학衒學 취미처럼 볼썽사나운 것이 없다. 쉬운 우리말을 써도 작자가 도저到底한 현학玄學의 경지에 이르렀음을 여실히 드러낼 수 있는 일이다. 오히려 평범한 국어가 들풀 같은 향기를 지니고 있음을 왜 모르는가.

'럭셔리, 액션, 패셔너블, 엘레깡스, 랩소디, 스마트그리드'란 말을 아무렇지도 않게 쓴다. 역사적 배경으로 우리말 7, 8할이 한자어에 잠식된 데다 서구어까지 진주군처럼 치고 들어와 국어가 무슨 잡스러운 언어의 전시장이 돼 버린 느낌마저 든다. 낯 뜨거운 일이다. 모르는 사이에 국어가 큰 손상을 입고 있음은 말할 것이 없다. 아무리 글로벌시대라 하나 낯선 외국어를 무분별하게 끌어들이는 데는 쉽게 동의할 수가 없다.

수필은 국어 편에 서 있어야 한다. 가급적이면 일상적인 평이한 말이 좋고, 문장 또한 정연하면서 본연의 품성을 흐트러뜨리는 일이 없어야 한다.

그러려면 우선 정서법부터 학습하면서 수필 쓰기에 들어가는 게 바람직하다. 수필만은 표기상의 오류나 띄어쓰기의 잘못을 용납하지 말아야한다는 것은 거듭 강조해도 귀에 거슬릴 말이 아니다. '좋은 수필은 정확한 표기에서'는 저자가 오래전부터 수필을 쓰려는 이들 앞에 내놓는 표방이다.

사람에 따라서는 이런 표기법이나 띄어쓰기 문제 따위는 지엽 말단의일로 몰아 버릴지 모른다. 하지만 수필이 세계 최고의 문자인 한글로 쓰는 '우리의 문학'일진대 어째서 그게 대충 간과해서 될 일인가. 기본에 충실치 못하면 건축도 부실하다. 거대한 방죽이 개미구멍에서 무너진다는사실을 잊지 말아야 할 것이다.

'수필, 모국어의 파수꾼', 수필을 읽고 쓸 때마다 현수막처럼 내거는 표어다. 그 파수꾼의 예를 들어 보고자 한다.

■ 예문 ■

지나는 길 멀리서 바라보이는 집이 있다.

나는 될 수 있으면 차량 통행이 복잡한 길을 피해 다니는데 그 집은 큰길뒤 샛길을 낀 안동네에 있다.

나는 그 집에 가 본 적이 없다. 그런데도 막연하게 그 집 주인에 대한 선망과 애정에 가까운 감정을 가졌다. 그것은 아마도 그 집 앞에 서 있는 오래된 느티나무와 관련이 있는지도 모르겠다.

나는 막연히 그 집 주인의 인격이 훌륭할 것이라고 생각한다. 그 집 주인은 집 앞에 서 있는 아름드리 늙은 나무처럼 지긋하고 점잖을 것이며, 그나무처럼 덕성스럽고 온유할 것이라고. 그 가족들은 어쩌면 지금까지 몇대를 이어 살아왔을지도 모르겠다. 그리고 앞으로도 후손들이 오래오래 그 집에 살아가려고 마음먹고 있을 것만 같다.

납작한 집. 저 집에는 분명 오래되었음을 증명이라도 하듯 반질반질 윤이 나는 기둥이 서 있고, 우람하고 튼튼한 서까래가 있을 것이다. 아궁이가 있고 구들이 있으며, 부뚜막이 있을 것이다. 광이 있고 토방이 있고 장광이 있을 것이다. 대청마루가 있고 다듬잇돌이 있으며, 시어머니가 시집을 때 가지고 온 재봉틀이 있을 것이다.

장광 옆에는 채송화 과꽃 봉숭아 같은 순 우리 종자의 꽃들이 계절을 맞춰 피었다가 질 것이다. 그리고 부엌 뒤쪽으로 우물이 있을지도 모른다. 나는 내 마음대로 상상하면서 그 집 앞을 지나곤 한다.

아침에 출근할 때는 시간이 급해서 어쩔 수 없지만, 퇴근할 때면 그 집에서 가까운 샛길로 돌아오면서 만발한 능소화 빛깔의 저녁노을을 이고 있는 큰 나무 집 근처에서 무작정 내리고 싶은 마음을 누른다.

– 이향아의 「큰 나무 집」 전문

작가는 시에 일가를 이뤘을 뿐 아니라 수필도 즐겨 쓰는 분이다. 위 수필에는 우선 서구 외래어 계통의 어휘가 하나도 쓰이지 않았다. 가급적 한자어를 피해 고유어를 쓰려 한 어휘 선택의 의도가 엿보인다. '지긋하고, 점잖을, 대를 이어 살아왔을, 튼튼한 서까래, 아궁이. 구들, 부뚜막, 광, 대청마루, 저녁노을을 이고 있는 큰 나무' 등이 그러하다. 마치 작자의 입으로 말하고 있는 '순 우리 종자의 꽃들 ' 같은 토종 어휘들이다. 제목이 '큰 나무 집'인 것은 처음부터 순 우리말을 앞세워 설계된 이 글의 애초의 상징적 틀이었을지 모른다.

반드시 수필이 전통에 접맥돼야 한다는 주장을 펴려는 것이 아니다. 우리 국어가 사이버에 점령되면서 황폐화의 길에 선 지 오래다. 그런 어수선한 분위기 속에 신조어까지 남발되고 있음 또한 주지의 사실이다. 국어가 쓸쓸하고 민망하고 가여운 신세로 전락하고 있는 것만 같아 안타깝다.

　문학, 특히 수필이 더 이상 우리말이 훼손되는 것을 막아야 할 것이다. 수필은 모국어의 파수꾼이다. 수필은 시처럼 문법을 파괴하면서 상징의 질서로 존재하고자 하는 것이 아니다. 따라서 모국어가 구사하는 정연한 문장의 아름다움을 추구할 수밖에 없다. 수필의 본분을 살려야 한다.

❀ 수필카페42

'꿀벌이 존경 받는 까닭':

　꿀벌이 다른 곤충보다 존경 받는 까닭은 부지런해서가 아니라 남을 위해 일하기 때문이다. - R. H. 크리소스톰

　- 어느 봄날, 과수원으로 배꽃 구경을 갔다가 사다리를 놓고 올라가 꽃가루 작업을 하는 농부들을 보았습니다. 함부로 사용한 농약과 일기 탓에 벌들의 개체수가 줄어 일일이 사람의 손으로 인공수분을 해 주어야 좋은 열매를 얻을 수 있다는 것.

　꽃이 피면 벌들은 꿀을 모으기 위해 부지런히 꽃 속을 드나들며 꽃가루를 묻혀 이 꽃 저 꽃으로 옮아 다닙니다. 벌들 덕분에 우리들은 달고 탐스러운 과일을 먹을 수 있습니다. 일부러 벌들이 우리를 위해 꽃가루를 옮기지는 않을 것입니다. 자신들의 양식인 꿀을 모으기 위해 꽃을 옮겨 다니다 보니 자연스레 그리 된 것이지요.

　목숨을 지닌 것 치고 누구나 살기 위해 노력합니다. 자신을 위한 일을 하며 남에게도 도움을 줄 수 있다면 그보다 더 좋은 일은 없겠지요. 세상에서 가장 가치 있는 일은 남을 위해 봉사하는 것입니다.

　꿀벌이 다른 곤충보다 존경 받는 까닭이 남을 위해 일하는 때문이듯, 다른 사람을 배려하고 남을 위해 봉사하는 사람이 늘어가는 세상이었으면 좋겠습니다.

---

4. 접속부사를 버려라

수필 문장에서 문맥상 전후 연결을 위해 사용되는 접속부사를 과감하게 버릴 수 있어야 한다. 우리말은 전후 문장이나 단락을 이어나가기 위해 쓰이는 접속어가 매우 발달된 언어다.

특히 논설문이나 설명문에서 필수적으로 사용하는 것을 수필 문장에도 습관적으로 받아들이는 예가 많다. 이를테면 전후 단락의 접속관계에 따라 '그러나(역접)', '그런데(화제전환)', '그리고(순접)', '곧·말하자면(부연상술)', '더군다나·그뿐 아니라·더욱이(첨가 보족)', '그러므로·왜냐하면·따라서(원인 결과)' 등 실제 다양하게 쓰인다.

실은 이런 접속부사는 문장을 혼잡스럽게 할 뿐 반드시 쓰여야 하는 말은 아니라는 데 문제가 있다. 상투적으로 쓰이는 이와 같은 접속부사를 전혀 사용하지 않아도 얼마든지 전후 단락의 접속이 물 흐르듯 매끄러울 수 있다. 부사를 쓰지 말라느니, 절제하라느니 하는 주문 이전에 접속부사부터 버려야 한다. 접속부사를 쓰지 않으면 문장이 그만큼 깔끔함은 물론이고, 또 굳이 접속부사를 쓰지 않는 대신 문맥의 흐름을 파악하는 것은 독자의 몫으로 돌려야 한다는 생각이다. 수필을 완성하는 데 독자를 참여시킬 수 있는 기회가 될 것이다.

또 한 가지 짚고 넘어가야 할 것이 있다. 수필 문장에 어울리지 않는 투식어套式語가 청산돼야겠다는 것이다. '등等, 및' 같은 통상 행정문서 등에 쓰는 말을 버젓이 수필 문장에 올리지 않았으면 좋겠다. 이 말들은 과거 군사정권 시절, 브리핑 문화의 유산이다. '달래, 냉이, 씀바귀 등'이라 할 게 무엇인가. '등' 자리에 '같은'을 갖다 넣으면 더 자연스럽다. '및'은 과거 한자어 '급及'을 대신해 쓰는 것으로 일본어의 잔재다.

'학교교육계획' 속에 '및'이 백 번도 더 나온 것을 보고 놀란 적이 있다.

심지어 한 문장 안에 두세 번씩 쓰인 경우도 있었으니 소극이 따로 없다. '소설 및 수필 창작에 있어'에서 '및' 대신 '과'를 넣으면 얼마나 자연스러운가. 경우에 따라서는 '및' 자리에 ' · (중간점)'을 넣으면 대등 관계를 자연스럽게 나타낼 수 있다.

■ 예문 ■

나는 매일 아침 거울을 보면서 얼굴에 자라는 수염을 깎고, 얼굴을 씻어서 로션을 바르고 머리를 빗질하고, 옷을 입을 때도 거울 앞에서 넥타이는 바른지를 살펴본다. <u>그래서</u> 거울은 외형을 비춰 보는 데는 없어서는 안될 일상생활의 반려자다. 만약 거울이 없다면 자신의 얼굴에 물감이 묻어 있어도 모를 뿐 아니라 자신의 얼굴 모습조차 정확히 모를 것이다.

<u>그런데</u> 얼굴이 잘 생기고 몸매가 잘 빠진 시쳇말로 얼짱 몸짱들은 자신의 외형을 거울에 비춰 보면서 자랑스럽겠지만 얼굴이 남보다 떨어지고 몸매도 잘 빠지지 못한 사람은 열등감을 느끼게 될 것이다.

사람은 겉으로 보이는 육체만으로 구성되어 있는 존재가 아니며, 또한 당당한 풍채가 국태민안을 창조하는 것도 아니다. 사람은 눈에 보이는 육체와 눈에 보이지 않는 마음으로 구성되어 있어, 마음은 보이지 않으나 뜻을 세우고, 사리事理 판단의 기준을 정립하여 매사를 그 기준에 따라 판단하며, 형체 있는 육체를 마음대로 부린다. 만약 마음이 학문에 뜻을 두면 육체는 책상 앞에 앉아 마음이 시키는 대로 손은 책장을 넘기며 눈은 문자를 응시하고 입은 소리 내어 읽을 것이다.

<u>그러므로</u> 육체는 '마음의 종'이라고 할 수 있다. 육체에서 마음이 떠나버리면 식물인간이 되거나 사망에 이른다. 아무리 영웅호걸이라도 다를 바없다. <u>그런데</u> 마음은 형상이 없으므로 보이지 않으니 식별할 수 없으나 그 사람의 언행을 보고 짐작할 수는 있다.

<u>하지만</u> 교활한 사람은 감쪽같이 본심을 숨기고 위장하기 때문에 그 사람의 진심을 알려면 많은 시간이 소요되거나 아주 모를 수도 있다. <u>그런데</u> 위장술이 뛰어난 위선자가 득세得勢하는 세상이 된 것 같아 실망스럽다.

자기 꾀에 속는다는 말이 있지만 자기의 마음은 스스로가 안다. <u>그러므로</u> 모든 사람은 자기의 마음을 스스로 다스릴 수가 있다. 스스로 마음을 다스리는 것을 수양, 수신, 또는 극기克己라고 한다. 마음을 다스리는 데도 객관적인 기준이 있는 거울이 있어야 한다. <u>그래야</u> 거기에 비춰 볼 것이 아닌가.

- 글방 회원「거울」중

길지 않은 문장에 접속부사가 무려 여덟 번이나 쓰였다. 읽어 보면 모두 삭제해 버려도 전후 문맥 연결에 큰 장애가 없을 것이다. 단락 사이의 접속에는 '그런데, 그러므로, 하지만' 셋이 쓰였을 뿐이고 나머지는 모두 문장과 문장 사이에 사용되고 있다. 과감히 버릴 수 있어야 한다. 전과 달라 요즘에는 세련된 문장일수록 이 접속부사를 찾아보지 못하게 됐다. 수필이 그만큼 깔끔하고 문장 자체가 정확해졌다는 얘기다. 다음 문장이 바로 그런 예다.

■ 예문 ■

빨간 신호등 앞에서 차를 멈추고 있습니다. 건널목을 건너는 무리 속에 노인네가 섞여 있습니다. 초로의 노인네는 손수레를 힘겹게 밀며 건넙니다. 수레에는 폐휴지가 가득 쌓여 있고요. 노인네의 등은 구부정하지만 다행히도 아직은 견딜 만해 보입니다. 그동안 그 등을 달구고 식히며 담금질한 것은 지난한 세월이었을 테지요.

삶의 등을 밀고 가는 것은 무엇일까요. 수레를 밀고 가는 이는 노인네지만 그의 등을 밀고 가는 것은 또 무엇일까 생각해 봅니다. 등을 밀며 영혼을 다독이는 것은 안락과 기쁨일까요, 고통과 슬픔일까요. 노인네의 등을 바라보다가 그 초로의 부부가 떠올랐습니다.

얼마 전, 일이 있어 서울 가는 길이었습니다. 두어 시간 달리다가 고속도로 상행선 휴게소에서 버스는 잠시 멈췄습니다. 배가 허출한 정오 무렵이었지요. 점심 대용으로 빵 한 조각을 사려고 휴게소 안으로 들어갔습니다. 빵을 파는 가게 앞에는 어느 여인이 먼저 서 있었습니다. 키가 작달막하고 머리칼이 성성한 여인이었습니다. 여인의 한 손에는 이미 콜라를 한 병 쥔 채였고요. 여인이 돈을 치르고 건네받은 것은 종이 봉지에 담긴 호밀식빵 한 덩이였습니다. 나도 그 빵을 사고 싶어졌습니다. 맛이 담백할 것 같아서였지요. 여인은 빵과 콜라를 들고 휴게소 밖으로 나갔습니다. 나도 생수를 한 병 더 사 들고 밖으로 나왔습니다.

밖엔 삼월의 다순 햇살이 내리고 있었습니다. 그 여인의 모습이 다시 눈에 들어왔습니다. 여인은 원탁을 앞에 두고 다른 두 사람과 마주 앉아 있었습니다. 발길이 멈춰졌습니다. 무심히 스쳤으련만 여인의 앞에 앉아 있는 스물 두어 살쯤 돼 보이는 청년 때문이었습니다. 두어 발짝 떨어진 곳에 자리를 잡았습니다. 초로의 두 사람은 부부인 듯하고 청년은 여인의 얼굴을 빼논 것으로 봐서 아들인 듯싶었습니다. 부부는 입성이 허름했으며 얼굴은 메말랐지만 평온해 보였습니다.

찬찬히 바라보니 청년은 정상인이 아니었습니다. 한쪽 팔은 떨고 있었으며 고개는 도리질하듯 좌우로 흔들어댔습니다. 정신지체와 행동장애를 겪고 있는 듯했습니다. 부부의 시선은 청년을 바라보고 있었습니다. 여인이 산 호밀식빵이 생각났습니다. 아마 그 빵은 세 가족의 점심일 것만 같았습니다. 과연 그랬습니다. 청년은 탁자 위에 놓인 콜라를 보고 손가락질을 하며 빨리 달라고 의자에서 엉덩방아를 찧으며 졸랐습니다. 콜라를 무척 좋아했던 모양입니다. 청년 혼자서 콜라를 먹을 수가 없을 텐데 하는 생각이

들었습니다. 손과 얼굴을 마구 흔들어댔기 때문입니다. (……)

부부는 아들에게서 한시도 눈을 떼지 않았습니다. 저 역시 그들에게서 눈길을 뗄 수가 없었습니다. 가슴에 더운 기운이 후끈하게 일고 눈시울이 화끈거려 잠시 눈을 감았습니다. 어디선가 나직이 들려왔습니다. '보기에 좋구나…, 고맙다…, 그래, 이제 좋으냐…, 그동안 애썼다…. 그들 곁을 스치는 바람결이 빚은 환청이었습니다. 하늘에서 내려온 말이었을까요. 그 낮은 말은 부부의 가슴 저편으로 조용하게 섬세하게 흘러들었을 것입니다. 적어도 제겐 그렇게 들리고 느껴졌습니다.

승차 시각이 임박해 두어 번 뒤돌아보다가 버스에 올랐습니다. 차창 너머로 그들을 묵연히 바라보았습니다. 버스가 출발하자 그들의 뒷모습이 스치다가 시야에서 가뭇없이 사라졌습니다. 아니 사라진 게 아니라 그들의 모습이 차츰 제 가슴에 뿌리를 내리기 시작했습니다. 그동안 그들 부부가 겪었을 세월의 뿌리 말입니다. 지난했을 세월을 견뎌낸다는 게 어찌 쉬웠을까마는 이젠 기쁨이 되고 웃음도 되는 모양입니다. 얼마만큼 고통의 산을 넘고 슬픔의 바다를 건너야 저처럼 투명한 낯빛과 기꺼운 손뼉으로 바뀔 수 있는 걸까요. 불편하고 힘이 들 뿐, 어쩌면 고통 속에 삶의 진실이 더 담겨 있는지도 모른다는 생각이 들었습니다.

부부의 시리고 저렸던 속 그늘이야 어찌 가늠이나 할 수 있겠는지요. 하지만 부부에게 그 아들은 무른쇠를 모루 위에서 망치로 두드려서 단단하게 만든 시우쇠 같은 자식이었을 것입니다. 그 자식이 부부의 등을 밀고 왔는지도 모릅니다. 그때까지 전 빵과 물을 손에 든 채였습니다. 목구멍으로 빵을 넘길 수가 없었습니다.

수레를 밀고 가는 등이 휜 노인네와 온전치 못한 자식을 눈앞에 둔 그 부부의 뒷모습이 자꾸 겹쳐집니다. 경적이 울립니다. 신호가 파란불로 바뀌었는데 빨리 가지 않고 뭐하느냐는 뒤차의 독촉입니다. 그때야 정신을 수

습하여 다시 생의 가속기를 밟습니다.

- 정태헌의 「등을 밀고 가는 것은」 중

단락과 단락 사이에 접속부사가 하나도 쓰이지 않았지만 문단의 연결에 전혀 막힘이나 거북함이 느껴지지 않는다. 단락 사이에 '그런데, 그래서' 등의 접속어를 넣어 읽어 보면, 꼭 필요한 것이 아님을 알게 될 것이다. 본문에 표시한 두 번의 '하지만'은 징검다리처럼 없어서는 안될, 꼭 필요한 자리에 쓰이고 있는 것도 전후 연결을 통해서 확인해 보면 좋을 것이다.

두 예문을 서로 비교해 보면 문장에 접속부사를 군데군데 갖다 붙일 하등의 이유가 없음을 알 수 있다. 수필 문장은 소박 간결해야 한다. 부사를 절제해야 하는데 하물며 있으나마나 한 접속부사를 사용한다는 것은 앞뒤로 이가 맞지 않는 얘기가 된다. 수필 문장에서 접속부사부터 버려야 한다.

❖ 수필카페43

'인생은 편도 여행' :

그 사막에서 그는 너무 외로워 때로는 뒷걸음질로 걸었다.

자기 앞에 찍힌 발자국을 보려고. (오스탕스 블루의 「사막」)

- 얼마나 외로웠으면, 자신의 발자국을 보려고 뒷걸음질로 걸었을까요?

아직 사막에 가 본 적이 없어 사막을 건너는 일이 얼마나 외롭고 힘든 일인지 알지 못하지만 이 시를 읽다 보면 외로움이 뼛속까지 느껴집니다.

어쩌면 사람은 외로움과 더불어 한 번 지나가면 돌아올 수 없는 편도 여행인 인생이란 길 위에서 가끔은 자신이 걸어온 길을 돌아보는 자기 성찰의 시간이 필요함을 말하고 싶었는지도 모르겠습니다.

5. 수필 문장의 일곱 가지 원칙

첫째, 간결성 :

문장의 간결성은 다른 장르에서도 요구되지만 특히 수필 문장의 기본 요건이다. 문장이 세련되지 못하고 군더더기가 묻어나면 그 작품은 이미 실패한 것이라 해도 지나친 말이 아닐 것이다. 몇 날 며칠 얼굴을 안 씻어 때가 닥지닥지 붙어 있는 격이다. 정원수를 전정하듯 깔끔하게 손질한, 거품을 빼고 군더더기를 말끔히 처리한 문장을 요구하는 것이 수필이다. 특히 관형사와 부사 같은 수식어 사용을 극도로 절제할 일이다.

■ 예문 ■

텃밭에서 고구마 심어 두둑 북돋우고 오줌 퍼다 뿌려주면 유월엔 한세상으로 우거졌다.

그때, 두어 마장 걸어 내 눈대중에 가을운동회 날 달리기 오십 미터 길이쯤 돼 보이던 사래 긴 밭을 쟁기가 갈아엎으면 이랑 내어 흙에 두엄 고루 섞어 밑거름 한 뒤 어머니와 누님이 도막 낸 줄기 등짐으로 지고 날라 그걸 마른 밭에 담상담상 꽂아 가며 흙을 씌웠다.

때맞춰 비가 오신다.

한여름 불볕 맞은 호박잎보다 더 늘어졌던 가녀린 것들이 장맛비에 시퍼렇게 살아났다.

문명을 능가하는 것이 있었다.

가난 속에 흙이 키워 내는 놀라운 생명성.

우기라서 한철을 비가 넉넉히 내리면 그 빗물 받아먹으며 줄기가 뻗었다.

불과 달포, 척박한 땅이 푸른 신화를 키우면서 내리는 비에 줄기는 더욱 기세등등해진다.

석 달 넉 달 어느새 고구마 밭은 남실대는 창창한 대천바다, 푸른 기운이 밭 너머 낭창낭창 넘쳤다.

배고파 속 쓰리다고 무두질하랴. 암탉의 뱃속에 손 우비어 되다 만 알을 꺼낼 순 없다.

산을 들어다 눈앞에 앉힌다 해도 쉬엄쉬엄 추석이라는 분수령은 넘어야 했다. 추석 쇠고 보름쯤 뒤, 밭일 끝내고 돌아오는 어머니 흙 묻은 까만 얼굴이 허옇게 웃으면 어둠 속에 집 어귀가 다 환했다.

고구마 팔 날이 다 됐나 보더라. 몇 개 파고 와 봤다. 삶아서 먹자.

불콰한 왜감 낯빛보다 붉게 달뜨던 소년의 가쁜 콧김, 김 모락모락 나는 햇고구마를 입에 넣는데 곯은 배가 놀라 뒤척였다.

- 졸작 「고구마」 중

둘째, 진솔함과 담백함 :

특히 수필에 있어서의 그 담론은 중수필을 제외한 서정수필의 경우, 설득적 · 호소적이며 따스하면서 친근감이 감돌아야 하기 때문에 솔직하고 담백해야 한다. 진실을 호도해 내용이 가식에 흐르거나 표현이 조악하고 투박하면 결국 수필로서 성공하지 못한다.

■ 예문 ■

붓대를 놓고 나니 누가 지라는 짐은 아니었지만 40년 동안 짊어졌던 무거운 짐을 벗어 놓은 듯 시원하기도 하고 허전하다. 붓대를 놓고 분필 40년이라는 생애를 돌아다보니 허무하고, 그저 탈진 상태다. 그날그날 생활의 목표가 있어야 하겠는데, 할 일을 놓친 것만 같아서 무료하기 짝이 없다. 붓을 놓으면 책이나마 뒤적이며 읽게 되려니, 쓰기에 얽매어 못 읽은 남의 작품들도 읽게 되려니 하였는데, 지친 끝이라 그러한지 눈이 금시로 침침하여져서 신문 한 장도 변변히 못 읽는 때가 있다.

셋째, 해학성 :
한국 사람들은 오랜 동안 고난의 역사 속에서 살아왔을 뿐 아니라, 근엄한 유교적 기풍에 젖어 온 선비정신 탓으로 해학에 대한 감각이 둔한 편이라 말한다. 그러나 서양 사람들은 해학적 감각이 우리에 비해 뛰어난 편이다. 그래서인지 그들은 수필에서 해학성을 필수적인 요소로 꼽는다.

우리 수필에 해학에 대한 관심이 고조되고 있는 게 사실이지만, 그럼에도 불구하고 해학으로 넘치는 작품을 만나기 어려운 것은 안타까운 일이다. 해학은 여유와 정신 건강의 산물로서 이를테면 웃음의 미학이다. 읽노라면 자신도 모르는 사이에 입가에 미소를 띠게 되니 수필처럼 상큼한 것은 없다. 고대소설 「춘향전」이나 「흥부전」에 나타나는 그 흥건한 해학이 오늘의 수필 문학에 이어진다면 얼마나 좋을까. 자신을 드러내야 하는 수필의 태생적 한계로 인한 해학성의 빈곤에서 탈출해야 하는 것, 한국 수필의 당면 과제다.

■ 예문 ■
가령 몸을 곧추 세워 두 발로 걸으면서 뒤에 꼬리가 달렸다고 가상해 보라. 웃음이 절로 나올 일이다. 사람들이 모두 강아지처럼 졸래졸래 꼬리를 흔들며 다니거나 소나 말같이 파리나 날리며 다닐 판이니 가관이 아닐 것인가. 남자도 여자도 노인도 아이도 모두 꼬리를 달고 다닌다면 세상은 한바탕 소극笑劇의 무대가 될 것이다.

시장바닥에도 꼬리 단 사람들로 북적대고, 길거리에서도 저마다 흔들어 댈 것이고, 비행기나 여객선을 꼬리 뒤를 따라 오르내리고, 학교에도, 무슨 회의장에도 꼬리 단 사람들로 들끓을 것이다. 학생도 일단 꼬리를 건사해 놓고 나서야 안정을 찾아 책을 펴 앉게 될 것이고, 더욱이 운동선수들이 공을 차고 던지며 꼬리를 출렁이는 모습이야말로 배꼽을 잡을 일이다.

옷의 디자인부터 달라져야 한다. 꼬리를 뒤에 늘여놓거나 안에다 집어넣거나 할 텐데, 녀석도 숨을 쉬어야 하니 내놓는 편이 훨씬 우세할 것이다. 포인트를 그쪽으로 주게 될 것은 불문가지다. 꼬리 중심으로 주변 장식이 요란할 것은 불 보듯 한 일이라는 얘기다. 반짝이는 크고 작은 액세서리를 다는 이도 있을 것이고 알락달락 보드랍고 고운 천을 씌우거나 고이 싸고 다닐지도 모른다. 하나는 사치인데 패션이라면서, 다른 하나는 보호를 위한 장치라는 명분으로. (……)

꼬리가 바로 뒤태의 핵심이 될 것인즉, 꼬리에 화장을 하고 빛깔을 올리고 혹은 댕기를 이고 꼬고 땋고 별스러운 치장이 다 나올 법하다. 꼬리에 화장품을 바르고 향수를 뿌리고 다닌다고 상상하고 보면 이에 더할 알량함도 없으리라. 바르고 뿌리고 나중에는 또 깎고 닦아야 하니 손이 그 치다꺼리를 어찌 다 해낼꼬. 설사 그런다고 나무라지 못한다. 꼬리도 한 부위로서 존중돼야 할 것이거늘. (……)

- 졸작 「꼬리가 있었다면」 중

넷째, 현장감과 실감 :

수필에서 현장감이나 실감을 살리지 못하면 무미건조해 죽은 글과 마찬가지가 된다. 그래서 수필에 있어서나 소설에 있어서 살아 숨 쉬는 현장 묘사가 작품의 성패를 좌우하는 관건이 된다 해도 지나친 말이 아니다. 톡톡 튀는 생동감이야말로 문장이 독자를 사로잡을 수 있는 매력이다. 예를 들어 보자.

■ 예문 ■

뻑뻑억한 막걸리를 큼직한 사발에다 넘싯넘싯하게 부은 놈을, 처억 들이
대고는 벌컥벌컥 한 입에 주욱 다 마신다. 그리고는 진흙 묻은 손바닥으로
입을 쓰윽 씻고 나서, 풋마늘대를 보리고추장에 꾹 찍어 입가심을 한다. 등
에 착 달라붙은 배가 불끈 솟고 기운도 솟는다.

- 채만식

여름, 가을을 지나 겨울로 가야 한다. 그렇게 지속적으로 가야 한다. 한
겨울 눈발 성성한 혹한의 마당에서 웃통을 벗은 채 아령을 하는 맛이란 무
엇에도 비할 바가 아니다. 그렇게 운동을 하면 감기도 범접을 않는다. 거지
가 감기를 안 한다는데 그와 이치가 닿는 데가 있는 모양이다.

나는 아령에 집착하는 편이다. 그런 데는 작은 뜻이 담겨 있다. 글쓰기
를 오래 하자는 것이다. 체력이 떨어지면 글쓰기가 시들해질 것은 빤한
일이다. 원고지를 펜으로 쓰지 않는다고 체력의 뒷받침 없이 된다고 생각
하면 안된다. 워드를 하려고 컴퓨터를 받고 앉을 때 어깨에서 내리는 탄
탄한 근육의 힘이 느껴져야 한다. 컴퓨터와 팔씨름을 한 판 하는 거라고
여겨도 좋을 것이다. 언제나 이길 수 있다는 자신감이 상대를 제압한다.
주먹 꽉 쥐고 두 팔을 양옆으로 젖혀 가슴을 쫙 펴 본다. 몇 번을 반복한
다. 탱탱한 함이 느껴질 때, 나는 환호하면서 컴퓨터의 자판을 또박또박
두드려 나간다.

- 졸작 「아령을 하며」 중

다섯째, 논리의 서정화 :

문학이 주제를 형상화하고 그 교시성敎示性을 문장 속에 녹여 내리려면,
역시 논리의 서정화가 필요하다. 중수필의 경우, 교훈성이 그대로 설명에

의해 전달돼도 무관하겠지만, 서정수필의 경우는 지적 발설이 서정의 치마폭에 싸여져야 함은 더 말할 것도 없다. 작자의 주장을 펴려는 것이 아니라 정감적으로 호소해 들어가야 하기 때문이다.

오스카 와일드는 "그 속에 한 조각의 애처로움이 없는 시는 씌어지지 않는 편이 낫다."고 했다.

■ 예문 ■

그에 비해 저희들끼리 모여 사는 소나무들은 키가 크고 , 별로 가지를 뻗지 않는다. 몸매가 단조로우면서도 날씬하고 훤칠한 저희들끼리만 어울린다. 다른 나무들과의 대화보다는 저희들끼리의 대화가 더 즐겁기 때문이다. 저희들끼리 모이면 다른 주위의 것들에 대해서는 아랑곳없다. 다른 나무들이 같이 놀자 손을 뻗쳐도 무시해 버리고 큰 키만을 자랑한다. (……)

어떠한 재난이 몰려온다 해도 그들은 두려워하지 않는다. 함께 힘을 모아 살아가면 되는 것이다. 병충해가 밀려와도 함께 저항하면 되는 것이다. 여간해서 이들에게는 병충해도 오지 않는다. 힘을 합쳐 밀어내기 때문이다. 따사로운 햇빛이 비치고, 산바람이 시원히 불면 산새들과 어울려 무조건 즐기다가도 삶의 조건이 나빠지면 생식에 힘쓴다. 공해가 밀려오면 다음 세대를 위해 솔방울을 만들면 되는 것이다. 그래서 도시의 변두리에 사는 소나무들은 시커멓게 솔방울을 달고 있다

자주 지나는 들판 한가운데에 소나무 한 그루가 있다. 언제나 그렇듯 이 소나무는 내 눈에 쉽게 들어온다. 들판을 지날 때마다 이것은 들판의 다른 어떤 모습보다도 확실한 이미지를 가지고 서 있다. 논배미가 끝나는 둑에 뿌리를 내리고 섰다. 굵은 줄기가 옆으로 드러누운 듯이 비스듬히 뻗어 있

으면서도 균형을 이루고 있다. 줄기에 켜켜이 붙어 있는 껍질의 층은 인고의 날을 말하는 듯하였으나 잎은 여전히 푸르다.

– 강돈묵의 「들판의 소나무」 중

여섯째, 개성적인 문장 :

개성적인 문장이란 자기만의 독특한 문체를 말하는 것이지만, 사실상 엄밀한 의미에서 개성적인 문장이란 쉬운 것이 아니다. 물론 사람마다 개성을 갖고 있는 것처럼 문장에도 다소 간 차이가 있게 마련이다.

그러나 이른바 추사체가 그냥 된 것인가. 그 옛날 파도소리만 들리던 적거지 제주 섬, 절해고도의 극한 상황에서 그야말로 절대 고독 속에 자신과의 투쟁으로 일궈낸 필생의 예술적 성취라 할 것이다. 수필에 있어 자기 개성적 문장을 창안해 내는 것이 결코 소소한 것이 아닌, 작가로서 자신의 위치를 견고히 하는 일임은 말할 것이 없다.

문장을 대하면 작자를 알게 되는 것이 바로 문장에 개성이 녹아들어 가기 때문이다. 문장이 사람이란 사실은 불변이다.

■ 예문 ■

어느 날 갑자기 귀가 몹시 가렵기로, 나는 새끼손가락으로 귀를 후비었다.

그러나 아무리 애를 써도 손가락 끝이 그 가려운 데까지 닿지 않아 안타까웠다. 그때, 나는 내 새끼손가락의 무능을 픽 탓했다.

그러다가 문득 보니, 성냥개비 한 개가 책상 위에 흘려 있었다. 나는 얼른 그것을 집어 귀를 후볐는데 그 시원함이란 이루 말할 수 없었다.

'과연 네로구나.'

나는 이렇게 감탄을 말하며 한참 시원 삼매에 침잠했었다. 아, 그러나 누가 뜻했으랴. 그만 그 귀중한 성냥개비가 자끈동 부러지지 않았는가.

나는 그 부러진 성냥개비를 창밖으로 짜증스럽게 내던지며, 아무 짝에도 못 쓸 것이라고 욕을 퍼부었다.

결국 나는 귀 후비개를 찾기로 하고 서랍을 뒤졌다. 마침 찾을 수가 있었다. 때문에, 나는 상쾌한 한때를 즐기면서 귀 후비개의 공로를 찬양했다.

— 정진권의 「귀를 후비며」 중

일곱째, 작가의 체취와 친숙성 :

우리는 작품을 읽으면서 그 작가에 탐닉한다. 그것은 수필 장르의 강점이면서 특성이기도 하다. 어떤 장르보다 작가 자신을 드러내 놓는 문학이므로 '작품 속의 나는 작가 자신이 된다.'는 명제에서 오는 이끌림이라 할 수 있다.

아무리 내용이 좋아 작품에 매료된다 하더라도 거친 표현이나 상스러운 어투 혹은 천박한 구절 등 여과되지 않은 대목이 눈에 거슬린다면 작가에 실망하게 됨은 물론이고, 종내 그 작품은 빛을 보지 못하고 만다. 수필은 작가의 독특한 체취가 풍기면서 독자를 스스럼없이 받아들일 수 있어야 한다. 그것이야말로 작가와 독자 사이의 소통을 위한 전제다.

법당을 나오면서 예의 그 자리, 그 고독에 찬 스님의 등 뒤로 또 다시 눈길이 갔다. 몇 번이나 말을 붙여 보고 싶었지만 쉽게 접근할 수가 없다.

전처럼 운향각에 올라 겹겹 둘러친 신령스러운 잿빛 산등성이를 쳐다보며 가슴을 열고 심호흡을 해보고도 싶었고 묵었던 방 안도 들여다보고 싶었지만 아쉬움을 지닌 채 그냥 산문을 나섰다. 편안한 승용차에 몸을 실었는데도 소녀 같은 여린 마음에 막연한 그리움과 고독이 밀려든다.

— 김종선의 「고독한 존재」 중

등단해서 5년의 고비를 잘 넘겨야 한다고 한 목월 시인의 말을 떠올립니다. 자만을 경계하면서, 자기도취라는 함정에 빠지지 말라는 말로 들립니다. 좀 엉뚱한 말일지 모르나 작은 망울들의 소국小菊을 보노라면 포병객抱病客이 지병을 아끼듯, 생의 언저리를 쓰다듬고 싶어지는 것은 글 쓰는 우리들만의 버릇은 아닐는지요?

오래전, 대문 지붕에 보리수나무를 올려 숲이 우거졌습니다. 어찌된 영문인지 녀석은 분별도 없이 사시장철 잎을 떨어뜨립니다. 아침마다 장비를 들고 문간을 쓸어야 합니다. 내 깜냥으로 버거운데도 어느새 일과가 돼 버렸지요, 일어나 맨 먼저 나뭇잎을 쓸어 모으는 일은 나를 위한 검속檢束이며 어쩌면 몸에 밴, 내가 제일 잘할 수 있는 일인지도 모릅니다. 다만, 내게 문득 다가오는 게 있습니다. 굽힌 허리로 대문 언저리를 쓸고 나면 훤하게 날이 밝고, 방금 쓸린 맨 바닥의 고운 빗자국, 그것도 내게 위안이 된다는 사실입니다.

글쓰기와 비질에 공분모가 있을 듯합니다. 둘 다 현실이라는 것. 현실은 일상이기도 하지요. 글쓰기가 생활의 일부로 편입돼 있어 우리는 거기서 열락의 경계를 아울러 경험하게 되는 것인지도 모릅니다.

다만, 자신이 쓴 글에 대해서는 책임질 수 있어야 하리라 믿습니다. 작가로서 이고 가야 할 온당한 책무입니다. 글은 누가 간섭할 수 없는 작가의 전문적이고 독자적인 영역입니다. 그러나 여기엔 그만큼 깊은 고뇌가 따라야 할 것입니다. 그 해법을 누적된 내공에서 찾아야 합니다.

– 졸작 「성숙한 변신」 중

'근심을 잊게 하는 꽃' :

잦은 비로 마음 밭이 눅눅해질 때, 우리의 마음을 환하게 밝혀 주는 꽃이 있습니다. 예로부터 근심을 잊게 해주는 꽃이라 하여 '망우초(忘憂草)'라 불리는 원추리꽃입니다.

옛글에도 아녀자들이 원추리를 마당 뜨락에 심어 놓고 그 향기를 맡으며 전쟁터로 떠난 남편을 기다리던 이야기가 심심찮게 나오기도 하는 걸 보면, 마음속의 근심을 잊게 하는 덴 원추리꽃 만한 게 없을 듯합니다.

어린 순은 나물로 먹기도 하고 꽃은 샐러드로, 뿌리는 약으로도 이용됐던 원추리꽃.

마음이 울적하거나 남모르는 근심 걱정이 있다면, 집에만 머물지 말고 뜰로 나가 원추리꽃을 만나볼 일입니다.

장맛비도 아랑곳 하지 않고 눈부시게 피어난 원추리꽃과 눈 한 번 맞추고 나면 분명 어둡던 마음에 꽃등을 켠 듯 가슴이 환해질 것입니다.

6. 상상력을 붙들라

칸트는 상상력을, '감각적 지각의 자료를 사유 속에서 능동적으로 종합하는 능력'이라고 하면서 감각과 오성惡性을 종합하여 현실적 인식을 성립시키며, 감각을 통해 현실에서 체험하는 것과 사유하는 것을 연결시켜주는 '의식적 장치'라 했다. 이 말은 상상력이 전혀 새로운 것을 산출하는 특수한 능력이 아니라 능력을 조직화하는 양식이라는 말로 풀이할 수 있을 것이다.

체험을 종합적으로 재구성함으로써 현실에서 찾아볼 수 없는 것을 새롭게 창조하거나 불완전한 것을 완전하게 하는 것이 상상력의 구실이라 할 때, 상상력 없는 문학은 그야말로 '상상'할 수조차 없다. 작품의 구상, 주제 설정, 소재 선택, 국면과 전개에 이르기까지 상상력의 발현 아닌 게 없기 때문이다.

쉽게 말하면, 보다 정확한 의미의 상상력이란 없는 것을 보는 것이 아니다. 있는 것을 자세히 들여다보는 것이 상상력의 시작이라 할 수 있다. 상식적인 것, 평범한 것, 통상적인 것을 한번쯤 뒤집어 생각해 보는 것, 늘 보던 것을 새롭게 보는 것, 그것이 바로 상상력이다.

수필이 작가의 체험을 드러내는 장르라 해서 허구를 배제하려는 것과는 별개다. 물론 허구야말로 상상력의 결과물이므로 무관한 것이 아니나, 어쨌든 수필이 문학의 한 양식으로서 존재하는 한 또 그 외연을 넓히기 위해서도 이를 적극 수용하지 않으면 안될 것이다.

작가의 상상력이 작품을 끌고 가는 동력이 되고 있는 예를 찾아보기로 한다.

■ 예문1 ■

납작한 집. 저 집에는 분명 오래되었음을 증명이라도 하듯 반질반질 윤이 나는 기둥이 서 있고, 우람하고 튼튼한 서까래가 있을 것이다. 아궁이가 있고 구들이 있으며, 부뚜막이 있을 것이다. 광이 있고 토방이 있고 장광이 있을 것이다. 대청마루가 있고 다듬잇돌이 있으며, 시어머니가 시집을 때 가지고 온 재봉틀이 있을 것이다.

－ 이향아의「큰 나무 집」중

■ 예문2 ■

버스가 출발하자 그들의 뒷모습이 스치다가 시야에서 가뭇없이 사라졌습니다. 아니 사라진 게 아니라 그들의 모습이 차츰 제 가슴에 뿌리 내리기 시작했습니다. 그동안 그들 부부가 겪었을 세월의 뿌리 말입니다. 지난했을 세월을 견뎌낸다는 게 어찌 쉬웠을까마는 이젠 기쁨이 되고 웃음도 되는 모양입니다. 얼마만큼 고통의 산을 넘고 슬픔의 바다를 건너야 저처럼 투명한 낯빛과 기꺼운 손뼉으로 바뀔 수 있는 걸까요. (……)

부부의 시리고 저렸던 속 그늘이야 어찌 가늠이나 할 수 있겠는지요. 하지만 부부에게 그 아들은 무른쇠를 모루 위에서 망치로 두드려서 단단하게 만든 시우쇠 같은 자식이었을 것입니다. 그 자식이 부부의 등을 밀고 왔는지도 모릅니다.

- 정태헌의 「등을 밀고 가는 것은」 중

■ 예문3 ■

그런 전쟁 속에서 그녀는 드물게 순수하고 현명했다. 그녀가 부상당한 국군 포로를 그렇게 아껴 주고 사랑할 수 있었던 것은 그 따위 사상 없이 그냥 슬픈 한국인끼리 만난 여자일 뿐이었기 때문이 아닌가?

그녀를 다시 또 만날 수만 있다면 이번에는 내가 그녀에게 진 업힌 빚, 부채負債를 갚아 주고 싶다. 할미가 다 되었을 그녀의 흰 머리에 그때보다 더 예쁜 면사포를 씌워 주고서 업힌 빚을 갚아 주며 한껏 사랑하다 함께 꽃잎처럼 지고 싶다.

- 김우종의 「면사포」 중

■ 예문4 ■

두꺼운 가면을 쓰고 있는 것이다. 탈을 벗고 난에게 좀 더 진솔해지고 싶다.

물을 준 게 그저께다. 내일 아침에는 날렵한 잎사귀에 물을 뿌려 주며 일일이 말을 걸어 봐야겠다. 묵묵부답일 수도 있을 것이다. 또 뭐라고 대답할까는 중요하지 않다. 대답이 없으면 다시 말을 건넬 테다. 그가 속정 한 가닥 털어 놓을 때까지 내 질문은 이어질 것이다. 그리고 그들의 질문에 성실히 답하려 한다.

- 졸작 「난실」 중

〈예문 1〉은, 작가가 '큰 나무 집' 속으로 들어가 내부를 샅샅이 머릿속에 그려 가며 상상한다. '기둥, 서까래, 아궁이, 구들, 대청마루, 다듬잇돌'에서 급기야 '시어머니가 시집올 때 가지고 온 재봉틀'에까지 상상력이 미치고 있다. 이 글에 상상이 없다면 무미건조해지고 말았을 것이다.

〈예문 2〉에서, 상상력은 '등을 밀고 가는 것'을 향하면서 주제 의식의 구현에 실질적으로 기여하고 있음이 여실하다. '부부의 삶'에 대한 상상에서 작가적 사유의 심도를 엿볼 수 있게 한다.

〈예문 3〉에서는, '그녀'에 대한 상상이 감미롭기까지 하다. 재회의 실현에 대한 기대, 바로 작가적 상상이 낭만과 결합한 것이 아닌가.

〈예문 4〉는, 난실에서 난에게 말을 걸고 있다. 구체적으로 상상의 내용 제시는 없으나 '질문'을 이어 가려면 그에 상응할 상상력의 뒷바라지 없이 되는 일이 아니다.

'숲길을 걸으면 시인이 된다.'고 말한다.

오시프 만데스탐(러시아)도 걸으면서 시를 썼고, 단테도 마찬가지였다. 니체도 하루에 두 번 오랫동안 산책을 했다고 한다.

"내 상상력의 에너지가 가장 자유롭게 흐를 때, 내 근육 활동이 가장 왕성했다. 내 모습은 종종 춤추고 있는 것처럼 보였을 것이다. 나는 눈곱만큼도 피곤함을 느끼지 않은 채 일고여덟 시간을 거뜬하게 산속을 걸어 다니곤 했다. 매우 혈기 왕성했고 끈기가 있었다."

숲길을 걸으면 마음에 평화가 오고 누구나 시인이 된다. 비가 걸어오는 소리도 듣게 되고, 나무 위를 지나는 바람과 내 귓가를 스치는 바람이 다르다는 것도 알게 된다는 것이다. 양질의 수필을 쓰려 할진대 상상력을 붙들 일이다.

'아름다운 풍경소리' :

추녀 끝에 풍경은 바람이 불지 않으면 울지 않는다. (채근담)

– 고즈넉한 산사에서 듣는 풍경소리는 우리 마음의 티끌을 씻어 줍니다.

그 아름다운 소리를 내는 풍경도 바람이 불지 않으면 소리를 내지 않습니다.

그래서 어느 시인은 '스치는 것들이 소리를 낸다.'고 말했지요.

흐르는 물도 바위 절벽을 만나야 아름다운 폭포가 되고, 석양도 구름을 만나야 붉은 노을이 됩니다.

살아가다 보면, 때때로 힘든 일이 있기 마련입니다.

풍경이 바람을 만나야 아름다운 소리를 내듯 인생의 참된 즐거움도 역경과 고난을 만난 뒤라야 비로소 알게 되는 것입니다.

7. 서정 그리고 수필의 대對 사회적 기능

흥미나 재미를 강조하는 수필가도 있으나 그건 아니다. 경박해질 우려가 다분히 있는 터라 오히려 경계해야 할 일이다. 문학성이 내재한 수필을 쓰기 위해 사유하고 고뇌할 것 없이 흥미로 자극하면 잡문에 빠지고 마는 위험성이 있기 때문이다.

수필에는 서정이 있어야 한다. 서정이야말로 우리 삶의 근본이다. 그것은 넓고 다양하다. 부모가 자식을 생각하는 애틋함, 자신이 부모를 그리는 안타까움도 서정이다. 죽는 날까지 고향을 잊지 못해 하는 것도 서정, 산과 들이 있고 강이 있는 한, 또 사시사철 피고 지는 나무와 꽃의 질서가 엄연한 한, 그 자연을 바라보는 사람들의 마음이 있는 한 서정 수필은 사라지지 않을 것이다.

때로는 바라보면서 침묵할 수 있어야 한다. 문장은 그 속에 있는 것이다.

서쪽 하늘에 깔린 타는 노을과 빛바랜 누각의 단청과 백여 년 동안 인간의 발길에 닳고 닳아 반들거리는 석돌과 뒷산에서 사각거리는 갈잎 소리에 귀 기울이노라면, 문장이 바로 저것들 속에 있음을 깨닫게 될 것이다. 오랜 바라봄과 오래 침묵함에서 문장에 대한 확신을 얻어내는 것, 수필의 서정이다.

수필은 인간이라는 텍스트에 밀착돼 있는 장르다. 다른 장르처럼 있을 수 있는 세계 속의 존재 가능성이 있는 인간을 다루는 게 아니라, 이미 존재하는 인간을 다룬다는 점에서 이러한 특성이 부각된다. 자칫 작가의 지난 일, 과거에 탐착하게 되는 것도 이 때문이다.

다만, 수필가가 '자기'를 쓰는 것은 요주의 사항 중의 하나다. 그런 작가는 본인이 글을 쓰고 싶어 안달하는 사람일 뿐이다. 그런 이는 독자가 있건 없건 자기를 풀어내는 일에 집착하게 된다. 이러한 상황에서 한 개인의 개인사 특히 내면의 고백을 펴낸다고 누가 읽을 것인가. 한 번 진중하게 생각해야 보아야 할 문제일 것이다.

수필이 상품은 아니라 해도, 작가의 작품에 대한 애정은 고객이라 할 수 있는 독자에 대한 최대의 봉사이다. 따라서 수필에 사진과 그림을 융합해 공감과 호응을 얻는 등의 시도적인 모색도 필요할 것이다.

현대인는 누구나 공허에 시달린다. 그 공허를 치유하기 위해 향유하고 있는 것이 예술과 종교다. 수필이 이러한 기능을 다하려면 작가에게 세 개의 눈이 있어야 한다는 견해가 있다. 전체를 보는 눈, 부분을 보는 눈 그리고 대상을 종합 분석적으로 보는 눈이 그것이다.

문학은 공감하기 위해 태어난 언어다. 자신의 치유를 위한 글쓰기는 일기면 족하다. 이제 우리 수필은 자서전에서 떠나 사회를 향해 말해야 할 때다. 이웃을 얘기할 때다. 같이 살아가고 있는 공동체의 얘기를, 이 사회의 부조리를 조목조목 풀어 놓아야 할 계제다. 너무나 사랑스럽고, 자랑스럽고, 그래서 한 번쯤 만나보고 싶은 사람들이, 또한 이 사회가 수필의 키워드가 돼야 한다.

"글을 쓴다는 것은 그 어떤 공동체를 향해 노를 젓는 일이다."라고 했다. 이렇다 할 뚜렷한 목적지도 없이 호수 위를 빙글빙글 돌고 있는 그 배가 작가가 아닐까. 누구를 위해 글을 쓰고 있는지, 노를 버릴 것인지, 아니면 노를 깎는 일부터 다시 시작할 것인지에 불안해 할 수 있어야 한다.

수필가가 현실이란 대지에 뿌리를 내린 한 그루의 나무인 이상 사회를 외면할 수는 없다. 사회를 향해 말을 걸어야 한다. 수필의 대사회적 기능, 사회적 책무를 다하지 않을 수 없는 것이다.

적극적 · 호전적인 글은 아니나 수필의 참여의식이 꿈틀거리고 있는 글을 만나 보자.

■ 예문 ■

세태가 꼬이고 들뜬다. 그늘진 곳에 도사렸던 모순 덩어리들이 한꺼번에 튀어나와 사회가 크게 출렁인다. 용틀임해야 할 흑룡의 해가 무색하다. 인류도 망가지고 인정도 찢어지고 꿈마저 깨어지려 한다.

아들이 어머니를 살해하고 힘 센 아이가 약한 아이를 괴롭혀 죽음으로 몰고 간다. 잔혹한 세상이다. 학생이 교사에게 반항하는가 하면 학부모가 교사에게 손찌검을 하는 미증유의 일이 벌어지고 있다. 무너져 난장이 된 교실, 학교 폭력이 걷잡을 수 없게 번지는데도 대책 없이 손을 놓고 있는 형국 앞에 말을 잃는다.

웬 불신이고 불화인가. 무엇이 인간을 이토록 비탈에 서게 하는가. 왜 교육이 망가져 이 지경인가. 사회가 환경요인이고 어른이 주범이다. 올라서지 못하면 길이 없다는 강박감이 우리 아이들을 막무가내한 사람으로 만들고 있다. '뒤지면 끝장이다. 일등 해야 성공한다.' 이 나라 교육의 슬로건이다. 아이들을 서바이벌 게임으로 밀어 넣는 어른들. 사회가 요동치는 원인을 아직도 찾지 못하고 책임 미루기에만 급급하고 있는 모습들이 가관이다.

- 졸작 「안티 호모사피엔스」 중

교실이 붕괴되고 학교 폭력이 난무하는 우리 교육의 실상을 비교적 신랄하게 비판하고 있는 글이다. 수필이 사회에 대해 목소리를 내야 하는 것은 지극히 당연한 일인데, 작가가 몸을 사리는 경우가 적지 않다. 문제의식을 갖고 있으면서도 주위를 의식한 나머지 주저앉아 버리기 일쑤다. 좋은 게 좋은 거란 식이다.

하지만 이제는 아니다. 수필이 사회를 향해 끊임없이 말을 걸어야 하고 되돌아오는 메아리에 귀 기울여야 한다. 사회 병리에 대한 처방전이 수필가의 작품에서 나와야 한다. 오불관언吳不關焉하는 것은 결코 수필가의 온당한 자세가 아니다.

❦ 수필카페46

'아내를 닮은 꽃':

한낮의 뜨거웠던 태양이 서편으로 기울어 저녁이 찾아오면 그제야 피어나는 꽃이 있습니다.

하루의 수고로운 일과를 마치고 집으로 돌아오는 남편을 맞이하는 아내처럼 저녁 무렵에야 환하게 피어나는 분꽃이 바로 그 꽃입니다.

시계가 귀하던 시절엔 분꽃이 피는 것을 보고 쌀을 안치고 식구들의 저녁 준비를 하기도 했습니다.

까만 씨앗 속에 든 흰 가루가 분粉가루 같다 하여 이름마저 '분꽃'이 된 이 꽃을 볼 때마다 이 세상의 아내를 닮은 꽃이란 생각이 듭니다.

저녁 무렵에 피어나 어둠을 환하게 밝히는 분꽃처럼, 아내가 웃으면 세상의 근심 걱정이 사라지고 어둡던 집안에도 불을 켠 듯 환해집니다.

분꽃이 피는 저녁이 사랑스럽습니다. (백승훈)

〈참고 문헌〉

안도현 : 「네가 보고 싶어서 바람이 불었다」, 도어지, 2013. 1.
윤재천 : 「윤재천 수필론」, 문학관, 2010. 4.
윤재천 : 「아포리즘 수필」, 소소리. 2012. 9.
윤모촌 : 「수필 어떻게 쓸 것인가」, 을유문화사, 1996. 8.
윤주홍 : 「뻐꾸기, 신문에서 울다」, 문예운동사, 2010. 11.
장순욱 : 「글쓰기 지우고 줄이고 바꿔라」, 북로드, 2012. 5.
정주환 : 「쉽게 쓴 수필 창작론」, 푸른 사상사, 2005. 8.

글방 강의식 수필작법

수필이 맨발로 걸어 들어오네

초판 인쇄 2013년 12월 23일
초판 발행 2014년 01월 06일

지은이 김길웅
펴낸이 노용제
펴낸곳 정은출판

주 소 100-015 서울시 중구 충무로 4가 101-4
전 화 02-2272-8807
팩 스 02-2277-1350
출판등록 제2-4053호(2004. 10. 27)
이메일 rossjw@hanmail.net

ISBN 978-89-5824-251-2(03810)
값 15,000원